AF525850

Der Autor **Eduard-Florian Reisigl**, gebürtiger Tiroler, 50 Jahre, lebt seit mehreren Jahren im französischen Elsass. Da er selbst als Koch jahrelang in der Gastronomie tätig war, kann er zu sämtlichen, in seinem Krimi verkosteten Gerichten auch die Rezepte liefern. Durch seine aktuelle Beschäftigung als EDV-Fachmann und Programmierer sind ihm die Möglichkeiten und Fallstricke für Blogger ebenso bekannt, wie die Hintergründe in der Technik.

EDUARD-FLORIAN
REISIGL

MÖRDERISCHE IDYLLE

EIN ELSASS-KRIMI

Erstausgabe Mai 2021

Made in Stuttgart with ♥

Mörderische Idylle

ISBN 978-3-96817-695-6
E-Book-ISBN 978-3-96817-651-2

Covergestaltung: Anne Gebhardt
Umschlaggestaltung: ARTC.ore Design
Unter Verwendung von Abbildungen von shutterstock.com: © yevgeniy11, © Albina Sazheniuk, © elegeyda, © evoPix.evolo
Lektorat: Astrid Pfister
Satz: dp DIGITAL PUBLISHERS GmbH
Druck und Bindung: Books on Demand GmbH, Norderstedt

Amuse-Gueule

Prolog

Josef Kaack verfluchte sich und seine verrückten Ideen. Am liebsten hätte er alles hingeworfen.

Das Elsass ist schön, hatte man ihm vorgeschwärmt. *Der goldene Herbst, sonnendurchflutete Wälder, laue Abende* – so war es ihm beschrieben worden. Doch keiner hatte die nebeligen Morgenstunden und die Wolkenbrüche erwähnt, die unvorhersehbar über der flachen Region zwischen Schwarzwald und Vogesen niedergingen, wenn sich der Herbst von seiner schmuddeligen Seite zeigte wie an diesem Morgen.

Auf was habe ich mich hier nur eingelassen, dass ich in dieser eisigen Frostnacht auf einem wackeligen Hochstand sitze?

Er nahm einen großen Schluck aus seinem Flachmann, um sich aufzuwärmen. Es war kalt, nass und ungemütlich auf der harten Holzbank. Josef Kaack saß auf einem Hartschaum-Kissen, das den einzigen Komfort auf diesem, mit Moos und Flechten bewachsenen Hochstand darstellte. Jeder Rüttler brachte das morsche Holz in Bewegung und verursachte ein lautes Knarzen und Stöhnen im Gebälk, was seinen Gastgeber jedes Mal sofort in Rage versetzte.

»Still jetzt! Merken Sie sich eines: Schweigsamkeit und Gelassenheit ist oberstes Gebot, wenn man sich auf der Pirsch befindet«, ermahnte ihn der Jäger und zog dabei ein silbern schimmerndes Döschen aus der Innentasche seiner Jacke. Er ballte seine Hand zu einer Faust und spreizte dann den kleinen Finger und den

Daumen ab, sodass sich eine Kuhle am Ende der Daumenwurzel bildete. In dieser platzierte er ein Häufchen braunes Pulver, hielt sich die Hand unter die Nase und sog es kräftig ein. Anschließend wischte er sich mit Daumen und Zeigefinger die überschüssigen Brösel von Nase und Oberlippe.

»Darf ich Ihnen auch eine Prise Schnupftabak anbieten? Frisch aus Bayern importiert.«

Josef schüttelte angewidert den Kopf. »Nein, danke. Der Flachmann hier, ist meine einzige Droge.«

Der Jäger nieste kräftig, zog ein ehemals weißes Stofftaschentuch aus seiner Jacke und putzte sich dann lautstark die Nase.

»So, und jetzt ist endlich Ruhe, sonst sitzen wir hier für nichts und wieder nichts!«

Der Jäger hantierte umständlich mit einer Thermoskanne herum, goss etwas von dem Inhalt in zwei Müslischüsseln und hielt Josef eine der dampfenden Schalen hin.

»Café au lait avec beurre, so wie mein grand-père ihn schon zum Frühstück serviert hat. Das wärmt die Knochen und schenkt Kraft.«

Josef nahm vorsichtig einen Schluck des gräulich braunen Getränks. Es war klebrig süß, aber trotzdem bitter und der schlechteste Kaffee, den er jemals gekostet hatte. Er schüttelte sich angeekelt, griff hastig zu seinem Flachmann und goss einen kräftigen Schuss Cognac in die Brühe. Dann probierte er erneut und nickte zustimmend. Jetzt war das Gesöff trinkbar.

Josef starrte in den undurchdringlichen Nebel, der sie umgab. Man konnte keine fünf Meter weit sehen, wie sollten sie bei dieser Witterung einen Schwarzkittel ausmachen können? Er überlegte kurz und kramte das Diktiergerät aus seinem Rucksack, um mit dem vereinbarten Interview beginnen zu können.

»Wie ich schon am Telefon erwähnt habe, Herr Jacques Barth, ich und meine Leser interessieren sich für alles, was Sie mir über die Jagd im Allgemeinen und die Wildschweinjagd im Speziellen hier im Elsass erzählen können. Zu Ihrer Person und Ihrer Rolle in diversen, dunklen Machenschaften rund um die Schwarzkittel habe ich ebenfalls die eine oder andere Frage.«

Der Jäger stellte seinen Kaffee ab, senkte das Fernglas und sah Josef schräg von der Seite her an. Er schüttelte kurz den Kopf und zischte wütend: »Hier oben werden Sie mich ganz bestimmt nicht interviewen. Dafür ist heute Mittag, wenn wir den Aufbruch genießen, genug Zeit.«

»Was meinen Sie mit Aufbruch?«

»Alles, was bei der roten Arbeit aus dem Schwarzkittel rausgeholt wird.«

Josef sah seine schlimmsten Befürchtungen plötzlich bestätigt. Ihm wurde allein bei dem Gedanken an gekochte Innereien übel. Ein kalter Schauer lief ihm über den Rücken und er versuchte krampfhaft, sich nicht zu übergeben.

Sein Gastgeber sah ihn grinsend an. »Keine Angst, ich verwende nur die Leber, den Rest vergräbt man im Wald.«

Erleichtert nahm Josef einen Schluck aus seinem Flachmann. »Leber ist was Feines, ich habe schon befürchtet, Sie servieren mir Herz und Lunge oder Nierchen, ekelhaft!«

»Ich empfehle Ihnen erneut, dass wir jetzt endlich still sind, sonst verjagen wir das Wild und Ihr Ausflug war für die Katz.«

Der Jäger grinste, griff in die rote Kühlbox, die zu ihren Füßen stand und reichte ihm ein, in Alufolie eingewickeltes Baguette. »Hier, ein kräftiges Frühstück, damit Sie mir nicht erfrieren in den nächsten Stunden. Vergessen Sie nicht, es einzutunken, das gibt Kraft!«

»Stunden? Ich habe nicht den ganzen Tag Zeit, hier im feuchten Wald herumzusitzen, ich habe nachmittags noch einen anderen Termin.«

»Um elf Uhr fahren wir zu mir nach Hause, und dort bekommen Sie Ihr Interview, so ausführlich, wie Sie es sich vorstellen, außer Sie plappern noch weiter, dann brechen wir sofort auf und Sie können alles vergessen!«

Ist heute doch mein Glückstag?, grübelte Josef und biss in das, mit Le Vigneron, einem typischen Elsässer Weichkäse, und Schinken belegte Baguette, das der Jäger bereits am Vorabend zubereitet hatte.

Doch der Bissen blieb ihm prompt im Hals stecken, so ekelhaft schmeckte das Sandwich. *Wie bekam ein normaler Mensch es fertig, so eine Scheußlichkeit zu essen?*Das Brot war labberig und nass, der überreife Käse schmeckte wie ein alter Wischlappen und der Schinken klebte schmierig am Gaumen.

Josef Kaack würgte, spuckte den Brocken im hohen Bogen in den Wald und trank eilig einen großen Schluck Kaffee.

»Das war abscheulich! Wer, in Gottes Namen, isst denn freiwillig so etwas Grauenvolles?«

Der Jäger betrachtete ihn stirnrunzelnd, bis ein leichter Windhauch ihm das Aroma von Ammoniak und Tod in die Nase wehte.

»Oh *merde*, das war bestimmt die falsche Kühlbox. Das hier ist die Äsung zum Körnen der Wildsauen.«

Der Jäger sah sich suchend um, dann deutete er nach unten. »Am Fuß der Leiter steht die blaue Kühlbox mit unserem Frühstück, Sie haben die verkehrte hochgetragen. Wenn Sie Hunger haben, klettern Sie runter und holen Sie die Box, aber passen Sie auf, dass Sie kein anderer Jäger mit seiner Beute verwechselt. Sie sind nämlich ohne Warnweste unterwegs, das kann schnell gefährlich werden.«

Josef Kaack sah sich um. In dem Nebel würde ihn kaum jemand bemerken, wenn er dicht am Hochstand blieb. »In dieser trüben Suppe sieht mich garantiert keiner, ich denke, das Risiko, angeschossen zu werden, ist minimal.«

»Wenn Sie meinen, steigen Sie hinunter und holen Sie unser Frühstück.«

Josef kletterte unwillig die Leiter hinab. »Ich würde mich lieber ins Auto setzen und warten, bis dieses Theater vorbei ist«, murmelte er ungehalten.

»Das ist Ihre Entscheidung, aber Sie wollten doch wissen, wie es auf der Pirsch zugeht.«

Mist, dachte Josef, *der hört aber auch alles!* Kaum hatte er die Leiter verlassen, spürte er eine leichte Vibration unter seinen Füssen und das Geräusch von Dutzenden Hufen, die durch das Unterholz pflügten, zerriss jäh die bleierne Stille.

»Die Rotte bricht durch das Dickicht, bringen Sie sich schnell in Sicherheit. Am besten schauen Sie, dass Sie wieder hochkommen!«, schrie der Jäger aufgeregt. Doch bevor Josef Kaack reagieren konnte, vernahm er einen lauten Knall, begleitet von einem plötzlichen Schmerz an seinem rechten Ohr.

»Verdammt noch mal! Welcher Idiot schießt da auf mich?«

Mit einem Satz sprang er auf die Leiter, landete auf der dritten Sprosse, die allerdings unter seinem Gewicht berstend zersplitterte.

Kaack erwischte mit seiner Hand noch den Holm der Leiter, bevor er das altersschwache Gebilde mit sich riss und rücklings auf den Waldboden fiel.

»Hände über den Kopf, zusammenrollen und beten!«, hörte er den Jäger schreien, als der Basse wütend aus der Nebelwand brach und über ihn hinweg rannte, gefolgt von der aufgebrachten Rotte.

Er hörte jetzt unzählige Schüsse wie Donnerschläge durch den Wald hallen.

»Ihre Kollegen schießen wie wild, sie werden die Schwarzkittel aufhalten und dann bin ich gerettet!«, schrie er verängstigt.

»Machen Sie sich so klein Sie können, und bewegen Sie sich nicht mehr, sonst sind Sie gleich tot, Sie Depp! Was machen Sie denn überhaupt da unten?«

»Selber Depp! Sie haben mich doch runtergeschickt, um unser Frühstück zu holen.«

»Das war ein Scherz! Ich habe doch nicht geglaubt, dass Sie wirklich da runter steigen.«

Josef Kaack spürte jetzt sein Herz rasen und ihm wurde schwindlig.

»Mein letztes Stündlein hat geschlagen. Entweder bringen mich die Schwarzkittel oder der Kugelhagel um!«, brüllte er panisch.

»So schnell stirbt man nicht im Elsass«, vernahm er, bevor das Stampfen der rasenden Leiber ihn komplett einhüllte und ihm jegliche Orientierung nahm. Ihm blieb immer weniger Raum, um den wütenden Schwarzkitteln, die ihn umzingelten, auszuweichen.

Panisch versuchte er, sich noch weiter zusammenzurollen. Die Hufe könnten ihn schwer verletzen, gefährlicher waren jedoch die Hauer der Keiler. Diese schlitzten einen erwachsenen Mann ohne Probleme vom Nabel bis zum Kinn auf.

Dann wäre der Aufbruch für die Schwarzkittel angerichtet, kam es Josef in den Sinn.

Er tastete nervös nach seinem Flachmann und versuchte, zitternd einen Schluck zu nehmen, doch es kam nichts heraus. Ungläubig drehte er das silberne Behältnis um und schüttelte es, um sicherzugehen, dass der Cognac tatsächlich zur Neige gegangen war.

»Verflucht«, murmelte er, als er realisierte, dass seine Anti-Stress-Medizin leer war. »Was für ein bescheidener Tag!«

Ein brennender Schmerz durchfuhr seinen Körper, als plötzlich etwas Hartes seinen Kopf streifte und ein Feuerwerk blitzte vor seinen Augen auf. Dann verschwamm die Landschaft um ihn herum und löste sich in einem grauen Nebel auf.

So sieht also mein Ende aus, waren seine letzten Gedanken, bevor er ohnmächtig wurde.

Als Josef erwachte, sah er sich erst einmal desorientiert um. Er lag in einem altertümlich eingerichteten

Zimmer auf einem ungemachten Bett. *Dunkel* und *Bedrohlich* waren die ersten Begriffe, die ihm in den Sinn kamen, als er die schwarze Holzdecke betrachtete.

Wo bin ich? Oh verflucht, mir platzt gleich der Schädel! Josef griff sich vorsichtig an die Stirn und entdeckte dort eine Bandage. Er erinnerte sich daran, dass ihn irgendetwas am Kopf erwischt hatte. Er tastete also zuerst seinen Schädel ab, dann sein Ohr und zuletzt seinen Hals. Er entdeckte getrocknetes Blut an seinem Kragen; ein dunkelrotes, verkrustetes Rinnsal, das von seiner Schulter bis zu seiner Hüfte sein Hemd ruinierte.

»So ein Scheibenkleister, irgendein Idiot hat mich tatsächlich angeschossen!«, schrie er wütend, als plötzlich aus heiterem Himmel der Jäger durch die Tür trat.

»Oder ein Schwarzkittel hat Sie mit seinem Huf gestreift, das werden wir wohl nicht so leicht herausfinden können.«

»Ich fühle mich wie ein überfahrener Frosch, der an einem Reifen klebt.«

»Das kann ich mir vorstellen. Sie hatten dennoch großes Glück, mein lieber Freund. Dafür, dass die komplette Rotte an Ihnen vorbeigestürmt ist, sehen Sie noch ganz gut aus.«

»Sehr witzig! Das nächste Mal warnen Sie mich gefälligst vor, das ist ja lebensgefährlich.«

»Ich habe Sie gewarnt, Herr Kaack.«

»Warum haben Sie eigentlich nicht geschossen?«

Der Jäger hielt kurz inne, bevor er sagte: »Sie sind wieder wach, das ist gut. In einer halben Stunde gibt es Essen. Der Aperitif steht schon auf dem Tisch.«

Josef hatte bemerkt, dass seine Frage dem Jäger offenbar unangenehm gewesen war. Nach dem Essen würde er der Sache auf den Grund gehen, doch zuerst brauchte er eine Handvoll Wasser im Gesicht.

»Wo kann ich mich ein wenig frisch machen? So möchte ich mich ungern an den Tisch setzen.«

»Die Tür raus und dann rechts. Dort finden Sie ein Bad, um sich zu waschen. Saubere Handtücher liegen auf der Waschmaschine bereit.«

Der Duft von karamellisierten Zwiebeln und frischen Kräutern lag in der Luft, als Josef aus dem Bad kam. Außerdem hörte er das geschäftige Klappern von Geschirr in der Küche, was bedeutete, dass Jacques gerade das Essen vorbereitete.

Auf der schmalen Theke, die die offene Küche zum Essplatz hin abgrenzte, standen zwei Gläser mit einer klaren, gelben Flüssigkeit. »Nehmen Sie sich ein Glas, das ist ein Rezept von meiner Oma. So einen Anisette finden Sie in ganz Frankreich nicht, ach was sage ich, in ganz Europa.«

Josef betrachtete skeptisch das ausgeprägt nach Anis duftende Getränk. Zögerlich kostete er einen kleinen Schluck. Sofort fühlte sich sein Mund taub an, er schüttelte sich und stellte das Glas hastig ab. »So was trinken Sie zum Mittag? Das würde ich ja nicht einmal meinem Mörder anbieten.«

Jacques drehte sich um. Lachend schüttelte er den Kopf. »Aber klar doch, nur nicht pur. Sie müssen den Likör zuerst mit Wasser aufgießen und Eiswürfel hinzufügen, erst dann entfaltet sich das wahre Aroma. Pur ist es eher ein Anästhetikum, das auch ausgezeichnet gegen Zahnschmerzen hilft.«

Josef tat, wie ihm geheißen war. Vorsichtig kostete er nun die, inzwischen milchig trüb gewordene

Flüssigkeit. »Das ist ja nichts anderes als gelber Ouzo. Sagen Sie mir das doch gleich.«

»Ich habe doch erklärt, dass es Anisette ist. Alle anishaltigen Liköre, wie Yeni Raki, Ouzo, Pastis, Ricard, selbst Absinth zählen zu diesen Getränken. Diese regen den Appetit an und helfen bei der Fettverdauung.«

»Was ist an Ihrem so außergewöhnlich?«

»Ich setze meinen immer mit echtem, französischem Anis an, nicht mit diesem billigen China-Import-Sternanis. Das erzeugt ein milderes Aroma und ist CO2-verträglicher.«

Jacques schob jetzt einen Teller zu Josef hinüber. »Probieren Sie mal, das ist eine hausgemachte Elsässer Wildsau-Salami, die stellt einer meiner Kollegen her.«

Josef roch vorsichtig an der Hartwurst und allein der Geruch ließ ihn schon würgen, daher lehnte er dankend ab. »Ich habe das Aroma von luftgetrockneter Rohwurst, geschweige denn deren Geschmack, schon als Kind nicht ertragen.«

Jacques leerte sein Glas. »Soll ich Ihnen noch einen zubereiten?«

»Nein, danke, aber Sie hatten recht, mein Magen fühlt sich schon besser an. Kann ich Ihnen in der Küche helfen?«

»Nein, es ist alles vorbereitet. Nehmen Sie Platz, ich komme in wenigen Minuten mit dem Essen an den Tisch.«

Jacques wendete sich wieder seinen Töpfen zu. »Was möchten Sie trinken? Einen Roten oder lieber einen Rosé?«, erkundigte er sich, ohne sich vom Herd wegzudrehen.

»Ich bevorzuge Rotwein.«

»Das trifft sich gut. Machen Sie bitte den Pinot Noir auf und schenken Sie uns zwei Gläser ein. Es steht eine gekühlte Flasche auf dem Tisch.«

»Sie haben einen Rotwein gekühlt?«

»Ja, der Pinot Noir ist einer der wenigen Roten, die man am besten gekühlt, bei vier bis sechs Grad, genießt.«

Der Jäger kam jetzt mit dem Essen aus der Küche und Josef goss den rubinrot schillernden Wein in die Gläser. Anschließend betrachtete er seinen Teller, zerteilte das Fleisch, kostete und hielt inne. Er war angenehm überrascht.

»Perfekt, ein wahrer Genuss, der auf der Zunge zergeht.«

Er probierte die Spätzle, und kaute die Beilage genussvoll. »Die Spätzle sind ebenfalls ganz hervorragend, *Chapeau*, kochen können Sie.«

Jacques beobachtete seinen Gast, der mit großem Appetit das Mittagessen bis auf den letzten Happen verspeiste.

»Ich mache das eigentlich selten, aber haben Sie vielleicht ein Stückchen Baguette für die Soße?«

»Kommt sofort. Es freut mich, dass Ihnen meine einfache Hausmannskost so mundet. Ein Stück Käse zum Abschluss vielleicht?«

»Nein, lieber einen Cognac zur Krönung des herrlichen Essens.« Bei diesen Worten sah Josef zufällig auf seine Uhr.

»Oh, es ist schon dreizehn Uhr, jetzt wird es aber Zeit für das Interview. Wie erwähnt, habe ich noch einen anderen Termin heute.«

Sie nahmen bei Kaffee und Cognac im Wohnzimmer Platz, das Diktiergerät auf dem Tisch, ein Block mit Fragen und einem Kugelschreiber daneben.

»Herr Barth, ich möchte Sie wie gesagt gern zur Wildschweinjagd im Elsass, und wegen der verschiedenen Gerüchte Ihrer Person betreffend interviewen.«

»Sagen Sie Jacques zu mir, das ist mir angenehmer.«

»Wie Sie wünschen, Jacques. Wie ich heute beobachtet habe, waren Sie nur passiv an der Jagd beteiligt, und doch wurden Sie mir als Jäger sehr empfohlen. Warum waren Sie nicht bewaffnet?«

Man sah Jacques deutlich an, dass ihm diese Frage unangenehm war.

»Das hat Gründe, die ich nicht unbedingt weiter vertiefen möchte. Es geht bei diesem Interview aber nicht um mich, sondern um die Schwarzkittel und ihre ungebremste Ausbreitung im Elsass, wenn ich mich recht erinnere.«

»Wie Sie möchten, dann kommen wir später darauf zurück. Ich bin zu Ihnen gekommen, weil Ihr Name immer wieder mit dem jüngsten Skandal in Baden-Württemberg in Verbindung gebracht wird. Soweit ich informiert bin, wurden dort Wildschweine ohne vorherige veterinärmedizinische Untersuchung verkauft. Was sagen Sie zu diesem Vorwurf?«

»Sie sind nur hergekommen, um mich durch den Dreck zu ziehen?« Jacques stand wütend auf. »Dann können Sie nämlich Ihre Unterlagen zusammenpacken und verschwinden.«

Josef tat so, als habe er diesen Rauswurf gar nicht gehört. »Wollen Sie etwa abstreiten, in diesen Skandal verwickelt zu sein? Ihr Name wurde schließlich mehrfach in diesem Zusammenhang erwähnt.«

»Herr Kaack, ich bitte Sie hiermit ein letztes Mal höflich, mein Haus zu verlassen. Ich kann zu dieser ganzen, verleumderischen Story nur eines sagen: Sie wollen ökologisches Fleisch, dessen Tier zuvor biologisch und artgerecht ernährt worden ist? Dann versuchen Sie doch mal eine Wildsau aus dem Elsass. Die wachsen grundsätzlich ohne Kraftfutter auf, sind naturbelassen und CO2-neutral!«

Jacques war währenddessen zur Tür gegangen und hielt diese unmissverständlich auf. »Wenn ich bitten darf, verlassen Sie jetzt meinen Grund und Boden, und nehmen Sie Ihren Flachmann mit.« Er sah Josef zornig an. »Überlegen Sie sich gut, was Sie in Ihrer Reportage bringen, denn eine Anzeige wegen übler Nachrede könnte Ihnen durchaus schaden.«

Josef Kaack hatte verstanden. Diese Partie hatte er offenbar verloren. Er griff nach seinen Sachen, schaltete das Diktiergerät aus und betrachtete dann verwundert den Flachmann, den Jacques ihm vor die Nase hielt. »Woher haben Sie meinen Flachmann?«

»Der ist Ihnen aus der Hand gefallen, als Sie, zusammengerollt wie ein Embryo, am Boden lagen und um Ihr Leben gebangt haben. Da er leer war, habe ich Cognac für Sie nachgefüllt. Sie werden ihn nötig haben, wenn Sie weiterhin in dieser Richtung ermitteln.«

Josef nahm einen kräftigen Schluck. »Nun denn, auf Ihr Wohl, Herr Jacques Barth. Sie werden noch von mir lesen. Ich wollte Ihnen hier und heute die Chance geben, sich persönlich zu den Vorwürfen zu äußern, aber ich werde alles, was ich benötige, auch in den Untersuchungsberichten der Polizei finden können.«

»Wenn Sie denken, dass Ihnen das guttun wird, machen Sie ruhig weiter so, Herr Kaack!«

Jacques warf die Tür hinter Josef ins Schloss, stürmte zu seiner Bar hinüber und stürzte einen doppelten Williams hinunter, um seine flatternden Nerven zu beruhigen.

»Verdammt, warum kommt dieser Idiot auch ausgerechnet zu mir? Ich kann es absolut nicht brauchen, dass mich meine Kunden mit diesem bescheuerten Bürgermeister von Baden-Baden und seinen undurchsichtigen Machenschaften in Verbindung bringen.«

Er griff nach der Flasche und dem Glas, zuckte kurz mit den Schultern, setzte die Flasche direkt an und nahm einen kräftigen Schluck vom Williams.

»Auf dein Wohl, Josef Kaack!«

Dieser stieg derweil in sein Auto und drehte den Rückspiegel, um seine Verletzungen betrachten zu können. Er griff behutsam an sein Ohr und betastete seinen Kopf. »So schlimm wird es schon nicht sein.«

Er löste das Pflaster, mit dem die Mullbinde fixiert war und wickelte den Verband langsam ab. Als er die blutverkrustete Wunde betrachtete, atmete er erleichtert auf.

»So wild ist die Verletzung ja gar nicht, nur ein Kratzer am Ohr und ein kleiner Schnitt an der Schläfe.«

Er griff in das Handschuhfach, nahm eines der desinfizierenden Feuchttücher aus der Verpackung und wischte sich damit das verkrustete Blut ab, bis nur noch ein roter Streifen über der Schläfe von seiner Kollision mit einer Wildsau zeugte. Dann wechselte er sein

Hemd, denn zum Glück bewahrte er immer ein Ersatzhemd in seinem Wagen auf, nahm einen Schluck aus seinem Flachmann, betrachtete sich erneut im Rückspiegel und nickte zufrieden.

»So kann ich ohne Weiteres zu meinem nächsten Termin.«

Mit quietschenden Reifen fuhr Josef Kaack vom Hof und sah dabei schon die Schlagzeile vor sich: *Radioaktives Wildschwein im Elsass verschachert!*

Vorspeise

Kapitel 1

Christof Weinkeiler sog die frische Waldluft tief ein. Der würzige Duft von Pilzen, das spezielle Aroma des aufziehenden Herbstes, die orangerot verfärbten Blätter, die den Wegesrand säumten, all das ließ ihn zur Ruhe kommen. Er streichelte Gonzo, den Golden Retriever-Rüden, der ihn seit einigen Monaten begleitete, über den Kopf.

Gonzo sah zu seinem Herrchen auf, rieb sich an Christofs Bein und setzte sich in das, vom Morgentau feuchte Gras. Christof kniete sich nieder, kraulte seinem Hund die Ohren und hielt ihm ein Glas vor die Nase, in dem eine, mit etlichen Kratern überzogene, schwarze Knolle lag. Aufgeregt schnüffelte Gonzo daran.

Christof stand auf und drehte den Deckel des Glases langsam auf.

»Ich weiß mein Lieber, darauf hast du schon gewartet.«

Schwanzwedelnd hatte der Hund sich aufgerichtet und beobachtete, wie Christof den Deckel abnahm und das Glas schließlich vor seine Nase hielt.

»Hier, such, mein Braver, zeig mir wo die köstlichen kleinen Knollen wachsen.«

Er ließ seinen Hund an der Trüffelknolle schnüffeln, sodass dieser mit seiner feinen Nase die Spur der raren Pilze aufnehmen konnte. Gonzo hielt seinen Kopf kurz in den Wind, dann trabte er, am Boden schnüffelnd, in den Wald hinein und zog Christof zu einer der alten

Eichen. Dort begann er, dicht am Stamm die Erde aufzuscharren und grub seine Nase in das feuchte Moos.

Christof nahm seinen Rucksack vom Rücken, stellte ihn auf den Waldboden und nahm die kleine Spitzschaufel, die seitlich daran festgeschnallt war.

Gonzo hatte sich inzwischen schwanzwedelnd hingesetzt.

»Was haben wir denn da gefunden?« Christof kniete sich neben Gonzo in das feuchte Moos.

Der Hund bellte kurz. Er wartete auf seine Belohnung, darum stupste er sein Herrchen immer wieder mit der Schnauze an. Erfreut über den schnellen Erfolg streichelte er Gonzo und holte ein Leckerli aus der Tasche, das er ihm vor die Schnauze hielt.

»Hier mein Lieber, das hast du gut gemacht.«

Gonzo schnappte sich seine Belohnung und legte sich anschließend auf den feuchten Boden, während Christof einmal um den mächtigen Stamm herumging. Er roch bereits das feine Aroma der Pilze. Als er auf der anderen Seite des Baumes ankam, bot sich ihm das übliche, enttäuschende Bild.

Eine Rotte Wildschweine hatte sich schon daran gütlich getan. Tiefe Gräben zeugten von ihrer Gier auf das schwarze Gold des Waldes.

»*Cacahuète*! Schon seit drei Wochen finde ich nur leere Löcher, das ist alles, was mir die Schwarzkittel übrig lassen.«

Er kniete sich nieder und ließ die humusreiche Erde, auf der Suche nach winzigsten Überresten, durch seine Finger rieseln. Resigniert stand er wieder auf und verstaute sein Werkzeug in seinem Rucksack.

Gonzo saß noch immer an dem Platz, wo er in der Erde gescharrt hatte.

»Was ist los, hast du noch etwas gefunden?«

Er kniete sich nieder und tastete durch das Laub. Anscheinend hatte er doch Glück, eine Knolle, so groß wie eine Walnuss lag verborgen unter dem feuchten Blattwerk, genau dort, wo Gonzo gegraben hatte.

Vorsichtig hob er den Pilz auf und mit einem Pinsel aus Schweineborsten entfernte er behutsam die Erde, reinigte den Pilz und kontrollierte, ob sein Fund keine Bissspuren oder andere Beeinträchtigungen aufwies. Nach einer akribischen Begutachtung nickte er befriedigt. Er schlug die Knolle sorgfältig in ein Blatt Küchenpapier ein und legte sie zu der anderen in das Sammelglas. Selbst frischen Trüffel ernten zu können, war einer der Gründe, warum es Christof Weinkeiler ins Elsass verschlagen hatte.

»Komm Gonzo, wir wandern noch hinüber zur Lichtung, wo die Maroni-Bäume stehen. In wenigen Minuten lichtet sich der Nebel, dann können wir uns in der Herbstsonne aufwärmen.«

Zufrieden schlenderte er weiter, warf ab und zu einen Stock für Gonzo zum Apportieren und klaubte dabei die frischen Eicheln auf, die überall am Boden verstreut lagen.

Ich liebe mein neues Leben, dachte er glücklich.

An einen alten Baumstamm gelehnt, saß er auf der Lichtung und beobachtete die Sonne, deren Strahlen sich ihren Weg durch den grauen Nebel bahnten.

»Es ist eine Wohltat«, murmelte er, und streichelte zärtlich Gonzos Kopf. »Das sind die Augenblicke, an denen ich nichts mehr bereue. Mein Leben fühlt sich endlich wieder normal an, seit ich mich hier ins Elsass zurückgezogen habe.«

Als die Sonne den grauen Dunst vertrieben hatte, stand Christof auf. »Kommst du, Gonzo? Ich habe heute noch einiges zu erledigen, wir können nicht den ganzen Tag hier faul rumsitzen, so gern ich das auch täte.«

Gelassen erhob sich der Golden Retriever, gerade so als würde seine Heiligkeit ihm Gnade erweisen. Gemächlich trottete der Hund, immer einen Schritt vor ihm her, bis sie kurz vor ihrem Zuhause waren.

Dort erwachte Gonzo plötzlich jäh aus seiner Trance. Wie ein Pfeil schoss er los und rannte auf den alten Hof zu. In solchen Momenten wusste Christof, dass es die richtige Wahl gewesen war, denn er hatte sich für ein Zuhause entscheiden und nicht nur für ein Haus.

Im Hof hatte er schon mehrere Kilo Eicheln zum Trocknen ausgelegt, um sie später zu Mehl mahlen zu können. Zuvor musste er die Früchte allerdings rösten, schälen und mindestens eine Woche lang wässern, um die Gerbstoffe herauszulösen und sie auf diese Weise genießbar zu machen.

Christof wässerte zuerst seine heutige Ausbeute, stellte dann den Trüffel kühl und versorgte anschließend Gonzo mit Fressen und Wasser, bevor er sich selbst sein petit déjeuner zubereitete.

Er freute sich schon auf sein knuspriges Baguette, das frisch vom Bäcker stammte, bestrichen mit Bauernbutter und selbst gemachter Mirabellenmarmelade. Dazu gab es eine Bol de Café au lait. Er bereitete sich aus den frischen Eiern, die ihm sein Nachbar immer vor die Tür stellte, einem Schuss Sahne und zwei Tropfen Wasser außerdem noch ein luftiges Rührei zu.

Unschlüssig betrachtete er den gedeckten Tisch. Rühreier, Baguette, Butter, Marmelade ... irgendetwas fehlte da noch.

Christof holte kurzerhand das Glas mit dem Trüffel aus dem Kühlschrank und hobelte ein paar feine Scheiben des aromatischen Pilzes über die dampfenden Eier. Sofort breiteten sich die erdigen Aromen in der Küche aus. Jetzt war alles perfekt!

Christof setzte sich nach dem genussvollen Frühstück in sein Büro, um weiter an seinem Manuskript zu arbeiten. Er schrieb schon einige Jahre an dem Kochbuch mit nachhaltigen Speisen. Seit zwei Wochen überarbeitete er die Rezepte noch einmal und versuchte dabei, die Zubereitungsschritte besser zu beschreiben, da er von den Verlagen bisher nur fadenscheinige Absagen erhalten hatte.

Nach drei Stunden wurde ihm die Arbeit zu viel, denn sein Kopf schmerzte, seine Augen brannten und die Buchstaben auf dem Bildschirm verschwammen mehr und mehr zu einem grauen Brei. Es war also höchste Zeit für eine Pause. Er sah aus dem großen Fenster, und erkannte, dass der Nebel komplett verschwunden war, sodass er einen Blick auf ein unglaubliches Panorama hatte.

Rechterhand sah er die Vogesen, links war, bei klarer Sicht, das stolze Relief der Haut-Koenigsbourg erkennbar. Direkt hinter seinem Haus standen alte Obst-Bäume ... Zwetschge, Mirabelle, Pfirsich und Walnuss. Er hatte den Baumbestand erst letzte Woche um Kiwi, Sharon und Feige erweitert.

Christof erahnte bereits die Blütenpracht und freute sich auf die reiche Ernte, die ihn in Kürze erwartete.

Sein Garten grenzte an abgeerntete Maisfelder, und dahinter konnte man die Schnellstraße und das weite Tal sehen, das sich bis zu den Ausläufern der Vogesen erstreckte. Diese Aussicht würde ihm erhalten bleiben, denn die Felder wurden von einem jungen Bauern und dessen Frau in seiner Nachbarschaft bewirtschaftet. Somit war sichergestellt, dass ihm die nächsten Jahre niemand seinen Ausblick verbaute. Die ruhige Lage des Hofes hatte ihn schnell davon überzeugt, dass dies sein neues Zuhause werden würde. In der Straße gab es außerdem einen Holzhändler, eine Bibliothek und eine Kinderkrippe. Am Ende der Seitenstraße, in dem angrenzenden Wald konnte man außerdem die Überreste des Schlosses besichtigen, das der Straße ihren Namen verliehen hatte.

Christof hörte jetzt Gonzo bellen. Das war ein untrügliches Zeichen dafür, dass der Briefträger gerade seine Runde drehte, was eine willkommene Ablenkung vom Schreiben darstellte. Er ging zum Briefkasten und nahm die Post heraus. Wie üblich befanden sich darunter einige Wurfsendungen, die er ungeöffnet ins Altpapier warf. Doch dann stutzte er kurz.

Hatte sich da ein Brief unter die ganze Werbung geschmuggelt? Er griff nach dem Umschlag und las neugierig den Absender.

Sein Herz setzte kurz aus, als er erkannte, dass es ein weiteres Schreiben eines Verlages war. Das konnte nur bedeuten, dass sie sein überarbeitetes Manuskript dieses Mal annahmen! Er riss den Brief aufgeregt auf und las die Nachricht. Er stutzte kurz, steckte den Brief aber in seine Hosentasche.

Wütend stapfte er durch sein Haus, zog sich für die Baustelle um und griff nach seiner Werkzeugtasche.

Er stand jetzt im ersten Stock an der hintersten Wand seines Büros vor einer uralten Tür ohne Schloss. Er hatte sie während der Umbauarbeiten hinter einer Holzverkleidung entdeckt. Mit einem kräftigen Tritt öffnete Christof Weinkeiler jetzt den, vermutlich direkten Durchgang vom Wohnhaus in die Scheune. Staub schlug ihm entgegen, als die alte Tür, die er aus den verrosteten Angeln getreten hatte, auf dem Boden aufschlug. Die blind gewordenen Fenster beleuchteten den Raum nur sehr spärlich. Es war gerade hell genug, um sich einen Überblick über das Chaos aus alten Möbeln, verstaubten Aktenordnern, einem Stapel Rosshaarmatratzen und wurmzerfressenem Brennholz verschaffen zu können.

Vorsichtig machte er einen Schritt in den Raum hinein. Er tastete nach einem Lichtschalter und fand schließlich einen Drehschalter, der sich allerdings mit einem leisen Knirschen unter seinen Fingern auflöste und zu Staub zerfiel. Die abgebrochenen Kupferkabel bohrten sich unvermittelt in seinen Handrücken. Aus Angst vor einem Stromschlag zuckte er erschrocken zurück, erinnerte sich nun aber daran, dass in diesem Teil der Scheune der Strom glücklicherweise abgeklemmt war. Er rieb sich den schmerzenden Handrücken und wartete, bis sich seine Augen an das schummerige Licht gewöhnt hatten.

Der Staub legte sich jetzt langsam, sodass er den Raum genauer betrachten konnte. Er war nicht besonders angetan von dem Bild, das sich ihm bot. Im Kaufvertrag hatte gestanden, dass das Gebäude ausgeräumt und besenrein übergeben werden würde. So wie es hier aussah, zählte die Scheune offenbar nicht dazu.

Christof Weinkeiler krempelte die Ärmel hoch. Heute war er genau in der richtigen Verfassung, dieses Chaos zu beseitigen. So konnte er sich wenigstens abreagieren. Der Gedanke an den Brief in seiner Tasche brachte ihn nämlich erneut in Rage. Es war eine persönlich und giftig formulierte Absage gewesen. Gerade so als wollte ihn der Schreiber bewusst verletzen.

Er schüttelte den Kopf, verdrängte den Gedanken an die erneute Absage und begann, die Möbel zur Seite zu schieben, um sich einen Weg zur gegenüberliegenden Wand bahnen zu können. Er hatte das Nachtkästchen vor sich kaum berührt, als sich auch schon das erste Unglück anbahnte. Die Marmorplatte auf dem Holzkästchen geriet in Schieflage, weil er einen der Füße gestreift hatte. Das wurmzerfressene Holz zerbröselte praktisch vor seinen Augen und das Kästchen zerbrach in seine Einzelteile. Mit einem lauten Krachen prallte die Steinplatte vor Christofs Füßen auf den Boden und zersprang in unzählige Stücke.

Oh Mist, ich muss mir unbedingt Sicherheitsschuhe anziehen, das hier ist gefährlicher, als ich gedacht habe. Ich werde Hilfe benötigen, damit ich nicht von dem ganzen Schrott erschlagen werde.

Vorsichtig schlängelte sich Christof an dem deckenhoch gestapelten Gerümpel vorbei zum Fenster. Er riss es auf, um ein wenig zu lüften, und sah einen silbernen City-Geländewagen langsam die Straße entlangfahren, bevor dieser abrupt vor seinem Haus stehen blieb. Da das Hoftor offenstand, fuhr der Wagen einfach unaufgefordert auf Christofs Hof. Gonzo hatte den Ankömmling offenbar ebenfalls bemerkt. Er stand auf, hob den Kopf und schnupperte. Er bellte kurz, sah zu Christof hinauf, legte sich auf seinen Platz und wartete ab.

Kapitel 2

Von seiner erhöhten Position aus konnte Christof das Geschehen unbemerkt überblicken. Er beobachtete neugierig den Wagen. *Wollte der Fahrer vielleicht nur umdrehen und war deshalb rückwärts bei mir vorgefahren?* Grübelnd betrachtete er die Szenerie.

Er sah, dass ein Mann hinter dem Steuer saß, der etwas in seiner Hand las und augenscheinlich die Nummer an Christofs Hoftor kontrollierte. Kopfschüttelnd stieg der Fremde aus, blieb schwankend neben dem Wagen mit dem deutschen Kennzeichen stehen und sah sich um. Er musste sich an dem Auto festhalten, um nicht umzufallen, torkelte kurz darauf zwei Schritte in Richtung Zaun und blieb erneut stehen.

Christof traute seinen Augen nicht. War der Fremde da unten etwa betrunken?

In diesem Moment übergab sich der Besucher, spie auf Christof Weinkeilers frisch gepflasterten Hof und riss bei seinem schwankenden Gang eine der provisorisch aufgestellten Laternen um, bevor er den Hund erblickte.

Der Mann wich sofort zurück, als er Gonzo sah, der gerade faul vor der Haustür lag. Das knirschende Geräusch seiner Schritte auf dem Kies ließ den Hund allerdings aufhorchen. Christof beobachtete das Schauspiel von seinem Logenplatz aus und fragte sich, wie Gonzo auf den Fremden reagieren würde.

Wie erwartet stand der Hund auf, reckte seine Schnauze in die Luft und schnupperte. Der Mann trat hastig hinter die Fahrertür und hielt sich verkrampft daran fest.

»Ist irgendjemand zu Hause? Würde bitte jemand diesen Köter anbinden?«, rief der Mann verängstigt.

Genau in diesem Augenblick stellte sich Gonzo demonstrativ in die Mitte des Hofes, schüttelte sich und begann vernehmlich zu bellen, als wolle er klarstellen, dass ihm dieser Gast nicht geheuer war.

»Herr Weinkeiler? Bin ich hier richtig? Sind Sie zu Hause?«, schrie der Besucher laut, um Gonzo zu übertönen.

Christof beobachtete das Schauspiel ungläubig.

Was macht ein Betrunkener in meiner Einfahrt? Warum kotzt der mir in den Hof und führt sich so auf, als wäre er hier daheim, fragte er sich kopfschüttelnd. Er betrachtete den Mann eine Weile, der nun zur Haustür wankte und dort nach einem Namensschild suchte.

Ich muss etwas unternehmen, bevor der mir erneut auf den Hof spuckt.

»Mahlzeit! Wie kann ich Ihnen helfen?«, rief er zu dem Fremden hinunter.

Dieser sah sich überrascht um.

»Bin ich hier richtig bei Christof Weinkeiler, dem Verfasser des Foodblogs *Regional*?«

Christof musterte den Mann erneut; er sah wenig vertrauenserweckend aus.

»Wer will das wissen?«

Der Fremde sah sich weiterhin suchend um.

»Hier oben!«, rief Christof schließlich.

Jetzt entdeckte der Mann den orangen Baustellenhelm, der ein Stockwerk über ihm am anderen Ende des Hauses aus einem Fenster lugte.

»Ich komme von einem Frankfurter Verlag. Sie wurden von meiner Sekretärin über meinen Besuch informiert, wenn ich mich recht erinnere.«

»Nein, ich wurde von niemandem über Ihren bevorstehenden Besuch unterrichtet. Ich habe heute keine Zeit für Interviews oder Sonstiges.«

»Herr Weinkeiler, ich habe mich vier Stunden lang durch einen Mega-Stau auf der Autobahn gequält, nur um Ihre regionale, nachhaltige Küche verkosten zu können. Wir planen einen großen Bericht über die verschiedenen deutschsprachigen Foodblogs. Wenn Sie mich empfangen, werde ich positiv über Sie und Ihren Blog schreiben, ansonsten könnte ich Sie nur, als einsiedlerischen Eigenbrötler unter *Sonstiges* erwähnen.«

Erpresste ihn der Mann etwa gerade? Sein Blog war aus einer Laune heraus entstanden, ohne, dass er dabei an Profit gedacht hatte.

»Wie kommen Sie darauf, dass ich Interesse daran habe, in Ihrem Bericht erwähnt zu werden? Der Blog ist nur ein Hobby, nichts weiter.«

»Das ist Ihre Entscheidung, überlegen Sie es sich gut. Ich garantiere Ihnen, dadurch werden Ihre Klicks durch die Decke gehen, ansonsten wird Ihre Seite irgendwann einfach im Internet-Nirwana verschwinden, wie schon die Seiten vieler anderer, hochnäsiger Blogger.«

Christofs Foodblog war immer bekannter geworden und die ersten Anfragen für Produkttests und Bewertungen waren inzwischen eingetrudelt. Er hatte viertausend Abonnenten und annähernd hunderttausend Klicks auf einer beliebten Videoplattform. Er fand es mittlerweile recht spaßig, seine kulinarischen Ausflüge mit regionalen Produkten mit dem Rest der Welt zu teilen.

Damit hatte er niemals gerechnet. Während der Anfangszeit hatte er sich jede Woche dazu zwingen müssen, einen neuen Blogbeitrag zu verfassen.

Vielleicht sollte er mit dem Mann reden, es würde seiner geplanten *Kochschule für zwei* nicht schaden, wenn sein Bekanntheitsgrad im Internet weiter steigen würde.

»Warten Sie, ich komme runter, dann reden wir über Ihre Reportage.«

Christof Weinkeiler klopfte sich den Staub von seinen Klamotten und stapfte missmutig nach unten in den Hof. Kurz darauf stand er dem Fremden gegenüber und musterte das blasse Gesicht seines Besuchers, der übel zugerichtet aussah.

»Sie sehen nicht gut aus, kommen Sie herein, setzen Sie sich. Ich hole Ihnen ein Glas Wasser, das hilft bestimmt. Obwohl, so, wie Sie aussehen, empfehle ich Ihnen eher, eine Notfall-Ambulanz aufzusuchen. Sie gehören dringend in ärztliche Behandlung.«

»Das ist nicht nötig, mir wäre es lieber, wenn Sie mir stattdessen eine Probe Ihrer Kochkünste kredenzen. Zur Einstimmung vielleicht einen Feldsalat mit Ihrem hausgemachten Schlehen-Balsamico und Wiesenblüten. Als Hauptgericht steht mir der Sinn nach Wildschwein-Bäcklein an Polenta mit karamellisierten Karotten und zum Abschluss vielleicht eine saftige Tarte Tatin.«

Christof Weinkeiler sah den Mann überrascht an, das war das Menü, das er diese Woche in seinem Blog veröffentlichen wollte.

»Wissen Sie was ... kommen Sie in vier bis fünf Stunden wieder, dann können Sie Ihr Degustationsmenü genießen. Das mit den Bäcklein ist überhaupt kein Problem, ich habe gestern welche gebeizt.«

»Das passt mir gut. Welches Hotel können Sie mir empfehlen? Ich möchte mich jetzt gern ein wenig frisch machen, außerdem denke ich nicht, dass ich heute Nacht nach Frankfurt zurückfahre.«

»*La Couronne* im Nachbardorf ist ganz in Ordnung für den Preis, den sie verlangen.«

Der Mann stieg daraufhin in sein Auto und fuhr vom Hof, ohne sich für das widerrechtliche Betreten zu entschuldigen oder sich zu verabschieden.

Christof sah dem Wagen zweifelnd hinterher. Die ganze Geschichte kam ihm äußerst seltsam vor.

Angeekelt vom Geruch des Erbrochenen griff er nach dem Schlauch, um die Sauerei auf seinem Hof zu bereinigen.

»So etwas Unverschämtes ist mir bisher noch nie passiert!«, fluchte er lautstark und spülte das Erbrochene in den Gully. Gonzo bellte, als ob er seine Aussage bestätigen wollte.

Christof Weinkeiler begab sich in seine Küche und bereitete das Essen vor. Er variierte das Menü allerdings ein wenig. Als Vorspeise würde er mit gehackter Wildschweinleber gefüllte Champignons auf Rucola-Salat servieren, danach den gewünschten Feldsalat, verfeinert mit geräucherter Entenbrust und Wachtel-Spiegeleiern.

Er schälte gerade die Champignonköpfe, als er durch den Lattenzaun den vertrauten, violetten Renault Zoe vorfahren sah.

Seine Nachbarin, Stephanie Benard, fuhr soeben auf ihren Hof. Er beobachtete sie und genoss es, wie ihr schulterlanges, brünettes Haar bei jeder Bewegung ihres Kopfes ihr schlankes Gesicht umrahmte und ihre hohen Wangenknochen betonte. Als sie ausstieg, erkannte er an ihren Stöckelschuhen und ihrem Hosenanzug, der ihre zarte Figur perfekt betonte, dass sie gerade aus dem Büro kam.

Stephanie arbeitete als Sekretärin bei einem Notar oder Anwalt, so genau hatte er sich das nicht gemerkt. Sie half ihm bei seinem Manuskript und er zeigte ihr dafür im Gegenzug seine Tricks beim Kochen. Sie war eine wahre Zauberin am Computer und er bewunderte es, wie ihre Finger über die Tastatur flogen. Unweigerlich verfolgte er, wie sie anmutig den Zaun entlangschritt.

»Cacahuète!«, murmelte er, weil er sich aufgrund der Ablenkung in den Finger geschnitten hatte. Er betrachtete seinen Daumen, es war nur ein leichter Kratzer. Christof schlug sich mit der Hand auf die Stirn, er hatte den Termin mit Stephanie vollkommen vergessen!

An diesem Nachmittag waren sie verabredet, um einige kleine Vorspeisen, einen sogenannten Degustationsteller, anzurichten. Es bereitete ihm beinahe körperliche Schmerzen, ihr absagen zu müssen, da sie inzwischen eine willkommene Ablenkung und eine lieb gewonnene Freundin in seinem ansonsten so einsamen Leben hier im Elsass war.

Christof beobachtete, wie Stephanie beschwingt durch den Hof auf das Haus zukam und öffnete ihr hastig die Tür. Sie benutzte zwar immer den Klingelknopf am Tor, wartete aber nie, bis er herauskam, um ihr zu öffnen. Er genoss es, wie herzlich sie ihn begrüßte. Es war zwar hier in Frankreich üblich, dass man sich mit einem angedeuteten Küsschen links und rechts auf die Wange begrüßte, doch bei ihnen war aus dem gehauchten Küsschen schon bald mehr geworden.

»Salut Stephanie, ça va? Du siehst heute wieder mal sehr gut aus.«

»Salut Christof, mir geht es auch ausgesprochen gut. Ich bin hungrig, was kochen wir Feines?«

Christof wurde sofort ein wenig verlegen. »Cacahuète!«, murmelte er leise.

Sie lächelte ihn an. »Willst du Erdnüsse kochen? Erklär mir mal, was du immer damit hast. Cacahuète bedeutet doch Erdnuss, oder nicht?«

»Ich muss meinem Ärger manchmal Luft machen. Da ich nicht gern Schimpfwörter verwende, sag ich einfach Cacahuète. Mir geht es dann besser und niemand fühlt sich auf den Schlips getreten.«

»Christof, ab und zu hast du wirklich seltsame Ideen. Jetzt erzähl mal, was dich so verlegen macht.«

»Stephanie, ich muss dir was gestehen. Ich habe unseren Termin vollkommen vergessen. Das wird heute Abend leider nichts.«

Sie sah ihn so intensiv mit ihren haselnussbraunen Augen an, dass ihm schier die Luft wegblieb.

»Das ist wirklich schade, ich hatte mich so auf unseren gemeinsamen Abend gefreut. Was ist passiert?« Dabei strich sie ihm mit einer fließenden Bewegung über die Schulter.

»Heute Nachmittag stand plötzlich ein Fremder bei mir auf dem Hof. Ein Journalist eines deutschen Verlages, der eine Reportage über Foodblogger machen will.

Er meinte, es würde sich auf meine Klicks auswirken, wenn er sich positiv über meinen Blog äußert.«

»Hey, das ist ja ausgezeichnet, und der kommt heute Abend hierher, um dich zu interviewen?«

»Er kommt zum Probeessen. Er hat mir quasi genau diktiert, was er verkosten möchte.«

Sie strich ihm mit ihrem Handrücken über den weichen Drei-Tage-Bart und zerzauste ihm die Haare. »Rasier dich mal wieder, am besten, bevor der Journalist kommt. Der schießt bestimmt ein paar Fotos von dir, und du siehst aus, wie der letzte Clochard.«

Er strich sich über seine unrasierten Wangen. »Du hast recht.«

Stephanie hielt ihm mit zwei Fingern eine graue Spinnwebe vor die Nase. »Dieses ekelhafte, staubige Ding steckte in deinen Haaren. Was hast du heute gemacht?«

»Ich habe endlich mit der Scheune angefangen, aber es ist unglaublich viel Ramsch da drin. Um dem Chaos Herr werden zu können, muss ich mir wohl einen großen Container bestellen, damit ich den ganzen Müll entsorgen kann.«

»Ich lasse dich jetzt mal machen. Vergiss das Duschen nicht!«

»Du hast recht. Zuerst Kochen, dann ins Bad verschwinden. Du verstehst, dass ich heute keine Zeit für unser Menü habe, oder? Tut mir wirklich leid, Stephanie, verschieben wir das Ganze auf morgen?«

Sie zuckte kurz mit den Schultern, drückte ihm einen flüchtigen Kuss auf jede Wange und drehte sich zur Tür um.

»Ich wünsche dir Glück bei deinem Essen.«

Sie öffnete die Haustür und trat hinaus, ohne sich noch einmal umzudrehen. Sichtlich enttäuscht ging sie zu ihrem Haus hinüber.

Er konnte es nicht verhindern, dass ihr kleiner, knackiger Po seinen Blick unausweichlich anzog.

Kapitel 3

Christof schüttelte unwirsch den Kopf.

»Bin ich eigentlich ein kompletter Idiot?«, murmelte er, trat auf den Hof hinaus und rief ihr hinterher. »Stephanie, möchtest du mir helfen? Wir könnten das Menü gemeinsam zubereiten und du kannst es später servieren.«

Sie drehte sich um und lächelte ihn freudestrahlend an.

»Gern Christof! Aber nur, wenn ich alles probieren darf, was du für den Journalisten zauberst!«

»Du sollst mir bei der Zubereitung hilfreich zur Seite stehen. Du weißt ja, dass zum Kochen auch das Probieren gehört.«

Nachdem sie sich umgezogen hatten, standen sie sich an der Kücheninsel gegenüber. Christof hatte schon die Karotten, den Sellerie und den Lauch geschält und gewaschen. Er war gerade dabei, die Zwiebel in Brunoise, also in kleine Würfel, zu schneiden und Stephanie schnitt die Karotten in gleichmäßige Scheiben und sah ihn dabei an.

»Schau lieber auf dein Messer, sonst sind deine Finger schnell unter der Klinge.«

»Ich denke, ich kann mit einem Messer umgehen.«

»Die Klingen sind wirklich unglaublich scharf, pass bitte auf.«

Christof öffnete inzwischen die, mit einem Schluck Rotwein vakuumierten Bäcklein.

»Wir rösten zuerst die Zwiebeln in der Öl-Butter-Mischung an, bis sie leicht karamellisieren, und nehmen sie heraus, um danach die Bäcklein kräftig anzurösten.«

Er deutete auf den gusseisernen Topf auf dem Herd. »Damit die Zwiebeln nicht anbrennen, geben wir Butter hinzu. Das Wasser in der Butter kühlt das Ganze ein wenig herunter und verleiht außerdem ein herrliches Aroma!«

Stephanie gab ein nussgroßes Stück Butter und etwas Olivenöl in den Topf, während Christof ihr die nächsten Schritte erklärte.

»Nachdem das Fleisch rundum gut angeröstet ist, kommt das Gemüse hinzu und zum Schluss wird alles mit einer halben Flasche Pinot Noir abgelöscht. Zum Abrunden kommen Lorbeerblätter, Wacholderbeeren und zwei Körnchen Piment, die im Mörser kurz gequetscht wurden hinzu und alles muss für gute zwei Stunden bei hundertsechzig Grad im Ofen vor sich hin schmoren.«

Sie wartete, bis die Butter geschmolzen war, gab die Zwiebelwürfel in den Topf und rührte so lange, bis die Zwiebeln glasig waren.

In der Zeit, in der Stephanie die Wildschweinbacken zubereitete, widmete er sich der Vorspeise. Er parierte die Leber, schnitt sie anschließend in gleichmäßige Würfel und stellte sie wieder kühl. Nachdem er die Zwiebeln in feine Brunoise und die Äpfel in etwas gröbere Jardiniere geschnitten hatte, vermengte er diese mit Zitronensaft, um zu verhindern, dass sie braun wurden.

Bevor Stephanie das geröstete Gemüse mit dem Pinot Noir ablöschte, goss Christof ihnen zwei kleine Gläschen davon ein.

»Hier, koste den Wein. Du musst immer darauf achten, dass deine Zutaten von hoher Qualität sind. Je besser die Grundlagen, desto köstlicher wird das Ergebnis.«

Er stieß mit ihr an, schwenkte sein Glas ein wenig hin und her und roch daran. Er ließ den kühlen Tropfen zuerst einen Augenblick sein volles Bouquet entfalten. »Es ist ein sehr guter Jahrgang. Der Duft ist eher dezent und erinnert an die Aromen von roten und manchmal auch schwarzen Früchten wie Erdbeeren, Himbeeren, Weichseln, Brombeeren und Johannisbeeren.«

Stephanie probierte einen Schluck. »Der schmeckt kräftig nach Cassis, du hast recht.«

»Für das Wildschwein ist er perfekt, zur Leber passt er allerdings nicht. Ich glaube, ein schöner Riesling wäre dafür gut. Diese rassigen, eleganten und leicht fruchtigen Weine sind nämlich von unglaublicher Subtilität, was sie zu exzellenten Begleitern für die Vorspeise macht. Ich stelle schon mal eine Flasche kühl, der Riesling muss entsprechend temperiert sein.«

Nachdem alles vorbereitet war, verschwand er im Bad. In dieser Zeit achtete Stephanie auf die geschmorten Bäcklein.

»Immer wieder ein Schlückchen Wein nachgießen, das gibt eine herrliche Reduktion!«, hatte er ihr zuvor gesagt.

Sie betrachtete ihr leeres Glas und tat, was Christof ihr aufgetragen hatte, bevor sie sich ein weiteres Glas einschenkte. »Der Pinot Noir ist fabelhaft, den muss ich mir unbedingt merken.«

Es war jetzt zwanzig Uhr, der Tisch war gedeckt, das Degustationsmenü vorbereitet, es fehlte nur der ominöse Gast.

»Hat ihn die Grippe wohl ans Bett gefesselt«, murmelte Christof, kurz bevor der SUV mit dem Frankfurter Kennzeichen doch auf den Hof fuhr. Christof betrachtete seinen Gast mit gemischten Gefühlen. Dieser torkelte noch immer, als er aus dem Wagen stieg, und musste sich am Dach des Autos festhalten, um nicht umzufallen.

»Guten Abend der Herr«, begrüßte er den Mann. Gonzo stand neben ihm und wedelte mit dem Schwanz.

»Sie haben Ihren Hund ja wieder nicht angeleint. Können Sie dieses Monster bitte entfernen? Ich habe es nicht so mit Kötern.«

Christofs Laune sank in den Keller. Er mochte es nicht, erpresst zu werden, und noch viel weniger konnte er es ausstehen, wenn sich jemand so unflätig äußerte. Er wollte jedoch keine schlechte Kritik für seinen Blog riskieren.

»Gonzo, ab ins Schlafzimmer!«

Der Hund sah kurz zu Christof, drehte sich um und trottete davon, als Christof seinem Gast den Mantel abnahm und dessen Unterlagen auf dem kleinen Schrank neben der Garderobe ablegte.

»Sie sehen gar nicht gut aus. Glauben Sie, es ist sinnvoll, gerade heute ein Probeessen zu veranstalten?«

»Mir geht es gut. Ich muss mich am Wochenende lediglich verkühlt haben, und das sind die Nebenwirkungen des Hustensirups. Der macht mich immer ein bisschen benommen.«

Der Fremde trank einen kräftigen Schluck aus seinem Flachmann und hielt diesen Christof anschließend hin.

»Apropos Medizin, lassen Sie da mal die Luft raus? Ich bezahle es Ihnen natürlich.«

»Ich werde nachsehen, was ich in meiner Bar habe.«

»Am liebsten Cognac. Schnaps vertrage ich nicht.«

Christof Weinkeiler hatte in der alten, holzvertäfelten Stube einen Tisch eingedeckt. Er geleitete seinen Gast gerade zu dem Platz, als dessen Telefon klingelte. Der Mann machte jedoch keine Anstalten, das Gespräch anzunehmen.

»Schön haben Sie es hier, erinnert mich an eine urige Tiroler Stube. Nur die Elsässer Keramik passt nicht so ganz zu diesem Bild.«

Er setzte sich jetzt wackelig auf den Stuhl, den Christof ihm anbot.

»Bitte nehmen Sie Platz und genießen Sie Ihr Menü. Ich habe mir erlaubt, es ein wenig abzuwandeln.«

»Lassen Sie sich nicht aufhalten, ich habe Hunger wie ein Rudel Wölfe.« Der Mann kontrollierte jetzt sein Smartphone. »Da muss ich kurz zurückrufen, Sie entschuldigen?«

»Kein Problem, solange Sie telefonieren, richte ich an.«

Christof beobachtete den Fremden, während er den ersten Gang anrichtete.

Lange darf er nicht quatschen, sonst wird alles kalt.

Kaum hatte er diesen Gedanken zu Ende gedacht, sah er, dass der Mann das Telefonat beendet hatte.

Stephanie hatte schon den Riesling serviert und es war Zeit für die Vorspeise.

»Voilà, Champignonköpfe, gefüllt mit Wildschweinleber und Apfelwürfeln, abgerundet mit geschrotetem grünen Pfeffer. Salzen müssen Sie selbst, Sie wissen ja bestimmt, dass Leber sonst beim Kochen hart wie eine Schuhsohle wird.«

Er platzierte den Teller gekonnt auf dem Platz-Set und verschwand danach in der Küche und beobachtete seinen Gast gespannt.

Skeptisch musterte der Blog-Tester den Teller vor sich, machte mehrere Fotos mit seinem Smartphone und schnitt danach einen der gefüllten Pilze entzwei. Er fächerte sich das Aroma zu, um kurz darauf anerkennend zu nicken. Trotzdem befürchtete Christof irgendwie, dass dieses Probeessen nicht gut ausgehen würde, da der Mann von Minute zu Minute kränker aussah.

Es wurde Zeit, die Soße für die Joue de Sanglier zu montieren. Die, in einem gusseisernen Topf, geschmorten Joue standen bereits im Ofen. Christof hatte den Bratenjus abgeseiht und mit frischem Salbei und einem Schuss Pinot Noir reduziert. Er schnitt gerade die gekühlte Butter in Würfel, als Stephanie in die Küche kam.

»Lass dir ruhig Zeit mit dem Hauptgang, unser komischer Gast braucht offenbar noch einen Moment, er musste kurz austreten.«

Christof betrat gerade die Stube, um die Vorspeise abzuräumen, als der befreundete Jäger durch die Tür trat.

»Salut Christof, ich habe einen Schwarzkittel für dich, frisch geschossen, ungefähr fünfunddreißig Kilo! Was würdest du mir dafür geben?«

Christof war heute nicht in der Stimmung, lange zu feilschen. »3,20 Euro das Kilo, ohne Decke, so wie immer. Bringst du ihn in den Schlachtraum und hängst ihn für mich auf? Ich habe heute leider keine Zeit für dich, tut mir leid.«

Der Jäger betrachtete neugierig den Teller mit dem angeschnittenen Champignonkopf.

»Ich habe es genau gesehen, du kochst Leber. Wieder einmal, ohne mich einzuladen.«

»Lass uns morgen Abend darüber reden, nach zweiundzwanzig Uhr, dann rechnen wir auch ab, in Ordnung? Sei mir nicht böse, aber ich habe gerade andere Sorgen.«

Der Jäger gönnte sich eine Nase voll Schnupftabak. Anscheinend hatte er das silberne Erbstück seines Großvaters, das er bei der letzten Hatz verloren hatte, durch ein Modell aus Ebenholz ersetzt.

»Brösel mir ja nichts davon auf den Teller meines Gastes, hörst du!«

Der Jäger hob kurz die Schultern, dann ging er davon, allerdings nicht, ohne sich den Duft der Vorspeise noch einmal zuzufächeln.

»Dieses Aroma! Du kannst es wirklich mit jedem Spitzenkoch aufnehmen.«

»Christof, komm schnell in die Küche, hier brennt irgendetwas an!«, schrie Stephanie panisch.

Ohne weiter auf den Jäger zu achten, eilte er zu seinen Töpfen zurück.

»Verdammt, die karamellisierten Karotten«, fluchte er ungehalten.

Erleichtert erkannte er, dass die Karotten nur leicht angeröstet waren, das konnte er ohne Weiteres als *spezielle Zubereitungsart* anpreisen.

Ein lautes Poltern drang jetzt plötzlich durch das Haus.

Christof blickte Stephanie an. »Schaust du bitte mal nach, wo unser Gast bleibt? Nimm bei der Gelegenheit bitte den Brotkorb mit, wenn du zurück in die Küche kommst, danke!«

Sie nickte kurz. »Warte mit der Soße, bis ich wieder da bin. Ich will sehen, was du beim Montieren anders machst als ich. Bei mir wird das nämlich immer nur ein unansehnlicher Kleister.«

»Beim nächsten Mal, Stephanie. Jetzt muss es schnell gehen.«

Christof konzentrierte sich wieder auf die Soße zu den Bäcklein. Er nahm frische Butter aus dem Kühlschrank. Die Temperatur war entscheidend, je kälter die Butter war, umso sämiger wurde die Soße. Zu kalt durfte sie jedoch auch nicht sein, sonst kühlte die Soße zu sehr ab.

Ein spitzer Schrei übertönte jetzt das Scheppern des Schneebesens. Christof hielt erschrocken inne.

»Was ist los, Stephanie?«

»Komm schnell, er liegt am Boden.«

»Wer liegt am Boden? Der Jäger? Typisch, der ist bestimmt wieder Blau, der Idiot.«

»Nein, nicht der ... der Blog-Tester. Ich glaube, du kannst aufhören, zu kochen.«

Stephanie kam in die Küche und wie in Zeitlupe glitt ihr der antike Elsässer Brotkorb aus Keramik aus der Hand und zersplitterte mit einem lauten Krachen auf dem Terrakottaboden.

»Christof, du kannst ...«

Er sah sie fragend an, so hatte er Stephanie noch nie zuvor erlebt. »Du bist ja ganz blass geworden und zitterst am ganzen Körper. Was ist denn los mit dir?«

»Ich ... mir ist nicht wohl ... das musst du dir ansehen!«

Er stürmte um die Kochinsel herum, um Stephanie auffangen zu können, da diese bedenklich ins Wanken geraten war.

»Was ist passiert? Du siehst aus, als wärst du dem Tod begegnet.«

Sie sah ihn mit zusammengekniffenen Augen an. »Du kannst aufhören ... du musst nichts mehr anrichten.«

»Warum nicht? Ist er abgehauen?«

»Das könnte man so sagen. Er ist ... komm mit und sieh selbst, Christof. Ich glaube, er ist ... er ist tot!«

Christof ließ den Schneebesen erschrocken fallen.

»Was meinst du mit: Er ist tot?«

»Na, er ist abgekratzt, hat den Löffel abgegeben, ist dahingeschieden – tot eben.«

Er verließ die Küche, sah in den Gang hinaus und dort am Boden vor der Toilette lag tatsächlich der ominöse Gast, reglos und mit verdrehten Augen. Seine linke Hand war auf seine Brust gepresst.

Christof Weinkeiler kniete sich neben den Mann, roch die Cognacfahne und betrachtete die panischen weit aufgerissenen Augen. Er tastete sofort am Hals nach einem Puls, aber es war keiner zu spüren. Der

Mann war so tot wie der Schwarzkittel in seinem Schlachtraum.

»Stephanie, geht es dir gut?«

Er eilte zurück in die Küche und legte seinen Arm um sie. »Komm, lass uns die Feuerwehr und die Polizei anrufen.«

Sie nickte zustimmend. »Was denkst du, was ihm zugestoßen ist?«

»Ich habe keine Ahnung. Jetzt brauch ich erst mal einen Schnaps.«

Christof griff nach einer Flasche Mirabellen-Schnaps und zwei Stamperl.

»Hier, du trinkst auch einen, das ist praktisch Medizin.«

Stephanie sah ihn skeptisch an, leerte das Glas jedoch mit einem Schluck, schüttelte sich und griff anschließend zum Telefon. »Ich ruf die 18, die 15 ist wohl nicht mehr nötig. Danach räume ich den Tisch ab.«

»Warum willst du die Feuerwehr anrufen?«

»Bei uns in Frankreich ruft man bei medizinischen Notfällen die 18 an, da diese sich um die Erstversorgung und alles andere kümmert. Der Notarzt kommt mit der Feuerwehr, die Ambulanz kommt erst später dazu.«

»Das muss man ja erst mal wissen. Was das Aufräumen angeht, denke ich, wir sollten alles so lassen, bis die Polizei sich ein Bild gemacht hat. Komm so lange mit mir nach oben in mein Büro, damit wir hier nicht aus Versehen etwas verändern.«

Kapitel 4

Keine zwanzig Minuten später wurde Christof Weinkeilers Hof sowie die gesamte Nachbarschaft von Blauroten Lichtern überflutet. Feuerwehr-Sanitäter, ein Notarzt und die Polizei waren hierhergekommen, hatten sein Wohnzimmer innerhalb kürzester Zeit in eine verbotene Zone verwandelt und ihnen den Zugang verwehrt, bis die Spurensicherung aus Straßburg ihre Untersuchungen abgeschlossen hatte.

Christof saß daher mit Stephanie und bewacht von einem jungen Polizisten, mit einer Thermoskanne Kaffee, etwas Käse, Baguette und einer Flasche Rotem in der Küche. Sie beobachteten neugierig das Treiben in seinem Wohnzimmer und grübelten dabei über die Ereignisse des heutigen Tages nach.

Christof sah einem Beamten dabei zu, wie dieser den Riesling samt Glas eintütete, sowie den Teller mit dem übrig gebliebenen Champignon und den letzten Überresten des Leberragouts in einer anderen Beweistüte verpackte.

Selbst das angebissene Baguette mit der hausgemachten Süßrahm-Kräuterbutter und dem Geschirr, auf dem es gelegen hatte, landete bei den Beweisstücken.

»Schau dir das mal an, sogar mein Besteck wird eingetütet. Das finde ich irgendwie ein wenig übertrieben.«

»Das ist bestimmt ganz normale Routine, Christof. Sie müssen herausfinden, wie der arme Kerl ums Leben gekommen ist. Es könnte ja sein, dass dein Essen an seinem Ableben schuld ist.«

Christof sah Stephanie erschrocken an. »Findest du das etwa witzig? Ich kann darüber ganz und gar nicht lachen.«

»War doch nur ein Scherz. In wenigen Tagen hast du dein gutes Geschirr bestimmt wieder zurück, chemisch rein und unversehrt.«

Er betrachtete sein Weinglas. »Mir geht es nicht um das Service! Ich habe ein komisches Gefühl bei der ganzen Sache.«

Genau in diesem Moment kam einer der Beamten zu ihnen in die Küche.

»Monsieur Weinkeiler, gehe ich recht in der Annahme, dass in den Töpfen auf dem Herd die Speisen sind, die Sie für Ihren Gast zubereitet hatten?«

Christof nickte. »Möchten Sie vielleicht einen Teller probieren? Ich kann Ihnen gern eine Portion warm machen.«

»Nein, ich werde von allem eine Probe nehmen müssen, um eine eventuelle Vergiftung ausschließen zu können.«

»Auch von dem Essen, das er noch nicht einmal gekostet hatte?«

»Sie verstehen hoffentlich, dass wir alles ganz genau überprüfen müssen.«

Unbeirrt begann der junge Beamte damit, mit Holzspateln kleine Proben des Essens in etikettierte Gläser abzufüllen. Ein weiterer Mann betrat nun die Küche. Müde und unrasiert, ein Carambar kauend, stellte er sich neben die Drei und beobachtete das ganze Geschehen.

»Salut Christof, was hast du da für einen Schlamassel am Hals?«

Er hielt ihm eines der typischen, französischen Kaubonbons, das in gelbes Papier eingewickelt war, hin.

»Hier, das tut den Nerven gut.«

Christof sah von seinem Glas auf.

»Hallo Léon, wie geht es dir? Schön, dass du auch da bist. Sag mal, wie lange werdet ihr mein Haus belagern?«

Commissaire de Police Léon Moreau betrachtete die Töpfe und Pfannen auf dem Herd, ohne auf seine Frage einzugehen.

»Zuallererst sorge bitte dafür, dass dein Hund den Ermittlern nicht in die Quere kommt. Er kontaminiert den Tatort und verwischt die vorhandenen Spuren.«

»Gonzo ist oben im Schlafzimmer. Er war nur kurz unten, weil der Tote mich gebeten hat, ihn wegzuschließen.«

»In Ordnung. Kannten Sie den Mann?«, begann der Commissaire, Christof zu befragen.

»Plötzlich so förmlich, Léon?«

»Ich bin schließlich dienstlich hier.«

Er zuckte kurz mit den Schultern. »Wie ich schon zu deinen Beamten sagte, kannte ich ihn nicht. Er hat sich als Mitarbeiter eines deutschen Verlages vorgestellt, der meine Kochkünste für eine große Reportage über Foodblogs testen wollte.«

»Er hat Ihnen angeboten, über Ihren Blog zu berichten, ist das korrekt?«

»Angeboten? Wohl eher angedroht. Er hat mir in etwa Folgendes gesagt: *Entweder, Sie bereiten dieses Menü für mich zu, oder ich werde Sie in meinem Bericht verunglimpfen.* Da ich heute nichts anderes vorhatte, willigte ich ein. Stephanie, meine Nachbarin und gern gesehene Hilfe in der Küche, hat mich tatkräftig bei der Zubereitung des Menüs unterstützt.«

Commissaire de Police Léon Moreau sah ihn intensiv an. »Wie heißt der verstorbene Mann?«

Christof überlegte kurz. »Das mag jetzt vielleicht seltsam klingen, aber ich habe keine Ahnung. Er hat sich mir nicht namentlich vorgestellt. Du weißt ja, Namen sind für mich sowieso nur Schall und Rauch.«

Léon sah zu dem jungen Beamten hinüber, der gerade damit beschäftigt war, Proben von allem zu nehmen, und der sich nun räuspernd bemerkbar machte.

»Da kann ich Ihnen weiterhelfen, Commissaire Moreau. Der Verstorbene hieß Josef Kaack. Das haben wir anhand seiner Papiere in seiner Brusttasche herausfinden können.«

Commissaire Léon sah wieder zu Christof. »Sagt Ihnen der Name irgendetwas?«

Er zuckte mit den Schultern. »Nein, absolut nichts.«

Der Commissaire machte sich eine kurze Notiz, dann warf er einen Blick zu seinen Leuten, die inzwischen damit begonnen hatten, sämtliche Blumen und Pflanzen zu fotografieren. Er nickte kurz und wandte sich wieder Christof zu.

»Zu Ihrer Frage von vorhin, die Untersuchung wird bestimmt noch zwei oder drei Stunden dauern.«

Christof wusste ganz genau, dass Commissaire Léon einem guten Vieux Comté und einem Glas Rouge d'Ottrott nicht widerstehen konnte, darum hatte er Stephanie gebeten, vor der Ankunft der Polizei eine entsprechende Flasche aus dem Keller zu holen und kühl zu stellen.

»Nimm Platz, im Sitzen redet es sich viel leichter.«

Er hoffte, die ganze Sache mit einem Gläschen Rotwein beschleunigen zu können. Commissaire Léon rückte sich zwar einen Barhocker zurecht, blieb jedoch stehen und beobachtete die Beamten in der Küche.

»Erzählen Sie mir alles, was heute Abend vorgefallen ist, Herr Weinkeiler.«

»Darf ich dir etwas zu trinken anbieten?«

»Gern, ein Wasser bitte.«

Anscheinend hatte Christof ihn falsch eingeschätzt. Er unternahm einen letzten Versuch, indem er die Flasche provokant aus dem Kühler zog.

»Dann kann ich den Roten ja wieder wegstellen.«

Der Commissaire sah sich hin und her gerissen um. »Ich weiß nicht, es sind so viele Beamte hier. Aber, so ein Stückchen Käse und ein kleines Gläschen, beruhigt bestimmt die Nerven. Ich habe in diesem verschlafenen Nest schließlich nicht oft solchen Trubel.«

Stephanie räusperte sich. »Werde ich hier noch gebraucht? Ich fühle mich ehrlich gesagt ein wenig unwohl. Der Anblick der Leiche und all der Wirbel ist mir wohl auf den Magen geschlagen.«

Christof sah den Commissaire an. »Hast du alles, was du von Stephanie brauchst?«

»Ja, Sie können gehen, Frau Barnard. Wenn wir weitere Fragen haben sollten, weiß ich ja, wo Sie wohnen.«

Er setzte sich nun zu Christof und hielt ihm das Weinglas vor die Nase.

»Da alle dienstlichen Fragen vorerst geklärt sind, nehme ich jetzt gern ein Gläschen. Ich werde dir

Gesellschaft leisten, bis der ganze Zirkus hier vorbei ist, wenn dir das recht ist. Währenddessen kannst du mir ja erzählen, wie der heutige Abend genau abgelaufen ist.«

»Warum jetzt plötzlich wieder Du?«

»Wie ich gerade sagte, Schnaps ist Schnaps und Dienst ist Dienst.«

Eineinhalb Stunden später, als sie die Flasche Roten geleert hatten, kehrte langsam wieder Ruhe in Christof Weinkeilers Wohnzimmer ein. Der Verstorbene war abtransportiert worden und die drei Polizisten von der Spurensicherung aus Straßburg hatten ihre Sachen zusammengepackt. Der Commissaire sah sich interessiert die Einmachgläser mit den Kräutern, Pilzen und Kastanien an.

»Bist du dir wirklich sicher, dass keine giftigen Sachen in deiner Küche herumstehen? Keine Magic Mushrooms oder Ähnliches?«

»Du kommst seit drei Monaten jede Woche zu mir, um Belote zu spielen. Du hast die Mahlzeiten, die ich seitdem mit den Zutaten aus diesen Gläsern zubereitet habe, überlebt. Mal ganz davon abgesehen, stammt der Großteil der Pilze, die du hier siehst, von dir selbst. Glaubst du etwa, ich habe einen wildfremden Mann vergiftet, nur weil er mir gedroht hat, meinen Blog zu diskreditieren?«

»Ich habe schon von Leuten gehört, die wegen weit weniger gemordet haben. Du darfst mir nicht böse sein, ich muss nun mal alle Möglichkeiten in Betracht ziehen.«

Einer der Beamten kam jetzt zu Commissaire de Police Léon Moreau und flüsterte ihm etwas ins Ohr, während er ihm einen Probenbehälter mit dem übrig gebliebenen Champignonkopf hinhielt. Der Commissaire runzelte kurz die Stirn und nickte.

»Die Kräuter, Pilze und Waldfrüchte, die du den ganzen Sommer über gesammelt hast, werden allesamt, bis zur Klärung der Todesursache, beschlagnahmt.« »Es könnte ja sein, dass Herr Weinkeiler aus Versehen etwas Giftiges gesammelt hat«, erklärte der Polizist.

Nach einer halben Stunde waren alle Regale leer geräumt, und selbst die gekauften Teebeutel und der noch versiegelte Kaffee, wurden sichergestellt.

Léon leerte sein Glas, stand auf und streckte Christof die Hand entgegen. »Für heute war es das erst einmal. Du weißt ja, wie das läuft. Unternimm vorerst keine Reisen, ohne mich darüber zu informieren. Wenn unsere Leute von der Spurensicherung sich nicht mehr bei dir melden, kannst du in zwei Tagen das Absperrband entfernen und dein Wohnzimmer und die Toilette hier unten wieder ganz normal benutzen. Morgen Vormittag kannst du ja mal bei mir anrufen, vielleicht kannst du dein Mittagessen ja auch dann schon wieder in deinem Wohnzimmer genießen.«

Lachend verabschiedete sich der Commissaire de Police und Christof Weinkeiler blieb allein in seiner Küche zurück. Diese durfte er uneingeschränkt benutzen, wenigstens hier war er Herr der Lage. Er sah auf die Uhr und erkannte, dass es schon halb zwölf Uhr war. Kein Wunder, dass er so müde war. Er wollte nur noch schlafen.

Der Tag war extrem anstrengend gewesen und er war immer noch geschockt von den Ereignissen. Es war zwar nicht das erste Mal für ihn, dass ein Gast vor seinen Augen dahinschied, aber damals war er wesentlich jünger und nur als unbeteiligter Dritter in die Sache verwickelt gewesen. Es war in seiner Lehrzeit, in einem Restaurant in München, geschehen. Damals war ein Gast an einer Gräte im Lachs erstickt, die sein Kollege übersehen hatte. Er selbst hatte sich als Gardemanger gemeldet, um dem zweiten Lehrling eine Chance zu geben, mal etwas anderes als Salate zubereiten zu können. Der damalige Chef de Partie war einverstanden gewesen. Daher war sein Kollege der Poissonnier gewesen und hatte den Lachs filetiert. Der Chef de Cuisine hatte es anschließend leider versäumt, die Lachsfilets zu kontrollieren. Dieser Fehler hatte den armen Koch damals seinen Job gekostet, und der Lehrling war ebenfalls gefeuert worden. Christof hingegen war nur verwarnt worden, weil er seinen gewohnten Posten verlassen hatte. Seit diesem Vorfall waren knapp vierzig Jahre vergangen, in denen er sich nie mehr etwas zu Schulden hatte kommen lassen, und nun das.

Er schaltete das Licht in der Küche aus, und Gonzo stand bereits oben auf der Treppe und wartete auf ihn, als jemand an die Tür klopfte.

Sollte er so spät noch öffnen? Doch da erinnerte er sich daran, dass der Jäger da gewesen war, der wollte bestimmt sein Geld haben. Er schrieb widerwillig einen Scheck aus, denn er hatte leider nicht genug Bargeld im Haus, um die Wildsau direkt zu bezahlen.

Christof schüttelte den Kopf. Wie hatten die Franzosen es nur geschafft, diese Art der Bezahlung so lange aufrechtzuerhalten? In der ganzen EU gab es beinahe keinen mehr, der Schecks verwendete, außer den Franzosen.

Erneut klopfte es an der Tür. »Ich komme ja schon. Du wirst doch wohl zwei Minuten auf dein Geld warten können, oder? Außerdem habe ich dir gesagt, du sollst morgen noch einmal vorbeikommen«, rief er, während er zur Tür eilte.

Kapitel 5

Zu seiner Freude stand jedoch nicht der Jäger, sondern ein willkommener Besucher auf der Türschwelle. Christof musste unweigerlich lächeln, als er in das freundliche Gesicht von Mathieu Bobb sah.

»Das ist die schönste Überraschung des heutigen Tages«, rief er.

Es war tatsächlich Mathieu Bobb, seines Zeichens Kriminalbeamter in Frührente und nebenbei sein bester Freund, der vor der Tür stand.

»Ich komme zwar eigentlich nicht, um Geld zu bekommen, aber wenn du unbedingt welches loswerden willst, nehme ich es natürlich gern.«

»Bonsoir, Mathieu! Was für eine freudige Überraschung. Ich wollte eigentlich gerade ins Bett gehen. Der Tag heute war unfassbar anstrengend.«

»Das kann ich mir vorstellen, du hast für ganz schön viel Aufregung im Dorf gesorgt. Du kannst doch nicht einfach deine Gäste sterben lassen.«

»Findest du das witzig? Ich nämlich nicht. Erst erpresst mich der Fremde, um anschließend in meiner Toilette abzukratzen. Danach stürmt eine Hundertschaft meinen Hof und beschlagnahmt alles, was irgendwie verzehrbar aussieht, und als ob das nicht genug wäre, meint jetzt offenbar jeder, er müsste sich über mich lustig machen. Nein danke, das brauche ich jetzt wirklich nicht auch noch.«

Mathieu klopfte Christof beruhigend auf die Schulter.

»Hohl mal ein Fläschchen Pinot Gris vom Spitz und ein bisschen von deiner Pastete, dann unterhalten wir uns in Ruhe über diesen ominösen Besucher und die folgenden Ereignisse.«

Christof deutete nach oben. »Wir müssen dafür ins Herrenzimmer, das Wohnzimmer ist ...«

»... von der Spurensicherung gesperrt? Das kann ich mir vorstellen. Was hast du heute gemacht, außer deinen Gast umzubringen?«

»Heute war mein Kochkurs mit Stephanie. Zumindest war das so geplant, bis der Fremde plötzlich vor meiner Tür gestanden hat. Ihr beide könnt euch zusammentun, sie hat nämlich die gleichen, dummen Sprüche drauf wie du.«

»Ach ja, deine heimliche Flamme. Hast du ihr schon gesagt, was du für sie empfindest?«

Christof Weinkeiler spürte, wie sein Gesicht heiß wurde, bestimmt war er schon knallrot angelaufen. »Nein, das kann ich nicht. Sie ist gerade mal achtundzwanzig, sie könnte meine Tochter sein! Wie würde das wohl aussehen?«

»Ich denke, es würde dir auf jeden Fall besser zu Gesicht stehen als die Tomate, die du gerade auf deinen Schultern spazieren trägst.«

»Ich bin doppelt so alt wie dieses Mädchen!«

»Lass dich nicht ärgern. Außerdem haben wir Wichtigeres zu besprechen.«

»Geh du schon vor, du weißt ja, wo es ist. Einfach die Treppe hoch und dann rechts. Kannst du schon mal den Kamin anheizen, es ist ein wenig frisch da oben.«

Christof kam kurz danach mit einem Tablett ins Herrenzimmer. Im Kamin prasselte ein angenehmes Feuer,

Gonzo lag vor dem Schreibtisch und schlief und Mathieu saß auf der Couch. Vor ihm auf dem Tisch lag ein Moleskine sowie ein Kugelschreiber.

»Wie gewünscht, eine Flasche Pinot Gris, selbst gemachte Wildschweinpastete mit Elsässer Trüffeln, und dazu hausgemachtes Eichelbrot, die ich ebenfalls in den Vogesen gesammelt habe. Nicht zu vergessen, Bauernbutter vom Nachbarhof und grobes Meersalz von der Ile de Ré.«

Mathieu betrachtete die Köstlichkeiten, öffnete den Wein und schenkte zwei Gläser ein, bevor er eine Scheibe Eichelbrot nahm und ein Stück Leberpastete darauflegte.

»Ich habe mich ein wenig umgehört, als ich das Groß-Aufgebot auf deinem Hof gesehen habe«, begann er und biss in das Brot, das er sich zubereitet hatte. Kauend fuhr er fort: »Unser Commissaire de Police ist recht unschlüssig. Er glaubt nicht, dass du etwas mit dem Tod des Mannes zu tun hast. Er vermutet eher, dass der Mann an einer natürlichen Ursache verstorben ist. Was zu deiner Beobachtung passen würde, dass er blass und vermutlich betrunken gewesen war. Vielleicht hatte er sich auch eine Grippe eingefangen und war deswegen so geschwächt. Als Laie kann man das nicht so einfach unterscheiden.«

»Glaube mir Mathieu, ich bin lange genug in der Gastronomie unterwegs, um erkennen zu können, ob ein Gast betrunken oder krank ist. In diesem Fall bin ich mir sicher, dass der Mann seinen Flachmann schon mittags geleert hatte.«

Jetzt schlug Christof sich auf die Stirn. »Oh Cacahuète, das habe ich ja total vergessen.«

»*Was?*« Mathieu sah ihn fragend an. Doch Christof war schon aufgesprungen und beinahe aus dem Raum gerannt.

»Warte hier, ich muss dir unbedingt was zeigen.«

Mathieu war bei der zweiten Schnitte angelangt, dieses Mal mit viel Butter unter der Pastete, so wie Christof es von ihm gewohnt war, als dieser wiederkam.

»Butter macht immer alles besser, du kennst mich ja. Du glaubst also, der war tatsächlich komplett betrunken? Dann ist eine natürliche Todesursache doch durchaus im Bereich des Möglichen.«

Christof stellte behutsam einen Gegenstand vor Mathieu auf den Tisch.

»Den solltest du unbedingt von einem deiner ehemaligen Kollegen untersuchen lassen.«

»Was ist das?«

»Ein Flachmann, der dem Opfer gehört hat, diesem Josef Kaack. Er hat ihn vor dem Essen geleert und mich gebeten, ihn wieder mit Cognac aufzufüllen. In dem ganzen Trubel habe ich das Teil vollkommen vergessen.«

»Du meinst also, die Polizei weiß gar nichts davon?«

»Nein, der stand die ganze Zeit bei mir auf der Kücheninsel neben der Bar. Keiner hat ihn beachtet.«

Als Christof seinem Freund den Flachmann reichte, fiel sein Blick auf die Unterseite.

»Warte mal ... da ist eine Gravur.«

Er hielt den Boden gegen das Licht.

»Da steht: *Für den, der mich zum Schreiben ermutigt hat. In Liebe deine Susi-Maus.*«

»Ich werde das Teil morgen direkt forensisch und toxikologisch untersuchen lassen. Vielleicht können wir ja ein bisschen Licht in diese Geschichte bringen. Pack den Flachmann bitte in einen Gefrierbeutel.«

Mathieu griff zu seinem Moleskine und studierte seine Notizen. »Folgendes konnte ich inzwischen in Erfahrung bringen: Der junge Polizist hat deine Kräutersammlung und die Pilze sehr interessant gefunden. Er war es auch, der einige Brösel getrockneter Kräuter auf dem Tellerrand und auf dem Wohnzimmer-Boden gefunden hat. Kannst du dir das erklären?«

Christof schüttelte den Kopf. Er hatte gerade einen Bissen von seiner Pastete probiert und ließ sich die einzelnen Aromen von Trüffel, Kräutern und Wildschwein auf der Zunge zergehen. Er kaute genussvoll und ließ dem Bouquet Zeit, sich voll zu entfalten. Anschließend nickte er zufrieden.

»Kräuter auf dem Tellerrand? Sonst noch etwas?«

»Mehr erfahren wir erst nach der Autopsie.«

»Was glaubst du, wie schnell die Ermittlungen abgeschlossen sein werden?«

»Das kommt ganz darauf an, in welche Richtung das Ganze läuft. Wenn es eine natürliche Todesursache war, ist in zwei, drei Tagen alles vergessen. Hat hingegen jemand nachgeholfen, kann das Ganze durchaus mehrere Monate oder vielleicht sogar Jahre dauern.«

»Du machst Witze, oder? Jahre? Da kann ich meine Pläne für die Zukunft ja gleich begraben.«

»Sieh das Ganze nicht so schwarz, im Augenblick haben wir nur einen seltsamen Todesfall, der sich durchaus als Unfall entpuppen kann.«

Christof wurde bei dem Gedanken an eine ausführliche und langwierige Morduntersuchung ganz übel.

»Was glaubst du? Der Mann ist auf die Toilette gegangen, hat mit letzter Kraft die Toilettentür aufgestoßen und ist umgefallen. Wir haben ihn vorher weder Husten noch Stöhnen gehört, findest du das normal? Er ist zwar schwankend aber allein zur Toilette gegangen. Ich hatte nicht den Eindruck, dass er sich verschluckt hatte.«

»Wenn er erstickt wäre, hätte der Arzt das bei der ersten, wie sagt man noch bei euch in Österreich, ich glaube Totenbeschau, bemerkt.«

»Du hast recht, so etwas sieht man immer in den Fernsehkrimis. Da steht stets ein schlauer Pathologe neben der Leiche, der, ohne zu zögern, den genauen Todeszeitpunkt, sowie die Ursache für das Ableben nennen kann.«

»So einfach ist es im echten Leben leider nicht. Wir brauchen schon mehr als sechzig oder neunzig Minuten, um einen Mord aufzuklären.«

Christof musste unwillkürlich lachen. »Das ist mir schon klar, aber es wäre schön, wenn es so simpel wäre.«

Mathieu nahm sein Weinglas und prostete Christof zu. »Auf eine schnelle Lösung deines privaten Krimis! Hast du dir wenigstens die Exklusivrechte gesichert?«

»Ich lache lieber später darüber.«

»Das ist mein Ernst! So eine Geschichte passiert hier nicht alle Tage. Ich wette, in Kürze stehen die ersten Reporter vor deiner Tür Schlange, um über dich zu berichten. Sieh es mal so ... das kann für dich und dein Projekt eine tolle Werbung werden.«

»Meinst du das ernst? Ich bin nicht davon überzeugt, dass mir diese Geschichte guttut. Ich habe schon mal erlebt, was mit einem Restaurant und dem dazugehörigen Küchenchef passiert ist, nachdem ein Gast zu Tode gekommen ist. Das war ganz und gar keine gute Publicity. Nach drei Wochen war es nämlich komplett vorbei mit Haute Cuisine!«

Christof fielen langsam die Augen zu. »Der Abend war wirklich lang, daher muss ich jetzt ins Bett. Morgen wissen wir hoffentlich mehr. Kommst du morgen Abend zur Blindverkostung?«

»Um nichts in der Welt würde ich das verpassen wollen. Verrate mir, was du dieses Mal zauberst.«

Er schüttelte den Kopf. »Nein mein Lieber, du wirst dich überraschen lassen müssen. Dieses Mal bin ich mir sicher, dass keiner von euch erkennen wird, was ich euch servieren werde.«

»Da stellt sich mir allerdings die Frage, womit willst du kochen? All deine Zauberkräuter und Hexerei-Zutaten wurden beschlagnahmt. Deine Küche gleicht im Moment eher einem Ausstellungsstück in einem Möbelhaus als einer bewohnten Küche.«

Christof schlug sich mit der Hand auf die Stirn. »Cacahuète, das hatte ich ja total vergessen. Ich muss mir schnell was einfallen lassen.«

Mathieu leerte sein Glas und stand auf. »Du hast recht, es ist spät. Ich muss morgen früh raus. Danke für den köstlichen Mitternachtsimbiss.«

»Gern, es war gut, mit dir über den Abend reden zu können. Ich denke, all das wird sich bald in Wohlgefallen auflösen.«

»So sehe ich das auch. Ich werde den Flachmann morgen im Labor abgeben. Ich denke nicht, dass wir

Interessantes daran entdecken werden, aber man weiß ja nie.«

Christof geleitete seinen Freund Mathieu auf den Hof, dann ging er noch einmal durch die Küche, um alles zu kontrollieren. Er ließ seinen Blick über die leer geräumten Regale und den abgesperrten Esstisch schweifen. Er kontrollierte, ob die Haustür abgesperrt war, bevor er in sein Büro ging und den Ausblick auf das kristallklare Firmament genoss. Gonzo legte ihm seinen Kopf in den Schoß und wartete darauf, dass er gestreichelt wurde.

»Du hast es gut, dein einziges Problem ist es, wo der nächste Baum steht und was ich dir zum Fressen in die Schüssel gebe.«

Gonzo sah kurz auf, stupste ihn an und legte seinen Kopf wieder an Christofs Oberschenkel.

Mechanisch streichelte er Gonzos weiche Fell, da kam ihm etwas in den Sinn. Er fühlte sich plötzlich wie ein Fremdkörper in seinem eigenen Zuhause; wie ein unerwünschter Eindringling.

Christof setzte sich vor seinen Laptop und überlegte, was er seinen Lesern heute mitteilen sollte. Es war so vieles passiert, das berichtenswert wäre, doch durfte er das?

Er goss sich ein Glas Wasser ein und tippte drauflos.

Kapitel 6

Regional – der Blog für bewusste Genießer 24.10.19

Ein Toter zum Abendessen!

Heute war es aufregend bei mir zu Hause. Ein Fremder kam zu mir und wollte bekocht werden. Er hatte sehr genaue Vorstellungen davon, was ich ihm kredenzen sollte. Bereits vor dem Hauptgang war der arme Kerl in meiner Toilette verstorben, darum gibt's nur einen kurzen Eintrag in meinem Blog.

Heute Morgen war ich im Wald, um nach Maroni und Eicheln zu suchen, da ich die Vorräte auffüllen muss. Auf meinem Spaziergang flogen mir die Kugeln um die Ohren. Ja ihr Lieben, es ist so weit, die Schwarzrock-Saison hat begonnen! Die nächsten Wochen werde ich mich ganz der Wildsau widmen, ihr werdet sehen, selbst aus der Bauchdecke kann man etwas Leckeres zubereiten!

Nehmt euch in Acht im Wald, wo des Jägers Büchse knallt!

Kleines Detail am Rande: Wisst ihr, wie sich die Einwohner der Ardennen, eine Region in Frankreich, nahe Luxemburg, nennen? Sanglier, also Wildsauen. Ich war neugierig und habe mich auf die Suche gemacht, woher der Name kommt. Siehe da, auf der Homepage der Region, die heute zum Grand Est gehört, wurde ich fündig. Einst waren die Ardennen der keltischen Jagd– und Waldgöttin Arduinna geweiht. Deren heiliges Tier war – drei Mal dürft ihr raten – die Wildsau!

So, das war es für heute, ich wünsche euch eine gute Nacht!

Er überflog seinen Text, trank den letzten Schluck Wasser und klickte auf den *Senden*-Button. Es verging keine Minute, da hatten die ersten zwanzig Follower seinen neuen Beitrag bereits gelesen. Das war der Fluch und Segen der modernen Technik.

Innerhalb von Sekunden war eine Nachricht, egal, ob Fake News oder Virusausbruch, für jeden zugänglich. Man musste daher als Konsument in dieser schnelllebigen Welt lernen, zu unterscheiden und zu hinterfragen, sonst saß man schnell einem Münchhausen, oder wie man heute so schön sagte, alternativen Fakten auf.

Suppe

Kapitel 7

Das sanfte Stupsen einer kalten, feuchten Nase auf seiner Schulter riss Christof aus seinem Traum. Er hatte die ganze Nacht von den Ereignissen des gestrigen Abends geträumt. Immer wieder grübelte er darüber nach, wie er hatte übersehen können, wie krank dieser Herr Kaack gewesen war. Er hätte schon am Nachmittag einen Arzt rufen sollen, nachdem dieser sich in seinem Hof übergeben hatte. Aber nein, er hatte sich stattdessen dazu überreden lassen, für diesen Wildfremden zu kochen, und nun war er tot. War Christof vielleicht schuld am Ableben des Fremden? Er sah auf die Uhr, es war erst halb fünf, früh genug, um zum Markt zu fahren.

Gonzo legte seinen Kopf auf das Bett und sah sein Herrchen flehend an.

»Ja mein lieber Gonzo, ich komme ja schon. Gib mir zwei Minuten, dann laufe ich mit dir eine Runde um das abgeerntete Maisfeld hinter unserem Haus.«

Er stand auf und ging ins Bad, um sich frisch zu machen. Als er vor dem Spiegel stand, betrachtete er sich und klopfte sich leicht auf seinen, immer noch flachen Bauch.

»Dafür, dass ich die letzten vierzig Jahre in der Küche gestanden habe, habe ich mich eigentlich ganz gut gehalten«, sagte er zu seinem Spiegelbild, durchaus zufrieden mit seiner Figur. Er war zwar nicht sportlich gebaut, hatte sich aber trotz allem eine stattliche Erscheinung bewahrt.

Dank Gonzo schaffte er es, mindestens zwei Mal täglich einen ausgiebigen Spaziergang mit einigen Kilometern Jogging zu machen. Gonzo ließ ihm keine Ausreden durchgehen und das war gut so.

Nachdem er seinen Hund Gassi geführt hatte, sprang er schnell unter die Dusche, die er ebenso schnell wieder fluchend verließ. »Cacahuète, warum habe ich kein warmes Wasser? Was passiert mir denn noch alles in dieser Woche?«

Er machte sich eine kurze Notiz, damit er nicht vergaß Alphonse, den Elektriker anzurufen, denn dieser musste sich unbedingt den Anschluss des Boilers ansehen. Danach fuhr er zum Marché Gare.

Gemächlich schlenderte Christof durch die hell erleuchtete Halle. Er liebte es, frühmorgens durch den Straßburger Großmarkt zu bummeln. Schon zu seinen Zeiten als Chefkoch in München hatte er den morgendlichen Trubel, das Feilschen um die besten Preise und die Jagd nach neuen Produkten und Raritäten genossen. Heute jedoch betrachtete er diesen Markt mit anderen Augen. Er war nicht mehr auf der Pirsch nach Novitäten, nein. Er hatte saisonales Gemüse im Blick, kurze Lieferwege und regionale Spezialitäten. Meistens blieb er in seinem Dorf und deckte seinen Bedarf bei den Bauern vor Ort. Einmal im Monat kam er hierher, um den Überblick zu behalten.

Dieses Mal war der Ausflug eine willkommene Ablenkung, er musste dringend abschalten, um einen klaren Kopf zu bekommen.

Bei La Fromagerie de Jean-Paul, vor der er jetzt stand, hatte er schon Anfang 2000 seinen Münsterkäse geholt, nicht zu vergessen den Comté fruité, mit seiner zarten, fruchtigen Note.

Er betrat den rustikal eingerichteten Laden mit seinen geschwärzten Holzbalken, der schmalen, dunkelgrau schimmernden Granittheke und den Lampen aus Filzhüten, die an die klassische Kopfbedeckung bayrischer Bergbauern erinnerten.

»Salut Christof, ça va?«, schallte es ihm entgegen.

»Salut Paul, comme ci, comme ça. Ich habe gerade ein bisschen Stress zu Hause, aber lass uns lieber von was anderem reden.«

»Ich habe etwas Neues zum Probieren. Ist ein Comté, nennt sich Fleur des Alpes!«

Christof hatte den großen Laib bereits entdeckt. »Der sieht köstlich aus.«

Der Käselaib war eingehüllt in einer Mischung aus rot, orange und blau schimmernden Blütenblättern und duftete köstlich nach frischem Alpenheu. Abgerundet wurde das Bild durch das kräftige dunkelgrün getrockneter Alpenkräuter.

»Der Käse sieht äußerst interessant aus, den möchte ich gern déguster!«

Er sog genussvoll das kräftige Aroma ein, das der Comté Fleur des Alpes verströmte. Er konnte schon am Geruch die Vielfalt der Kräuter erahnen und studierte neugierig die Liste der verwendeten Zutaten.

»Petersilie, Schnittlauch, Bärlauch, Liebstöckel, Kerbel, Estragon, Brenneselblätter, Schabziegerklee, Blüten der Schafgarbe, Holunderblüten, Ringelblumenblüten, Kornblumen, Rosenblüten«, las er laut vor, während ihm das Wasser im Munde zusammenlief.

Er aß ein Stück Baguette zum Neutralisieren seiner Geschmacksnerven, anschließend verkostete er den Käse, zuerst nur den inneren Kern, ohne Kruste. Es war ein gelungenes Zusammenspiel von Bouquets.

Der junge Comté mit seinem fruchtig-nussigen Aroma wurde von der zarten Note der Ringelblume unterlegt. Den nächsten Bissen nahm er mit der Kruste und erkannte sofort den kräftigen Geschmack von Bärlauch und Brennnessel.

»Eine unvergleichliche Komposition. Dieser Käse ist ein Feuerwerk an Aromen! Ich gratuliere dir, da ist dir etwas wirklich Meisterhaftes gelungen.«

»Non, nicht mir. Dir kann ich es ja sagen. Es ist leider nicht mein Rezept. Ich lasse mir diesen Käse aus den Allgäuer Bergen liefern. Hier finde ich leider nicht die entsprechenden Kräuter mit den würzigen, ausgebildeten Aromen oder einen Senner, der ihn mir so aromatisch zubereiten könnte.«

Christof war überrascht. »Danke für deine Ehrlichkeit. Wie willst du ihn hier vermarkten?«

»Natürlich als das, was er ist, ein hervorragender Käse.«

»Und wenn jemand nach der Herkunft fragt?«

»Sage ich ihm selbstverständlich, dass ich mit einem anderen Käseproduzenten kooperiere.«

»Geht das so einfach?«

»Dank des freien Warenverkehrs in der EU ist es heutzutage sehr einfach, und so eine Kooperation zahlt sich schließlich für beide Seiten aus.«

Christof genoss den Rest der Probe und ließ sich ein Stück einpacken, um ihn zu Hause in Ruhe genießen zu können.

»Jean-Paul, ich wünsche dir eine gute Zeit und viel Erfolg mit deinem neuen Käse. Bis zum nächsten Mal.«

Christof ging weiter und dachte über die Vorteile der offenen Europäischen Union nach. Am nächsten Frühstücksstand genehmigte er sich einen doppelten Espresso und ein Mandelcroissant. Es war jetzt kurz nach sechs Uhr und der größte Trubel war vorbei. Vereinzelt begannen die Händler bereits damit, ihre Waren einzupacken und die Bestellungen auszuliefern. Er brauchte heute nur ein halbes Dutzend kleine Hokkaidos für das Abendessen, da sein Nachbar leider nur große Kürbisse zum Schnitzen auf Lager hatte.

Plötzlich wurde die Markthalle von aufblitzenden Blaulichtern einer vorbeifahrenden Ambulanz erhellt. Jäh wurde Christof an die Ereignisse des gestrigen Abends erinnert. Er blieb abrupt stehen. Durfte er seine Küche heute überhaupt benutzen? War es ihm erlaubt, Freunde einzuladen und für sie zu kochen?

»Zuallererst muss ich meine Gewürze und meine Zutaten auffüllen, die Flics habe meine Regale ja akribisch leer geräumt.«

Christof ging zurück in die Markthalle, um Polenta und ein paar getrocknete Kräuter zu besorgen. Nach wenigen Minuten hatte er alles zusammen und stand mit seinen Einkäufen vor seinem Wagen. Dort suchte er nach seinem Schlüssel und versuchte, sich an das Gespräch mit dem Polizisten zu erinnern.

»Cacahouète, wie hieß der Flic? Hatte er mir nicht seine Telefonnummer gegeben? Vielleicht sollte ich einfach Léon anrufen und fragen, ob ich wieder Kochen darf.«

Christof stieg gerade in seinen Wellblechbomber, als ihm plötzlich einfiel, dass er seinen Hof heute an eine Jagdgesellschaft vermietet hatte.

»Cacahuète«, fluchte er. In der aktuellen Situation war er nicht besonders erpicht darauf, zwanzig schießwütige Waldjünger zu bewirten. Schon in einer halben Stunde sollte das Spektakel in seinem Garten losgehen und er hatte noch eine Menge vorzubereiten. Er musste Gartentische und Bänke aufstellen, das Bierfass aus der Kühlung holen, Kaffee kochen und die Sandwiches für die Jäger und Treiber vorbereiten.

Christof parkte seinen alten Citroën H auf dem Hof, und hatte gerade noch genug Zeit, um seine Einkäufe einzuräumen, bevor zur Jagd geblasen wurde. Da im Garten hinter dem Haus der Streckplatz sein sollte, hatte er im Laufe der Woche den Rasen gemäht und alles dekoriert. Dafür, dass sie ihre Jeeps bei ihm abstellen durften, Wasser und Fressen für ihre Hunde bereitstand und er mehrere Dixi-Klos aufstellte, bekam er als Gegenleistung den ersten Überläufer, der geschossen wurde. Ein halbes Dutzend frischer Lebern für seine, im ganzen Dorf beliebten Pasteten waren ihm ebenso sicher. Das plötzliche Klingeln seines Smartphones ließ ihn zusammenzucken.

»Weinkeiler. Ja bitte?«

»Hallo Christof, hier spricht Commissaire de Police Léon Moreau. Ich würde mich gern heute im Laufe des Tages mit Ihnen über die gestrigen Vorfälle unterhalten. Ich habe noch die eine oder andere Frage an Sie. Wäre es Ihnen recht, wenn ich in, sagen wir mal einer Stunde, bei Ihnen vorbeikomme?«

»Nein, heute passt es mir überhaupt nicht. Ich habe in Kürze den Hof voller schießwütiger Jäger, die sich am späten Nachmittag mit ihrer Beute wieder bei mir versammeln werden.«

»Es wäre auch in Ihrem Sinne, so bald wie möglich mit uns zu sprechen, um letzte Unklarheiten zu beseitigen.«

»Können wir das nicht morgen machen? Josef Kaack läuft schließlich nicht mehr davon und morgen hätte ich Zeit.«

»Ich denke, das ist in Ordnung, zumindest nach dem aktuellen Stand der Dinge in diesem Fall.«

Christof beendete das Gespräch und steckte wütend sein Handy ein, als ihm einfiel, dass er etwas vergessen hatte. Er stieg auf sein Fahrrad und radelte schnell zum Dorfbäcker.

»Bonjour Gaston, gib mir bitte zwanzig Baguettes, nicht zu dunkel gebacken.«

»Salut Christof, wie kommst du auf die Idee, dass ich um diese Uhrzeit so viele Baguettes habe?«

»Dann gib mir, so viele du hast, ich habe Jäger zu Hause und irgendetwas muss ich denen ja zum Essen anbieten.«

»Solche Bestellungen musst du mir am Vortag mitteilen. Ich kann dir sieben normale, drei mit Mohn und fünf Körnerbaguettes anbieten.«

»Körnerbaguettes? Die kannst du behalten, die schmecken keinem, außer einem Ornithologen. Den Rest nehme ich. Setz es auf meine Rechnung, ich muss schnell wieder zurück.«

»Du siehst gestresst aus, was ist passiert?«

»Ich bin gerade etwas durch den Wind. Ich erzähl es dir beim nächsten Herrenabend.«

Gaston reichte Christof die Tüte mit den Baguettes. »Viel Erfolg mit deinen Jägern. Ich bin sehr auf deine Story gespannt, du hast im Dorf ordentlich für Wirbel gesorgt.«

Christof zuckte kurz mit den Schultern, stieg auf sein Rad und radelte durch den feuchten Morgen zurück. Kaum war er angekommen, schmiegte sich Gonzo an ihn. Er streichelte ihm über den Kopf, kniete sich nieder und hielt den Hund mit beiden Händen am Kopf fest.

»Mein lieber Gonzo, es sieht ganz so aus, als wüsste das ganze Dorf über den Toten in meinem Haus Bescheid. Ich hoffe, dass sich das Ganze schnell aufklärt und sich verzieht, wie der Morgennebel über dem Rhein. Ab mit dir auf deinen Platz, ich muss Baguettes schmieren, die ersten Jäger werden jeden Augenblick hier eintrudeln.«

Er band sich eine Schürze um, setzte eine Wollmütze auf und begann, die Baguettes aufzuschneiden und mit Mayonnaise zu bestreichen. Zwischen Kaffee aufbrühen und Broten belegen, blieb ihm keine Zeit mehr, über den gestrigen Abend nachzudenken, er musste sich beeilen, um rechtzeitig fertig zu werden.

Kapitel 8

Jacques Barth wurde von seinem Smartphone geweckt. Verschlafen griff er danach und versuchte, die Uhrzeit zu entziffern. Es war gerade mal kurz nach sechs.

»Welcher Depp schickt mir zu dieser nachtschlafenden Zeit eine Mail?«, fluchte er ungehalten. Als er den Absender sah, huschte jedoch ein Lächeln über sein Gesicht. Endlich eine Nachricht von seiner süßen Waldfee. Er hatte ihr geschrieben und ihr kurz geschildert, was gestern vorgefallen war. Erfreut öffnete er die Mail.

From: waldfee@gmail.de
To: waldjunker@orange.fr
Subject: Gratulation!

Mein lieber Waldjunker,
Ich bin stolz auf dich, du hast unsere Ausschreibung gewonnen. In wenigen Tagen sehen wir uns wieder, dann musst du mir alles von deinem Jagdausflug erzählen. Daraus lässt sich bestimmt ein schöner Krimi schreiben. Mach dir Notizen, damit du nichts vergisst. Ich hätte zu gern das Gesicht des Journalisten gesehen, als er in Erwartung eines herzhaften Frühstücks in das Wildschweinfutter gebissen hat. Ich habe übrigens eine kleine Überraschung für dich!
Ich vermisse dich.
In Liebe deine Waldfee

Gut gelaunt und voller Tatendrang, mit einem Kaffee und Gummihandschuhen bewaffnet, machte sich Jacques daran, das Geschirr zu spülen, das er über Nacht im Wasserstein in seiner Scheune hatte einweichen lassen. Wehmütig betrachtete er den Rest des Hasenpfeffers, der verwässert im Topf zurückgeblieben war. So sehr es ihn lockte, widerstand er dem Drang, das Ragout aufzuwärmen und auszulöffeln.

Er begutachtete stirnrunzelnd die alte Kasserolle, die vom ständigen Kochen auf dem offenen Holzfeuer in der Scheune komplett verrußt und verkrustet war. Kurzerhand zog er die Handschuhe aus, stopfte sie in den Topf und warf alles zusammen in den großen Mülleimer zu den Überresten des Hasen. Er sah sich um, ließ das Wasser abfließen und nickte zufrieden. Alles war aufgeräumt und sauber und nichts stand offen herum, was Mäuse und Ratten anlocken konnte.

Nachdem in seiner Gartenküche wieder Ordnung herrschte, fuhr er ins Dorf, um frisches Baguette zu holen, außerdem wollte er nachsehen, wie es Christof Weinkeiler ging. Er entschloss sich, dem Koch einen Überraschungsbesuch abzustatten. Natürlich hatte er am Abend das Aufgebot von Polizei und Feuerwehr bemerkt, das ganze Dorf war von Blaulicht und Sirenengeheule erfüllt gewesen. Es war die Neugierde, die ihn antrieb. Er wollte wissen, was bei dem Österreicher vorgefallen war. Bei dieser Gelegenheit konnte er außerdem den Schwarzkittel abkassieren, da mal wieder gähnende Leere in seinem Portemonnaie herrschte. Hoffentlich wurde er in bar bezahlt.

Christof verteilte den letzten Rest Thunfisch auf dem Baguette, dekorierte alles mit roten Zwiebelringen und klappte das Sandwich zusammen, als plötzlich der Jäger vor ihm stand.

»Bonjour Christof, ça va?«

»Salut, oui ça va. Bist du auch bei der großen Schießerei dabei?«

»Dieses Mal nur indirekt, einer muss schließlich aufpassen, dass keine Spaziergänger zu Kollateralschäden werden.«

Ein eingefleischter Jäger, der nur Begleitschutz machte, wunderte sich Christof. »Möchtest du etwas frühstücken? Nimm dir ein Sandwich, der Kaffee dauert noch ein bisschen.«

Der Jäger griff nach einem der belegten Brote. »Sag mal, weißt du, wo der Typ von gestern übernachtet hat? Der wollte sich heute mal ansehen, wie eine Jagd im Elsass so abläuft.«

»Wen meinst du?«

»Na diesen deutschen Journalisten, der gestern bei dir war. Du hast Leber für ihn gekocht.«

Der Jäger biss herzhaft in sein Sandwich. »Hat er dir ebenfalls Löcher in den Bauch gefragt? Mensch, hat der mich genervt! Er wollte ganz genau wissen, wer unser Veterinär ist, wie lange wir die Sauen abhängen, was mit dem Aufbruch geschieht, alles für so eine blöde Naturschutz-Reportage.«

Es war inzwischen neun Uhr morgens, die ersten Autos fuhren vor und das Bellen der Jagdhunde schallte durch den trüben Morgen, als sich die Jäger im Hof von Christof Weinkeiler einfanden.

»Ich muss mich um die Gäste kümmern, der Kaffee dauert noch zwei Minuten. Du kannst mir helfen, wenn du möchtest, und schon mal ein paar Tassen eingießen, danke.«

Der Jäger zuckte kurz mit den Schultern, legte das angebissene Sandwich angeekelt auf den Tisch und wischte sich die Finger an einer Serviette ab. »Wer isst so etwas Ekelhaftes zum Frühstück?«

Christof sah den Jäger missmutig an. »Sehr nett! Du musst mein Sandwich ja nicht essen!«, schnauzte er ihn an. »Ich weiß übrigens nicht, von wem du da redest. Ich hatte gestern nur einen Blog-Scout zu Besuch, der mir gehörig auf die Nerven ging, genauso wie du gerade. Entweder, du hilfst mir beim Kaffee ausschenken, oder du machst Platz für die Gäste!«

Der Jäger blieb unbeirrt bei Christof stehen. »Und was hatte das ganze Polizeiaufgebot zu bedeuten?«, insistierte er unnachgiebig.

Woher wusste er davon?, fragte sich Christof irritiert, während er die vorbereiteten Thermoskannen mit Kaffee befüllte.

»Ha, ich habe recht, oder? Du hattest gestern Besuch vom Commissaire de Police. Das ganze Dorf spricht darüber, dass die Feuerwehr, der Notarzt und ein halbes Dutzend Polizisten bei dir waren. Was war los?«

Christof sah den Jäger skeptisch an.

»Nichts, wir hatten nur eine Übung, das ist alles.«

»Dass ich nicht lache! Aber, wenn du es mir nicht sagen willst, ist das deine Entscheidung. Kannst du mir jetzt bitte die Wildsau bezahlen?«

»Gut, dass du mich daran erinnerst.« Christof reichte Jacques ein Kuvert. »Das ist der Scheck für die alte Bache, die im Kühlhaus hängt.«

»Das war ein astreiner Überläufer, der ist noch keine zweiundzwanzig Monate alt! Willst du mir etwa unterstellen, dass ich dich bescheiße?«

»Wenn ich mir die Hauer und das Fettpolster ansehe, ist das Vieh mindestens drei, wenn nicht sogar fünf Jahre alt.«

»Du meinst, weil du Koch bist, kennst du dich mit Wildsauen aus? Zerlege du erst mal so viele Sauen, wie ich.«

»Nimmst du das Geld jetzt oder willst du stattdessen deinen Schwarzkittel wiederhaben?«

»Weißt du was, du kannst mich mal gernhaben! Such dir einen anderen, der mit dir nach Pilzen und Kräutern fahndet. Für dein Wildbret solltest du dich in Zukunft auch woanders umsehen. Das war's! Außerdem habe ich dir schon hundert Mal gesagt, dass ich Bares bevorzuge. Nur Bares ist Wahres.«

»Du musst ja nicht gleich eingeschnappt sein!«

Ohne Christof weiter zu beachten, griff der Jäger nach dem Umschlag mit dem Scheck, zwei Croissants, einer Thermoskanne Kaffee und ging zu seinem Jeep.

Christof sah ihm irritiert hinterher.

»Wenn du noch etwas brauchst, weißt du ja, wo du alles findest.«

Er hatte allerdings nicht viel Zeit zum Weitergrübeln, da die zwanzig Jäger auf ihr Frühstück warteten. In einer halben Stunde wurde zur Jagd geblasen, bis dahin mussten alle versorgt sein.

Nachdem er die letzte Kanne fast komplett ausgeschenkt hatte und nur noch ein einziges Croissant auf dem Teller lag, goss sich Christof ebenfalls einen Kaffee ein und biss in das Blätterteiggebäck.

Er räumte die Zutaten für die Sandwiches weg, stapelte das Geschirr in einem Weidenkorb und stellte die Kühlung des Bierfasses auf Stand-by.

Grübelnd ging er zurück ins Haus. Hatte der Jäger denselben Mann gemeint? Aber hatte dieser ihm nicht gesagt, dass er eine Reportage über Foodblogs machte? Dem Jäger hatte er offenbar erzählt, dass es in seinem Bericht um Naturschutz ging.

Der Sache muss ich auf den Grund gehen, das kommt mir alles sehr seltsam vor, dachte er.

Bevor er weiter über den rätselhaften Besucher nachgrübeln konnte, vibrierte sein Smartphone. Er hatte siebzehn neue E-Mails in seinem Posteingang. Das meiste davon war Werbung, zwei Mails enthielten Kommentare von seinem Blog und eine Nachricht war von einem Frankfurter Verlag. Die Mail war offenbar vor drei Tagen abgeschickt worden ... hatte er sie übersehen?

From: terminplanung@euler-verlag.de
To: christof.weinkeiler@regional.menu
Subject: Terminanfrage

Sehr geehrter Herr Weinkeiler,
einer unserer Mitarbeiter, Herr Josef Kaack, ist gerade in Ihrer Gegend unterwegs. Er wird am 24.10. im Laufe des Nachmittages bei Ihnen vorbeikommen. Wenn Sie zwei Stunden Zeit erübrigen könnten, würden wir Sie

gern für unsere Reportage über Foodblogs in Europa interviewen.
Hochachtungsvoll
S. U.

Christof kontrollierte erneut den Mailheader, soweit er es beurteilen konnte, war die Mail tatsächlich vor drei Tagen abgeschickt worden, doch erst jetzt bei ihm abgekommen.

Dann war der Besuch also gar nicht so überraschend. Es hat nur ein Problem mit meinem Mailanbieter gegeben.

Er begann, eine kurze Antwort zu schreiben, löschte sie aber wieder. Er konnte ja schlecht schreiben, dass der angekündigte Besucher in seinem Haus den silbernen Kugelschreiber für immer aus der Hand gelegt hatte. Das war eindeutig Sache der Polizei, darum sollten die sich kümmern.

»Euler Zeitschriften-Verlag, von dem habe ich noch nie etwas gehört. Warum hat der Mann nicht einfach gesagt, für wen er arbeitet?«

Unruhig marschierte er durch sein Haus, zumindest durch die Bereiche, die er betreten durfte. Nicht einmal die Toilette im Untergeschoss konnte er benutzen, geschweige denn sein Wohnzimmer.

War es eigentlich erlaubt, seine Bewegungsfreiheit dermaßen einzuschränken? Er musste sich darüber mal mit Mathieu unterhalten. Der war immerhin Sonderermittler in Paris gewesen, der wusste bestimmt, ob und inwieweit so etwas erlaubt war.

Auf einmal sah er das gelbe Post-it, das er sich heute früh zur Erinnerung an den Spiegel geklebt hatte, und auf dem stand, dass er dringend den Elektriker anrufen musste.

»Hallo Alphonse, ça va? Hast du zufällig einen Termin frei?«

»Wer spricht da bitte?«, dröhnte es lautstark aus dem Hörer.

»Christof Weinkeiler. Du hast vor Kurzem bei mir die Elektrik runderneuert. Ich befürchte, du hast beim Boiler irgendetwas falsch verkabelt, heute früh stand ich nämlich unter einer eiskalten Dusche. Kannst du vorbeikommen und es bitte reparieren?«

»Hat das Zeit bis Montag?«

»Hat dich der Blitz gestreift? Ich kann nicht das ganze Wochenende kalt duschen.«

»Was bist du für ein jämmerlicher Warmduscher.«

»Sag mal, redest du mit allen deinen Kunden so?«

»Ist ja gut, entschuldige bitte. Ich hatte vorhin eine unangenehme Diskussion mit meiner lieben Celestine. Ich komme heute vorbei, aber du kochst mir was Leckeres, in Ordnung?«

Etwas Kochen? Das erdet mich wieder, dachte Christof und ging in seine Küche.

Kapitel 9

Etwas zu kochen, brachte ihn bestimmt auf andere Gedanken. Er goss sich ein Glas Wasser ein und dachte über den Vormittag nach. Wieso hatte er die Mail des Verlages nicht gesehen?

Die gesamte Geschichte wird immer seltsamer, dachte er, als Stephanie ihm plötzlich von hinten auf die Schulter tippte. Erschrocken zuckte er zusammen.

»Hallo Stephanie, was verschlägt dich um diese Zeit zu mir?«

»Ich habe heute Nachmittag frei, da dachte ich mir, ich schau mal, was mein Spitzenkoch zum Mittagessen zubereitet. Du hast mir vor Kurzem so sehr von deinen hausgemachten Nudeln vorgeschwärmt.«

»Warum nicht, ich wollte eh gerade etwas kochen. Das Ganze dauert aber ein bisschen. Wie lange hast du Zeit?«

»Da ich frei habe, solange ich will.«

»Wenn du nichts vorhast, kann ich auch etwas Anspruchsvolles zubereiten. Wie wäre es mit einem Wildschwein-Schnitzel mit sautierten Pilzen und Reis?«

»Kochst du stattdessen bitte lieber die versprochenen Bandnudeln? Ich möchte unbedingt sehen, wie man selbst Nudeln herstellt.«

Im Augenblick konnte er sowieso nichts tun, außer abzuwarten.

»Gut, dann werde ich hausgemachte Bandnudeln machen. Grün, Rot, Schwarz, Goldgelb oder naturbelassen?«

»Rote Nudeln? Blutrot oder eher Bordeaux?«

»Was du dir wünschst.«

»Ein Bordeaux wäre schön, aber du musst mir unbedingt erklären, wie du das machen willst. Du verwendest ja keine Chemie in deiner Küche.«

»Ich habe gestern Rote Bete vorbereitet, eine davon schäle und entsafte ich, bereite eine Reduktion zu und voilà, schon habe ich einen kräftigen natürlichen Farbstoff für die Nudeln.«

Christof kochte den Rote Bete-Saft auf, ließ ihn anschließend um die Hälfte einreduzieren und abkühlen. Er vermengte Mehl, Eier, Olivenöl, die Reduktion und ein Teelöffel Salz zu einem festen Teig, den er gute zehn Minuten lang knetete. Stephanie sah ihm dabei genau auf die Finger.

»Das ist ja ganz einfach und die Farbe ist umwerfend! Ich wusste, dass Rote Bete-Flecken nicht mehr aus den Klamotten rausgehen, aber dass man damit Nudelteig einfärben kann, war mir neu.«

»Der muss jetzt eine gute Stunde ruhen, dann drehen wir ihn durch die Nudelmaschine. In der Zwischenzeit können wir uns einen kleinen Aperitif machen, was hältst du davon?«

»Ich gehe schnell Salat holen, danach nehme ich gern ein Gläschen rosa Crémant mit zwei tiefgekühlten Brombeeren darin.«

Stephanie ging in den Garten, um den frischen Mâche zu ernten, während Christof im Herrenzimmer den Tisch vorbereitete.

Als er fertig war, fiel ihm sein Fund von gestern Morgen wieder ein. Er ging zum Kühlschrank, holte den Schatz heraus und bürstete den Pilz noch einmal gründlich sauber. Wenigstens hatte die Polizei die Sachen im Kühlschrank nicht auch noch mitgenommen. In diesem Jahr waren die wenigen Knollen, die ihm die Wildschweine übrig ließen, absolut winzig. Gestern hatte er Glück gehabt, dass er endlich eine richtige Knolle entdeckt hatte. Er nahm ein paar kleinere Stücke und legte den Rest zurück in den Kühlschrank, sorgfältig eingepackt in einem gut verschlossenen Glas mit Schraubdeckel. Das erdige Aroma erfüllte jetzt die Küche und machte sofort Appetit auf hausgemachte Bandnudeln mit frisch gehobeltem Trüffel. Dazu ein Rapunzel-Salat, ein Gläschen eisgekühlter Pinot Noir ... das war ein passendes Menü für sie beide zum Mittag.

Christof hatte gerade das Geschirr auf den Tisch gestellt, als sein Smartphone klingelte.

»Christof Weinkeiler, wer spricht da bitte?«

»Guten Tag. Der Commissaire de Police Léon Moreau hat mich gebeten, Sie anzurufen. Er möchte Sie dringend sprechen. Bitte bleiben Sie dran, ich verbinde Sie.«

Christof verdrehte die Augen, schließlich hatte er schon heute früh mit Léon telefoniert.

»Hallo Herr Weinkeiler, wie Sie sich denken können, habe ich weitere Fragen zu Ihrem gestrigen Besucher.«

»Können wir das gleich hier am Telefon erläutern, ich habe heute viel zu tun.«

»Für den Anfang ja. Können Sie mir erklären, warum Sie für einen wildfremden, angeblichen Food-Scout kochen wollten?«

»Ich wurde wie schon gesagt, in die Enge getrieben. Da ich gestern nichts anderes vorhatte, wollte ich mir die Chance auf eine gute Kritik nicht entgehen lassen.«

»Sie befürchteten also, dass dieser Herr Kaack Ihnen und Ihrem jungen Blog schaden könnte?«

»Schaden würde ich nicht direkt sagen, aber auf einen Verriss in den Medien war ich trotzdem nicht scharf.«

»Haben Sie darum beschlossen, den Mann mundtot zu machen?«

»Herr Moreau, mir gefällt ganz und gar nicht, was Sie damit andeuten wollen.«

»Es tut mir leid, ich muss in alle Richtungen ermitteln bei einer ungeklärten Todesursache. Bis der pathologische Befund da ist und die näheren Umstände geklärt sind, werden Sie meine Fragen beantworten müssen.«

»Und wie lautet die nächste Frage?«

»Für den Moment habe ich keine mehr, Sie hören von mir, für den Fall, dass ich weitere Auskünfte benötige.«

Stephanie befand sich in der Küche und wusch den Salat. »Wer war das? Du siehst aus, als hätte man dir soeben mitgeteilt, dass du nur noch zwei Stunden zu leben hast.«

»So schlimm war es nicht. Lass uns jetzt essen. Ich muss mir überlegen, was ich dem Commissaire in Zukunft erzähle. Ich glaube, der hat mich irgendwie auf dem Kieker und sieht in mir einen Tatverdächtigen.«

»Wie willst du den Flic davon überzeugen, dass du nichts mit dem Tod von diesem seltsamen Mann zu tun hast?«

»Bis jetzt ist ja gar nicht geklärt, auf welche Weise der Mann ums Leben gekommen ist. Ich bin immer noch der Meinung, dass er an einer natürlichen Ursache verstorben ist.«

»Lass uns erst mal Essen, Christof. Du kannst im Augenblick nichts an der Situation ändern. Außerdem bekomme ich langsam Hunger. Sind die Nudeln fertig?«

»In sieben Minuten können wir essen.«

Christof rollte den Teig mithilfe der Nudelmaschine dünn aus, schnitt ihn anschließend in feine Streifen und kochte diese für drei Minuten. Danach richtete er alles an, träufelte kalt gepresstes Olivenöl darüber und hobelte feine Scheiben von dem Trüffel über die dampfenden Nudeln.

»Voilà, guten Appetit, Stephanie! Lass es dir schmecken.«

»Was hast du an deinem freien Nachmittag noch vor?«

»Keine Ahnung, irgendwie fehlt mir die Energie, um etwas zu unternehmen, außerdem kommen die Jäger am Abend zum Halali blasen.«

Nachdem Stephanie den Tisch abgeräumt hatte, blickte sie aus dem Fenster. »Es ist der perfekte Tag für einen Flohmarktbesuch. Die Sonne hatte noch genug Kraft, um der Herbstluft eine angenehme Temperatur zu verleihen.«

»Das ist eine gute Idee. Genau das, was ich heute brauche. Das wird mich auf andere Gedanken bringen.«

Stephanie hatte recht, man konnte gemütlich zwischen den Ständen hindurchflanieren und den ausgestellten Krimskrams bewundern, ohne dabei Gefahr zu laufen, einen Hitzschlag zu bekommen.

Christof bummelte zwischen den unzähligen Ständen mit ausrangiertem Nippes hindurch, während Stephanie bei einer Bekannten stehen geblieben war, um einen Kaffee zu trinken. Er betrachtete bronzene

Jungfrauen, die als Lampe fungierten, Buchstützen aus Marmor oder zu Blumenampeln umfunktionierte Balkenwaagen. Hier und da nahm er eine der unzähligen, in Leder gebundenen Familienbibeln zur Hand, um darin zu blättern. Er war nicht auf der Suche nach etwas Bestimmtem, aber immer aufmerksam, falls er ein Schnäppchen entdecken sollte.

Gerade hatte er ein sehr schönes Exemplar einer Familienbibel vor sich. Auf der ersten Seite war ein Holz- oder Kupferstich der betenden Hände von Albrecht Dürer auf hauchdünnem Seidenpapier zu sehen, dahinter folgten drei Seiten mit der Familienchronik. Fein säuberlich war dort der Stammbaum des ehemaligen Besitzers vermerkt.

»Was verlangst du für die?«, erkundigte sich Christof.

»Zwei Euro.«

Das war ein guter Preis, Christof ging jedoch auf den Flohmarkt, um ein bisschen zu feilschen. »Ich gebe dir einen Euro, in Ordnung?«

Der alte Mann hinter dem Tisch sah ihn intensiv an. »Wenn du mir zwei Euro gibst, darfst du dir da hinten noch ein Teil aus der Kiste nehmen. So steht es auf dem großen Schild, das an meinem Transporter klebt.«

Christof hatte das Schild gar nicht bemerkt. »Na gut, dann ein Euro fünfzig. Ein bisschen Handeln muss auf dem Flohmarkt schon sein.«

»Zwei Euro, zwei Teile, oder du lässt die Bibel hier.«

Christof gab schließlich nach, da die Bibel sehr gut in seine Bibliothek passte. »In Ordnung, dafür nehme ich ein kleines Gebetbuch mit.« Darauf ließ sich der Alte zum Glück ein.

»Nimm das mit dem Perlmutt-Schild, das kommt aus derselben Familie wie die Bibel.«

Christof packte die beiden Bücher ein und ging zu der großen Kiste voller Schatullen, Döschen und sonstigen Staubfängern. Eine kleine, aus Ebenholz gefertigte und mit einem silbernen Hirsch als Einlegearbeit verzierte Schnupftabakdose stach ihm sofort ins Auge. Er betrachtete die kleine Schatulle genauer.

»Aber was mach ich mit der Dose?«, murmelte er, während er sie hin und her drehte.

»Die kann man als Pillendose benutzen oder als Gewürzbehälter mit getrockneten Kräutern auf den Tisch stellen«, antwortete der Mann, bei dem er die Bücher bezahlt hatte. Aus einem Impuls heraus nahm er diese ebenfalls mit.

»Herzlichen Dank und gute Geschäfte noch.«

Wohin er auch sah, überall entdeckte er das typische Elsässer Steingut, blau emailliert mit der klassischen Entenfamilie und den weißen Margeriten. Ob als Brottopf, Gugelhupf-Form oder für Baeckeoffe, jede erdenkliche Form in allen Größen wurde hier feilgeboten. Christof wollte gern mehrere Weinkühler, am liebsten original Betschdorfer Steingut erwerben. Dieses graublaue, mit dunkelblauem Dekor versehenen Geschirr gehörte früher zu den Standardutensilien in der Küche, vom Milchkrug über Trinkbecher bis hin zum Zwiebeltopf. Doch mittlerweile wollte keiner mehr die schweren Stücke in der Küche haben. Seit er sich den ersten Kartoffeltopf gekauft und festgestellt hatte, dass die Kartoffeln darin viel länger frisch blieben, war er selbst ein Fan davon geworden. Außerdem passte es sehr gut zu seinem Regional-Motto.

Er schlenderte daher weiter durch die Gassen und überflog mit wachsamem Blick die Verkaufstische, doch seine Suche blieb erfolglos.

Sein Handy klingelte und anhand der Nummer, erkannte er, dass es schon wieder die Polizei war.

»Was kann ich für unsere Gesetzeshüter tun?«

»Commissaire de Police Léon Moreau hier, ich habe mir gerade Ihren Blog angesehen. Wie kommen Sie dazu, ein solches Statement zu veröffentlichen? Wir befinden uns mitten in einer Ermittlung und Sie haben nichts Besseres zu tun, als uns zu sabotieren?«

»Was habe ich so Schlimmes geschrieben? Mal abgesehen davon, wurde ich nicht darauf hingewiesen, dass ich über das Ganze nicht reden darf.«

»Das sagt einem doch der gesunde Menschenverstand! Ab sofort ist es Ihnen untersagt, Details der gestrigen Vorkommnisse in Ihrem Haus an Dritte weiterzugeben. Weder in einem Gespräch noch in digitaler Form. Haben wir uns verstanden, Herr Weinkeiler?«

»Ja, ich habe Ihre Bitte zur Kenntnis genommen.«

»Das ist keine Bitte! Ich werde Sie wegen Behinderung der Justiz verhaften lassen, sollte ich noch einmal so einen Artikel von Ihnen lesen!«

Bevor Christof etwas erwidern konnte, hatte der Commissaire de Police das Gespräch beendet.

»Cacahuète, der Flic nervt! Ich muss mich unbedingt mit Mathieu unterhalten, das hier grenzt ja schon an Schikane.«

Stephanie war jetzt wieder zu ihm gestoßen. »Lass uns da drüben in der Sonne einen Cappuccino trinken, das beruhigt dich bestimmt.«

»In Ordnung, danach muss ich aber nach Hause, ich habe heute nämlich noch ein großes Halali in meinem Garten.«

Kapitel 10

Christof sah auf die Uhr, bald müssten die ersten Jäger mit ihrer Beute eintreffen. Er hatte genug Bier kühl gestellt und einige Stühle und Tische im Garten verteilt. Die Jagdgesellschaft würde ihr erlegtes Wild selbst auslegen und sich mit einem kräftigen Halali für die erfolgreiche Jagd bedanken.

Er hatte beim Metzger frisches Beuschel für die Hunde besorgt und dafür würde er die Leber bekommen. Das Wild wurde nun zur Beschau auf der Jagdstrecke ausgelegt. Wildhase, Fuchs, Wildschwein, Reh und Hirsch lagen wie schlafend im Gras und starrten mit toten Augen auf ihre Mörder. Ein kalter Schauer lief Christof über den Rücken, als er die Strecke mit den Jägern zusammen abschritt.

Er lauschte den Bläsern, die mit ihren Jagdhörnern jedes einzelne, erlegte Tier segneten, bis nach einer guten Stunde endlich das abschließende Halali geblasen wurde und die Jäger mit einem kühlen Bier auf ihren Jagderfolg anstießen.

Nachdem der letzte Jeep vom Hof gerollt und alle Möbel wieder weggeräumt waren, betrachtete Christof seine Ausbeute. Er hatte zehn ganze Lebern erhalten. Das reichte für eine große Leberpastete, die er direkt morgen zubereiten würde.

Vom Garten aus, konnte Christof den dunkelgrünen Jeep seines Schwarzkittel-Lieferanten sehen und entdeckte den Mann auf der Bank hinter dem Haus. Dieser starrte auf den gigantischen Walnussbaum, der am Ende seines Grundstückes stand.

Anscheinend war der Streit vergessen, dachte Christof lächelnd.

Er überlegte kurz, was er nun machen sollte. Eigentlich war ihm dieser Besuch momentan überhaupt nicht willkommen, andererseits konnte er ihn ja nicht einfach dort sitzen lassen.

»Hallo, möchtest du etwas trinken?«, erkundigte er sich aus Höflichkeit bei dem Jäger, obwohl er die Antwort bereits kannte.

»Ein Picon könnte ich schon vertragen!«

Christof nickte kurz, ging ins Haus und schenkte einen Picon für seinen Gast ein, er selbst griff zu einem alkoholfreien Bier, da er einen klaren Kopf behalten wollte.

»Noch mal zu dem Schwarzkittel von gestern. Ist ja ein sauberer Blattschuss gewesen, wer hat ihn erlegt?«

»Ein Neuer. Ich weiß nicht, wie er heißt.«

»Was hast du heute geschossen?«

»Nichts, ich habe dir doch gesagt, dass ich die Aufsicht übernehme. Erzähl du mal, was gestern wirklich bei dir los war.«

Christof überlegte kurz, was er preisgeben konnte. Wenn der Jäger einen über den Durst getrunken hatte, konnte er nichts für sich behalten. »Ich hatte Besuch von einem Verlags-Mitarbeiter aus Deutschland, dem schlecht geworden ist. Da er ohnmächtig wurde, habe ich die 18 gerufen, darum das Aufgebot in meinem Garten. Der Notarzt kam und hat ihn mit der Ambulanz ins Krankenhaus bringen lassen.«

»Aha, und weiter?«

»Nichts weiter. Der Notarzt kam, er wurde ins Krankenhaus gebracht und das war's.« Christof stand auf. »Ich muss jetzt anfangen zu kochen, in drei Stunden wollt ihr schließlich euer Probeessen.«

Der Jäger stand auf und lief leicht schwankend hinter Christof her. »Lass dich durch mich nicht stören. Ich setze mich einfach in deine Stube, schaue derweil die Nachrichten und gönne mir noch zwei, drei Nasen Schnupftabak. Hast du noch ein kühles Helles für mich da?«

Christof drehte sich um und der alkoholgeschwängerte Atem seines ungeladenen Gastes waberte ihm entgegen. In diesem Zustand konnte er ihn leider nicht fahren lassen.

»Genauso machen wir das. Ich bringe dir allerdings lieber eine Karaffe Wasser und du setzt dich damit in mein Herrenzimmer.«

Abrupt blieb er stehen, als ihm einfiel, dass das Wohnzimmer ja gesperrt war, das bedeutete, er musste für heute Abend alles umdisponieren. Als er weiter darüber nachdachte, erinnerte sich Christof plötzlich noch an ein paar wichtige Einzelheiten. Er nahm sein Smartphone zur Hand, wählte und wartete, bis das Gespräch angenommen wurde.

»Hallo Léon, hier spricht Christof Weinkeiler. Ich hatte gestern ganz vergessen, dir etwas Wichtiges mitzuteilen. Das Opfer ist gegen halb drei zum ersten Mal zu mir gekommen, um mir das Menü, das ich für ihn zubereiten sollte, mitzuteilen. Zu diesem Zeitpunkt sah er bereits krank und blass aus und hat sich mitten auf dem Hof übergeben. Ich glaube, er hatte eine Kopfverletzung, die er zu verbergen versuchte. Das getrocknete

Blut in seinen Haaren und am Hinterkopf war jedoch offensichtlich. Er hat sich bei mir nach einem Hotel erkundigt und ich habe ihm das *La Couronne* im Nachbardorf empfohlen. Am Abend wirkte er zunächst weniger angeschlagen. Sein Haar war nicht mehr blutverkrustet und seine Wangen hatte wieder ein bisschen Farbe.«

»So, so, und das alles fällt Ihnen erst heute wieder ein? Ein Team der Spurensicherung kommt heute Abend bei Ihnen vorbei. Die können eventuell noch Überreste des Erbrochenen sicherstellen, wen Sie Glück haben.«

»Na ja, besser spät als nie, oder?«

»Ich werde mich morgen wieder bei Ihnen melden, bis dahin kann ich Ihnen nur empfehlen, dass Sie das Dorf nicht verlassen.«

Christof legte auf. Er fühlte sich nun erleichtert. Er hatte seine Bürgerpflicht getan, alles Weitere lag in den fähigen oder auch unfähigen Händen von Commissaire de Police Léon.

Es war inzwischen schon halb sieben, Christof musste sich beeilen, wenn er sein geplantes Menü pünktlich servieren wollte. Er holte die fünf kleinen Hokkaidos aus dem Keller, schnitt die Kappe ab, entfernte mit einem Löffel die Kerne sowie die losen Fasern und strich die Innenseiten sorgfältig mit Olivenöl aus. Anschließend grillte er die Kürbisse im Ganzen, um sie später mit dem Wildschweinragout füllen zu können. Dazu würde er eine cremige Polenta reichen. Sein nächster Gang führte ihn ins Kühlhaus zu der Wildsau. Er zerlegte das Tier in handliche Teile und fror außer den beiden Filets und den Lachsen, die er für das Ragout verwenden würde, alles andere ein.

Nachdem er die Kürbisse auf einem Blech kühl gestellt hatte, sah er kurz nach seinem Gast. Der Jäger saß schnarchend auf seiner Couch, während er noch ein halbes Glas Wasser in der Rechten hielt. Christof nahm es ihm vorsichtig aus der Hand, damit es später keine böse Überraschung gab. Als er sich umdrehte, hätte er es allerdings beinahe selbst verschüttet, denn wie aus dem Nichts stand plötzlich Stephanie vor ihm.

»Salut Christof, ça va?«

Er musste grinsen, »Nein, ça ne va pas. Ich habe einen besoffenen Jäger im Herrenzimmer, der bestimmt in zwei Stunden pünktlich zum Essen wieder wach ist. Jetzt muss ich also zusehen, dass ich genug zum Verkosten auf die Teller bringe.«

Stephanie sah ihn verständnislos an.

»Warum grinst du dann so?«

»Weil ich mich freue, bei der ganzen Aufregung ein freundliches Gesicht zu sehen, das mich weder verdächtigt noch zu bescheißen versucht. Der Gauner hier hat schon wieder versucht, mir seine älteste Wildsau als Überläufer zu verkaufen. Am liebsten würde ich ihm seine alte Bache vor die Füße schmeißen, andererseits sind die Filets so groß, dass sie perfekt für unser Degustationsmenü reichen.«

Sie küsste ihn zur Begrüßung auf beide Wangen. »Lass dich nicht ärgern. Wir zaubern jetzt was Leckeres, dann sieht die Welt gleich ganz anders aus.«

Kurz darauf bereiteten sie zusammen alles für das Wildschweinfilet á la Stroganoff vor und Christof kochte die Polenta mit frischen Kräutern.

»Ich habe eine Idee, wir machen was anderes mit der Polenta. Sobald diese kalt ist, schneiden wir sie in

Scheiben und rösten sie in Butterschmalz an. Das ist die perfekte Beilage zum Stroganoff.«

Inzwischen waren Mathieu und Alphonse eingetroffen, also war es Zeit für einen Aperitif. Der Jäger war auch wieder unter den Lebenden, da ihn das Klingeln an der Tür geweckt hatte. Mit einem kühlen Picon saßen sie alle beisammen. Mathieu hatte erneut einen Notizblock vor sich liegen.

»Kannst du mir noch einmal genau erzählen, was gestern bei dir los war?«

»Wenn ich das nur wüsste. Heute früh kam auf einmal eine Mail von einem Frankfurter Verlag, der mir den Besuch eines Mitarbeiters angekündigt hat. Irgendwie haben die beiden sich wohl zeitlich überschnitten.«

»Du meinst, der Mann hat seine eigene Nachricht überholt?«

»So in etwa. Auf jeden Fall kam der Kerl mir sofort komisch vor. Er wirkte beinahe so, als hätte er einen über den Durst getrunken.«

»Das denke ich auch. Ich war heute in dem Hotel, das du ihm empfohlen hast. Er hat tatsächlich dort eingecheckt. Das Zimmermädchen hat mir erzählt, dass sie heute früh dort sauber machen wollte. Als sie ins Bad kam, hat sie entdeckt, dass er alles vollgekotzt hatte. Hast du Léon darüber informiert?«

»Ja, aber erst vor einer halben Stunde. Er war nicht besonders erfreut über die verspätete Information.«

Durch das Fenster konnte Christof gerade den weißen Mercedes Vito der Spurensicherung vorfahren sehen. Wenig später wuselten drei Gestalten in weißen Schutzanzügen über seinen Hof und untersuchten jede

Ritze nach eventuellen Überresten des Erbrochenen von Josef Kaack.

Mathieu ignorierte das Treiben draußen und betrachtete seine Notizen, dabei ließ er sich die ganze Geschichte noch einmal durch den Kopf gehen.

Alphonse, der bisher nur still zugehört hatte, seufzte nun vernehmlich. »Da hast du gestern aber einen ganz schönen Wirbel gehabt. Jetzt verstehe ich, warum du nicht auf meine Anrufe reagiert hast.«

Christof sah Alphonse verwundert an.

»Du wolltest doch ein Angebot von mir haben.«

»Alphonse, dafür habe ich jetzt wirklich keinen Nerv. Heute Abend wollen wir nur gemütlich zusammen essen.«

Mathieu sah von seinen Notizen auf. »Ich rekapituliere das Ganze noch mal: Ein, dir vollkommen Fremder steht plötzlich in deinem Hof und erzählt dir irgendeine Story. Nicht nur, dass du ihm zuhörst, du bekochst ihn später auch noch und dann ist er plötzlich tot. Irgendwie passt das überhaupt nicht zu dir. Da ist doch was faul!«

Der Jäger hatte bisher schweigend zugehört. Jetzt hob er hastig den Kopf. »Du hast doch zu mir gesagt, der liegt nur im Krankenhaus. Jetzt höre ich, der Kerl hat sich verabschiedet?«

Christof zuckte mit den Schultern. »Es muss ja nicht gleich jeder erfahren, dass bei mir auf der Toilette ein Mann abgenibbelt ist. Du kannst nämlich deine Klappe nicht halten, wenn du zu viel getrunken hast. Das musste ich schon des Öfteren miterleben.«

Der Jäger stand abrupt auf. »Ach, so ist das? Na dann, viel Spaß weiterhin. Du brauchst mich gar nicht mehr wegen Wild oder Pilzen anzurufen!«

»Du wiederholst dich, aber mit Freuden! Dann bekomme ich vielleicht wirklich mal den Überläufer, den ich bestellt habe und keine uralte Bache.«

Der Jäger schlug mit der flachen Hand aufgebracht auf den Tisch.

»Du hast doch überhaupt keine Ahnung von alledem, du Möchtegern-Koch!«

Stephanie wich bei dem Ausbruch des Jägers erschrocken zurück.

»Sag mal, wie bist du denn drauf? Benimmst du dich immer so, wenn du irgendwo eingeladen bist?«

Stürmisch verließ der Jäger Christofs Haus, allerdings nicht, ohne vorher lautstark die Tür hinter sich zuzuschlagen.

Mathieu schüttelte den Kopf. »Jetzt wundert mich nichts mehr, und ich verstehe, warum man ihm seinen Waffenschein abgenommen hat und er nicht mehr jagen darf.«

»Wie darf ich das verstehen? Er behauptet immer, dass er das Wild, das er mir liefert, selbst erlegt hat«, meinte Christof verwirrt.

»Seit er vor zwei Jahren für eine Woche auf Staatskosten in Straßburg logieren musste, weil er im Suff einen Kollegen angeschossen hat, darf er keine Schusswaffen mehr besitzen.«

Nach dieser Offenbarung fühlte sich Christof in seiner Annahme nur noch mehr bestätigt. Er wollte, dass so wenig wie möglich über das Unglück in seinem Haus an die Öffentlichkeit drang.

»Ihr behaltet bitte für euch, was gestern hier passiert ist, in Ordnung? Es genügt schon, wenn der Suffkopf es überall rumerzählt. Bei ihm denken wenigstens alle, er übertreibt maßlos.« Jetzt sah er Stephanie an. »Wir sollten langsam anfangen, wenn wir nicht zu spät essen wollen.«

Alphonse erhob sich ebenfalls. »Ich werde in der Zwischenzeit mal nach deinem Boiler sehen. Wenn du Glück hast, kannst du heute Abend wieder heiß duschen.«

Mathieu begleitete Alphonse. »Du brauchst bestimmt einen Handlanger.«

Christof schob die Kürbisse in den Ofen, während Stephanie nach seiner Anweisung das Ragout zubereitete. »Du schwitzt zuallererst die Schalotten an, dann gibst du die Cornichons dazu. Anschließend muss alles raus aus der Pfanne, und du röstest das Filet, in Medaillons geschnitten, heiß an. Gib auf keinen Fall Salz hinzu, sonst wird es hart. Zum Schluss kommt alles zusammen in einen Topf, und du fügst Créme fraîche und einen Löffel Moutarde de Dijon hinzu. Zu guter Letzt löscht du das Ganze mit der Bouillon ab und gibst einen Spritzer Balsamico hinzu. Dann muss das Ganze kurz köcheln und anschließend können wir es servieren.«

Wie aus dem Nichts stand Alphonse plötzlich bei ihnen in der Küche. »Dein Boiler funktioniert wieder. Wie du schon vermutet hattest, war eines der Kabel lose. Ich habe es neu angeschlossen. In drei Stunden kannst du wieder warm duschen.«

Christof bedankte sich bei ihm. »Merci. Jetzt nehmt alle im Herrenzimmer Platz, unser Abendessen ist fertig.«

Kurz darauf genossen seine Gäste den gefüllten Kürbis. Nach dem delikaten Mahl stand Christof auf. »Ich habe heute eine Rarität für euch zum Abschluss. Ich fand auf dem Flohmarkt einen Senner, der mir einen Le Vigneron, eine Käsespezialität von seinem Hof im Münstertal, zum Kosten anbot. Bei dem Le Vigneron handelt es sich um einen verfeinerten Münsterkäse, also einen Weichkäse aus Kuhmilch, der zur Verfeinerung mit Marc de Gewürz, einem Tresterschnaps aus Gewürztraminer-Trauben, von Hand eingerieben wird. «

Bei einem kühlen Glas Pinot Noir, im Barrique-Fass ausgebaut, und einem Stück von dem zartwürzigen Le Vigneron und frischen Baguette saßen sie danach noch ein wenig zusammen, bis Stephanie plötzlich aufsprang. »Ich muss jetzt los, morgen früh um sechs Uhr klingelt mein Wecker, ich muss mit meinem Chef nach Straßburg zum Gericht, das hätte ich ja beinahe vergessen!«

Mathieu stand ebenfalls auf. »Warte, ich bringe dich nach Hause, für mich ist es auch Zeit, zu gehen. Christof, wir sehen uns morgen, mach dir keinen Kopf, das wird schon alles wieder werden!«

»Du hast leicht reden. Ich glaube, Léon hat sich an mir festgebissen, wie ein Bluthund in seiner Beute.«

»Der Mann ist bestimmt nur durch einen dummen Zufall in deinem Haus gestorben, was auch immer Commissaire Léon sich da zusammenreimen will.«

Kapitel 11

Das leise Geräusch von Kieselsteinen an seiner Fensterscheibe ließ Christof aufhorchen. Er lag bereits im Bett. Wer war das? Würde er heute irgendwann mal zum Schlafen kommen? Missmutig öffnete er das Fenster, starrte verwundert ins Halbdunkel und beugte sich vor, um nach unten sehen zu können. Überrascht entdeckte er Stephanie, die eingehüllt in einen dicken Wollmantel, im Hof stand.

»Was willst du zu so später Stunde hier, ich dachte, du musst morgen früh raus?«

»Pardon Christof, habe ich dich aus dem Bett geworfen?«

»Ja, hast du, wie du siehst. Es war ein anstrengender Tag, was gibt es denn so Dringendes?«

»Entschuldige bitte, ich musste warten, bis du allein bist.«

»Was ist los?«

»Ich muss dir etwas gestehen.«

»Hat das nicht Zeit bis morgen früh? Ich dachte, du musst früh aufstehen?«

»Nein, ich fürchte, es kann nicht warten. Kann ich kurz reinkommen?«

Christof seufzte, er konnte sie ja schlecht wegschicken, wenn sie extra gewartet hatte, bis er allein war. »Du weißt ja, wo der Schlüssel liegt. Ich komme runter.«

Als er sie im Eingang stehen sah, den rechten Ellenbogen fest an den Körper gedrückt, ahnte er bereits, worum es ging.

»Stephanie, sag mir bitte, dass dies nicht die Mappe unseres unheimlichen Besuchers ist, die vor dem Eintreffen der Polizei von der Garderobe verschwunden ist.« Dabei deutete er auf den Gegenstand, den sie unter ihren Arm geklemmt hatte.

Sie zuckte entschuldigend mit den Schultern. »Ich weiß, es war falsch, aber ich konnte einfach nicht widerstehen, als ich gesehen habe, was sich darin befindet. Ich habe die erste Seite nur überflogen, da wusste ich schon, dass ich es dir zeigen muss.«

Sie hielt ihm anschließend ihr Smartphone vor die Nase. »Hast du das eigentlich mitbekommen?«

»Ich habe jetzt keine Zeit für Katzenvideos. Wie du dich erinnerst, hatte ich einen Toten in meinem Hausflur.«

Hartnäckig streckte sie ihm das kleine Display entgegen. Darauf war eine stilistische Abbildung eines Zitronenbaumes zu sehen.

»Das ist kein Video, sondern ein Foto. Ist das nicht das Logo des Verlages, der deine Bücher immer wieder ablehnt?«

Christof Weinkeiler erstarrte mitten in seiner Bewegung. »Was sagst du da?« Ungläubig starrte er das Bild an. Auf der schwarzen Ledermappe prangte tatsächlich deutlich das Logo des Verlages, der seine Kochbücher ständig ablehnte. Er hatte heute früh wieder eine dieser Ablehnungen vom LemonTree-Verlag bekommen. Er hatte den Brief sogar noch in seiner Tasche. Er zog ihn hervor und reichte ihn Stephanie. »Hier lies mal, das ist so ziemlich der unverschämteste Brief, den ich jemals bekommen habe.«

Sehr geehrter Herr Weinkeiler
Wir möchten uns bei Ihnen dafür bedanken, dass Sie uns Ihr Manuskript Nachhaltiges Kochen mit regionalen Köstlichkeiten! angeboten haben.
Leider sehen wir keine Möglichkeit, Ihre langweilige Rezeptsammlung kommerziell zu vermarkten. Da Sie schon mehrmals eines Ihrer Manuskripte erfolglos bei uns eingereicht haben, bitten wir Sie, von weiteren Zusendungen abzusehen, um die Zeit und Nerven unseres Lektorates zu schonen.
Wenn ich Ihnen noch einen Tipp für Ihren zukünftigen Weg geben darf, suchen Sie sich am besten einen Job bei einer Fast-Food-Kette. Für diese Arbeiten sollte Ihre armselige Gastronomie-Ausbildung ausreichend sein.
Ich hoffe, niemals mehr etwas von Ihnen lesen zu müssen.
Hochachtungsvoll,
LemonTree – Verlag
Lektorat, J.K.

Stephanie las das Schreiben mit großen Augen. »Oh Christof, das tut mir leid. Nimm es dir nicht zu Herzen. Es gibt noch jede Menge andere Verlage.«

»Denkst du wirklich?«

»Ja, aber jetzt schau dir bitte mal die Mappe an. Das wird dich garantiert interessieren.«

Christofs Interesse war geweckt. Er kannte Stephanie schon lange und besonders neugierig war sie ihm nie vorgekommen. Was könnte sich also darin befinden, dass sie es einfach so an sich genommen hatte? Das war normalerweise gar nicht ihre Art. »Nachdem es dir so wichtig ist, dass du mich deswegen mitten in der Nacht aufsuchst, werde ich dir natürlich zuhören.«

»Schau es dir selbst an und sag mir, was du davon hältst. Ich glaube, der komische Knabe hat dein Manuskript geklaut.«

»Das sind wirklich schwere Anschuldigungen, warum denkst du das?«

»Sieh dir die ersten Seiten an. Wenn du mir sagst, dass diese nicht von dir stammen, bin ich ruhig und vergesse alles, was ich gerade gesagt habe.«

Sie überreichte ihm die Mappe und ging an ihm vorbei ins Herrenzimmer. Er folgte ihr, setzte sich zu ihr auf die Ledercouch und betrachtete die schwarze Konferenzmappe. Fieberhaft überlegte er, was er damit anfangen sollte. Sie war nicht sein Eigentum, also musste er sie eigentlich der Polizei übergeben. Aber wie sollte er das anstellen, ohne sich oder Stephanie damit zu belasten? Er konnte ja schlecht behaupten, dass er sie unter dem Tisch gefunden hatte. So gründlich, wie die Spurensicherung sein Haus untersucht hatte, musste er zwei Wochen lang nicht mehr Staubsaugen. Das hieß, diese Mappe wäre ihnen sofort aufgefallen. Er betrachtete das edle Stück genauer. Es handelte sich dabei nicht um eine dieser kunstledernen Billigteile. Sie war aus echtem Leder gefertigt und schon ein wenig speckig, was ihr ein geheimnisvolles Flair verlieh. Er schlug die Mappe auf. Auf der ersten Seite standen nur zwei Worte.

Druckfahne, persönlich!

Es sah aus, wie ein Korrektur-Exemplar für einen Autor.

Das ist gar nicht gut, das bedeutet gewaltige Probleme, dachte er. Soweit er wusste, durfte so etwas niemals in fremde Hände gelangen. Wenn man dabei erwischt wurde, drohte einem eine nicht unerhebliche Strafe. Christof schlug die Mappe hastig zu. Er stand auf und marschierte nervös in seinem Herrenzimmer auf und ab, bis er an seiner gut bestückten Gin–Bar stand. Um sich abzulenken, kontrollierte er die Flaschen und drehte sie so, dass bei allen das Etikett gut lesbar war. Anschließend drehte er sich um und sah zu der schwarzen Ledermappe hinüber.

Er wollte es nicht, konnte dem Drang aber nicht widerstehen. Sekunden später hatte er die erste Seite aufgeschlagen und hatte das Gefühl, er würde vom Blitz getroffen werden, als er den Titel las.

Ein Wildschwein – mehr als Filet und Kotelett!

Ungläubig blätterte er weiter und las die ersten Zeilen des Vorwortes:

Als Chefkoch in einem Münchner Nobelrestaurant ging es darum, aus edlen Stücken vom Rind, Kalb oder Schwein noch edlere Speisen zuzubereiten.
Filet, Rib-Eye-Steak oder Entrecôte waren gerade gut genug für unsere exquisiten Gäste. Es musste von allem immer das Beste sein, sei es makelloses Gemüse, exotischste Früchte oder Salate aus erdloser Zucht.

Irgendwann in den letzten Jahren wurde mir bewusst, dass ein Rind, ein Schwein oder eine Ente aus mehr besteht als den Filetstücken. Also gab ich meine sichere Anstellung auf und legte meine Toque de Cuisinier ab, um mich im Elsass, am Fuße der Vogesen niederzulassen.
Hier, in einem Land, wo das Essen noch zelebriert wird, habe ich aufs Neue die Kunst des Kochens und die Leidenschaft am Experimentieren mit unterschiedlichsten Kräutern und Gewürzen entdeckt.
In diesem Buch habe ich Althergebrachtes angepasst und Neues hinzugefügt. Man sollte als Koch niemals vergessen, dass ein Wildschwein bei der Schnauze beginnt und am Schwanz aufhört. Beinahe jedes Stück davon lässt sich auf köstliche Weise zubereiten!

Stephanie war im Weinkeller gewesen, um eine Flasche Muscat d'Alsace zu holen. Sie sah ihm an, wie geschockt er war.

»Christof, was ist los? Du siehst aus, als ob dich unser Toter heimgesucht hätte.«

»Du hast das doch auch gelesen, oder?«

»Wie gesagt, ich habe es nur kurz überflogen, so neugierig war ich nicht. Erzähl schon, was steht darin?«

»Ich habe eine unglaubliche Entdeckung gemacht! Dieser komische Kerl hatte eine Druckfahne von *meinem* Kochbuch in seiner Tasche.«

»Ich dachte, der Verlag hat bisher jedes Manuskript von dir abgelehnt?«

»Ja, das hat er und im letzten Schreiben wurde mir sogar äußerst unhöflich mitgeteilt, dass ich es unterlassen soll, weiteren Schrott einzusenden. Du hast den Brief ja gelesen.«

»Hast du eine Ahnung, wer deine Sachen dort gesichtet hat?«

»Ich kenne nur die Initialen. Ein gewisser J.K.«

Stephanie öffnete den Wein. »Trink erst einmal einen Schluck, das wird dich beruhigen. Zeig mal her, ich möchte wissen, wie so eine Druckfahne aussieht.«

Er betrachtete das Etikett des Weins, trank einen Schluck und sein Gesicht spiegelte die besondere Freude des Genusses wider. »Dieser hier ist das beste Beispiel für einen von Primäraromen geprägten Wein. Das starke Bouquet duftet ganz eindeutig nach Weinbeeren und zu diesem intensiven fruchtigen Duft gesellen sich bisweilen auch subtile blumige Noten.«

Er griff erneut nach dem Manuskript.

»Glaubst du, er war hier, weil er mir einen Vertrag anbieten wollte? Vielleicht war es ja ein neuer Mitarbeiter, der meine Rezepte veröffentlichungswürdig fand.«

»Du solltest morgen früh mal den Verlag anrufen, die können dir bestimmt sagen, was jetzt Sache ist.«

»Wie stellst du dir das vor? Ich kann doch nicht einfach dort anrufen und sagen: *Hallo, ich habe Ihrem verstorbenen Mitarbeiter eine Mappe voller Unterlagen geklaut. Darin habe ich zufälligerweise die Druckfahne für mein Kochbuch gefunden. Wollten Sie mir etwa einen Vertrag anbieten?*«

Stephanie kicherte. »Ja, du hast recht, das wäre wirklich etwas seltsam. Aber irgendwie müssen wir rausfinden, was passiert ist. Die ganze Sache ist äußerst mysteriös.«

Nachdenklich blätterte er weiter in den Unterlagen. »Hier ist mein Rezept für Wildschwein mit Orangen und Dörrzwetschgen. Das ist sehr seltsam, das stand nämlich nur im Manuskript, nicht im Blog.«

Sie sah ihn an, doch er hatte nur Augen für das Buch. »Gute Nacht, Christof. Ich muss jetzt ins Bett, wir sehen uns morgen Abend. Du kannst mir dann ja erzählen, was du bis dahin herausgefunden hast.«

Christof bemerkte gar nicht, dass sie das Haus verließ.

»Hier ist sogar der Tipp mit dem Ingwer schälen. Das Ganze ist mein Text, Wort für Wort.« Als er keine Antwort bekam, sah er irritiert hoch. Auf dem kleinen Tisch vor ihm stand ein halb volles Glas hellgelb schimmernder Muscat.

Stephanie war offenbar nach Hause gegangen. *Schade*, dachte er, trank sein Glas leer, klappte die Mappe zu und verstaute sie in seinem Sekretär. Er ging ins Bad, und als er vor dem Spiegel stand, fragte er sich: *Warum steht in der Druckfahne kein Autorenname? Oder hat der Verlag gewollt, dass ich es unter einem Pseudonym veröffentliche?*

Als er sein Spiegelbild betrachtete, fiel ihm ein, was er die ganze Zeit über vergessen hatte. Auch wenn er hundemüde war, musste er ein paar Zeilen in seinem Blog schreiben.

Kapitel 12

Regional – der Blog für bewusste Genießer 25.10.19

Wie aus heiterem Himmel!

Hallo aus dem herbstlichen Elsass. Heute war einer dieser goldenen Herbsttage, die meine Mutter früher immer als Altweibersommer bezeichnet hat. Ich weiß, dieser Begriff wird mittlerweile als politisch nicht korrekt eingestuft und sollte daher nicht mehr verwendet werden, doch woher kommt er eigentlich?

Einer Erklärung nach leitet sich der Name von Spinnfäden ab, mit denen junge Baldachinspinnen im Herbst durch die Luft segeln. Der Flugfaden, den die Spinnen dabei produzieren und auf dem sie durch die Luft schweben, erinnert an das graue Haar alter Frauen. Mit weiben wurde im Althochdeutschen das Knüpfen der Spinnweben bezeichnet.

Doch genug über Spinnweben und sommerliche Herbsttage. Es ist die ideale Zeit, um nach Trüffeln und Kastanien zu suchen.

Aber nun zurück zum Kochen. Falls ihr Lust auf bunte Nudeln habt, sind hier ein paar Tipps für euch für natürliche Farbstoffe.

Für eine kräftig rote Farbe empfiehlt sich Tomatenmark.

Ein sanftes Grün erreicht ihr mit passiertem Spinat.

Einen violetten Farbton bekommt ihr mit Rote-Bete-Saft.

Die Tinte vom Tintenfisch erzeugt schwarze Nudeln!

Ein leuchtendes Gelb bekommt man mit Kurkuma.

Ich wollte euch außerdem etwas erzählen. Heute ist mir eine Druckfahne in die Hände gefallen. Das ist schon etwas ganz Besonderes, da jeder Verlag es vermeidet, dass so etwas an die Öffentlichkeit gerät. Viel interessanter wurde es für mich allerdings, als ich gesehen habe, um welches Buch es sich dabei handelte. Ich möchte niemandem vorgreifen oder eine Horde Anwälte auf mich aufmerksam machen, darum schreibe ich hier nichts über den Inhalt, nur so viel sei verraten – es handelte sich um ein Kochbuch :o

Trou Normand

Kapitel 13

Christof packte seinen Laptop, das Manuskript von Josef Kaack, und die Notizen zu den Rezepten in seine abgegriffene Aktentasche. Er schaute nach, wann der nächste Zug nach Frankfurt ging und ob er es schaffen würde, diesen zu erwischen. Er freute sich auf die Zugfahrt, währenddessen konnte er in Ruhe seine Strategie für das bevorstehende Gespräch überdenken.

Er hatte mittlerweile herausgefunden, dass die Mail mit der Ankündigung von Josef Kaacks Besuch eine Fälschung war. Er konnte im Netz keinerlei Informationen über einen Euler Zeitschriften-Verlag finden, was mehr als seltsam war. In vier Stunden würde er beim LemonTree-Verlag angekommen sein, um herausfinden zu können, wie sein Manuskript zu einer Druckfahne geworden war, ohne dass er jemals einen Vertrag dafür unterschrieben hatte.

Christof stieg in seinen alten Citroën Type H aus dem Jahre 1955. Gefühlvoll steckte er den Zündschlüssel ins Schloss, drehte ihn um zwei Drittel und wartete drei tiefe Atemzüge lang. Erst danach zog er den altmodischen Joker, drehte auf Start und lauschte dem jammernden Aufheulen des Keilriemens. Der alte Motor gab ein würgendes Husten von sich, eine dunkle Rauchwolke quoll aus dem Auspuff und der Motor stockte kurz. »Komm, lass mich nicht im Stich! Ich spendiere dir auch eine Kanne Öl, wenn du mich zum Bahnhof bringst.«

Er tippte vorsichtig auf das Gaspedal und aus dem unregelmäßigen Stottern wurde allmählich ein kraftvolles Brummen ... der alte Geist war erwacht. Christof hatte fünfundfünfzig Minuten, bis sein Zug fuhr. Als er auf die Hauptstraße fuhr, sah er zu seiner Linken den Commissaire de Police in den Kreisverkehr fahren.

Cacahuète! Was mache ich jetzt? Soll ich umkehren, oder so tun, als hätte ich ihn nicht gesehen?

Er zögerte kurz, bog nach rechts ab und fuhr danach in die entgegengesetzte Richtung, am Restaurant *Le Solai* vorbei über die Iller aus dem Dorf hinaus. Am Kreisverkehr hielt er an. Sollte er links über das Stauwerk und die Schiffsschleusen in Richtung Lahr fahren oder rechts durch die Dörfer auf den Zubringer zum Offenburger Ei? Nervös kontrollierte er im Rückspiegel, ob er verfolgt wurde, doch bisher konnte er keinen Polizeiwagen hinter sich erkennen. Nach einem weiteren Blick auf die Uhr wurde ihm klar, dass ihm nur die Fahrt durch die Dörfer blieb.

Wenn ich über Lahr und Nonnenweiher fahre, verliere ich zu viel Zeit, sodass ich meinen Zug nicht mehr erwische.

Er fuhr ein wenig zu schnell am Schotterwerk vorbei in Richtung Plobsheim. Kaum hatte er die Umzäunung passiert, gab er Gas. Doch kurz darauf bremste er wieder scharf.

»Cacahuète!«, fluchte er lautstark. *Ich dachte, der blöde Radar ist abgebrannt?* Gerade noch rechtzeitig hatte er bemerkt, dass der, im Frühjahr von den Gilets Jaune, den Gelbwesten, abgefackelte stationäre Radar wieder aufgebaut und in Betrieb genommen worden war. Der Fahrer, der ihm entgegengekommen war, war zu schnell gewesen, und das verräterische, rote Aufblitzen hatte Christof sofort gewarnt und vor einem Punkt Abzug und hundertachtzig Euro Strafe bewahrt. Eines hatte er hier im Elsass gelernt: zu schnelles Fahren kostete verdammt viel Geld und Punkte hatte man nur zwölf. Es genügten 5 km/h über der Geschwindigkeits-Begrenzung und ein Punkt war weg.

Erleichtert atmete er aus und kontrollierte noch einmal den Verkehr hinter sich. Mit Genugtuung stellte er fest, dass Commissaire Léon ihm nicht folgte.

Christof schaffte es gerade noch rechtzeitig zum Bahnhof, quetschte sein Auto in eine viel zu kleine Parklücke nahe einer Dönerbude und hastete zu seinem Zug in Richtung Frankfurt. Kaum saß er auf seinem Platz, entdeckte er einen Polizisten an seinem Wagen.

»Was macht der da?«, murmelte er.

Während der Zug losfuhr, sah er, wie der Mann um seinen Wagen herumging, die Reifen inspizierte und sich Notizen machte. Als der Beamte danach auf seine Uhr sah, schüttelte Christof den Kopf und schlug sich mit der flachen Hand auf die Stirn.

»Cacahuète, ich habe vergessen, die Parkuhr zu füttern.«

Doch nun war es zu spät, er konnte nichts mehr daran ändern. Er lehnte sich zurück, versuchte, sich zu entspannen und die zwei Stunden Zugfahrt zu genießen. Er griff in seine Aktentasche, um die Mappe von Josef Kaack noch einmal genauer in Augenschein nehmen zu können, als der Schaffner den Gang entlanglief.

»Ist jemand zugestiegen? Fahrkartenkontrolle, bitte zeigen Sie mir Ihren Fahrschein und Ihre Platzreservierung!« Christof hielt dem Mann daraufhin sein Smartphone mit dem QR-Code hin.

»Gibt es den Service am Platz noch?«, fragte er den Schaffner.

»Erstens sitzen Sie im falschen Waggon, Ihr reservierter Platz befindet sich zwei Wagen weiter, direkt hinter dem Bordbistro, und Zweitens, Service am Platz gibt es nur in der Ersten Klasse, nicht in der Zweiten.«

Christof nahm daraufhin seine Sachen und machte sich auf die Suche nach dem richtigen Waggon. Unterwegs kaufte er sich im Bordbistro einen Kaffee.

Als er seinen Fensterplatz mit Tisch erreicht hatte, schlug er die Mappe auf, um seine Neugierde weiter zu stillen. Er legte die Druckfahne erst einmal zur Seite und hoffte, weitere Papiere oder Notizen zu finden, doch er entdeckte nur einen leeren Block. Er war sich sicher, dass da noch mehr gewesen war.

»Der Rest muss mir zu Hause aus der Mappe gefallen sein«, grummelte er konsterniert, nachdem er sowohl seine Tasche als auch den Boden des Zugabteils kontrolliert hatte.

Enttäuscht nahm er einen Schluck Kaffee. Das war keine gute Entscheidung, er schüttelte sich angewidert.

Angebrannt und viel zu bitter, ein typischer Fast-Food-Kaffee, dachte er angeekelt. Sicher eine Billigmischung aus Robusta und Arabica. Als es plötzlich dunkel wurde, weil der Zug in einen Tunnel fuhr, verschüttete er die Brühe beinahe, da in seinem Abteil kein Licht anging. In der gespenstischen Dunkelheit verspürte er sofort Beklommenheit und hatte das Gefühl, als ob sich die Wände immer weiter zusammenzogen, bis sie ihn schließlich erdrücken würden. Christof zwang sich, mehrmals tief einzuatmen und seine Gedanken auf ein Bild in seinem Kopf zu fokussieren. Als das allumfassende Schwarz von hellen, orange-gelben Sanddünen und warmer Sommersonne verdrängt wurde, verschwand die Enge langsam. Noch bevor er die zarte Schaumkrone auf den Wellen des Indischen Ozeans visualisiert hatte, vernahm er das beruhigende Rauschen der Brandung.

Die Ansage des Schaffners zerriss die friedliche Illusion allerdings. Das sanfte Rauschen kam in Wirklichkeit aus den Lautsprechern an der Decke. Er blinzelte verwirrt, wegen des hellen Sonnenlichts. War er, während sie durch den Tunnel gefahren waren, eingeschlafen? Vor sich auf dem Blatt konnte er plötzlich Abdrücke erkennen; der Stift hatte quasi eine farblose Kopie der letzten Notiz hinterlassen. Josef musste eine sehr kräftige Handschrift gehabt haben, da die Abdrücke so tief ins Papier geprägt waren. Christof hielt das Blatt schräg gegen das Licht, doch er konnte nicht wirklich entziffern, was dort geschrieben stand. Eines erkannte er jedoch sofort: Es war das typische Schriftbild eines Schülers aus Österreich. Das konnte er am Q des Wortes Quelle deutlich erkennen. Es gab keine allzu großen Unterschiede zwischen der Schulschrift in Deutschland und Österreich in den Achtzigern. Aber das Q, glich in Österreich mehr einem O mit einem Fuß, während es in Deutschland ohne das markante Endstück nach oben rechts geschrieben wurde.

Christof versuchte, den Text zu entziffern, und nahm schließlich sogar die Taschenlampe seines Smartphones zu Hilfe, ohne damit jedoch viel zu erreichen. Auf einmal tippte jemand von hinten gegen das Blatt.

Erschrocken sah er hoch, und direkt in das frech grinsende Gesicht einer jungen Dame.

»Mach lieber ein Foto, dann klappt das Spionieren besser!«

Christof hatte gar nicht bemerkt, dass sich jemand auf den freien Platz gegenüber von ihm gesetzt hatte.

»Bitte was?«

»Mach ein Foto von dem Blatt, das kannst du auf deinem Computer so lange bearbeiten, bis der Text lesbar ist.«

»Das funktioniert?«

»Na klar, du musst nur ein Programm zur Fotobearbeitung runterladen und ein bisschen mit Brillanz und Kontrast spielen, danach kannst du perfekt lesen, was deine Flamme ihrem Stecher geschrieben hat. Find ich übrigens geil, das deine noch so altmodisches Zeug verwendet, um ihr Herzschmalz zu verbreiten. Mit SMS oder E-Mail hättest du kein so leichtes Spiel.«

Christof war dieses Gespräch ganz schön peinlich, immerhin spionierte er gerade einen Toten aus, dennoch fühlte er sich irgendwie im Recht.

»Guten Morgen. Ich hatte Sie nicht bemerkt«, sagte er und verstaute dabei etwas ungeschickt die, über den gesamten Tisch verteilten Unterlagen in der Mappe.

»Interessantes Zeug, was du da liegen hast. Sind da zufällig auch vegane Rezepte dabei, oder ernährst du dich ausschließlich von totem Tier?«

Christof ignorierte die Frage einfach, da er sich auf so eine sinnlose Diskussion ganz bestimmt nicht einlassen wollte.

»Sie wissen schon, dass Sie gerade auf einem reservierten Platz sitzen, oder? Ich möchte Sie daher bitten, mich nicht weiter zu belästigen und sich einen anderen Platz zu suchen, danke!«

Der Zug wurde nun langsamer, was bedeutete, dass sie bereits Mannheim erreichten.

»Keine Angst, Opi, hier steig ich aus. Viel Glück noch beim Ausspionieren deiner Frau! Oder geht es um deine Tochter?«

Christof spürte, wie die Wut in ihm hochkochte. »Ich darf doch sehr bitten. Wie kommen Sie dazu ...« In diesem Moment bemerkte er, dass er bereits Selbstgespräche führte, da die junge Frau gegangen war.

Christof wartete, dass der Zug sich wieder in Bewegung setzte. Er wollte nicht erneut von einem unbemerkten Mitfahrer bei seinem Tun beobachtet werden. Nach fünf Minuten war er sich sicher, dass der Platz ihm gegenüber frei bleiben würde. Also griff er wieder nach dem Papier und versuchte weiter, den durchgedrückten Text zu entziffern.

Ich muss ein Foto machen und das kann ich später tatsächlich auf dem Computer bearbeiten?

Er wusste, dass sein Smartphone rudimentäre Funktionen zur Bildbearbeitung besaß und dass die Kamera hochauflösende Bilder schoss. Er breitete das Blatt vor sich aus, nahm das Handy zur Hand und versuchte, das Papier zu fokussieren. Er musste sechs Aufnahmen machen, bis er endlich ein Bild hatte, das scharf genug war.

»Was hat sie gesagt? Ich muss mit Brillanz und Kontrast spielen, damit der Text lesbar wird?«, murmelte er.

Skeptisch betrachtete er die Aufnahme. Es dauerte einen Moment, bis er die Bildbearbeitungs-App entdeckt hatte. Nach wenigen Versuchen gelang es ihm tatsächlich, den verborgenen Text wie von Zauberhand sichtbar zu machen. Der Tipp war Gold wert gewesen, nun konnte er die Notizen lesen. Zu seinem Glück war es ein neuer Block gewesen, auf dem nur eine Seite gefehlt hatte, somit gab es keine Überlappungen.

Die erste Zeile war offenbar mehrmals durchgestrichen worden, daher konnte Christof nur das Ende entziffern:

... loswerden, unbequem!

Darunter befand sich eine Auflistung.

Wildschwein-Skandal in München.

Verkauf von ungeprüfter Wildsau durch den badischen Bürgermeister – durch Quelle bestätigt.

Jagd im Elsass - Freischein für Familienmörder (Zeitungsbericht 65, noch gültig?)

Schweinepest in Polen - wurde der Mist auch hier verkauft?

Wer steht hinter Regional - der Foodblog? Quelle ausfindig machen. Klingt nach C. W.!

Christof fühlte sich in die Zeit in München zurückversetzt. Im Jahre 2004, war dort ein Wildzüchter aufgeflogen, der Gammelfleisch neu etikettiert und als Frischware verkauft hatte. Mit Ekel erinnerte er sich an den Tag, als er einen der vakuumierten Wildschweinschinken aufgeschnitten hatte und ihm der Gestank von Tod und Verwesung in die Nase gestiegen war, und nicht nur das, auf dem Fleisch hatte er damals sogar schon die ersten Fliegeneier entdeckt.

Er schüttelte sich, um das Bild wieder zu vertreiben. Der Betrieb war kurz darauf geschlossen worden und beinahe auch das Restaurant, in dem er gearbeitet hatte. Heute wusste er zum Glück ganz genau, woher sein Fleisch kam, und selbst den Veterinär, der die Fleischbeschau machte, kannte er persönlich.

Überrascht sah er, dass sie bereits in den Frankfurter Bahnhof einfuhren. Es wurde Zeit, alles zusammenzupacken. In diesem Moment kam ihm plötzliche eine Idee.

Ich sollte vielleicht nur einige Seiten der Druckfahne fotografieren und das Manuskript hier im Bahnhof in einem Schließfach deponieren.

Schnell schoss er ein paar Bilder von den Unterlagen, bevor der Zug am Bahnsteig hielt.

Anschließend deponierte er seine Tasche in einem der Schließfächer und nahm sich ein Taxi. Nur mit den Fotos auf seinem Handy und seinem Laptop bewaffnet, fuhr er zum LemonTree-Verlag, bei dem Josef Kaack beschäftigt gewesen war.

Beinahe beschwingt stieg er nach knapp vierzig Minuten aus dem Taxi und eilte die breite, steinerne Treppe zum gläsernen Eingang des Verlages hinauf.

Kapitel 14

Commissaire de Police Léon Moreau saß an seinem Schreibtisch, schlürfte einen Cafe au lait und spielte ungeduldig mit seinem Kugelschreiber. Christof Weinkeiler hatte direkt vor seinen Augen das Dorf verlassen, obwohl er ihn gebeten hatte, jederzeit erreichbar zu sein.

Verärgert blätterte er durch seine Notizen. *Wo hatte er die Nummer von Christof aufgeschrieben?* Er wusste ganz genau, dass er sich die neue Telefonnummer irgendwo notiert hatte. Léon nahm einen Schluck von seinem dampfenden Kaffee. Irgendwas war an dem Tod von Josef Kaack seltsam. *Aber warum sollte Christof einen wildfremden Mann töten?*

Um sich abzulenken, öffnete er den Browser und tippte in die Suchmaschine Christofs Blog, regional.menu ein. Überrascht stellte er fest, dass sich etliche Seiten auf den Blog bezogen.

Neugierig klickte er auf das erste Suchergebnis und landete direkt auf der Seite von Christof. Er überflog den letzten Eintrag und stutzte. Um sicherzugehen, dass er sich nicht verlesen hatte, druckte er sich die Seite sogar aus.

Christof, Christof, was hast du nur gemacht? Das sieht gar nicht gut für dich aus, mein Lieber! Wie bist du an diese Unterlagen gekommen und warum hast du mich nicht sofort darüber informiert? Ich glaube, du verbirgst etwas vor mir.

In diesem Moment klopfte jemand an seine Tür.

»Entre!«

»Bonjour Monsieur le Commissaire. Hier sind die persönlichen Gegenstände des Opfers, die ich Ihnen bringen sollte. In dem grauen Umschlag finden Sie sein elektronisches Equipment und den Autoschlüssel für seinen SUV, ein gehobenes, deutsches Modell.«

Léon betrachtete das Hab und Gut des Verstorbenen, das die Spurensicherung in seinem Aktenkoffer gefunden hatte. Daneben hatte sich eine Sporttasche mit verschwitzter Kleidung, mehreren, blutverschmierten Taschentüchern, Heftpflastern und Mullbinden gefunden. Außer dem Smartphone des Opfers, gab es auch noch ein professionelles, digitales Diktiergerät mit SD-Card als Speicher.

Léon betrachtete es verwundert. Er selbst verwendete inzwischen nur noch sein Smartphone, um Beweise zu fotografieren, Aussagen aufzunehmen oder kurze Notizen anzufertigen.

Léon griff als Erstes nach dem Handy, es handelte sich dabei um ein aktuelles Modell mit Gesichtserkennung und hochauflösender Kamera. Das Gerät reagierte allerdings nicht, als er es einschalten wollte, anscheinend hatte es keinen Saft mehr. Er nahm sein Ladekabel, das zum Glück kompatibel war, um den Akku zu laden. Nach wenigen Minuten bootete das Telefon und Léon wurde aufgefordert, sich zu identifizieren. So wie er es befürchtet hatte, war das Gerät nur mit einem sechsstelligen Code oder mithilfe der Gesichtserkennung zu entsperren.

Ob das mit dem Gesicht eines Toten funktioniert? Ich muss das Teil unbedingt entsperren, immerhin könnten sich interessante Informationen darauf befinden, dachte er.

Er nahm spontan die Klarsichthülle mit Kaacks Führerschein zur Hand.

Ich glaube es zwar nicht, aber einen Versuch ist es wert. Er griff nach dem Telefon und gab kurzerhand das Geburtsdatum von Josef Kaack ein.

Nein, das war es nicht, das wäre auch zu einfach gewesen, sagte er sich.

Er packte das Telefon wieder zurück in die Beweismitteltüte. *Da müssen wohl unsere Fachleute ran. Die werden mir alle Daten besorgen können. Zum Glück handelt es sich um ein Gerät mit Android-Software, da kommt man immer irgendwie an die Daten.*

Als Nächstes widmete er sich dem Diktiergerät. *Das ist Technik nach meinem Geschmack, da gibt's wenigstens keine Sperrcodes!*

Commissaire Léon betrachtete neugierig das Diktiergerät. Es war ein Profiteil mit Stereo-Mikrofon, digitalem Display und einem Micro-USB-Anschluss.

Er drückte auf Play und lauschte gespannt, aber nichts war zu hören. Das kleine Display blieb schwarz und der Lautsprecher stumm, vermutlich war auch dieser Akku leer. Er zog die Schublade auf und durchwühlte sie. Irgendwo hatte er bestimmt ein passendes USB-Kabel, um das Gerät wieder zum Leben zu erwecken. Nachdem er sämtliche Schubladen und seinen Aktenschrank erfolglos durchsucht hatte, fiel ihm ein, dass er das Kabel mit dem Micro-USB–Anschluss zusammen mit seinem alten Handy entsorgt hatte. Sein neues Gerät musste er nur auf das Ladegerät legen und es wurde, für ihn vollkommen unverständlich, ganz ohne Kabel geladen. Er war kein Technikguru und all dieser neumodische Kram interessierte ihn kein Stück, Hauptsache, es funktionierte. Diktiergeräte hingegen kannte er noch, damit wusste er umzugehen. Er entnahm nun die SD-Card, um so an die Daten heranzukommen, stand aber prompt vor dem nächsten Problem. Sein neuer Dienst-Laptop hatte keinen Kartenleser.

»Merde, c'est pas possible!«, schimpfte er.

Fluchend stand er auf und begab sich zum diensthabenden Police-Officer.

»An welchem Gerät kann ich mir den Inhalt dieser Speicherkarte ansehen?«

»Hier in unserem Büro?«

»Wo denn sonst? Ich will mir ja keine Pornos anschauen. Das ist die Speicherkarte aus dem Diktiergerät von Josef Kaack. Ich muss wissen, was er alles aufgenommen hat. Auf der Karte könnten wichtige Beweise sein.«

Der junge Beamte schüttelte den Kopf. »Das muss die digitale Forensik in Straßburg machen. Wir dürfen nichts Fremdes mehr mit unseren Computern verbinden wegen der vielen Viren und Hacker-Software. Das ist neuerdings alles verboten. Deswegen wurden die entsprechenden Lesegeräte vor drei Monaten komplett entfernt. Haben Sie das Memo nicht gelesen?«

»Ich lese keine Mails. Wenn jemand etwas von mir will, muss er mir das schon auf Papier überreichen oder persönlich mitteilen. Ich hasse diesen ganzen *Papierloses Büro-Unsinn*!«

Verärgert stapfte er zurück in sein Büro, riss die Schublade auf und nahm eine der Versandtaschen für sichergestellte Handys und andere digitale Datenträger heraus. Er ließ die SD-Card seufzend hineinfallen und schrieb eine kurze Notiz dazu. Er benötigte eigentlich nur den letzten Tag der Aufzeichnungen, am liebsten allerdings in Papierform.

»Das verzögert doch die gesamte Untersuchung! Ich will endlich wissen, was dieser Kaack hier im Elsass wollte und wo er vor dem Besuch bei Christof war. Die ganze Sache kommt mir mehr als nur seltsam vor«, schimpfte er leise vor sich hin.

Als er aus dem Fenster sah, konnte er beobachten, wie der Kurierfahrer in seinen Wagen stieg. Hastig riss er das Bürofenster auf.

»Hey Sie, warten Sie! Ich habe hier noch etwas Dringendes für Straßburg, das muss unbedingt sofort in die Forensik!«

Zum Glück hatte der Kurier ihn noch gehört. Er eilte hinunter und übergab ihm den Umschlag. Auf dem Rückweg, als er gerade am Kaffeeautomaten stand, klingelte sein Handy. Er kontrollierte kurz das Display, und erkannte, dass es eine Nachricht seines Kollegen war. Er schob es wieder in seine Tasche und wartete darauf, dass sein Kaffee endlich fertig war.

»Merde!«, fluchte er plötzlich. *Ich habe vergessen, dass Telefon von Herrn Kaack einzupacken, das muss schließlich auch in die Forensik.*

Er lief hastig zum Fenster und sah, wie der Kurier vom Hof fuhr.

Diese bescheuerten, neuen Regelungen und Idioten mit ihrem Datenschutz! Wie soll man einen simplen Fall aufklären können, wenn man ohne Hightech und

Studium nicht einmal mehr an die Daten eines Toten kommt, dachte er aufgebracht.

Er griff nach seinem Kaffee und wollte einen Schluck nehmen, doch anstatt den Kaffee zu trinken, landete die braune Brühe auf seiner Brust. Der Pappbecher hatte sich aufgelöst und den Inhalt über sein Hemd und seine Krawatte verteilt.

»Merde, was ist das heute nur für ein blöder Tag!« Erneut klingelte sein Smartphone. »Commissaire Léon Moreau, oui?« Er lauschte dem Anrufer kurz und legte auf. »Ich soll gefälligst regelmäßig meine Mails abrufen? Es gibt keine Sonderbehandlung mehr für mich? Es wird Zeit, dass ich in Rente gehe!«, schimpfte er lautstark.

Léon ging zur Toilette, um sich die Bescherung auf seinen Klamotten genauer anzusehen. *Merde, ausgerechnet heute habe ich keine Ersatz-Kleidung hier.*

Es blieb ihm nichts anderes übrig, er musste nach Hause fahren, sich umziehen und anschließend sein Postfach kontrollieren. Der Pathologe hatte ihm vermutlich einen ersten Bericht zugeschickt und wartete auf eine Antwort.

Nachdem er nach Hause gefahren war, schaute Léon bei Christof vorbei, er musste ihn unbedingt noch einmal befragen. Da dessen Bus nicht vor dem Haus stand, hinterließ er ihm eine kurze Nachricht.

Guten Morgen, Herr Weinkeiler,
bitte melden Sie sich umgehend bei mir im Büro. Ich habe weitere Fragen zu den Vorkommnissen am 24.10.
Commissaire Léon Moreau

Als er einstieg, entdeckte er, dass das Handy von Josef Kaack auf dem Beifahrersitz lag. *Es wird am einfachsten sein, wenn ich nach Straßburg fahre, das Handy persönlich in der Forensik abgebe und mir die Daten direkt anschaue.*

Eine Stunde später stand er vor der Universität der Stadt und erkundigte sich danach, wo sich das forensische Labor befand.

»Sie nehmen den Lift in die sechste Etage, gehen nach links und am Ende des Ganges ist das Labor.«

Kurz darauf stand Léon unschlüssig vor der schlichten Bürotür. Er fragte sich, ob es nicht vielleicht doch besser wäre, den normalen Dienstweg mit Übergabeprotokoll und Kurierfahrer zu gehen. Es konnte sich schließlich herausstellen, dass Josef Kaack ermordet worden war. In diesem Fall müsste er alles lückenlos nachweisen können. Er wollte gerade wieder gehen, als sich die Tür öffnete.

»Kommen Sie herein. Was haben Sie uns Schönes mitgebracht, Commissaire Moreau?«

»Das Smartphone eines Opfers. Es ist mit Gesichtserkennung und einem sechsstelligen Code gesichert. Kommen wir irgendwie an die Daten?«

»Kommt darauf an. Ist es ein Android-Gerät?«

»Ja, ein ziemlich neues Modell.«

»Sie können gern warten, ich habe gerade ein bisschen Zeit. Sollte das Gerät allerdings die aktuelle Systemversion draufhaben, kann es durchaus eine Woche dauern, die Daten zu bekommen.«

»Ich baue mal auf mein Glück und warte.«

»In Ordnung. Dort drüben finden Sie einen Kaffeeautomaten und eine gemütliche Couch.«

Der Techniker nahm die Beweismitteltüte entgegen und ging damit zu einem Tisch mit elektronischem Equipment, auf dem gerade ein Telefon aufdringlich läutete. Der Techniker nahm das Gespräch an, lauschte stumm und sah dabei mehrmals zu Commissaire Léon. Er beendete das Telefonat und ging zu Léon hinüber.

»Monsieur le Commissaire, ich habe gerade von ganz oben die Anweisung bekommen, das Diktiergerät und das Handy auf der Stelle per Eilboten nach Paris zu schicken. Es tut mir sehr leid, dass ich Ihnen nicht weiterhelfen kann.«

»Nein, das geht nicht! Sie müssen mir die beiden Geräte unverzüglich aushändigen. Ich brauche die Daten noch heute auf meinem Schreibtisch. Entweder Sie machen sich sofort an die Arbeit, oder ich suche mir einen Studenten, der das Handy hackt.«

»Commissaire de Police Moreau, das kann ich nicht tun!«

»Warum nicht? Sie geben mir die beiden Teile wieder und vergessen einfach, dass ich hier war.«

»Das geht nicht. Die Geräte sind bereits per Rohrpost auf dem Weg in den Keller, und dort wartet ein Fahrradbote, der das Päckchen zum Bahnhof bringt. Sie werden mit dem nächsten TGV befördert, sodass sie um 11:30 Uhr bereits in Paris ankommen.«

»Per Fahrradkurier?«

»Ja, es gibt keine schnellere Möglichkeit, um innerhalb von Straßburg etwas zu liefern.«

Léon sah ein, dass er verloren hatte, deswegen zog er unzufrieden ab. Später saß er wieder vor seinem Computer und las seine E-Mails. Es gab eine wichtige Nachricht von seinem Chef, der ihn darüber informierte, dass alle Beweismittel im Fall Josef Kaack sofort nach Paris geschickt werden sollten, da es sich um eine internationale Affäre handelte, weil das Opfer ein Ausländer war. Léon verstand die Reaktion des Technikers nun, man hatte ihm einen Maulkorb verpasst und ihn aufs Abstellgleis befördert.

D'accord, so geht man also mit erfahrenen Mitarbeitern um.

Kapitel 15

Am Empfang des LemonTree-Verlages wurde Christof von einer zierlichen Blondine begrüßt. Das Ebenholz-Schild mit der silbernen Aufschrift auf dem Empfangstresen verriet ihm, dass er gerade mit Fräulein Susi Unger sprach.

Er las den Namen noch einmal und stutzte dann. Susi Unger? S.U. hatte die Unterschrift auf der Mail des Euler Zeitschriften-Verlages gelautet. War das nur ein seltsamer Zufall oder hatte Fräulein Unger diese Mail verfasst?

Die junge Frau sprach ihn jetzt an, ohne dabei von ihrer Lektüre aufzusehen.

»Guten Tag, der Herr. Wie kann ich Ihnen helfen? Haben Sie einen Termin?«

»Mein Name ist Christof Weinkeiler, ich komme wegen Herrn Josef Kaack, einem ihrer Lektoren.«

»Da sind Sie ein paar Tage zu spät dran. Josef Kaack ist tot«, erwiderte sie ohne irgendeine Gefühlsregung.

»Ich weiß, dass Herr Kaack verstorben ist. Er hat sich zu diesem Schritt leider genau in meinem Haus entschieden, Fräulein Unger!«

Endlich sah sie von ihrem Buch auf. »Sie sind der Mann, der Josef gefunden hat?«

»So kann man es auch nennen. Ich habe einige Fragen zur Arbeit von Herrn Kaack. Wer könnte mir da weiterhelfen?«

Die junge Frau sah ihn jetzt mit ihren dunkelblauen Augen an.

Weinte sie etwa?, fragte sich Christof.

»Folgen Sie mir, ich werde Sie zum Chef von Herrn Kaack bringen. Sein Büro ist am anderen Ende des Gebäudes.«

Sie tat ihm nun beinahe leid, er hatte den Eindruck, dass zwischen den beiden mehr gewesen war als nur eine geschäftliche Beziehung. *Bemühte sie sich vielleicht deshalb so sehr, ihre Gefühle zu verbergen?*

Christof sah der Sekretärin an, dass diese ein wenig mitgenommen war, und ihre kühle Fassade begann allmählich zu bröckeln.

»Wie war Herr Kaack so als Chef, Fräulein Unger?«, insistierte Christof darum.

Energisch stand sie auf, trat hinter dem Tresen hervor und ging los. »Wie kommen Sie darauf, dass er mein Chef war?«

»Entweder das oder Sie hatten etwas mit ihm am Laufen«, sagte er ganz offen und direkt.

»Wie gesagt, Sie finden seinen direkten Vorgesetzten dort hinten. Klopfen Sie einfach bei Klopp. Ich habe anderes zu tun, als Ihre unverschämten Fragen zu beantworten. Entschuldigen Sie mich jetzt, ich habe einen Termin. Ich hoffe, Josef ist elendig verreckt!«

Schnellen Schrittes verließ sie das Büro. Christof sah ihr verständnislos hinterher. Er war sich sicher, dass da mehr als eine kleine Liebelei im Spiel gewesen war. Vielleicht sollte er sich später noch einmal mit Fräulein Susi Unger unterhalten.

Christof machte sich auf den Weg, und nach wenigen Schritten stand er vor einem Glaskäfig, auf dessen Tür eingeätzt *Lektorat* stand. Er fragte eine der Frauen, die vor ihren PCs saßen, wer der zuständige Leiter war, da er einige Fragen zu Herrn Kaack hatte.

»Der Mann mit der Hornbrille und der Halbglatze, ist Herr Klopp, der Cheflektor. Er kann Ihnen bestimmt mehr über die Aufgaben von Herrn Kaack erzählen.« Sie öffnete ihm die Tür, bevor sie leise schluchzend verschwand.

Dieser Herr Kaack muss sehr beliebt gewesen sein, dachte er, als er zu dem Schreibtisch ging, hinter dem ein Mann saß, der konzentriert in einem Manuskript las.

»Herr Klopp, mein Name ist Christof Weinkeiler, Sie haben bestimmt schon von mir gehört.«

Der Mann sah irritiert zu ihm auf.

»Weinkeiler? Nein, das sagt mir nichts. Wenn Sie ein Manuskript geschrieben haben, reichen Sie es bitte über die üblichen Wege ein. Oder, nachdem Sie schon mal im Haus sind, geben Sie es einfach bei Fräulein Unger ab. Ich empfange keine Autoren, dafür habe ich keine Zeit. Sie sehen ja, was sich hier alles ansammelt.« Er deutete auf mehrere Papierstapel, die kreuz und quer über seinem Schreibtisch verstreut lagen. »Wenn Sie mich nun entschuldigen würden, ich haben in zwanzig Minuten eine Konferenz.«

»Ihr Mitarbeiter Herr Josef Kaack ist in meinem Haus verstorben! Ich habe meiner Meinung nach sehr wohl ein Recht darauf, von Ihnen zu erfahren, was der Mann bei mir gewollt und warum er mich zum Probekochen genötigt hat! Vielleicht kann mir auch jemand erklären, warum sich in seinen Unterlagen mein komplettes Manuskript befunden hat.«

»Denken Sie etwa, das genügt, um mir Ihren Krimi deswegen persönlich vorbeizubringen? Der Plot klingt vielversprechend, aber schicken Sie mir das Ganze per Mail bitte, und nun verlassen Sie mein Büro, oder muss ich erst den Sicherheitsdienst rufen?«

Christof spürte, wie sich sein Puls beschleunigte. Da seine Geduld endgültig am Ende war, funkelte er sein Gegenüber wütend an: »Sind Sie etwa schwer von Begriff? Ich will mich mit Ihnen über Kaack unterhalten und wissen, warum er mir zuerst beschissen unhöfliche Absagen schickt, in seinem Gepäck aber eine Druckfahne meines Kochbuchs herumträgt!«

Klopp schaute ihn überrascht an. »Würden Sie das bitte wiederholen? Sie behaupten also, einer meiner Lektoren hat sich ein fremdes Manuskript angeeignet? Können Sie das beweisen?«

Christof sah sich suchend um, irgendwo musste er seinen Laptop abstellen, doch jede nur erdenkliche Fläche war übersät mit Papierstapeln. Es blieb ihm nichts anderes übrig, als das Gerät im Arm zu halten.

»Hier in meinem Posteingang befindet sich eine Bestätigung, dass er meine Unterlagen erhalten hat. Hier sehen Sie außerdem die Absagen. Was wollen Sie noch als Beweis?«

»Das muss ich erst nachprüfen, einen Moment bitte.«

Herr Klopp tippte daraufhin einige Zeit auf seiner Tastatur herum, sah sich außerdem die Mails auf Christofs Laptop genauer an und starrte anschließend weiter auf seinen eigenen Bildschirm.

»Es sieht so aus, also ob Sie mehrere Manuskripte eingereicht hätten und diese aufgrund von unsauberen Rezepten, Schreibfehlern und wegen Plagiatsverdacht abgelehnt worden wären, so wie es Ihnen in den Briefen und E-Mails mitgeteilt wurde. Was erwarten Sie nun von mir, Herr Weinkeiler? Ich werde mich nicht in die Entscheidungen meiner Mitarbeiter einmischen. Sie alle entscheiden zum Großteil selbst, was angenommen wird und was nicht ins Programm kommt.«

Er griff jetzt nach einer ledernen Mappe. »Ich muss jetzt zu einem Termin. Wenn Sie noch weitere Fragen haben, wenden Sie sich bitte schriftlich an uns. Sie finden bestimmt allein hinaus.«

Mit diesen Worten ließ er Christof einfach stehen.

Dieser ging daraufhin zurück zum Empfang. So würde er sich nicht abspeisen lassen.

»Ich möchte umgehend mit dem Verlagschef sprechen!«, blaffte er Fräulein Unger an, die wieder an ihrem Platz saß.

Sie sah ihn ein wenig verunsichert an. »Das wird nicht so einfach gehen, er ist immer sehr beschäftigt, außerdem findet gerade eine Konferenz statt.«

»Richten Sie ihm aus, dass er entweder jetzt mit mir sprechen kann oder ich mich an einen Anwalt und an die Presse wenden werde.«

»Worum geht es dabei bitte?«

»Einer Ihrer Lektoren, dieser Josef Kaack, hat mein Manuskript offenbar als sein Werk ausgegeben und das Buch scheint sich bereits bei Ihnen im Druck zu befinden.«

Sie starrte ihn mit großen Augen an. »Was unterstellen Sie Josef da? Wie kommen Sie dazu, zu behaupten, er hätte Ihr Werk gestohlen? Mein Josef war ein Spitzenkoch, der in München gelernt hat. Ich warne Sie, wenn Sie nicht sofort mit diesen Verleumdungen aufhören, werde ich Sie wegen Rufmordes anzeigen!«

Plötzlich tippte ihm jemand auf die Schulter.

»Herr Weinkeiler nehme ich an?«

Christof drehte sich unwirsch um. »Wer will das wissen?«

»Mein Name ist Peter Braun, ich bin der Verlagschef. Wenn ich Sie richtig verstanden habe, wollten Sie mich sprechen. Herr Klopp hat mir soeben von Ihrem Besuch berichtet. Ich möchte Ihnen gern weiterhelfen, wenn ich kann. Folgen Sie mir bitte in mein Büro, dort können wir bei einem Kaffee alles in Ruhe besprechen. Fräulein Unger, bitte bringen Sie uns zwei Kaffee und zwei Mineralwasser.«

Kurz darauf saßen die beiden im Büro von Herrn Braun. Christof trank seinen Kaffee und versuchte, seinen Ärger zu zügeln, während der Verlagschef auf seinem Laptop sorgfältig die Unterlagen studierte, die Christof ihm inzwischen per Mail zugesandt hatte.

»Sie haben eine Druckfahne erwähnt. Dürfte ich diese bitte sehen?«

»Ungern, aber ich habe ein paar Fotos davon auf meinem Smartphone.«

»Das sollte fürs Erste genügen. Zeigen Sie sie mir bitte.«

Interessiert betrachtete Herr Braun die Bilder. »In der Tat, das ist eine Druckfahne aus unserem Haus. Das Manuskript scheint allem Anschein nach mit Ihrem identisch zu sein. Ich werde der Sache natürlich sofort nachgehen. Erlauben Sie mir die Frage: Wie sind Sie an die Mappe von Josef Kaack gekommen?«

Christof war unwohl zumute. *Was sollte er darauf antworten?*

»Er hat sie am Abend seines Ablebens auf meiner Garderobe hinterlassen, wo ich sie am nächsten Morgen gefunden habe. Um feststellen zu können, wem ich die Unterlagen zusenden kann, habe ich die Mappe geöffnet, und dabei habe ich gesehen, um was es sich gehandelt hat. Sie können sich bestimmt vorstellen, wie verwundert ich war, als ich mein eigenes Buch in den Unterlagen erkannt habe.«

»Es stellt sich für mich immer noch die Frage, wie Sie beweisen wollen, dass Sie der Urheber dieses Manuskriptes sind. Haben Sie eine Version davon bei einem Anwalt hinterlegt? Oder zumindest einen Ausdruck oder einen USB-Stick mit der Datei per Einschreiben an sich selbst geschickt, bevor Sie es bei uns eingereicht haben?«

Christof schüttelte den Kopf. »Nein, das habe ich nicht. Woher hätte ich wissen sollen, dass so etwas notwendig ist? Ich dachte, die E-Mails und die Absagen genügen als Beweis.«

»In Zukunft sorgen Sie besser dafür, dass Sie Ihr Manuskript nachweislich, am einfachsten geht das per Einschreiben, an Sie oder Ihren Anwalt schicken, bevor Sie es an einen Verlag senden. Ich werde aber sehen, was ich für Sie tun kann. Lassen Sie mir bitte Ihr Manuskript und alle Kommunikation, die Sie mit Herrn Kaack geführt haben, zukommen. Am besten ausgedruckt und per Einschreiben, wir werden bestimmt eine Lösung für dieses Dilemma finden. Sollte sich tatsächlich herausstellen, dass Ihr Werk von unserem Mitarbeiter gestohlen wurde, werden wir Sie selbstverständlich entsprechend entschädigen, seien Sie sich dessen versichert. Ich bitte Sie darum, derweil nichts davon an die Presse weiterzugeben. Das würde sowohl uns als auch Ihnen schaden.«

Christof nickte zustimmend. Er wollte nur noch eine Sache wissen. »Was hat es mit der Story über die Foodblogger auf sich?«

Peter Braun sah ihn fragend an. »Was meinen Sie damit?«

»Josef Kaack hat mir einen Besuch abgestattet, um sich ein Bild über meine Kochkünste machen zu können, damit er später in seiner Reportage über meinen Blog berichten kann. Ihrem Gesicht nach zu urteilen, war das wohl nur eine Ausrede, um mich noch ein bisschen mehr zu demütigen, oder?«

»Dieser Kaack wird mir von Minute zu Minute unsympathischer. Er hatte sich bei uns krankgemeldet und nun erfahre ich, dass er in dieser Zeit durch die Weltgeschichte gegondelt und sich Manuskripte angeeignet hat. Wenn er nicht von uns gegangen wäre, müsste ich ihn schon allein aufgrund Ihrer Erzählungen fristlos entlassen. Ich verspreche Ihnen, wir gehen der Sache sorgfältig nach, Herr Weinkeiler. Entschuldigen Sie bitte die Unannehmlichkeiten, die Ihnen durch unseren Mitarbeiter entstanden sind.«

»Können Sie mir vielleicht ein wenig zum Verhältnis zwischen Fräulein Unger und Josef Kaack erzählen?«

»Die beiden arbeiten seit vier Jahren sehr gut zusammen, was sie allerdings in ihrer Freizeit machen, geht mich nichts an. Das müssten Sie Fräulein Unger schon selbst fragen. Da kommt sie ja gerade.«

Kapitel 16

Christof sah die junge Frau intensiv an. »Sie waren nicht nur seine Sekretärin, habe ich recht? Ich sehe es an Ihren Augen. Der Tod von Josef Kaack geht Ihnen offenbar sehr nahe. Sie brauchen sich dafür nicht zu schämen, ich kann sehr gut verstehen, wie es Ihnen geht. Ich selbst war auch schon in der Situation, dass ein geliebter Mensch mich endgültig verlassen hat.«

Sie sah ihn zweifelnd an. »Nein, Herr Kaack war nur ein Kollege, nicht mehr und nicht weniger. Ich bin grundsätzlich sehr nah am Wasser gebaut, alles, was auch immer Sie in mein Gesicht hineininterpretieren möchten ... er war nur ein Kollege, nichts weiter.«

Während sie sprach, sah er, wie ihre Augen erneut feucht wurden, und eine kleine Träne bahnte sich einen Weg über ihre Wange. Es fühlte sich falsch an, sie so anzustarren, deshalb sah er schnell auf ihren Schreibtisch. Dort stand eine Fotografie eines wunderschönen gleichmäßig gewachsenen Pilzes. Der scharlachrote Hut mit den unzähligen weißen Sprenkeln und dem stattlichen weißen Stiel zog sofort Christofs Aufmerksamkeit auf sich.

»Das ist ein sehr schönes Exemplar eines *Amanita muscaria*. Darf ich fragen, wo Sie dieses Foto gemacht haben?«

»Das hat ein Profi aus dem Badischen geschossen, ich glaube aus Baden-Baden.«

Christof betrachtete den Fliegenpilz genauer. »Darf ich fragen, warum Sie diese Fotografie auf Ihrem Schreibtisch stehen haben?«

»Es ist das Coverbild meines aktuellen Projekts *Toxische und psychoaktive Pflanzen in Mitteleuropa* ... ein Hobby von mir.«

»Das klingt äußerst interessant. Wann kommt es auf den Markt? Ich würde mir nämlich gern ein Exemplar kaufen. Dieses Thema hat mich schon immer gefesselt.«

Sie lächelte ihn an und griff auf dem Schreibtisch. »Hier ist ein Vorab-Exemplar. Darf ich es Ihnen schenken?«

Erfreut nahm Christof es entgegen. »Es ist mir eine Ehre. Ich hoffe, Sie werden viel Erfolg mit Ihrem Projekt haben.«

Er blätterte ein bisschen in dem Buch. Ein Bild irritierte ihn auf Anhieb. Ein ungefähr einen Meter zwanzig hoher, roter Fingerhut, der in voller Blüte stand, war darauf abgebildet. Hinter der hochgiftigen Blume hatte er etwas erkannt, was sofort seiner Aufmerksamkeit geweckt hatte. Er hielt ihr das aufgeschlagene Buch hin und deutete auf das Bild mit dem purpurnen Fingerhut.

»Wo wurde dieses Foto aufgenommen?«

Sie sah ihn mit gerunzelter Stirn an. »Was geht Sie das an?«

»Gar nichts. Ich finde die Landschaft nur wunderschön.«

»Das kann ich Ihnen nicht sagen, für die Bilder wurden Tausende Aufnahmen gesichtet.«

Christof würde sich nicht so leicht geschlagen geben. »Die Bilder wurden alle im Elsass aufgenommen, habe ich recht?«

»Die Fotos der heimischen Giftpflanzen stammen aus freiwilligen Zusendungen, nachdem wir per Internet dazu aufgerufen hatten. Es war ein Gewinnspiel.«

Er griff wieder nach dem Buch, um das Bild noch einmal zu betrachten.

»Wer hat dieses spezielle Foto gemacht? Gibt es ein Urheberrechtsverzeichnis?«

»Es waren viele verschiedene Fotografen, wie ich schon gesagt habe. Wir haben einen Preis für ein Foto der seltensten Giftpflanze in Europa ausgeschrieben. Es gab beinahe 25.000 Einsendungen, aber nur ein einziges Bild jeder Pflanze kam in das Buch.«

»Woher stammt das Bild der *Digitalis Purpurea*?«

»Das hat, glaube ich, ein Fotograf aus dem Elsass aufgenommen.«

»Das dachte ich mir schon, da man im Hintergrund die Druidenmauer vom Odilienberg erkennen kann. Ich gehe dort sehr oft mit meinem Hund Gonzo spazieren.«

»Wir hatten viele Einsendungen dieser Pflanze, aber keine war annähernd so prachtvoll und so pittoresk wie diese hier.«

Christof blätterte noch ein wenig in dem Buch, bevor er Fräulein Unger ansah, und fragte: »Darf ich Sie um ein Autogramm bitten? Das Ganze ist sowieso schon ein seltenes Stück, aber mit Ihrer Unterschrift würde es zu einer Rarität werden.«

Sie nahm ihm das Buch aus der Hand und unterschrieb auf der ersten Seite.

»Bitte sehr, es ist mir eine Freude. Darf ich Sie zum Mittagessen einladen? Ich recherchiere gerade für einen Krimi, vielleicht können Sie mir ja helfen. Ich würde gern erfahren, wie das alles so war, mit der Polizei und der Spurensicherung.« Christof musste sich ein Grinsen verkneifen. *Hatte er nicht vor einer Minute noch überlegt, wie er es anstellen sollte, diese Frau Unger zu einem privaten Gespräch einzuladen?*

»Kommt ganz darauf an, was Sie mir anbieten. Was gibt es hier Gutes? Lohnt es sich, einen späteren Zug zu nehmen? Fast Food oder eine Frittenbude sind nämlich nicht so meins.«

»Nachdem ich Ihr Buch gelesen habe, kann ich mir das gut vorstellen. Ich kenne eine kleine Kneipe, die bietet die beste Frankfurter Grie-Soß mit harten Eiern an, die Sie sich vorstellen können. Ist nicht weit von hier entfernt, nur zehn Minuten Fußweg.«

In der Kneipe roch es nach kaltem, abgestandenem Rauch, die gelben Bleiglasfenster waren vollkommen verdreckt und das Mobiliar erweckte den Eindruck, als würde es in ein Museum gehören. Christof war mehr als nur angewidert. »Hier wollen Sie wirklich etwas essen?«

»Natürlich, warum nicht?«

»Weil ich, wenn es mir möglich wäre, diese Bruchbude sofort schließen würde.«

»Sagt Ihnen unser Raucherzimmer nicht zu? Dann lassen Sie uns stattdessen in den Speisesaal gehen.«

Christof folgte ihr unsicher. Sie gingen durch einen schmalen Flur an den Toiletten und der Küche vorbei. Dabei konnte er einen Blick auf eine blitzblank polierte

Gastronomieküche aus Edelstahl erhaschen. Erleichtert entschied er, sich auf dieses Wagnis einzulassen.

»Warum haben Sie gerade gesagt, *unser* Raucherzimmer?«

»Ups, da habe ich mich wohl verraten. Das Lokal gehört meiner Oma, zumindest der hintere Teil.«

Sie traten jetzt durch eine Milchglastür. Plötzlich stand Christof in einem lichtdurchfluteten Saal, der komplett aus Glas und Stahl bestand und daher äußerst futuristisch aussah.

»Ist das hier ein OP?«

»Nein, aber beinahe so steril. Das ist unser neuestes Projekt. Sie haben es vielleicht schon mal in einem großen, deutschen Vergnügungspark gesehen.«

Sie deutete auf mehrere chromblitzende Gestelle, die sich in weiten Spiralen von der Decke wanden. Ein kompliziert aussehendes Gewirr aus Rohren, hydraulischen Stößeln und rot schimmernden Lichtschranken breitete sich, wie das Netzwerk aus Wurzeln eines Mangrovenwaldes, über der Decke aus.

»Sie bauen die FoodLoop des Europaparks nach? Das ist gewagt.«

»Wer nicht wagt, der nicht gewinnt! Bei uns gibt es allerdings einen Unterschied. Wir haben eine App dafür entwickelt.«

»Wofür? Im Original bestellt man über einen Touchscreen mit Farbcode, das funktioniert doch sehr gut.«

»Unsere App erlaubt es dem Gast, sein Menü zusammen zu stellen, die gewünschte Uhrzeit anzugeben und auf diese Weise ohne Wartezeit speisen zu können.«

»Das klingt ja extrem innovativ, trotz allem bekomme ich langsam Hunger.«

»Ich habe schon für uns bestellt. Es dauert nur ein paar Minuten. Währenddessen können wir uns ja einen kleinen Appetitanreger gönnen. Wie wäre es mit einem Aperol Spritz?«

Christof stimmte zu und sie setzten sich an einen Tisch, an dem unregelmäßig ein gelbes Licht flackerte.

»Das ist der, uns zugewiesene Tisch. Die Getränke sind bereits auf dem Weg zu unserem Platz.«

Christof sah Susi erwartungsvoll an. »Sie wollten mir etwas erzählen?«

»Nein, eigentlich habe ich eher ein paar Fragen an Sie, Herr Weinkeiler.«

»Die da wären?«

»Ich würde gern mehr über die näheren Umstände des Dahinscheidens von Josef Kaack wissen. Wie lange war er bei Ihnen zu Gast, bevor er verstarb? Was wurde als Erstes vonseiten der Polizei unternommen? Wer hat ihn gefunden und hat festgestellt, dass er tot war?«

»Wissen Sie was ... ich habe auch die eine oder andere Frage. Wie wäre es, wenn wir uns abwechseln? Ich beantworte Ihre Frage und stelle Ihnen danach meine.«

Sie nickte zustimmend. »Möchten Sie ein Bier oder lieber einen Wein zum Essen?«

»Nur Wasser. Wie lange hat Josef beim Verlag gearbeitet?«

»Ich habe meine erste Antwort nicht bekommen, also sind Sie zuerst dran.«

Bevor Christof etwas erwidern konnte, wurde das Essen serviert. Ein hermetisch verschlossener Topf kam auf silbernen Schienen angefahren, rutschte direkt zwischen ihr Besteck und ein leises Zischen ertönte, als sich das Vakuum löste.

Er hob den Deckel und betrachtete neugierig den Teller. Rösch gebratene Kartoffeln, ein großer See aus grüner Soße und darauf ein halbiertes, hart gekochtes Ei. Soweit nichts Außergewöhnliches. Er kostete und versuchte, die sieben typischen Kräuter herauszuschmecken, doch irgendetwas war übermächtig und zerstörte die harmonische Komposition. Er verteilte die Soße in seinem Gaumen und plötzlich erkannte er das falsche Aroma.

»Das ist keine typische grüne Soße, wie man sie in Frankfurt macht. Hier ist Estragon hinzugefügt worden, der gehört nicht dazu. Boretsch, Kerbel, Kresse, Petersilie, Pimpernelle, Sauerampfer und Schnittlauch – sonst darf nichts anderes hinein! Nach Ihrem Lob des Essens hier, hätte ich das nicht erwartet.«

»Lenken Sie nicht ab, Herr Weinkeiler. Beantworten Sie meine Frage!«

Christof gab klein bei und schilderte in groben Zügen den bewussten Abend. »Jetzt Sie, Fräulein Unger.«

»Ich arbeite seit zwölf Jahren in dem Verlag und Josef kam vor fünf Jahren zu uns. Er wurde speziell für die Sparte *Kochen und Genuss* eingestellt. Da er sich bei uns als ehemaliger Sternekoch vorgestellt hat, war das ein logischer Schritt. Wie haben Sie sich kennengelernt?«

»Gar nicht, und Sie?«

»Im Büro natürlich.«

Christof hatte seinen Teller mittlerweile geleert. Er spürte, dass dieses Gespräch zu nichts führen würde.

»Ich werde mich nun verabschieden. Falls Ihnen noch etwas einfällt, Ihr Chef hat meine Kontaktdaten. Auf

Wiedersehen, Fräulein Unger. Viel Erfolg noch mit Ihrem Lexikon.«

»Herr Weinkeiler, warten Sie, ich habe noch tausend Fragen an Sie!«

»Ich habe leider keine Zeit mehr, au revoir!«

Ihm war nach diesem Gespräch irgendwie seltsam zumute. Er wurde das Gefühl einfach nicht los, dass die Frau mehr über die ganze Sache wusste, als sie hatte zugeben wollen. Er hatte den Eindruck gehabt, dass selbst Herr Braun über ihre Reaktion verwundert gewesen war. Er rief sich ein Taxi, fuhr zum Bahnhof und leerte sein Schließfach.

Durch seine verspätete Abreise war seine Platzreservierung leider verfallen, daher musste er die zweistündige Zugfahrt im Stehen verbringen. Eingeklemmt zwischen Rucksack-Touristen und schreienden Kindern stand er zwischen zwei Waggons, während sich rechter Hand die übel riechende Toilette befand und links von ihm die Wagentür.

Ich habe nichts erreicht!, dachte er frustriert. Abgesehen von der Möglichkeit, dass eine Beziehung zwischen Susi und Josef bestanden hatte, war er keinen Deut schlauer geworden. Er betrachtete die vorbeifliegende Landschaft durch das kleine Fenster in der Tür. Es war ein steter Wechsel zwischen dunkelgrünem Nadelwald, graubraunen, abgeernteten Äckern und kleinen Dörfern.

Warum interessierte sich die Sekretärin überhaupt so für die näheren Umstände des Unglücksabends?

Ihre Fragen waren äußerst seltsam gewesen, es hatte nur noch gefehlt, dass sie wissen wollte, wie lange der Todeskampf gedauert hatte.

Dieses Fräulein Unger ist mir unglaublich suspekt. Vielleicht sollte sich Commissaire Léon mal mit ihr befassen!, dachte er.

Endlich war er wieder in Offenburg. Ein kalter Herbstnebel hatte sich durch die Straßen geschoben und das Licht der Straßenlaternen verschluckt. Irgendwo hier hatte er doch heute früh seinen Wagen abgestellt, aber wo? Er war sich sicher, dass er gegenüber von dem Dönerladen geparkt hatte, doch alles, was er jetzt dort sah, waren schnittige Sportwagen oder Familienkutschen mit Kindersitzen. Sein dunkelblauer Citroën H war hingegen nirgendwo zu sehen. Frustriert betrat er das Restaurant.

»Guten Abend, ich hoffe, Sie können mir weiterhelfen. Heute früh habe ich meinen Wagen dort draußen abgestellt ...«

»Ach, Sie sind der arme Franzose? Das Auto wurde vor sechs Stunden abgeschleppt. Morgen können Sie es bei der Polizei in Offenburg auslösen.«

»Morgen erst? Wie soll ich jetzt nach Hause kommen?«

»Da bleibt Ihnen wohl nur ein Taxi, die Verwahrungsstelle macht immer um siebzehn Uhr zu, da erreichen Sie heute niemanden mehr.«

Kapitel 17

Christof sah auf die Uhr, es war tatsächlich schon halb sieben, das hieß, er musste eines der Taxis, die am Bahnhof standen, nehmen. Er war müde und sauer auf sich selbst. Die ganze Geschichte ging ihm allmählich gehörig auf die Nerven. Heute Abend wollte er daher von der ganzen Sache nichts mehr hören und niemanden mehr sehen, nicht einmal Stephanie. Er sehnte sich nur nach einem schönen Glas Rotwein, einem Stück Käse und einem kräftigen, hausgemachten Eichelbrot.

Er musste allerdings unbedingt mit Mathieu reden, darum schrieb er ihm eine kurze Nachricht, in der er ihn für halb neun zu sich einlud.

Als er zu Hause ankam, war es kurz nach sieben, also ein wenig früh für seinen Blog. Deshalb griff er nach der Leine und ging mit Gonzo eine Runde spazieren, es dauerte ja auch noch, bis Mathieu eintreffen würde. Er beschloss, sich die Baustelle der Mairie anzusehen. Die Bürgermeisterin hatte es sich nicht nehmen lassen, ein altes Elsässer Fachwerkhaus zu kaufen und es, Stein für Stein abtragen zu lassen, um es anschließend erneut aufbauen zu lassen, und zwar mitten in einem modernen Steingarten. Von Weitem sah er bereits, dass der abgebrannte Hof inzwischen abgerissen worden war. Die ersten Sandsteine für die Grundmauer hatte man schon gesetzt, und auf einer großen Tafel im Hintergrund war eine Fotomontage zu sehen, wie dieser Platz im nächsten Jahr im April aussehen sollte.

Gonzo schnüffelte neugierig an der feuchten Erde und hob sein Bein, für das andere Geschäft bevorzugte er jedoch eine Wiese oder den Wald. Also marschierte Christof zurück und ließ Gonzo ein wenig im Garten toben, während er ein paar Holzscheite in das Herrenzimmer trug. Der aufziehende Nebel sorgte dafür, dass Christof am Abend gern ein Feuer im Kamin anzündete. Selbst dem Hund war es offenbar zu kühl, daher musste Christof nicht lange warten. Er rieb Gonzo mit einem Handtuch ab, ließ ihn herein und setzte sich an seinen Laptop.

Als sein Smartphone klingelte, erschrak er unwillkürlich. Verwundert sah er, dass es der Jäger war, der ihn anrief.

»Weinkeiler. Ja bitte?«

»Hallo Christof, hast du Lust auf einen Schluck vorbeizukommen? Ich habe einen Wildsau-Kopf für dich, wenn du Fromage de tête de sanglier machen möchtest.«

»Muss das heute Abend sein?«

»Ja, ich habe keinen Platz mehr bei mir im Kühlschrank und für unser Kühlhaus im Vereinsheim habe ich gerade keinen Schlüssel. Wenn du ihn nicht willst, muss ich ihn im Garten vergraben.«

»Ich werde kommen, dauert aber ein Viertelstündchen, in Ordnung?«

Also fuhr Christof mit seinem Fahrrad zum anderen Ende des Dorfes zu der Adresse, die ihm der Jäger per Nachricht geschickt hatte.

Er betrachtete skeptisch den Hof. Hier wohnte der Jäger? In einer der alten Stallungen konnte er eine Hundemeute hören, die aufgeregt bellte. Er drückte die

Klinke nach unten, aber das Tor war verschlossen. Vergeblich suchte er den sandsteinernen Torbogen nach einer Klingel ab. Er wollte den Jäger gerade anrufen, als er ihn aus einer der Stalltüren kommen sah.

»Salut Christof, bienvenue chez moi! Du musst kräftig drücken, das Tor klemmt ein wenig. Du kommst genau rechtzeitig, mir ist gerade ein Kinjele entwischt. Kannst du mir helfen, es einzufangen?«

Christof stemmte sich gegen das widerspenstige Tor und mit etwas Schwung schaffte er es tatsächlich, die schmiedeeisernen Flügel zu öffnen.

»Ich komme schon, kein Problem. Hast du eine Decke?«

»Die brauchen wir nicht, du stellst dich einfach in den Gang und versperrst dem Vieh den Weg. Ich zieh ihm eins hinter die Löffel und der Braten ist gegessen.«

Christof betrat den dunklen Stall. Es dauerte einige Sekunden, bis sich seine Augen an die Düsternis gewöhnt hatten.

»Du züchtest Kaninchen? Hast du auch Hasen?«

»Ja, aber immer nur einen für den Eigenverbrauch. Die will ja keiner haben. Alle wollen immer nur Kaninchen, oder wie man bei uns sagt Kinjele. An den mageren Kerlchen ist ja nichts dran.«

»Überleg mal, was macht eine durchschnittliche Familie mit einem Hasen, der fünf bis sieben Kilo wiegt? Drei Wochen Reste essen! Selbst ein Kaninchen mit anderthalb bis zwei Kilo ist schon viel für drei bis vier Personen.«

»So habe ich das noch nie betrachtet. Vorsicht, der Ausreißer kommt!«

Christof hatte das Kaninchen entdeckt, das sich geschickt in einem der Ställe verkrochen hatte. Bevor er reagieren konnte, war das Tier auch schon im Zickzack-Lauf an ihm vorbeigehoppelt und durch die Tür entwischt.

»Cacahuète, der ist futsch!«

»Der kommt so schnell nicht wieder«, fluchte der Jäger. »Was verschafft mir die Ehre deines Besuches?«

»Hast du das etwa wieder vergessen? Du hast mich selbst angerufen, dass ich einen Sau-Kopf bei dir abholen soll.«

»Vor lauter Ärger mit dem Karnickel habe ich tatsächlich nicht mehr daran gedacht, entschuldige bitte.«

»Ich wollte dir eigentlich eine Tourte vorbeibringen, damit du von deiner Wildsau auch was hast.«

»Darauf freue ich mich schon. Komm, lass uns etwas trinken.«

»Lieber nicht, ich habe heute noch etwas zu erledigen. Aber sag, woher bekommst du das Futter für deine Hasen?«

»Das Heu kaufe ich beim Bauern und reichere es im Sommer mit frischen, selbst gesammelten Wildkräutern an. Beinwell, Pissenlit, alles, was bei uns so wächst und gedeiht. Wenn ich auf der Pirsch bin, finde ich ja schließlich genug davon.«

Christof musterte die Stallungen. Sie erinnerten ihn unweigerlich an den Spind in seiner Schulzeit.

»Die armen Viecher haben gar keinen Auslauf da drinnen, ist das in Frankreich erlaubt?«

»Du glaubst doch nicht etwa, dass ich das angemeldet habe? Ich bin Jäger, also stammt mein Fleisch immer aus freier Wildbahn. Du hast nichts gesehen, ist das klar? Wenn du Léon davon erzählst, werde ich alles abstreiten.«

Christof zuckte mit den Schultern.

»Ich meine ja nur, auch Kaninchen haben ein Recht auf artgerechte Haltung.«

Ganz hinten, wo das karge Licht der Herbstsonne nicht mehr hinreichte, konnte er eine große Box erkennen.

»Was hast du noch für Tiere hier?«

»Das ist nur eine Zuchtbox, die ist leer. Da drin passiert erst im Frühjahr wieder etwas, aber dann, das kann ich dir sagen, geht's rund da drinnen.«

Das war gelogen, Christof konnte deutlich sehen, dass die Box bis vor Kurzem noch benutzt worden war. Es lagen noch Reste von Heu und Kräutern darin, sowie die Ausscheidungen eines Hasen.

»Komm jetzt, ich habe Durst und ich muss die Hunde rauslassen, damit sie den Flüchtling für mich einfangen.«

Christof sah beiläufig auf die Uhr. Es war bereits viertel nach neun! Verdammt, Mathieu wartete bestimmt schon eine Ewigkeit auf ihn!

»Ich muss leider los, wir sehen uns am Ende des Monats zum Halloween-Dinner.«

Als er ging, grübelte Christof weiter nach. Der Jäger hatte ihm bisher noch nie etwas von seiner Kaninchenzucht erzählt. Nachdenklich legte er den Sau-Kopf in den Fahrradkorb an seinem Lenker, schwang sich auf sein Fahrrad und fuhr hastig nach Hause. Irgendeine Geschichte wollte an die Oberfläche. Der Hasenstall hatte etwas in ihm geweckt ... wenn er sich nur daran erinnern könnte.

Mathieu wartete tatsächlich schon auf ihn, als Christof auf den Hof fuhr. Er war noch gar nicht abgestiegen, da wurde er schon angemault.

»Endlich bist du da. Ich warte schon seit einer Stunde auf dich. Du hast vielleicht Nerven! Seit heute früh klingelt Léon praktisch Sturm bei mir, weil er auf der Suche nach dir ist. Er sagt, du bist einfach abgehauen, obwohl du ihn gesehen hast. Ich habe ihn besänftigen können, er erwartet dich morgen gegen Mittag in seinem Büro. Du sollst irgendwelche Unterlagen von Kaack mitbringen, die du ihm bisher unterschlagen hast. Was auch immer er damit meint, tu es einfach – ich will es gar nicht so genau wissen.«

»Lass uns erst mal rein gehen, ich muss den Kopf einfrieren. Im Keller befindet sich eine schöne Flasche Pinot Gris, die bring ich gleich mit hoch. Anschließend erzähle ich dir, was ich heute alles herausgefunden habe.«

Bei Fromage de tête de sanglier erzählte Christof alles, während Mathieu aufmerksam zuhörte.

»Dieser Kaack war ein wirklich seltsamer Kauz, irgendwas hat der verborgen. Ich hätte mich gern noch ein wenig mit dieser Fräulein Unger vom Empfang unterhalten, die weiß bestimmt noch einiges zu berichten. Ich denke, wir sollten mal zusammen nach Frankfurt fahren«, beendete Christof seinen Bericht.

Mathieu holte sein Moleskine aus der Innentasche seines Mantels. »Ich war in der Zwischenzeit auch nicht untätig. Der Pathologe hat mich angerufen. Dein Opfer starb entweder an den Folgen eines Myokardinfarktes oder an einer Vergiftung mit Digitalis oder einem anderen Gift, das ähnliche Symptome hervorruft.

Sicherheit wird uns erst der toxikologische Befund bringen, der dauert aber noch einige Tage. Ich war in der Apotheke und habe mich über Digitalis erkundigt. Dort wurde mir bestätigt, dass eine Vergiftung damit durchaus mit einem ordinären Herzinfarkt verwechselt werden kann. Allerdings vergehen zwischen der Verabreichung des Giftes und dem Tod ungefähr sechs bis acht Stunden. Selbst, wenn das Opfer mit Digitalis vergiftet worden ist, kannst du es nicht gewesen sein, außer du hättest ihm reines medizinisches Digitalis direkt in die Halsschlagader injiziert und das hat der Pathologe bereits ausgeschlossen. Um wie viel Uhr war der Knabe das erste Mal bei dir?«

»Glaubst du etwa, ich hätte einen Lektor umgebracht, weil dieser dauernd meine Kochbücher abgelehnt hat?«

»Natürlich nicht! Erzähl mir noch mal den genauen Ablauf.«

»So gegen drei Uhr nachmittags stand der Kerl plötzlich auf meinem Hof und hat sich übergeben, um acht Uhr kam er zum Essen und um halb neun war er Geschichte.«

»Meiner Meinung nach ist er bereits am Vormittag, so gegen halb zwölf oder zwölf Uhr vergiftet worden. Hast du eine Ahnung, wo er vor dem Besuch bei dir war?«

Christof verneinte, woher sollte er das wissen.

»Du hattest erwähnt, dass es so wirkte, als sei dieser Josef betrunken gewesen. Das würde zeitlich perfekt passen, denn nach ungefähr vier Stunden treten bei so einer Vergiftung die ersten Symptome wie Schwindel, Brechreiz und Kreislaufprobleme auf, und nach acht Stunden bist du ziemlich sicher tot.«

»Das passt genauso gut zu einem, sich langsam ankündigenden Herzinfarkt. Josef Kaack kann immer noch eines natürlichen Todes gestorben sein. Das wäre mir ehrlich gesagt am liebsten.«

»An einem Herzinfarkt zu sterben?«

»Nein, dass mein toter Gast einfach nur zu einem sehr ungünstigen Zeitpunkt gestorben ist.«

»Du hast gleich einen weiteren Toten, wenn du nicht bald die versprochene Flasche Wein aufmachst, ich bin am Verdursten«, unterbrach ihn Mathieu.

Christof kam der Aufforderung gern nach. Sie saßen noch eine ganze Weile zusammen, bis es plötzlich an der Tür klopfte. Christof sah erstaunt auf die Uhr. Es war viertel vor zwölf, um diese Zeit erwartete er keinen Besuch mehr.

»Christof, mach auf! Ich bin es, Alphonse.«

Natürlich, um diese Zeit konnte es ja nur der Blitzableiter Alphonse sein. »Sag mal, weißt du eigentlich, wie spät es ist? Ich könnte schon lange im Bett liegen. Was gibt's denn so Wichtiges?«

»Ich habe das Angebot für deine Kochschule fertig.«

Christof ließ ihn eintreten.

»Ich habe im Augenblick ganz andere Sorgen, hätte das nicht auch bis morgen warten können?«

Alphonse nahm sich ungefragt ein Glas, schenke es voll und leerte es sogleich in einem Zug. »Nein, denn wenn du jetzt sofort zuschlägst, bekomme ich die Herde und Kochplatten zu einem Spottpreis, weil es da ein Küchenstudio gibt, das Bankrott geht. Da kann ich morgen alle Elektrogeräte für einen Appel und ein Ei ausbauen. Du musst dir das wirklich überlegen.«

»Im Moment weiß ich nicht mal, ob ich morgen noch freie Luft atmen darf, und da kommst du mir mit Kochmulden. Hast du nicht mitbekommen, was hier die letzten Tage los war?«

»Punaise non! Ich habe auch Sorgen. Ich sollte eine Tanzhalle neu elektrifizieren und habe alles dafür gekauft! Zwanzig Kilometer Kabel, dreihundertfünfzig LED-Micro Spots, die ganze Steuerung und jetzt ist plötzlich kein Geld mehr in der Gemeindekasse, um das Projekt realisieren zu können. Ich flehe dich an, Christof, gib mir den Auftrag für deine Kochschule, sonst hast du bald keinen Elektriker mehr im Dorf.«

Alphonse füllte sein Glas nach und leerte es wieder mit einem großen Schluck.

»Jetzt muss ich heim und meiner Celestine erklären, warum sie dieses Jahr nicht zu ihrer Familie nach Kanada fliegen kann. Die wird mir den Kopf, oder vielleicht was anderes, abreißen!« Christof klopfte Alphonse auf die Schultern. »Du kannst mir ja bei Gelegenheit im Schuppen ein neues Licht installieren und den Verteilerkasten darfst auch erneuern. Der Rest muss noch warten, in Ordnung?«

»Tolle Freunde seid ihr! Da bittet man einmal um etwas und wird mit Brotkrumen abgespeist. Such dir doch jemanden anderen für deinen Firlefanz.«

Christof schüttelte den Kopf. »Ich glaube, du gehst jetzt besser nach Hause, bevor du noch mehr Blödsinn verzapfst.«

Mathieu stand ebenfalls auf. »Für mich wird es auch langsam Zeit. Komm Alphonse, ich nehme dich mit, du kannst noch ein bisschen rumjammern, ohne dir dabei deinen besten Kunden zu vergraulen.«

Kaum waren die beiden aus der Tür heraus, begann Christof, das Geschirr zu spülen. Alphonse hat also finanzielle Probleme. Seine Frau wollte noch ein Kind adoptieren und das Geschäft florierte auch nicht wirklich.

Bin ich froh, dass ich nur für mich allein sorgen muss, sinnierte Christof, während er die Gläser polierte.

Kapitel 18

Regional – der Blog für bewusste Genießer 26.10.19
»Österreich ist von Deutschland durch die gleiche Sprache getrennt!«
Mit diesem beliebten Karl-Kraus-Kuckuckszitat möchte ich euch heute Abend begrüßen.
Was ich damit sagen will? Erinnert ihr euch noch an die Zeit in der Volksschule, als wir gelernt haben, schön und akkurat zu schreiben? Damals konnte man anhand der geschriebenen Buchstaben sofort unterscheiden, ob der Schreiberling aus Deutschland oder Österreich stammte. Manche Buchstaben wurden in den beiden Ländern unterschiedlich geschrieben, zum Beispiel das große Q. Lasst es euch von Google erklären, wenn ihr mehr darüber wissen wollt.
Heute bin ich nicht kreativ genug, um euch etwas Spannendes zu schreiben. Mein Tag war bescheiden und die Aussichten für morgen sind nicht viel besser, daher sage ich nur gute Nacht, liebe Leser!

Sein Smartphone vibrierte, da er eine neue Nachricht bekommen hatte. Unwillig griff er danach und schaute, wer um diese späte Zeit noch etwas von ihm wollte. Seine Laune hob sich sofort schlagartig, als er sah, dass es eine WhatsApp von Stephanie war.

Hallo Christof, ich hoffe, dein Ausflug nach Frankfurt war erfolgreich. Ich freue mich auf morgen, wenn wir wieder zusammen in der Küche stehen. Hoffentlich

kannst du bald mit der Kochschule beginnen. Ich habe schon einige Anfragen von meinen Bekannten.
Küsschen, Steph

Er musste unwillkürlich lächeln ... dieses Mädchen und ihre entwaffnende Art.

Selbst während größter Krisen schafft sie es, meine Laune zu heben, dachte er.

Erfolgreich ist was anderes, aber ich bin wenigstens ein bisschen schlauer. Mehr erzähle ich dir morgen.
Küsschen zurück, Christof

Anschließend setzte er sich vor seinen Computer und betrachtete seinen erbärmlichen Blogeintrag. Es gab natürlich viel zu erzählen, aber das durfte er leider nicht. Er wollte gerade zu Bett gehen, als eine Mail eintraf.

From: info@MaBelleCuisine.fr
To: christof.weinkeiler@regional.menu
Subject: Schnäppchenjagd!

Küchenstudio Ma Belle Cuisine
Liebe Kunden und Interessenten, leider müssen wir unsere Tore schließen. Sie haben die nächsten vierzehn Tage lang Zeit, unsere Musterküchen und Ausstellungsmöbel zu Preisen von bis zu siebzig Prozent Rabatt zu erwerben. Sie kommen, bezahlen und bauen selbst ab. Die ersten zehn Küchen liefern wir kostenlos zu Ihnen nach Hause.

Wir freuen uns auf Ihren Einkauf, Ihr Team von Ma Belle Cuisine.

Christof dachte an das Angebot von Alphonse. *Warum soll ich nur die Geräte nehmen, wenn ich gleich die kompletten Küchen bekommen kann? Morgen Nachmittag gehe ich mir alles mal anschauen, vielleicht kann ich mir mein Klassenzimmer ja doch kostengünstig einrichten.*

Salat

Kapitel 19

Christof war sehr früh aufgestanden und mit Gonzo in die Vogesen gefahren, um dort an seinen Stammplätzen nach Pilzen zu suchen, bevor die Jäger dort auftauchten. Während der Hund schnüffelnd durch den Wald streifte, kniete Christof sich immer wieder im feuchten Moos nieder und erntete Steinpilze, Morcheln und Pfifferlinge, während er über den gestrigen Tag nachdachte.

Dieses Fräulein Unger war ihm weiterhin suspekt. Nicht nur, dass sie ihn auffällig über die näheren Umstände des Ablebens von Josef Kaack ausgefragt hatte, er hatte auch das Gefühl, dass sie ihm etwas Entscheidendes verheimlichte.

Was ihn außerdem beschäftigte, war die Fotografie mit der Druidenmauer im Hintergrund in ihrer Kräuterfibel. War das tatsächlich nur ein Zufall? Ihre Erklärung von dem Fotowettbewerb klang durchaus plausibel, aber irgendetwas ließ ihn einfach nicht in Ruhe. In Gedanken versunken suchte er weiter nach Pilzen.

Nach einer halben Stunde war sein Korb beinahe voll, für heute hatte er genug gesammelt. Er rief nach Gonzo, der gerade einem Eichhörnchen nachjagte und fuhr nach Hause, um zu frühstücken. Auf dem Weg besorgte er sich bei Gaston frische Schokoweck, auf die er heute richtig Lust hatte. Nach einem Kaffee und dem Gebäckstück machte er sich an die Arbeit.

Er stand gerade in der Küche und hatte sich den Korb frischer Pilze vorgenommen, als er einen Wagen in den

Hof rollen hörte. Gonzo befand sich hinten im Garten, daher hatte er nicht gebellt.

Als er aus dem Fenster blickte, konnte er beobachten, wie Commissaire Léon aus seinem Auto stieg, und kurz darauf klingelte es an seiner Tür.

»Was will der um diese Zeit hier?«, murmelte er missmutig.

Er öffnete die Tür und bat den Commissaire, einzutreten.

»Was verschafft mir die Ehre deines frühen Besuchs, Léon? Ich sollte doch eigentlich zu dir ins Büro kommen.«

»Bonjour Monsieur Weinkeiler, wie Sie sich vorstellen können, bin ich dienstlich hier. Da ich gerade in der Gegend war, wollte ich Ihnen den Weg ersparen. Haben Sie kurz Zeit oder wollen Sie lieber heute Nachmittag in mein Büro kommen?«

»Ich bin gleich so weit. Möchtest du einen Kaffee?«

»Ein Espresso wäre mir lieber. Was machen Sie gerade?«

Christof war bereits wieder hinter seiner Kochinsel. »Ich putze die Pilze, wie du siehst.«

Léon betrachtete den Korb, der auf der Arbeitsfläche stand. »Sind Sie sich vollkommen sicher, dass sich keine Giftigen darunter befinden?«

Christof stellte dem Commissaire den Kaffee hin. »Milch, Zucker?«

»Nein, danke. Ein Glas Wasser, wenn es keine Umstände macht.«

»Zu deiner Frage: Ja ich bin mir sicher. Siehst du das Diplom und die Schautafeln da hinter dir an der Wand?«

Léon drehte sich um. Auf großen Postern waren unzählige Farbfotos von unterschiedlichsten Pilzen abgebildet. Eine Überschrift lautete *Europäische Speisepilze*, daneben gab es eine Tafel namens *Psychoaktive und giftige Pilze*. In einem kleinen Regal befanden sich außerdem mehrere Bücher zu dem Thema.

Léon las neugierig die Titel auf den Buchrücken.

Psychoaktive Pflanzen Europas, *Gewürze – Genuss oder Gift in der Küche?*, *Das große Lexikon der Küche*, *Paul Bocuse große Kochschule*.

Über den Büchern hing ein gerahmtes Diplom an der Wand. *Christof Weinkeiler - geprüfter Pilzsachverständiger der Deutschen Gesellschaft für Mykologie*.

Christof brachte ihm jetzt das Glas Wasser. »Raus mit der Sprache, was verschafft mir die Ehre deines Besuches? Geht es um den verstorbenen Besucher?«

»Ja, darum geht es. Einer meiner Kollegen hatte vorgestern Nacht erwähnt, dass die Pilzköpfe auf dem Teller des Verstorbenen ungewöhnlich groß aussahen. Er war sich sicher, dass es sich dabei um Knollenblätterpilze und nicht um ordinäre Champignons gehandelt hat.«

Christof musste grinsen. »Hast du etwa einen Mykologen in deiner Truppe?«

»Er sagt, er geht regelmäßig Pilze sammeln und hat noch nie im Leben so große Champignons gesehen.«

»Das kann ich mir vorstellen. Die kommen zufälligerweise aus meiner eigenen Zucht. In freier Wildbahn werden sie nämlich gefressen oder von eifrigen Sammlern geerntet, bevor sie solche Ausmaße erreichen. Am Gift des Knollenblätterpilzes stirbt man nebenbei bemerkt auch nicht sofort. Es stimmt, dass der Verzehr, unbehandelt, unweigerlich zum Tod führt, aber das dauert mindestens zehn oder vielleicht sogar eher zwölf Tage. Somit kann mein Pilzgericht nicht zum Ableben dieses Mannes geführt haben.«

Léon notierte sich das Gesagte. »Bis zu zwölf Tage? Das muss ja eine elende Art sein, abzutreten.«

»Davon kannst du ausgehen. Willst du eine Liste der Zutaten haben, die ich für das Essen des Opfers verwendet habe?«

Léon schlürfte lautstark seinen Espresso. »Im Moment nicht, die können Sie mir aber später gern vorbeibringen.«

»Zu einem offiziellen Verhör?«

»Nein, nur, um Ihre Zeugenaussage aufzunehmen. Nichts Schlimmes.«

»Hast du sonst noch irgendwelche Fragen?«

»Nein, ich glaube, das war es fürs Erste.«

Commissaire Léon kontrollierte noch einmal seine Notizen. »Moment, da fällt mir gerade etwas ein. Haben Sie vorgestern Abend vielleicht noch etwas von dem Toten gefunden und vergessen, uns darüber zu informieren?«

»Nein, nicht das ich wüsste. Ihr habt hier ja alles so gründlich untersucht, dass man heute noch vom Boden essen könnte.«

Léon blickte Christof intensiv an. »Sind Sie sich ganz sicher? Dass Sie ihm ein Hotel empfohlen haben und er sich auf Ihrem Hof übergeben hat, ist Ihnen ja auch erst später wieder eingefallen.«

»Worauf willst du hinaus?«

»Warten Sie einen Augenblick.«

Léon wischte mehrmals über den Bildschirm seines Handys.

»Hier ist es. Kommt Ihnen das vielleicht bekannt vor? Ich zitiere mal ein bisschen aus Ihrem Blog: *Heute ist mir eine Druckfahne in die Hände gefallen* .... Vielleicht können Sie mir ja dazu etwas sagen. Sie können mir ja Bescheid geben, wenn Sie mir die Liste der Zutaten ins Büro bringen.«

»Woran ist Herr Kaack denn nun gestorben?«

»Das wissen wir erst mit Sicherheit, wenn der Autopsie-Bericht da ist.«

Commissaire de Police Léon stand auf und betrachtete noch einmal die Schaubilder, das Diplom und die Bücher. »Ich erwarte Sie dann heute Nachmittag in meinem Büro.«

Christof sah dem Polizeiwagen hinterher, als dieser vom Hof rollte.

»Was meint der damit nur? Fischt er einfach nur im Trüben oder hat er etwas Konkretes gegen mich in der Hand?«, murmelte er, während er weiter die Pilze zum Trocknen vorbereitete.

Es war ein warmer Herbsttag, daher beschloss Christof, ein kleines Dinner im Garten zu arrangieren. Stephanie mochte es, im Freien zu essen, das wusste er. Er öffnete den Kühlschrank, überflog dessen Inhalt und überlegte kurz. Die frischen Pfifferlinge mit ein wenig Speck in der Pfanne angeröstet auf einem Bett aus Frisée, dazu frisches Baguette mit Bûche de Chévre gratiniert, und ein Gläschen Auxerroy würde das Ganze abrunden!

Christof spürte, wie seine Energie zurückkehrte und seine Lebensgeister wieder erwachten. Kochen war immer schon seine Mediation und sein Ruhepol gewesen.

Ich freue mich schon auf den Tag, an dem ich meine Kochschule für zwei endlich eröffnen kann.

Christof stellte sich ans Küchenfenster und beobachtete die bunt verfärbten Blätter, die von den Bäumen fielen. In diesem Augenblick rollte ein, auf Hochglanz polierter Sportwagen auf den Hof.

Er musste zwei Mal hinsehen. War das tatsächlich der Jäger, der da aus dem zitronengelben Porsche 911 Quadro mit dem Logo vom LemonTree Verlag auf der Tür stieg? Das konnte nicht sein, der war doch immer mit einem uralten, waldgrünen Jeep unterwegs, der perfekt zu dem Jäger passte. Er wischte sich die Hände an der Schürze ab und eilte hinaus in den Hof.

»Salut Christof, ça va?«

»Ça va, ça va. Nicht so gut wie dir offenbar, aber ja, es geht.«

»Schick, mein neues Auto, oder?«

»Dafür musst du aber einen Haufen Schwarzkittel verschachert haben, um dir diesen Hobel leisten zu können.«

»Manchmal ist einem das Glück eben hold.«

Der Jäger hob einen Karton vom Beifahrersitz und überreichte ihn Christof. »Hier, als Dankeschön für die unzähligen Picon, die ich bei dir vernichtet habe. Du sollst auch mal was richtig Feines trinken.«

Christof betrachtete neugierig den Karton. Das orange Etikett mit der schwarzen Aufschrift und der markanten, roten Signatur erkannte er sofort. Das war in der Tat äußerst feiner Champagner. Veuve Clicquot, wenn er sich recht erinnerte. »Das wäre nicht notwendig gewesen! So eine Kiste Champagner kostet doch ein Vermögen.«

»Champagner? Wie kommst du auf Champagner?«

»Na wegen des Etikettes auf dem Karton.«

Der Jäger begann zu lachen.

Als Christof eine Flasche herausnahm, verstand er, warum der Jäger so amüsiert war. »Ich habe einfach nur einen leeren Karton genommen, um die sechs Flaschen Hausbrand transportieren zu können. Es ist ein Williams, ein Kirsch, zwei Mal Mirabelle und zwei Flaschen Quitte. Quitte magst du doch, oder?«

»Ich trinke gar keinen Schnaps, nur in echten Krisensituationen oder zum Verkosten, aber danke. Ich werde ihn verwahren, bis mich jemand besucht, der ihn zu schätzen weiß. Komm rein, du musst mir erzählen, wie es kommt, dass du dir so einen Schlitten leisten kannst.«

»Na gut, einen schnellen Picon kann ich trinken, bevor ich nachher zur Bank gehe, um dort was zu klären.«

Christof bereitete ein kleines Brotzeitbrett für den Jäger zu. Frische Wildsau-Salami, den Comté mit den Alpenkräutern, selbst eingelegte, saure Navet und sein frisch gebackenes Kastanienbrot.

»Jetzt mach es nicht so spannend, erzähl mir, wie du zu dem Auto gekommen bist.«

»Möchtest du es haben?«

»Nein, wieso sollte ich?«

»Was mache ich mit so einem Nobelhobel? Ich kann nicht damit in den Wald fahren, da er zu viel Sprit braucht, und außerdem passt er überhaupt nicht zu mir.«

»Warum kaufst du dir dann so einen Wagen?«

»Kaufen? Ich habe den blöden Schlitten gewonnen. Als kostenlosen Mietwagen für drei Monate zur Probe mit anschließender Kaufoption. Ich habe bei so einem idiotischen Fotowettbewerb mitgemacht. Die wollten Bilder von wilden Kräutern haben, die bei uns in der Gegend so wachsen. Du weißt ja, dass ich ab und zu Schnappschüsse mache, wenn mir ein besonders schönes Exemplar ins Auge fällt.«

Christof wurde sofort hellhörig. Hatte Frau Unger tatsächlich die Wahrheit gesagt?

»Du nimmst mich auf den Arm, oder? Das ist doch niemals der Preis eines Fotowettbewerbes.«

»Doch, so ein deutscher Verlag, ich glaube, er heißt LemonTree, hat das Ganze veranstaltet. Es ging dabei um die Flora und Fauna des Mittelgebirgsraumes, und ich habe mehrere Fotos eingereicht. Jetzt weißt du, wie ich zu diesem Sportflitzer komme.«

»Weißt du noch, welches Bild zu deinem Gewinn geführt hat?«

»Ich glaube, eine Wiese voller Fingerhut.«

Christof stutzte, er musste sich das Bild unbedingt noch einmal genauer ansehen.

Der Jäger hatte jetzt seinen Aperitif beendet. »Ich danke dir, Christof. Ich muss jetzt los, ich habe wie gesagt noch einen Termin in Straßburg.«

Der Jäger fuhr mit so durchdrehenden Reifen davon, dass Christof schon befürchtete, die Fenster würden aufgrund der herumfliegenden Kieselsteine Schaden nehmen.

Er bereitete sich einen Espresso zu, griff sich das Messer und putzte weiter mechanisch die Pilze, dabei dachte über den Besuch nach. Der Jäger musste immer jedem seinen Erfolg unter die Nase reiben, doch warum hatte er das mit diesem großen Gewinn erst heute getan?

Ein brennender Schmerz durchfuhr seinen rechten Daumen. »Cacahuète!«, fluchte er, da er sich vor lauter Grübelei in den Finger geschnitten hatte. Er suchte nach einem Pflaster, entdeckte aber das polizeiliche Absperrband genau an der Schublade mit den Erste-Hilfe-Utensilien.

»Cacahuète, nicht einmal ein Pflaster kann ich mir holen.«

In diesem Moment fiel ihm ein, dass er in seiner Aktentasche immer ein paar Heftpflaster für den Notfall aufbewahrte. In der Aktentasche befand sich außerdem das Buch von Frau Unger.

Ich muss mir das Bild noch einmal genauer ansehen. Was ist daran so besonders, dass man damit einen Porsche gewinnt?

Kapitel 20

»Salut Christof, ça va, bist du soweit?« Stephanie kam herein und riss ihn aus seiner Grübelei.

»Salut Steph, oui, ça va, und bei dir?«

»Oui. Ich habe nur schlecht geschlafen. Irgendwie ging mir die Mappe nicht mehr aus dem Kopf.«

Christof schlug sich mit der flachen Hand auf die Stirn. »Oh verdammt, er meinte damit die Mappe! Woher weiß der Commissaire, dass du mir vorgestern Nacht die Unterlagen von Josef Kaack gegeben hast? War Léon bei dir?«

Stephanie schüttelte den Kopf. »Nein, war er nicht. Er wird es wohl in deinem Blog gelesen haben, vermute ich mal.«

»Wieso sollte er dort davon lesen?«

»Sag mal, wie viel Wein hast du vorgestern getrunken? Du wirst doch noch wissen, was du auf deinem Blog geschrieben hast?«

»Oh elender Mist, das war wohl ein Gläschen Muscat zu viel. Darum auch diese komische Befragung ... jetzt ergibt das alles einen Sinn.«

Christof ließ Stephanie ohne eine Erklärung in der Küche stehen, startete in seinem Büro den Laptop und las sich seinen Blogeintrag von vorgestern durch. Er hatte tatsächlich im Internet preisgegeben, dass er eine Druckfahne gefunden hatte.

»Jetzt versteh ich endlich die dumme Fragerei von Commissaire Léon«, murmelte er, während er zurück in die Küche ging. Bestürzt über seine eigene Blödheit starrte er Stephanie an, die beklommen auf einem der Barhocker an seiner Kochinsel saß.

»Hey Steph, was geht dir durch den Kopf? Du siehst so bedrückt aus.«

»Nicht nur, dass dich dein Besucher so einfach dazu überreden konnte, für ihn zu kochen, auch der Inhalt seiner Ledermappe ist äußerst seltsam. Irgendwie passt das alles nicht zusammen.«

Christof musste ihr zustimmen. Normalerweise war er nicht so impulsiv und er ließ sich von niemandem in die Enge treiben, schon gar nicht mit einer so infantilen Erpressung.

»Komm, lass uns rausgehen, ich habe im Garten ein kleines herbstliches Essen vorbereitet.«

Sie half ihm, alles hinauszutragen, und setzte sich zu ihm an das alte Weinfass, das als Tisch diente.

»Ich begreife es auch nicht, irgendwie habe ich mich von dem Mann plötzlich bedroht gefühlt. Im ersten Moment habe ich einen Notarzt rufen wollen, weil er so krank aussah. Er hat mir versichert, dass es ihm gut gehe und er nur etwas Falsches gegessen hatte oder eine Grippe ausbrütete. Ich hätte sofort auf mein Bauchgefühl hören sollen, Cacahuète!«

»Mach dir keine Vorwürfe. Ich habe es dir noch nie erzählt, aber mein Vater wäre beinahe an einem verschleppten Herzinfarkt gestorben.«

Christof runzelte die Stirn. »Wie kann man so was verschleppen? Das hieße ja, man bemerkt nicht, wenn das Herz aufhört zu schlagen.«

»Mein Vater war mit uns zum ersten Spargelfest des Jahres gegangen. Er war unheimlich blass und dachte auch, er hätte nur etwas Falsches gegessen. Den ganzen

Abend über saß er nur still auf seinem Stuhl, obwohl er sonst immer getanzt und alle mit seinen Witzen unterhalten hat. Am nächsten Morgen wäre er beim Holzschneiden beinahe vornüber in die rotierende Kreissäge gefallen. Erst da hat sein Schwager den Notarzt alarmiert. Die Diagnose lautete, dass er bereits am Tag zuvor einen Gefäßverschluss erlitten hatte, der zu einem Mikro-Herzinfarkt geführt hatte. Da dieser nicht behandelt worden war, hatte sich am nächsten Morgen ein weiterer Gefäßverschluss gebildet, der zu einem neuen und dieses Mal stärkeren Herzinfarkt geführt hat. Da mein Vater niemals besonders auf die Signale seines Körpers geachtet hatte, hat er die Symptome einfach ignoriert. Als er aus der Narkose erwachte, hatte er zwei Stents in seinem Brustkorb.«

Christof hatte ihr schweigend zugehört. »So, wie du das beschreibst, erinnert mich das sehr an das Auftreten meines Gastes, nur das Ende war endgültiger. Du meinst also, Josef Kaack ist eines natürlichen Todes gestorben?«

»Ja, da bin ich mir sicher. Lass uns das ganze Thema abhaken, wir haben heute noch einiges vor, wenn ich mich recht entsinne.«

»Ich muss heute Nachmittag leider zu Commissaire Léon, darum werden wir das verschieben müssen.«

Ihr war die Enttäuschung deutlich anzusehen, trotzdem nickte sie zustimmend. »Aufgeschoben ist ja nicht aufgehoben, würde ich sagen.«

»Danke für dein Verständnis, liebe Stephanie. Die anderen wissen ja nicht, was wir geplant hatten, so ist es für dich auch eine kleine Überraschung.«

Sie küsste ihn zum Abschied, auf die typische elsässische Art, auf beide Wangen und ging hinaus. »Bis heute Abend, ich freue mich schon.«

»Es wird aber spät werden. Mathieu will mich heute Abend zum Winzer mitschleppen.«

Um drei Uhr nachmittags würde das Polizeibüro wieder für Besucher geöffnet sein und bis dahin musste er sich eine plausible Geschichte einfallen lassen. Er konnte ja schlecht sagen, wie er wirklich an die Unterlagen von Josef Kaack gekommen war. Er druckte gerade die Mail mit der Ankündigung von Josefs Besuch aus, die er verspätet erhalten hatte, und legte sie in die Mappe, als er bemerkte, dass eine Seite auf dem Stapel der Unterlagen, die er im Zug vermisst hatte, verrutscht war und den Blick auf ein anderes Blatt freigab. Es sah aus wie die Kopie eines Zeitungsartikels aus einer Deutschen Tageszeitung.

Christof überflog die Kopie neugierig.

Erneuter Wildschwein-Skandal

Polnische Jäger verkaufen infizierte Wildschweine in ganz Europa!

Wie unser Reporter bei seinen Recherchen herausfand, bahnt sich bei unseren östlichen Nachbarn ein Fleischskandal der besonderen Art an. In Polen wurde erstmals aus der Grenzregion zu Brandenburg ein Fall von afrikanischer Schweinepest gemeldet. Bislang betrafen allerdings alle Fälle dieser Tierseuche den Osten Polens. Seit das erste verendete Tier in Grenznähe zu Deutschland gefunden wurde, sind die Behörden natürlich alarmiert.

Die afrikanische Schweinepest ist eine Tierseuche, die vor einiger Zeit von Afrika nach Europa eingeschleppt worden ist. Sie führt bei Wild- und Hausschweinen nach kurzer Krankheit unweigerlich zum Tod. Es gibt keine Impfstoffe gegen die Infektion. Für andere Tierarten und den Menschen ist das Virus hingegen ungefährlich.
Hauptüberträger des Virus sind lebende Schweine, aber auch achtlos weggeworfene Reste von virushaltigem Reiseproviant wie beispielsweise Wurst von infizierten Tieren stellt eine Gefahr dar, sobald Wildschweine diese Abfälle fressen.
Der wahre Skandal ist jedoch, dass es in Polen Jäger gibt, die diese Tiere schießen, fachmännisch zerteilen und vakuumiert als Edelteile vom Wild in ganz Europa verkaufen. Wir recherchieren weiter und halten Sie auf dem Laufenden.
En.Te.

An den Artikel war eine Notiz geheftet.

Treffen um 05:30 Uhr, warm anziehen, auf dem Hochstand zur Beobachtung einer Rotte.

Er schob die Unterlagen wieder zurück.

Christof überlegte kurz, kopierte den Rest und legte die Originale zusammen mit der Konferenzmappe auf die Kommode im Eingangsbereich. Auf diese Weise hatte er für den Besuch bei Léon alles griffbereit.

Christof überflog noch einmal den Zeitungsartikel, legte ihn kopfschüttelnd zur Seite und machte sich noch einen Kaffee. Er wusste, dass seine Schwarzkittel aus heimischen Wäldern kamen, und immer ein Gesundheitszeugnis und einen Stempel vom amtlichen Veterinär besaßen. Er hatte schon früh lernen müssen, dass man bei der Kontrolle seiner Einkäufe niemals nachlässig sein durfte. Er legte außerdem Wert darauf, sein Fleisch im Ganzen, zwar ohne Decke aber mit Kopf und Schwanz zu bekommen. Das Zerlegen übernahm er immer selbst. Es war eine Arbeit, bei der er sich entspannen und zugleich die Qualität der Ware kontrollieren konnte. Er würde sofort erkennen können, wenn ein Tier mit Maul und Klauenseuche infiziert und daran verendet war, schon allein wegen der inneren Blutungen, die bei dieser Viruserkrankung unweigerlich auftraten.

Christof sah auf die Uhr, er hatte noch genug Zeit, La Belle Cuisine einen Besuch abzustatten, bevor er zu Léon zum Verhör musste.

Er betrat das Küchenstudio und sah sich um. Ja, hier würde er fündig werden, er hatte schon drei Ausstellungsküchen gesehen, die für sein Projekt geeignet waren. Da er noch zwei Stunden Zeit hatte, genoss er den Spaziergang durch den Verkaufsraum. Er stand gerade vor einer Küchenzeile mit eingebauter Kaffeemaschine und einem sehr großzügigen Vorratsschrank. Sein Handy vibrierte, um ihn an seinen Termin zu erinnern. Er sah auf die Uhr, es wurde tatsächlich langsam Zeit. In einer halben Stunde sollte er bereits bei Commissaire Léon im Büro der Gendarmerie sein, also musste er sich beeilen.

Er hatte ein ungutes Gefühl, als er vor dem Polizeirevier stand, obwohl er nicht wusste, warum er so nervös war, er hatte sich schließlich nichts zu Schulden kommen lassen. Der Beamte am Eingang öffnete ihm jetzt die Tür.

»Guten Tag, Herr Weinkeiler, der Commissaire erwartet Sie bereits. Gleich dort hinten, die letzte Tür links. Warten Sie, er kommt gerade, um Sie abholen.«

Christof folgte Léon in dessen Büro. Das spartanische Dienstzimmer war stickig und roch nach altem Schweiß. Léon deutete auf einen Stahlrohrstuhl.

»Nehmen Sie Platz. Was haben Sie mir mitgebracht?«

Christof überreichte ihm die lederne Mappe und die Mail mit der Ankündigung des Blog-Scouts.

Léon blätterte die Unterlagen kurz durch. »Vielen Dank. Warum haben Sie mir diese Sachen vorenthalten?«

Christof spürte, wie ihm heiß wurde. »Ich habe dir nichts unterschlagen. Die Papiere lagen auf meiner Garderobe unter einem Mantel begraben. Natürlich war ich neugierig, aber dann habe ich es ganz vergessen. Wenn es mir wieder eingefallen wäre, hätte ich dich selbstverständlich sofort angerufen.«

»Warum haben Sie es in Ihrem Blog erwähnt?«

»Da waren die Finger wohl schneller als das Hirn.«

Das Telefon unterbrach sie. Léon hob ab, hörte zu und sah Christof an. Er hielt den Hörer zu. »Würden Sie uns schnell bei der Sekretärin zwei Kaffee holen?«

Christof verstand den Wink. Nickend stand er auf und verließ das Büro.

Als er wenig später mit einem Tablett und zwei Tassen zurückkam, saß Léon am Computer. »Das wird Sie interessieren. Vermutlich ist unser Opfer eines natürlichen Todes gestorben. Der Pathologe ist der Meinung, dass Josef Kaack an einem Myokardinfarkt starb.«

»Kann ich dann gehen?«

Léon schüttelte den Kopf. »Trinken Sie wenigstens noch Ihren Kaffee aus, ich habe noch zwei, drei ungeklärte Fragen.«

Er drehte den Bildschirm so, dass Christof ein Foto sehen konnte. »Können Sie mir sagen, was das ist?«, fragte er und deutete auf einen purpurfarbenen Blütenstand.

»Das ist eine, hier heimische Giftpflanze. Der purpurne Fingerhut oder *Digitalis Purpurea* genannt. Wie der Name schon verrät, wird daraus das Medikament Digitalis gewonnen, das häufig bei Herzkrankheiten verordnet wird. Die gesamte Pflanze ist roh, gekocht oder getrocknet, hochgiftig.«

Léon nickte zustimmend. »Das war annähernd so ausführlich wie der Bericht des Arztes gerade am Telefon. Eine Vergiftung durch diese Pflanze lässt sich nur sehr schwer von einem gewöhnlichen Herzinfarkt unterscheiden. Der Pathologe hat übrigens gerade bestätigt, was Sie heute Morgen über den Knollenblätterpilz gesagt haben. Jemanden damit zu vergiften wäre eine sehr langwierige Angelegenheit.«

»Ich verstehe nicht ganz, was das soll. Warum sollte ich den Fingerhut identifizieren, wenn du schon alles darüber wusstest?« Christof setzte sich nun in seinem Stuhl gerade hin. Das alles kam ihm äußerst seltsam vor. »Du glaubst doch nicht ernsthaft, dass ich den Mann ermordet habe, oder? Ist das hier gerade etwa ein Verhör?«

»Es wurden Kräuter auf dem Teller des Opfers sichergestellt. Bis jetzt konnten wir Petersilie, Pimpernelle und blaue Kornblumen identifizieren. Vielleicht finden wir ja auch eine Spur vom Fingerhut, was meinen Sie? Der passt farblich schließlich ganz hervorragend zum Rest der Kräutermischung.«

»Ich bin keiner von diesen Köchen, der am Tisch vor dem Gast noch irgendwelchen Feenstaub auf seine Kreationen streut, nur zur Effekthascherei. Kräuter, ganz besonders getrocknete Wildkräuter und Blüten, brauchen ihre Zeit, damit die Aromen voll zur Geltung kommen.«

Christof kramte sein Smartphone aus der Tasche. »Léon, ich werde jetzt nichts mehr sagen, ohne dass mein Anwalt anwesend ist. Du willst mir offenbar einen Mord in die Schuhe schieben, nur, weil ich mich für unsere heimische Flora und Fauna interessiere. Was hätte ich für ein Motiv?«

»Ich finde das in der Tat seltsam. Warum besitzen Sie all das Zeug über Drogenpilze und giftige Gewürze? Sie müssen zugeben, das lässt Sie irgendwie verdächtig wirken.«

»Jetzt ist es also raus! Du verdächtigst mich tatsächlich. Warum hätte ich diesen Mann ermorden sollen?«

Léon zuckte mit den Schultern. »Keine Ahnung. Für meinen Geschmack wissen Sie einfach ein bisschen zu viel über Giftpflanzen und deren Wirkung. Wenn ich lange genug suche, werde ich schon was Passendes finden, Sie werden sehen. Vielleicht wollten Sie mal testen, ob die Angaben in den Büchern den Tatsachen entsprechen, oder Sie brauchten ein Versuchskaninchen.«

»Lass dir eines gesagt sein ... selbst eine Vergiftung mit einer Dosis von mehr als drei Blättern Digitalis dauert acht bis zehn Stunden. Josef Kaack ist um ungefähr drei Uhr das erste Mal bei mir aufgetaucht und um acht Uhr waren wir verabredet. Ich wurde verbal dazu genötigt, für ihn zu kochen, ansonsten wollte er meinen Foodblog in der Presse zerreißen und ihn lächerlich machen.«

»Sehen Sie, da haben wir das Motiv! Woher wissen Sie überhaupt, dass mehr als drei Blätter tödlich sind?«

»Das kannst du im Internet bei Wikipedia nachlesen. Oder schau dir die Seite an, die du mir vorhin gezeigt hast, dort steht auch ein entsprechender Satz. Warte, ich lese ihn dir eben vor: *Vorsicht äußerst giftig. Kann schon beim Verzehr von zwei Blättern bei einem gesunden, erwachsenen Mann zum Tode führen!* Ich habe jetzt endgültig genug von diesen haltlosen Anschuldigungen.«

Christof stand wütend auf. Bevor er das Büro verließ, drehte er sich noch einmal zu Léon um, doch als er etwas sagen wollte, ermahnte Léon ihn mit erhobenem Finger, ruhig zu sein. »Inzwischen wissen wir ein wenig mehr über Ihren Gast. Warten Sie kurz«, sagte Léon.

Dieser nahm sein Smartphone zur Hand und wischte mehrmals über den Bildschirm. »Josef Kaack, Journalist und Lektor aus Frankfurt am Main. So weit waren wir schon in der Todesnacht. Er war gebürtiger Österreicher und ehemaliger Koch, also so ziemlich genau derselbe Background wie Ihrer.«

Christof runzelte die Stirn. Plötzlich sagte ihm der Name etwas. Er grübelte und grübelte, kam aber nicht darauf, wo er die Informationen einsortieren sollte.

»Konntest du von seinem Arbeitgeber keine weiteren Informationen erhalten?«, fragte er, als ihm die E-Mail wieder einfiel. »So wie es aussieht, wurde ich vom Verlag über den bevorstehenden Besuch informiert. Die besagte Nachricht kam allerdings erst einen Tag später bei mir an. Ich habe dir einen Ausdruck davon mitgebracht und ihn zu den Unterlagen gelegt.«

»Leiten Sie mir bitte die Mail weiter, unsere Techniker müssen das überprüfen.«

»Hast du noch weitere Anschuldigungen gegen mich, oder kann ich jetzt gehen?«

»Sie können gehen, müssen aber im Dorf bleiben. Haben Sie mich verstanden? Oder müssen wir Ihren Reisepass beschlagnahmen?«

»Nein, ich lauf schon nicht davon, keine Angst. Ich habe nichts zu verbergen. Salut!«

Kapitel 21

Christof sah aus seinem Wohnzimmerfenster. Der Nachmittag präsentierte sich grau und trübe. Er dachte unweigerlich an seine Heimat und an die klaren, kalten Herbsttage in Tirol zurück. Das Vibrieren seines Handys riss ihn allerdings aus seinen Gedanken und zerrte ihn weg von dem klaren Bergsee und den bunten Wäldern.

»Weinkeiler, wer spricht da bitte?«

Es war eine dieser aufdringlichen Telefonwerbungen, die einem alles Mögliche verkaufen wollten. Dieses Mal ging es um die Isolierung für das Haus für einen symbolischen Euro. Er schüttelte den Kopf.

Das konnte nur Abzocke sein, dachte er und schaute auf seinen Hof und auf den silbergrauen Q7, der seit Tagen darauf stand. Das Auto von Josef Kaack stand ja immer noch in seiner Einfahrt, und morgen wollte sein Nachbar mit einem Hänger Erde vorbeikommen.

Ich muss Léon anrufen und der muss dafür sorgen, dass die Karre aus meiner Einfahrt verschwindet.

Sobald er den Werbefuzzi abgewimmelt hatte, wählte er Léons Nummer.

»Hallo Léon, wann kommt ihr zu mir, um das Auto von diesem Herrn Kaack abzuholen? Erstens steht es mir im Weg und zweitens frage ich mich, wer eigentlich dafür haftet, wenn jetzt zum Beispiel ein Ziegel vom Dach darauf fällt.«

»Christof, gut, dass Sie anrufen. Ich wollte Sie gerade darüber informieren, dass das Auto binnen zweiundsiebzig Stunden abgeschleppt wird. Falls der Wagen beschädigt werden sollte, haften Sie natürlich dafür. Das Auto steht auf Ihrem Grundstück zur Verwahrung.«

»Das ist ein übler Scherz, oder?«

»Nein, wie gesagt, ich sorge dafür, dass der Abschleppwagen so schnell wie möglich kommt. Die Spurensicherung will das Fahrzeug ebenfalls noch einmal untersuchen. Es sollte also nicht mehr lange dauern.«

Christof spürte, wie sich Ärger in ihm breitmachte.

»Komm Gonzo, ich muss raus hier, sonst bekomm ich noch ein Geschwür. Diese ganze Geschichte schlägt mir ganz schön auf den Magen.«

Kaum war er einige Meter gegangen, sah er in dem großen Verkehrsspiegel über sich, wie Stephanie mit ihrem auffallenden violetten Zoe in seine Einfahrt fuhr. Kurz überlegte er, umzudrehen, entscheid sich aber dagegen. Er wollte jetzt ein bisschen allein sein. Christof beschleunigte seine Schritte ein wenig, um hinter der nächsten Kurve zu verschwinden, damit Stephanie ihn nicht mehr sehen konnte.

Wie würde das Ganze weitergehen? In den letzten zweiundsiebzig Stunden war sein Leben komplett aus den Angeln gehoben und auf den Kopf gestellt worden. Ein Mann war in seinem Haus gestorben, er war des Mordes verdächtigt und all seine Pläne für die Zukunft lösten sich gerade auf, wie dichter Nebel im Sonnenschein. Wenn er seine aktuelle Situation betrachtete, stand er auf einmal bei null ... schlimmer noch, er war bereits einen Schritt über den Abgrund gegangen, oder besser gesagt gestoßen worden.

Gonzo zerrte plötzlich heftig an seiner Leine, riss sich kurz darauf ganz los und rannte aufgeregt hinter etwas her. Christof war so perplex, dass er zuerst einfach nur tatenlos hinter seinem Hund hersah. Als er erkannte, was Gonzo so sehr in Aufruhr versetzt hatte, huschte ein Lächeln über sein Gesicht. Gonzo jagte nämlich einem Feldhasen hinterher, der im weiten Zickzack mit aufgestellten Ohren über das abgemähte Stoppelfeld hoppelte.

»Gonzo aus!«, rief er, ohne viel Hoffnung zu hegen, dass sein Hund auf ihn hörte. Überrascht stellte er fest, dass sein Ruf tatsächlich Wirkung zeigte. Sein Hund blieb stehen und schnupperte noch einmal hinter dem flüchtenden Hasen her, bevor er sich umdrehte und gemütlich zu seinem Herrchen zurücklief.

Sie spazierten weiter, bis sie an der alten, steinernen Brücke ankamen, die einst die Zufahrt zum Schloss im Wald gebildet hatte. Heute war es nur noch ein dekorativer Haufen Steine, der zur Sicherheit mit Flatterband abgesperrt war. Auf einem Schild, das der Förster mitten auf dem Weg aufgestellt hatte, stand: *Acces interdit! Danger de mort!*

Der Hinweis war, nach Christofs Meinung, überhaupt nicht nötig. Wer sich die Brücke ansah, erkannte sofort, dass in der Mitte drei Meter Weg fehlten, da die Steine vor einer Ewigkeit durchgebrochen waren, sodass der Übergang unmöglich war. Gonzo steuerte sofort auf die, parallel dazu erbaute, nicht weniger alte und morsche Holzbrücke zu. Christof besuchte das alte Gemäuer gern, das tief im Wald verborgen war. Dort fühlte er sich aus irgendeinem Grund in seine Kindheit zurückversetzt, und fand bei den Geräuschen des Waldes die nötige Ruhe, um seinen Kopf freizubekommen. Kaum war er auf der anderen Uferseite angekommen, klingelte sein Smartphone. Es war Stephanie, doch er nahm das Gespräch nicht an. Zuerst musste er einen Weg aus diesem Chaos finden. Die Gefühle, die er in Stephanies Gegenwart automatisch verspürte, würden ihn nur davon ablenken und das konnte er momentan gar nicht gebrauchen. Er ging weiter und kurz darauf, befand er sich außerhalb des Netzes, sodass er in Ruhe nachdenken konnte. Auf einmal traf ihn etwas am Kopf. Er sah verwirrt nach oben und fragte sich, ob er unter einem Walnussbaum stand. Da konnte es einem um diese Zeit herum, durchaus passieren, dass man unter feindlichen Beschuss geriete. Doch dann erkannte er, dass es ein kahler Zwetschgenbaum war, uralt und mehr als einmal von einem Blitz gespalten. Im August hatte er die Früchte probiert, sie waren zuckersüß und saftig gewesen und hatten einen dazu verlockt, noch mehr von ihnen zu naschen, bis man schließlich auf einen ihrer Bewohner biss. Danach hatte er jede Frucht, die er auf den vergessenen Obstwiesen gefunden hatte, geöffnet und zu neunzig Prozent hatte das Obst Untermieter gehabt. Doch das war Christof egal gewesen. Es war zwar ein wenig mehr Arbeit, doch dafür hatte er sich sicher sein können, dass alle Früchte unbehandelt und frisch waren. Er wollte gerade weitergehen, als ihn erneut ein Geschoss aus dem Hinterhalt traf. Dieses Mal entdeckte er den Übeltäter, der ihn mit Walnüssen bewarf und musste unwillkürlich lachen. Es war eine Krähe, die seinen Kopf mit der aschgrauen Stoppelfrisur ausgesucht hatte, um ihre Brotzeit zu knacken. Er hatte schon mehrmals beobachtet, wie diese schlauen Vögel ihre Nüsse aus dem Flug auf große Steine oder geteerte Straßen fallen ließen, um auf diese Weise die harte Schale aufzubrechen. Er blieb stehen und verfolgte den Flug des majestätisch dahingleitenden, schwarzen Vogels, bis dieser hinter den Baumwipfeln verschwunden war.

Christof setzte sich auf einen bemoosten Mauerrest, ließ Gonzo von der Leine und beobachtete die Eichkätzchen, die ihre Höhlen mit Nüssen und Samen auffüllten, um ihren Wintervorrat zu sichern.

Plötzlich überlief ihn ein kalter Schauer. Wie hatte er nur so kalt Stephanie gegenüber sein können? Bestimmt hatte sie gesehen, dass er mit Gonzo spazieren gegangen war, er war ja keine fünf Meter vom Haus entfernt gewesen. Sie litt bestimmt viel mehr unter diesem Drama als er, immerhin hatte sie den Verstorbenen gefunden. Er griff gerade nach seinem Handy, um sie anzurufen, als ihm einfiel, dass er sich in einem Funkloch befand. Als er es wieder einsteckte, hörte er plötzlich das Knacken von Zweigen. Es war bereits Nachmittag, was bedeutete, dass die ersten Schwarzkittel auf der Suche nach etwas zu fressen waren, er sollte sich also langsam auf den Heimweg machen. Ein hungriger Keiler konnte selbst einem erwachsenen Mann gefährlich werden. Gonzo, der zu seinen Füßen lag, spitzte ebenfalls die Ohren, als irgendetwas auf die Ruine zukam. Christof legte den Hund sicherheitshalber an die Leine und stand auf. Das Brechen im Unterholz wurde nun lauter und kam immer näher. Er konnte schon einen dunklen Schatten erkennen. War das ein Hirsch oder ein Reh, oder doch eine wütende Bache?

Er sah sich nervös um, es gab nur einen Zugang ohne Mauertrümmer, und genau von dort kamen die Geräusche. Christof bekam eine Gänsehaut und in diesem

Moment verspürte er panische Angst. Genauso wie damals, als er von seinem Cousin so furchtbar erschreckt worden war. Der Idiot hatte ihn beim Zelten, mitten in der Nacht geweckt, um im Garten der benachbarten Mädchenschule Karotten und Kohlrabi zu klauen. Christof war vier Jahre jünger gewesen und hatte daher nicht mit ihm Schritt halten können. An einer besonders dunklen Stelle des Weges hatte sein Cousin ihm schließlich aufgelauert. Er hatte sich von hinten an ihn herangeschlichen und ihm mit einer Hasenpfote über das Gesicht und anschließend den Rücken hinuntergestrichen. Als Christof sich umgedreht hatte, bereits schlotternd vor Angst, hatte sein Cousin ihn angebuht und das hatte ihm den Rest gegeben. Er hatte nur eine rabenschwarze Gestalt gesehen, die sich wie ein brüllender Bär vor ihm aufgebäumt hatte. Panisch schreiend war er damals davongelaufen, direkt zu seiner Oma auf den alten Bauernhof. Diese hatte ihm als krönenden Abschluss schaurige Geschichten von einem Gumpahund erzählt, mit denen sie ihn hatte ablenken wollen. Das alles hatte ihn für fast drei Wochen ans Bett gefesselt, und das im Sommer, während der Ferienzeit.

»Wer ist da? Geben Sie sich gefälligst zu erkennen!«, rief er dem Schatten entgegen. »Ich warne Sie, ich bin bewaffnet und habe Sie genau im Visier!«

Das Knacken verstummte, als der Schatten stehen blieb.

Also kein wildes Tier, dachte Christof. »Wer sind Sie? Ich frage Sie ein letztes Mal, oder ...«

»Oder *was*? Willst du mich jetzt schon erschießen, mein lieber Christof? Bin ich etwa so furchtbar als Küchenhilfe?«

Er erkannte Stephanie bereits an ihrer Stimme, noch bevor sie in fröhliches, schallendes Gelächter ausbrach.

»Ich habe mir beinahe ins Hemd gemacht. Bist du wahnsinnig? Man schleicht sich nicht einfach so an ältere Mitbürger heran!«

»Ich dachte mir schon, dass ich dich hier finde. Warum hast du dich vor mir versteckt?«

»Was, wenn ich tatsächlich geschossen hätte?«

»Womit? Mit Walnüssen oder eher mit Kastanien? Ich weiß, dass du Schusswaffen verabscheust. Mach mir mal ein bisschen Platz, ich habe uns eine Pastete und zwei Fläschchen Bier mitgebracht. Lass uns ein entspanntes Picknick veranstalten, in Ordnung?«

»Ich wollte eigentlich allein sein und über alles nachdenken ...«

Sie unterbrach ihn. »Das kannst du auch machen, wenn ich neben dir sitze und an deiner Seite den Herbst genieße.«

Christof konnte nichts Negatives daran finden, also willigte er ein. Sie ließen den Nachmittag in trauter Zweisamkeit im Wald ausklingen. In eine Decke eingehüllt, an die Mauer gelehnt, saßen sie schweigend da und genossen die Pastete und das kühle Bier. In diesen zwei Stunden vergaß Christof alles, was ihm in den letzten Tagen widerfahren war, und er genoss einfach nur das entspannte Zusammensein mit Stephanie, so als wären sie zwei Teenager, die für ein Wochenende ausgebüxt waren. Er genoss es, wie sie sich an seine Schulter kuschelte, ihre Hand auf seinen Bauch legte und ihr Atem immer gleichmäßiger und ruhiger wurde. Zärtlich streichelte er über ihren Kopf, genoss den Duft ihrer Haare und die Wärme ihres Körpers ... sie einfach nur im Arm zu halten.

Noch bevor er es hören konnte, spürte er die Vibration des Waldbodens. Erschrocken schlug er die Augen auf, Gonzo hatte es ebenfalls bemerkt. Eine Rotte Schwarzkittel galoppierte genau auf die Ruine zu, sie waren in höchster Gefahr!

»Stephanie, wach auf! Wir müssen sofort weg hier, sonst sind wir gleich Saufutter!«

Sie versuchte, aufzustehen, sank jedoch sofort wieder auf die Wiese. »Merde! Mir ist der rechte Fuß eingeschlafen, ich kann nicht aufstehen!«

Christof sah sich panisch um, er konnte in ihrem Rücken bereits die Staubwolke erkennen, das hieß, sie hatten keine Zeit mehr, zu fliehen.

»Kauere dich ganz eng an die Wand, ich lege mich über dich. Mit ein wenig Glück teilt der Mauerrest, hinter dem wir sitzen, die Rotte auf.« Er griff nach Gonzo, zog ihn am Halsband zwischen sich und Stephanie und kauerte sich schützend über die beiden. Das Stampfen der panisch durch das Unterholz galoppierenden Rotte erfüllte jetzt die Luft und verschluckte jeden anderen Laut. Christof beobachtete, wie die ersten Schwarzkittel knapp an seinem Kopf vorbeistampften, ohne Notiz von ihnen zu nehmen. Erleichtert sah er sich in seiner Annahme bestätigt, dass sie hier in Sicherheit waren. Plötzlich streifte etwas seinen Rücken und ein starker Windstoß fuhr ihm in den Nacken.

»Oh mein Gott, die Wildsauen springen über die Mauer!«

Er presste sich noch flacher auf den Boden und begrub Stephanie unter sich. Selbst Gonzo hatte verstanden, dass er sich ruhig verhalten musste. Ein schier endloser Strom von schwarzen Leibern mit messerscharfen Hufen und langen Hauern durchpflügte die Ruine. Christof wusste nicht, wie lange sie schon hinter der Mauer lagen, als es plötzlich still wurde. Vorsichtig hob er den Kopf und sah ein einzelnes Wildschwein, das grunzend und schnaubend hinter der Rotte her trottete, als würde es kontrollieren, dass niemand zurückgelassen wurde.

Christof wartete ab, bis der Keiler an ihnen vorbeigetrottet war, stand auf und half Stephanie auf die Beine.

»Das war knapp! Jetzt sollten wir uns sputen und sehen, dass wir nach Hause kommen, in einer halben Stunde ist es nämlich stockfinster, da möchte ich nicht noch mal so eine Begegnung haben.«

Kapitel 22

Stephanie verabschiedete sich mit einem gehauchten Kuss auf die Wange von Christof. »Du solltest dich entweder regelmäßiger rasieren oder dir einen Bart wachsen lassen. Das steht dir übrigens sehr gut. Ich komme später wieder, okay? Ich muss zuerst ein bisschen was aufarbeiten.«

»Adi, bis später!«

Christof bemerkte verwundert, dass die Polizei das Auto von Josef Kaack in der Zwischenzeit abgeschleppt hatte. Erleichtert ging er in sein Büro und las auf seinem Laptop die eingegangenen Mails, dabei grübelte er über das Gespräch mit Léon nach. Plötzlich schlug er mit der flachen Hand auf den Schreibtisch. Zornig stand er auf und marschierte zum Kamin.Er konnte es nicht glauben, Léon hatte es tatsächlich ausgesprochen. Er wurde nun verdächtigt, den Lektor Josef Kaack ermordet zu haben.

Léon behauptete, dass die gefüllten Champignons mit getrockneten Blättern des purpurnen Fingerhutes versetzt gewesen waren!

Christof kannte die verheerende Wirkung einer Überdosis Digitalis, aber konnte das Gift tatsächlich so schnell wirken? Es waren keine zehn Minuten vergangen, zwischen dem Verzehr der Vorspeise und dem Tod des Mannes auf der Toilette. Er griff nach der Kräuterfibel, um die entsprechenden Informationen nachzuschlagen. Wie er es Léon schon erklärt hatte, stand darin, dass es ungefähr acht Stunden dauerte, bis der Tod durch einen Herzinfarkt eintrat. Er versuchte, sich den Ablauf des Abends in Erinnerung zu rufen.

Josef Kaack war, wie vereinbart, zum Essen gekommen. Christof hatte die Champignons zubereitet, getrockneten Majoran genommen, um das Leberragout abzuschmecken, die Pilzköpfe in frischer Butter sautiert und alles auf einem Feldsalatbett angerichtet. Durch die Durchreiche hatte er beobachtet, wie Stephanie den Riesling serviert hatte. Josef hatte den Teller akribisch betrachtet, den ersten Pilz durchgeschnitten und das Ragout gekostet. In seinem Gesicht war zuerst Überraschung, dann Zufriedenheit und schließlich Genuss zu lesen gewesen. Augenscheinlich hatte er gemocht, was Christof zubereitet hatte. Danach war er auf die Toilette gegangen und verstorben.

Christof spielte nachdenklich mit dem Bleistift, umkreiste die einzelnen Stichworte, die er sich notiert hatte, und betrachtete das Mindmap, welches vor ihm lag. Er wurde das Gefühl einfach nicht los, dass er etwas übersah. Um sich abzulenken, räumte Christof seine Beute vom Flohmarkt, die noch immer im Eingangsbereich auf dem Schuhschrank lag, weg.

Die Bibel kommt ins Herrenzimmer zu den anderen, alten Büchern.

Er nahm das kleine Gebetsbüchlein mit dem Deckel aus Perlmutt zur Hand. Das wollte er nicht einfach so offen irgendwo liegen lassen, also verstaute er es in einer der Schubladen. *Irgendwann finde ich bestimmt eine passende Schatulle dafür, dann kommt es neben den Humidor.*

Die Schnupftabakdose wollte er dekorativ auf seinem Schreibtisch platzieren. Christof nahm sich ein

Baumwolltuch und begann, die Dose auf Hochglanz zu polieren. Den silbernen Hirsch, der schwarz angelaufen war, bearbeitete er mit einem Silberputztuch, um ihn von der Patina zu befreien. Nachdem er mit dem Hirsch fertig war, stand das unscheinbare Döschen funkelnd poliert vor ihm. Er hatte festgestellt, dass die Dose zuvor noch nie verwendet worden war, da das Innere mit Porzellan ausgekleidet war und keinerlei Tabakspuren besaß, noch nach irgendetwas roch, abgesehen von dem Geruch des Alters.

Die macht sich gut auf meinem Schreibtisch, darin kann ich endlich meine Pfefferminz-Dragées ordentlich aufbewahren und muss nicht immer die Tüte rumliegen lassen.

Die Dose sieht genauso aus, wie eine vom Jäger, grübelte er. Hatte der Jäger eigentlich immer zwei verschiedene Sorten Tabak dabei? In diesem Moment erinnerte er sich an die Worte des alten Mannes auf dem Flohmarkt. »Sie können sie auch als Gewürzdose verwenden.«

Hatte der Jäger in der anderen Dose eine Kräutermischung aufbewahrt? Stammten die seltsamen Spuren auf dem Teller, von denen Léon gesprochen hatte, etwa von einer bewussten Manipulation des Jägers? Aber warum hätte er das tun sollen? Außerdem war er gar nicht im Haus gewesen zu diesem Zeitpunkt. Christof verwarf den Gedanken wieder, trotzdem war es ihm unerklärlich, wie die von Léon erwähnten Kräuter auf den Tellerrand gekommen waren. Er selbst machte so etwas seit Jahren nicht mehr, oder war es ihm unbewusst passiert, weil er in seiner Zeit als Restaurant-

Koch immer irgendwelchen Firlefanz auf die Ränder hatte streuen müssen?

Christof wartete unruhig auf Stephanie. Allein fühlte er sich wie ein Wiesel auf Ritalin. Immer wieder ging er vom Schreibtisch zu seinem Fenster und wieder zurück. Er betrachtete den Stapel Kopien, den er von Josef Kaacks Unterlagen gemacht hatte, und sah wieder das Schreiben an, das ihn so aufgebracht hatte. Noch einmal las er die Absage von dem Verlag, bis er an der Unterschrift hängen blieb. Er nahm den Brief gerade zur Hand, als er hörte, wie sich die Tür öffnete. Gonzo kläffte kurz und freundlich, was bedeutete, dass es Stephanie sein musste. Er und Gonzo eilten zeitgleich zu ihr und begrüßten sie stürmisch. Noch bevor sie ganz eingetreten war, hielt er ihr das Schreiben unter die Nase.

»Kannst du mir sagen, was du da liest? Ich habe ziemliche Probleme mit der Sauklaue.«

Sie griff nach dem Brief, hielt ihn gegen das Licht und studierte die Unterschrift. »Wenn du mich fragst, steht da Jochen oder vielleicht auch Josef Kaack, ich bin mir nicht ganz sicher.« Stephanie gab ihm das Blatt zurück.

Christof wurde jetzt schlecht und er spürte, wie seine Knie nachgaben.

»Geht's dir gut? Du bist auf einmal so blass.«

»J.K. ist Josef Kaack! Er war der bescheuerte Lektor, der meine Bücher immer wieder abgelehnt hat. Dieser Kerl hat meine Rezepte einfach geklaut, sich zur Krönung von mir bekochen lassen und kratzt anschließend auf meinem WC ab! Commissaire Léon verdächtigt mich jetzt des Mordes, weil ich mich zufälligerweise mit Giftpflanzen auskenne! Oh Gott, ich glaub, ich brauch jetzt einen doppelten Cognac.«

Stephanie reichte ihm das gewünschte Getränk und verabschiedete sich wieder, da ihr Chef sie angerufen hatte, damit sie einen Schriftsatz korrigierte. Daher setzte er sich im Halbdunkeln mit einem großen Cognacschwenker in der Hand allein in seinem Büro vor dem Bildschirm. Kurz darauf riss die Türklingel Christof allerdings aus seiner Lektüre. Im Internet hatte er gerade einen Bericht über den Bürgermeister aus Baden-Baden gelesen, der seine Jagdbeute ohne vorherige Fleischbeschau an den Mann gebracht hatte. Als er durch das Fenster nach unten sah, erblickte er Mathieu, der vor seiner Tür stand. Erst in diesem Moment erinnerte er sich daran, dass sie verabredet waren. Sie wollten zu einem jungen Winzer, der gerade überall mit seinen besonderen Kreationen von sich reden machte. Mathieu hatte es sich nämlich zur Aufgabe gemacht, Christof in die Welt der Elsässer Weine einzuführen, weg von Supermarkt und Vinothek, zurück zu den Wurzeln, zu alteingesessenen Winzern, mit Weinbergen, die bereits in der sechsten oder siebten Generation bewirtschaftet wurden.

Er sah, dass Mathieu einen dicken Dufflecoat, einen Schal, Handschuhe und eine schwarze Baskenmütze anhatte.

»Salut Mathieu, ich komme gleich.«

»Salut Christof, zieh eine dicke Jacke an, in den alten Kellern ist es immer äußerst kühl.«

Christof hatte es bei seinem Spaziergang mit Gonzo nicht wirklich kalt gefunden, darum bezweifelte er, dass sein warmer Wintermantel notwendig war, aber kaum stand er vor seiner Haustür, bereute er seine Entscheidung. Ein eisiger Nordwind blies ihm ins Gesicht und hatte die letzte Herbstwärme vertrieben.

Der geräumige SUV, mit dem Mathieu ihn abholte, war hingegen angenehm warm.

»Wo geht es heute Abend hin?«

»Wir fahren an den Fuß der Vogesen, nach Epfig. In dem kleinen Dorf gibt es einen ganz hervorragenden Winzer, der sehr hochwertige Weine und Crémant herstellt. Ich habe für uns einen Tisch beim Juniorchef reserviert, damit er uns zu jedem Wein ein bisschen erzählt.«

Nach einer kurzen Fahrt auf der Schnellstraße ging es auf schmalen Gassen durch malerische Dörfer und unzählige, größtenteils abgeerntete Rebfelder. Christof betrachtete die, an manchen Rebstöcken verbliebenen Trauben. »Aus denen wird Eiswein hergestellt, oder?«

»Entweder das oder den Vendanges Tardives, die Spätlese. Für den Eiswein brauchen die Winzer eine richtige Frostnacht, in der die Beeren durchfrieren und vor der Lese nicht wieder auftauen. Es muss also so richtig knackig kalt sein, mindestens minus sieben Grad bis weit nach dem Sonnenaufgang.«

Christof betrachtete die alten Fachwerkhäuser, die am Ortseingang standen. »Du siehst sehr schnell, wer hier Winzer ist und wer nur ein einfacher Bauer. Je älter das Haus, umso eher wirst du einen Rebstock als Schnitzerei auf dem Hoftor finden, oder als Relief oder Malerei an den Wänden.«

»Ich wollte dich schon lange etwas fragen, Mathieu. Wie kommt es, dass du hier im Elsass lebst? Du stammst eigentlich aus Paris, wenn ich mich recht erinnere, oder?«

»Ich hatte ein wenig Pech bei einem Polizei-Einsatz, darum musste ich meinen Job aufgeben. Der kleine Hof, den ich von einem Onkel meiner Mutter geerbt hatte, kam mir zu dieser Zeit sehr gelegen.«

»Weil du gerade von deinem Beruf sprichst ... was genau war dein Aufgabengebiet bei der Polizei in Frankreich eigentlich?« Mathieu sah sich suchend auf der Straße um. »Das ist nicht so leicht zu erklären, da ich über vieles davon nicht sprechen darf.«

Christof sah ihn mit gerunzelter Stirn an. »Was du da gerade *nicht* sagst, verrät mehr als alles, was du bisher über deine berufliche Laufbahn von dir gegeben hast. Man könnte denken, du warst irgendein Superspion oder beim französischen Geheimdienst angestellt.«

Mathieu schmunzelte. »Bevor deine Fantasie ganz mit dir durchgeht, werde ich dir ein bisschen von mir erzählen, sobald wir die ersten zwei, drei Fläschchen Wein verkostet haben. Mit leerem Magen erzählt es sich so schlecht.«

Sie waren gerade am Ende des Dorfes angelangt, als Mathieu unversehens scharf nach links abbog. Der SUV kam ordentlich in Bewegung, als Mathieu versuchte, den größeren Schlaglöchern auszuweichen.

»Wohin verschleppst du mich? Dieser Feldweg führt in den Wald, weit und breit sind hier keine Häuser zu sehen.«

»Lass dich überraschen!«

Kurz darauf rumpelten sie eine kleine Anhöhe hinauf und Christof konnte endlich ihr Ziel sehen. Nach weiteren zwei Minuten Fahrt hielten sie vor einem, mindestens drei Meter hohen Hoftor aus alter, im Laufe der Zeit schwarz gewordener Eiche. Die, mit kunstvollen Schnitzereien verzierten Torflügel schwangen jetzt auf, sodass Christof einen Blick auf den großen, mit Granitsteinen gepflasterten Hof werfen konnte. Nachdem er ausgestiegen war, erkannte er sofort, dass hier ein Weinbauer, der die Tradition achtete, zu Hause war. Überall im Hof standen leere Bütten und das Gelände roch nach Hefe, Gärung und Pferden.

Sie wurden bereits von ihrem Gastgeber erwartet. Er führte sie zu einem Gebäude, unweit der Stallungen und bedeutete ihnen, die Treppe hinunter in den Verkostungsraum zu gehen.

»Ich komme gleich, setzt euch an den Ofen, esst ein bisschen Baguette und trinkt Wasser.«

»Baguette und Wasser, um unseren Gaumen ideal vorzubereiten, der Mann versteht offenbar etwas von seinem Handwerk.«

Mathieu sah ihn kopfschüttelnd an. »Was denkst du denn? Willst du mich etwa beleidigen? Ich bringe dich doch nicht zu irgendeinem Panscher, also ehrlich, Christof.«

»Entschuldige, aber so selbstverständlich ist das nicht. Ich habe schon Weinproben erlebt, die waren absolut grauenvoll.«

Sie betraten den schlicht eingerichteten Kellerraum. Eine große Theke aus heller Eiche dominierte den Raum, in dem ansonsten nur zwei Tische, mehrere Stühle und Bänke, sowie alte Weinfässer standen. Der Boden war mit Sandstein gepflastert, auf dem man deutlich die Laufspuren der unzähligen Füße erkennen konnte, die hier über die Jahrhunderte hinweg immer denselben Weg gegangen waren. Überall an den Wänden hingen bunte Emailtafeln, Auszeichnungen vom *Guide Hachette des Vins* und anderen Gastrokritikern.

Im Kachelofen, der zu ihrer Rechten stand, brannte bereits ein Feuer, sodass er eine angenehme, einladende Wärme ausstrahlte. Mathieu deutete auf einen Tisch mit einer Bank an der Wand. »Hier, zwischen Theke und Ofen, ist ein guter Platz, sonst wird es später zu warm.«

»Später? Wie lange dauert eine Weinprobe im Elsass denn?«

»Das kommt ganz darauf an, wie gut du den Winzer kennst. Ich kenne ihn sehr gut, daher hoffe ich, dass du heute nichts mehr vorhast.«

»Ich wollte eigentlich nachher mit Stephanie kochen.«

»Das solltest du absagen. Du kannst im Moment sowieso nicht wirklich Gäste empfangen.«

Christof zuckte mit den Schultern. »Da hast du eigentlich recht. Lass mich kurz telefonieren. Ich hatte sowieso noch keine Idee, was ich zubereiten sollte.«

»Du könntest schon mal den nächsten Giftmord vorbereiten«, sagte Mathieu grinsend. »Dieses Mal vielleicht mit Wolfswurz, das geht schneller.«

Christof schüttelte den Kopf. »Du kannst leicht scherzen. Wenn sich dieser Todesfall rumspricht, kann ich meine Zukunftspläne vergessen. Musste dieser Schreiberling ausgerechnet bei mir den Löffel abgeben? Erzähl mir jetzt mal lieber, welches große Geheimnis sich um deinen Job rankt.«

»Ich war in Paris bei der Police judiciaire, nicht zu verwechseln mit der Police municipale.«

»Das wollte ich sowieso schon lange einmal fragen. Ihr habt hier einen Haufen Polizei und Gendarmerie, haben die alle dasselbe Betätigungsfeld?«

»Nein, Léon zum Beispiel ist bei der Police municipale, diese ist dem Bürgermeister unterstellt.«

»Oh, und er leitet meine Untersuchung?«

»Ja, zumindest solange es nicht sicher ist, dass es sich dabei um Mord handelt, oder ein ranghöherer Polizist den Fall übernimmt.«

Christof nahm sich eine Scheibe von dem herrlich rauchig duftenden Speck. »Glaubst du, er ist schlau genug, den Fall schnell und ohne viel Aufsehens aufzuklären?«

»Ich weiß es nicht. Er kommt mir ehrlich gesagt ein bisschen überfordert vor. Vielleicht sollte ich bei meinen alten Kollegen nachfragen, die können das Ganze bestimmt ein wenig beschleunigen.«

»Wir sind ganz vom Thema abgekommen, du wolltest mit von dir erzählen.«

»Ich hatte ein sehr gutes Team und wir haben immer in vornehmen Kreisen ermittelt. Ich war sozusagen Sonderermittler für das gehobene Verbrecher-Milieu.«

»Also Verbrechen der gehobenen Klasse?«

Kapitel 23

»Lass dir den Abend nicht von mir verderben. Trink ein Gläschen Wein, iss ein wenig Speck und Baguette und du wirst sehen, bald schon sieht die Welt viel besser aus.«

Der Winzer kam jetzt zu ihnen an den Tisch, um den Wein zu präsentieren.

»Lass uns zuerst einen Schluck nehmen«, sagte Mathieu, während der Winzer den Weißwein erklärte.

»Der erste Tropfen ist ein klassischer Riesling, fruchtig frisch mit einer leichten Säure im Abgang. Er führt Sie in die typische, elsässische Weinkultur ein. Dieser fein aromatische, elegante und frische Wein ist der leichteste Vertreter unserer heimischen Rebsorten.«

Christof betrachtete die zartgelbe Flüssigkeit in seinem Glas. »Ein Riesling also? Mit solchen haben wir früher immer Sauerkraut gekocht. Riesling erinnert mich eher an Essig als an Wein.«

»Du musst dich unbedingt ein wenig zurücknehmen. Die Winzer sind hier sehr empfindlich. Beschreibe den Wein lieber so: *Seine blassgelbe Farbe mit den glänzenden Grünreflexen unterstreicht seine charakteristische Frische.* Du wirst sehen, nichts erinnert dich daran an Essig, du Banause!«

Christof nahm einen vorsichtigen Schluck und ließ diesen einen Augenblick lang im Gaumen verweilen.

»Du hast recht, das hat nichts mit dem Riesling gemein, den ich bisher gekostet habe. Das Bouquet erinnert ein bisschen an Zitrone, vielleicht auch an

Grapefruit mit einem Hauch Lindenblüten. Im Gaumen ist er sehr spritzig, bietet aber dennoch eine sehr schöne Fülle.«

»Hast du nicht gesagt, dass du nie besonders viel für Wein übrig hattest? Deine Analyse dieses Tropfens ist ja beinahe schon Gourmetführer-tauglich! Ich bin ehrlich gesagt, ganz schön überrascht.«

»Ich habe nicht behauptet, dass mein Gaumen oder meine Nase tot sind, sondern nur, dass ich noch nie eine Weinverkostung direkt beim Winzer gemacht habe. Wobei, das stimmt nicht ganz, ich habe schon einmal einen Winzer im Elsass besucht, aber das war eine sehr sterile Angelegenheit und sehr modern. Ich war schon auf Messen oder bei Grossisten, aber das hier ist eine ganz andere Nummer. Lass uns jetzt wieder zu dir und deiner kriminellen Vergangenheit zurückkehren.«

»Kriminalistische, wenn ich bitten darf.«

»Was macht ein Sonderermittler eigentlich genau?«

»Sonderermittler ist eigentlich der falsche Ausdruck, die korrekte Bezeichnung lautet forensischer Ermittler. Ich war für die Auswertung von Daten verantwortlich, die von der Spurensicherung gesammelt worden sind. Bei meinen Ermittlungen ging es allerdings immer um Millionäre, Firmenbosse oder Politiker. Also überall dort, wo Fingerspitzengefühl und unanfechtbare Beweise besonders wichtig gewesen sind.«

»Du warst also der Mann mit den Glacéhandschuhen?«

Mathieu lächelte. »Ja, so kann man das sagen. Ich hatte zum Beispiel mal einen Fall, da ging es um einen Mord an einer Prostituierten. Auf den ersten Blick sah alles nach einem typischen Selbstmord aus, da sie sich aus dem Fenster gestürzt hatte. Was uns damals allerdings stutzig gemacht hat, war der sehr teure Schmuck und das luxuriöse Aussehen der Leiche. Ihre Haare waren professionell frisiert, ihre Finger edel manikürt. Auf den kleinen Fingernägeln war ein 0,5 Karat großer Diamant aufgeklebt worden. Es hat sich also definitiv nicht um eine gewöhnliche Straßennutte gehandelt. Schon bei der ersten Begehung des Tatortes war mir klar, dass irgendetwas an der Geschichte faul war. Ich sollte recht behalten, am Ende stellte sich heraus, dass sie die Geliebte eines Vorstandsvorsitzenden eines großen Lebensmittelkonzerns war. Sie war ihrem Liebhaber offenbar lästig geworden, darum hatte er sich ihrer entledigt, indem er die arme Frau im 15. Stockwerk seiner Liebeshöhle vom Balkon schubste. Sie hatte dabei einen Alkoholgehalt von 1,9 Promille und wog keine fünfzig Kilo. Für einen Mann seiner Statur war es ein Leichtes, die Frau über die Brüstung zu stürzen.«

»Wozu brauchte es dafür einen Sonderermittler? Irgendwann wären deine Kollegen bestimmt ebenfalls auf diese Ungereimtheiten gestoßen.«

»Das schon, aber hast du jemals von diesem Fall gehört? Es stand nicht ein Wort davon in der Zeitung. Der Mann ist von seinem Posten zurückgetreten und verbringt nun einen langen Urlaub hinter schwedischen Gardinen.«

Christof schenkte sich und Mathieu noch einen Schluck Wein ein. »Du hast also geholfen, dieses Verbrechen zu vertuschen?«

»Zumindest vor der Öffentlichkeit. Soll man wegen eines Idioten hunderttausend Arbeitsplätze in Frankreich gefährden? Der Schuldige wurde bestraft, das ist das Einzige, was zählt, der Rest ist nicht für die Öffentlichkeit bestimmt.«

In diesem Moment kam der Winzer mit einer weiteren Flasche zu ihnen. »Nun geht es ein bisschen mehr ins Frühlingshafte und Weiche. Der Pinot Blanc hat weniger Fruchtsäure und ist von seiner Optik her blassgelb, klar und leuchtend. Ich rate Ihnen, zuerst ein Stückchen Baguette zu essen, um den Gaumen zu neutralisieren.«

Christof tat, wie ihm geheißen war und schwenkte anschließend das Glas, um das Bouquet des Weines voll zu entfalten.

»Ich würde sagen, er riecht nach Pfirsich und ein wenig blumig.« Nach dem ersten Schluck sah Christof den Winzer erfreut an. »Der ist ja wundervoll. Der ganze Wein stützt sich auf eine maßvolle Säure und eröffnet doch rasch seinen Geschmack. Der Wein ist ein echter Tausendsassa. Ich glaube, den könnte ich zu beinahe allem servieren, was ich in meiner Küche zaubere.«

Mathieu hatte inzwischen sein obligatorisches Notizbuch gezückt. »Hast du keine Ahnung, was das Opfer vor dem Besuch bei dir gemacht hat?«

»Nein, aber ich habe eine Notiz mit einer Uhrzeit in seinen Unterlagen gefunden, die sich anhörte, als hätte er sich mit dem Jäger im Wald verabredet. Vielleicht haben sie den Morgen auf dem Hochstand verbracht, oder er war zusammen mit einer Jagdgesellschaft auf der Pirsch.« Christof sah auf die Uhr. »Es ist schon spät, Mathieu. Ich muss morgen früh raus, außerdem steigt mir der Wein langsam zu Kopf. Ich denke, wir sollten für heute Schluss machen. Die restlichen Sorten verkosten wir ein anderes Mal, in Ordnung?«

Mathieu willigte unmutig ein, allerdings nicht, ohne Christof das Versprechen abzuringen, in den nächsten Tagen weiter zu verkosten. »Ich habe dem Winzer gesagt, er soll uns eine gemischte Kiste zusammenstellen, die testen wir bei dir zu Hause weiter. Ich denke, zwei Flaschen pro Sorte sollten uns genügen.«

»Wenn ich schon da bin, nehme ich gleich Crémant für die Feiertage mit.«

Sie verließen den Winzer schließlich mit vier Kisten Wein und zehn Kisten Crémant. »Das sollte für die nächsten Wochen reichen.«

»Das reicht für mehr als ein Komasaufen.«

Schweigend fuhren sie zurück, weil jeder seinen eigenen Gedanken nachhing. Christof fragte sich, was es bedeuten würde, wenn er tatsächlich als Verdächtiger in einem Mordfall festgenommen werden würde. »Kennst du einen guten Anwalt? Ich befürchte, ich werde bald einen Rechtsbeistand benötigen.«

»Mach dir keine Sorgen, so schnell schießen die Franzosen nicht. Außerdem passe ich auf dich auf, mein lieber Freund. Sorg du nur dafür, dass du immer ein gutes Fläschchen im Keller hast, um den Rest kümmere ich mich.«

Sie hatten den Hof erreicht und Christof wollte gerade aussteigen, als Mathieu ihn zurückhielt.

»Ich habe etwas zum Nachdenken für dich, zum Thema Prognosen und Fehlprognosen: Der griechische Dichterfürst Aischylos hatte vorhergesagt bekommen, dass er beim Einsturz eines Hauses sterben würde. Nach diesem Orakelspruch lebte Aischylos unter freiem Himmel, weil er sich dort sicher wähnte. Eines Tages flog ein Adler vorbei, der eine Schildkröte in seinen Fängen hielt, und ließ die Schildkröte genau auf Aischylos' Kopf fallen, da der Raubvogel die Glatze des Dichters für einen Felsen gehalten hatte, an dem der Panzer der Schildkröte zerschellen und das schmackhafte Kröten-Innere freigeben sollte. Ob es gelang, ist leider nicht überliefert worden. Aischylos starb jedenfalls daran und wurde damit - was ihn mit so manchem heutigen Politiker verbindet - zum Opfer einer falschen Prognose.«

Soll mich das etwa beruhigen?, fragte sich Christof, während Mathieu langsam rückwärts von seinem Hof fuhr.

Wenn es nach Commissaire Léon geht, bin ich bereits schuldig und verurteilt!

Kapitel 24

Regional – der Blog für bewusste Genießer 27.10.19

Digitalis Purpurea, das hilfreiche Gift!

Der rote Fingerhut (Digitalis Purpurea) mit seinen auffallenden Blüten zählt laut Sagen und Legenden zu den Pflanzen des Elfenvolkes. Man glaubte, dass die Elfen die wunderschönen rosafarbenen Blüten mit ihren roten Tupfen als Kopfbedeckungen verwendeten. In Irland schützte man sich in den alten Tagen mit dem roten Fingerhut außerdem gegen den bösen Blick. Man findet den roten Fingerhut an Plätzen, wo sich die Elfen angeblich wohlfühlen. Er wächst sehr gern in Wäldern entlang von Wegen und auf Lichtungen. Seine Farbe ist Rosa mit Purpurrot und seine Blüten-Glöckchen zeigt er von Juni bis August und er kann bis zu einhundertfünfzig Zentimeter hoch werden.

In England und Irland nennt man den roten Fingerhut auch purple foxglove, also purpurner Fuchshandschuh. Man erzählt sich, dass die Elfen den Füchsen beigebracht haben, die Blumenglöckchen zu läuten, um sich gegenseitig vor Jägern zu warnen. Außerdem sollen sich die Füchse die Blüten über die Pfoten gestreift haben, um so auf leisen Sohlen die Hühnerställe unsicher machen zu können. Die Zeichnung der Blüten soll von den Fingerabdrücken der Unglück bringenden Feen herrühren.

Die wild wachsende Pflanze galt vor allem im Mittelalter als magisch, sie sollte Schutz schenken und Verbindung zu den Elfen herstellen können. Geheimnisvoll

und märchenhaft wirkt die Pflanze aber nicht nur wegen dieser überlieferten Sagen. Da es sich um eine hochgiftige Pflanze handelt, umgibt sie die Aura einer schaurigen aber zugleich wunderschönen Gefahr, die den Tod bringen kann. In der Medizin kennt man allerdings eine andere Seite des roten Fingerhuts. Hier gilt er richtig angewendet als Heilmittel, vor allem bei Herzproblemen. Dies barg jedoch in alter Zeit das Risiko einer Überdosierung, da man nie sicher sein konnte, wie hoch der tatsächliche Anteil an Digitalis in der Pflanze war. In der heutigen Zeit wird das Medikament medizinisch aufbereitet und in Tablettenform verabreicht.
Genug der Märchen und der Medizin, auch Dichter waren und sind von dieser Pflanze hin und her gerissen. Hier ein kurzes Beispiel:

Fingerhut tanzt im Wind, die Glöckchen wiegen sich geschwind.
Von Elfen umgeben ist Magie nicht weit –
schenkst Schutz und Heilung,
doch auch den Tod zu mancher Zeit.
Dein purpurnes Kleid zeigt, wer Du bist:
Versteckst Dich nicht, so leuchtend hell
und zeigst uns den Weg zu den Elfen ganz schnell.
Ein Blumengedicht von Anke Junginger

Fisch

Kapitel 25

Christof stand auf einer Falltür, neben ihm befand sich der Henker mit einer schwarzen Kapuze über dem Kopf, der ihm jetzt mit fauligem Mundgeruch zuflüsterte: »Für deine Hinrichtung bekomme ich endlich ein Paar neue Stiefel!«

Nun hörte er das schleifende Geräusch des Hebels, der die Verriegelung der Klappe unter ihm lösen würde, um seinem Leben ein abruptes Ende zu bereiten.

Hoffentlich ist das Seil lang genug, ging es ihm durch den Kopf, als sich die Falltür quietschend öffnete.

Das schrille Piepen seines Weckers erlöste ihn von seinem apokalyptischen Traum. Vollkommen zerschlagen stand er auf und schlurfte ins Bad. Als er vor dem Spiegel stand, sah er ein geisterhaftes Abbild seiner selbst. Er schüttete sich zwei Hände voll kaltes Wasser ins Gesicht, um den Schrecken des Albtraumes wegzuwaschen. Anschließend legte er seine kühlen Hände in den Nacken. Die Erinnerung an seine heutigen Pläne zerrte ihn zurück in die Realität.

So kann das nicht weitergehen! Du musst den Toten vergessen und dich stattdessen auf dein Projekt konzentrieren.

Er warf einen Blick auf seine Uhr. Stephanie wollte sich im Laufe des Tages telefonisch bei ihm melden. Sie war momentan mit ihrem Chef auf einem Seminar in Paris, daher würden sie sich erst morgen früh wiedersehen können. Irgendwie vermisste er ihre lockere Art und ihren sprühenden Humor. Konnte es sein, dass er sich nach ihr sehnte?

Eine Berührung an seinem Bein riss ihn aus seinen Gedanken. Gonzo war zu ihm ins Bad getapst.

»Komm mein Freund, wir gehen eine Runde laufen, so komme ich bestimmt auf andere Gedanken. Es ist schon seltsam, wie sehr ein Mensch einem plötzlich fehlen kann.« Wie zur Bestätigung rieb Gonzo seinen Kopf an Christofs Bein. »Ich weiß, du musst raus. Ein bisschen Geduld mein Lieber.«

Nach einem schnellen Espresso griff er nach der Leine und stapfte in den Nebel hinaus. Er ging seine übliche Runde … das kurze Stück Straße bis zu den Gewächshäusern der Erdbeerfarm hinunter, und danach durch den Wald bis zum Forellenteich. Normalerweise dauerte diese Runde eine gute Stunde, doch heute lief Gonzo besonders langsam, gerade so als wolle er Christof Zeit zum Nachdenken schenken.

Gemächlich schlenderte er hinter seinem Hund her, der jeden Baum ausführlich beschnupperte und jeden leeren Kaninchenbau untersuchte. Wie immer, wenn Christof etwas beschäftigte, verfiel er in diesen besonderen Zustand, der einer Trance nicht unähnlich war. Seine Gedanken kamen in Fluss, die einzelnen Teile verbanden sich zu einem Ganzen, das Bild war jedoch immer noch verschwommenen.

Wie passen all diese seltsamen Geschehnissen zusammen? Es konnte sich doch nicht nur um einen Zufall handeln, dass Josef Kaack plötzlich bei ihm vor der Tür gestanden, sich auf seinem Hof übergeben und ihm unverhohlen gedroht hatte, nur um dann bei ihm den Löffel abzugeben.

Was übersehe ich? Er schüttelte den Kopf.

»Komm Gonzo, wir sollten uns langsam auf den Weg nach Hause machen.«

Der kalte Wind wurde nun selbst dem Hund zu viel, sodass dieser an der Leine zerrte.

Nach einem kräftigen Frühstück stieg er wieder in die Scheune hinauf und begann, aufzuräumen.

Wenige Minuten später musste er sein Vorhaben allerdings wieder beenden, da er so sehr hustete. Die unangenehme Mischung aus getrocknetem Fledermauskot, Taubenfedern, Staub und Mäuseköttelп raubte ihm komplett den Atem. Er stieg hastig die Leiter hinunter, klopfte seine Klamotten auf dem Hof aus, und griff nach der Wasserflasche, um sich den Mund auszuspülen. Anschließend spuckte er das Wasser zur Seite ... direkt auf die glänzend polierten Schuhe von Commissaire de Police Léon, der unbemerkt den Hof betreten hatte.

»Ich wünsche Ihnen einen guten Morgen, Monsieur Weinkeiler. Haben Sie eventuell eine halbe Stunde Zeit für mich?«

»Nein, du siehst doch, wie ich aussehe!«, antwortete er und wischte sich dabei eine staubige graue Spinnwebe aus den Haaren. »Ich muss bis morgen meine Scheune komplett ausräumen. In wenigen Tagen kommen die Maurer, um die Bodenplatte zu gießen, und vorher müssen noch die Installationen verlegt werden, verstehst du?«

Er schüttelte sich und stand augenblicklich in einer grauen Staubwolke.

»Monsieur Weinkeiler, ich *bitte* Sie nicht, ich *verlange*, dass Sie mir eine halbe Stunde Ihrer Zeit schenken. Ich habe neue Informationen über den Toten in Ihrer Toilette. Ich denke, diese sollten Sie sich anhören.«

Christof erkannte, wann er verloren hatte.

»In Ordnung, ich mache dir einen Espresso, damit du nicht so verloren in meiner Küche rumsitzt, während ich schnell dusche und mir was Frisches anziehe.«

Er fragte sich, ob er vorher einen Anwalt anrufen sollte. Aber warum? Er hatte einfach nur das Pech gehabt, dass der Kerl in seinem Haus gestorben war.

Trotzdem griff er zu seinem Telefon und rief Mathieu an. »Ça va, Mathieu? Hast du Lust rüberzukommen? Ich habe gerade Besuch von Commissaire Léon.«

»Was will er von dir? Ist der Fall immer noch nicht abgeschlossen?«

»Offenbar nicht. Er hat gesagt, dass er neue Informationen hat, die er mir mitteilen möchte.«

»Oh!«

»Was meinst du mit *Oh*?«

»Versuche, ihn hinzuhalten. Ich werde mich beeilen, zu dir zu kommen, aber ich brauche hier bestimmt noch zwanzig Minuten. Sag nichts zu dem Fall, bevor ich da bin. Es ist äußerst seltsam, dass er noch etwas mit dir besprechen will. Das riecht nach verdeckter Ermittlung.«

Christof starrte auf sein Telefon. *Hatte er das gerade richtig verstanden? Versuchte Léon tatsächlich, ihn mit dem Tod von Josef Kaack in Verbindung zu bringen?*

Ermittelte er bereits gegen ihn?

Nachdem er hastig geduscht hatte, ging er hinunter zu seinem unerfreulichen Besucher. *Wie sollte er sich verhalten?*

Er beschloss, dieses Mal ebenfalls förmlich zu bleiben. »Monsieur le Commissaire, was kann ich für Sie tun?«

Léon hatte eine der alten Kräuterfibeln aus Christofs Bibliothek genommen.

»Vorsicht Commissaire, das alles ist immer noch polizeilich abgesperrt.«

Léon sah schulterzuckend zu Christof.

»Oui, das ist wahr. Da ich in dem Fall ermittle, ist es allerdings in Ordnung. Dieses Buch hier ...« Er legte sein Fundstück auf den Tisch. »... ist äußerst interessant. Ich wusste gar nicht, was man in unseren Wäldern alles sammeln kann. Aber ich schweife ab. Können Sie mir noch einmal genau erklären, was der Verstorbene von Ihnen wollte? Ich verstehe leider nicht viel vom Bloggen und von Social Media im Allgemeinen, und wozu das alles gut ist.«

»Natürlich. Möchten Sie noch einen Espresso?«

Léon nickte kurz, griff in seine Tasche und legte mehrere *Carambar* auf die Kücheninsel. Genussvoll wickelte er eines der Karamellbonbons aus, las den Witz, der auf dem Einwickelpapier abgedruckt war, lachte kurz und steckte sich das Naschwerk in den Mund.

»Ich habe schon mehrmals zu Protokoll gegeben, was an diesem Abend passiert ist. Muss ich das jetzt wirklich noch einmal durchkauen?«

»Oui, ich bitte darum. Ich habe bisher nicht die Zeit gefunden, alle Protokolle zu lesen. Außerdem möchte ich Sie bitten, mir Ihren Blog *Regional* zu erklären. Was bezwecken Sie mit dieser Selbstdarstellung?«

»Mein Blog ist ursprünglich aus einer Laune heraus entstanden. Ich war zu einer Weinverkostung bei einem jungen Winzer eingeladen. Er hatte das Weingut gerade erst übernommen, nachdem er im Nappa Valley *Modernen Weinbau* studiert hatte. In dieser Nacht ist der Blog entstanden. Anfänglich ging es darum, kleine lokale Produzenten zu besprechen. Was man, wo finden konnte ... wer den ersten Pissenlit hatte ... wo man den besten Spargel bekommen konnte oder wann die Mirabellen-Ernte begann.«

Léon hörte aufmerksam zu, ohne eine Miene zu verziehen.

»Irgendwann habe ich eines meiner Rezepte gepostet und daraufhin hat es harsche Kritik gehagelt.«

In den Augen des Commissaire sah er Interesse aufblitzen. »Was für Kritik?«

»Na ja, ich hatte, ohne nachzudenken, ein Rezept aus meiner Zeit als Koch in München gepostet. Natürlich kann ich in einem Blog, der sich Regional auf die Fahne schreibt, kein Kängurusteak mit Cranberrysoße und Kochbananen posten, wenn ich im Elsass lebe.«

Ein leichtes Lächeln huschte über Léons Gesicht.

»Das ist selbst für mich nachvollziehbar. Erzählen Sie weiter.«

Christof schenkte sich ein Glas Wasser ein. »So entstand nach und nach, aus Empfehlungen für ansässige Produzenten, eine Plattform für feines Essen aus lokalen Spezialitäten.«

»Ich verstehe das Ganze immer noch nicht. Wer steht hinter diesem Blog? Irgendwer muss ihn doch technisch betreuen, und man braucht einen Server, eine superschnelle Telefonleitung und noch vieles mehr. Wo haben Sie das alles her? Wer finanziert das Ganze?«

Christof verstand nicht ganz, was Léon damit meinte. »Die nötige Technik kann man mieten. Das kostet keine fünf Euro im Monat. Selbst Sie könnten, wenn Sie sich ein bisschen in die Materie einlesen, eine eigene Homepage erstellen und damit online gehen. Das ist heutzutage kein Hexenwerk mehr, Monsieur le Commissaire. Wollten Sie mir nicht eigentlich Ihre neuesten Erkenntnisse über meinen toten Gast mitteilen? Sie sind doch nicht extra den ganzen Weg zu mir gefahren, um sich Ratschläge für einen Blog zu holen, oder?«

Léon wollte gerade etwas erwidern, als sie von der Türklingel unterbrochen wurden. Christof hatte bereits durch das Küchenfenster gesehen, das Mathieu endlich eingetroffen war.

»Ich nehme an, es stört Sie nicht, dass sich ein guter Freund zu uns gesellt, Commissaire Léon. Ich war nämlich verabredet. Ich glaube, Sie kennen sich.«

Er ließ Mathieu eintreten, ohne auf eine Antwort zu warten.

»Darf ich vorstellen, Mathieu Bobb, ehemaliger Sonderermittler in Paris.«

Léon stand plötzlich stramm. »Bonjour Monsieur le Commissaire divisionnaire.«

Mathieu grüßte zurück. »Stehen Sie ruhig bequem, ich bin seit fünf Jahren außer Dienst, somit also ein Zivilist.«

»Non Monsieur, für mich werden Sie immer mein Chef bleiben.«

Er stand noch immer stramm und wirkte ein wenig verunsichert; so kannte Christof seinen Freund Léon gar nicht.

»Wenn das so ist, klären Sie mich bitte auf. Was werfen Sie Monsieur Weinkeiler genau vor?«

Léon sah zuerst Christof an, dann Mathieu. »Monsieur Commissaire Bobb, finden Sie es wirklich klug, dass wir hier vor ihm darüber sprechen?« Dabei deutete er mit dem Kopf auf Christof.

»Christof genießt mein vollstes Vertrauen.«

Dieser konnte Léon ansehen, dass es ihm ganz und gar nicht recht war. Er tat es nur aus Respekt vor dem höheren Dienstgrad.

»Wie bereits vermutet, verstarb das Opfer Josef Kaack an einem Myokardinfarkt.«

Christof sah Léon erleichtert an. »Also war es ein zwar tragischer, aber natürlicher Tod?«

Commissaire Léon studierte seine Unterlagen. »Das dachten wir nach den ersten Ergebnissen auch, doch bei genauerer Untersuchung haben wir gewisse Ungereimtheiten festgestellt.«

»Was meinen Sie mit Ungereimtheiten? Herr Kaack verstarb allein auf meiner Toilette, was wollen Sie also von mir?«

»Das stimmt zwar technisch gesehen, aber es gibt eine Ungereimtheit bei dem Ganzen. Sein Tod wurde durch eine Überdosis Digitalis hervorgerufen, wie das Screening zeigt. In diesem speziellen Fall wurde das Gift in seiner natürlich vorkommenden Form verabreicht. Auf den Überresten der Vorspeise wurden fein zerriebene Blätter und Blüten des purpurnen Fingerhutes nachgewiesen. So wie viele Köche haben auch Sie, Christof Weinkeiler, vor dem Servieren, ihren Feenstaub auf dem Tellerrand verteilt. Das Opfer verstarb deshalb so schnell, weil er gesundheitlich bereits angeschlagen war. Der exorbitante Alkoholspiegel des Opfers hat die tödliche Wirkung noch begünstigt.«

Mathieu zog daraufhin einen Zettel aus seinem Notizbuch.

»Haben Sie da nicht eventuell eine Kleinigkeit übersehen, Commissaire? Es gibt zufälligerweise einige Fotos auf dem Smartphone des Opfers, auf denen zu sehen ist, dass sich keine Kräuter auf dem Tellerrand befinden.«

Er überreichte Léon den Ausdruck. »Noch dazu wäre die Dosis auf dem Tellerrand so gering gewesen, dass das Opfer maximal ein kleines Unwohlsein verspürt hätte. Selbst, wenn das Essen von Christof tatsächlich vergiftet gewesen wäre, kann er nicht der Mörder sein, da das Opfer viel zu schnell gestorben ist. Ihre Theorie ist absolut nicht haltbar.«

Commissaire Léon runzelte die Stirn. »Wie kommen Sie zu diesen Unterlagen? Haben Sie etwa noch weiteres Beweismaterial unterschlagen, Herr Weinkeiler?«

Bevor Christof etwas erwidern konnte, antwortete Mathieu: »Ich habe Ihren Kollegen um einen Teil der Proben und die schnelle Auswertung der Fotos auf dem Smartphone gebeten. Wie Sie an dem Zeitstempel der Aufnahmen sehen können, wurde das Foto der Vorspeise, die gefüllten Champignons mit Wildschweinleber, ungefähr zum Zeitpunkt des Todes aufgenommen. Für mich bedeutet das, dass Herr Weinkeiler nichts mit den getrockneten Kräutern auf dem Vorspeisenteller zu tun hatte.«

Léons Gesicht wurde nun dunkelrot. Empört griff er nach Mathieus Dokumenten und überflog die Unterlagen.

Wütend fuhr er Mathieu danach an: »Wie kommen Sie an den toxikologischen Befund? Was fällt Ihnen außerdem ein, sich in meine Ermittlungen einzumischen, Sie sagten, Sie sind jetzt Zivilist.«

»Um die Ermittlungen ein wenig zu beschleunigen, habe ich das Beweismittel persönlich zu einem Speziallabor nach Paris zur toxikologischen Untersuchung gebracht. Ich für meinen Teil glaube, dass Sie Léon, Ihre Ermittlungen gegen Christof Weinkeiler schnellstens beenden und sich auf die Suche nach dem wahren Mörder machen sollten.«

Léon nahm den Bericht von Mathieu entgegen und überflog diesen ebenfalls. »Das ist eine ganz neue Spur, da muss ich Ihnen zustimmen. Aber denken Sie nicht, dass ich Sie so leicht von der Angel lasse, Herr Weinkeiler. Wir werden uns wiedersehen! Beten Sie, dass ich nichts Belastendes gegen Sie finde. Ich bin mir weiterhin sicher, dass Sie bei der ganzen Sache Ihre Kräuterhexer-Finger im Spiel haben!«

Mathieu stand auf und bedeutete Léon, sich ebenfalls zu erheben.

»Ich muss jetzt gehen. Commissaire, begleiten Sie mich?«

Léon sah zuerst zu Mathieu und dann zu Christof. »Sie werden noch von mir hören. So einfach werden Sie mich nicht los, und Sie, Mathieu, werden sich für Ihre Einmischung vor einer höheren Instanz verantworten müssen. Glauben Sie wirklich, ich lasse mich von Ihnen zum Narren machen?«

Mathieu ergriff Léons Arm und geleitete ihn zur Tür. »Commissaire de Police Léon Moreau, bitte gehen Sie jetzt und lassen Sie Christof Weinkeiler in Zukunft in Frieden. Für heute wurden mehr als genug unhaltbare Anschuldigungen ausgesprochen.«

Christof sah den beiden hinterher, als ihm plötzlich etwas einfiel. Daher brüllte er Mathieu zu: »Vergiss nicht, dass wir verabredet sind, um meinen Wagen auszulösen.«

Zur Bestätigung reckte Mathieu einen Daumen nach oben, ohne sich noch einmal umzudrehen.

Kapitel 26

Eine Stunde später stand Mathieu wieder bei Christof auf dem Hof und hupte. Durch das offene Wagenfenster rief er nach ihm.

»Kommst du? Wir wollten doch deinen Wellblechbomber auslösen.«

»Eine Minute, ich bin gleich bei dir! Ich muss Gonzo ins Haus lassen, danach können wir los.«

Christof griff nach seinem Mantel, schloss die Tür hinter sich ab, und stieg in den SUV von Mathieu ein.

»Fühlst du dich eigentlich wohl dabei, so einen Spritfresser zu fahren?«

»Du mit deiner Schwerölschleuder darfst gerade reden.«

»Touche! Kannst du mir jetzt erzählen, was bei der Untersuchung von Josef Kaacks Flachmann herausgekommen ist?«

»Die Ergebnisse waren sehr interessant. Außer deinen Fingerabdrücken hat die Spurensicherung in Paris die des Opfers und zweier unbekannter Personen entdeckt.«

»Natürlich waren meine Abdrücke darauf, mich interessiert allerdings mehr, was *in* der Flasche war.«

»Das dürfte ich dir eigentlich gar nicht sagen, das ist dir klar, oder? Der toxikologische Befund liest sich, wie ein Rezept zum Runterkommen für gestresste Manager.«

»Was soll das heißen?«

»Wir haben in dem Rest Cognac, der noch in dem Flachmann war, Spuren von Valium gefunden, und zwar in solchen Mengen, dass es, hochgerechnet auf den kompletten Inhalt der Flasche, für ein ganzes Pferd ausgereicht hätte. Es war ein Wunder, dass Josef es überhaupt bis zu dir geschafft hat. Der Laborant meinte, Josef hätte eigentlich schon viel früher den Löffel abgeben müssen.«

»Sag bloß? Wer nimmt, wenn er auf einen Hochstand geht, Valium? Noch dazu in Cognac aufgelöst?«

»Frag nicht mich, das Ganze ist sehr seltsam. Eines steht allerdings fest, die Dosis hätte jeden normalen Menschen umgehauen. Du musst schon sehr abhängig sein von dem Zeug, um danach noch auf einen Hochstand klettern oder mit dem Auto fahren zu können.«

Christof starrte auf die Straße vor ihnen. »Das ist vollkommen verwirrend. Gab es auch Informationen zu der anderen Verletzung?«

»Du meinst, die Platzwunde am Kopf und den tiefen Kratzer am Ohr?«

»Ich habe nur die Kopfverletzung bemerkt.«

»Im Bericht steht, dass Josef Kaack außerdem einen verstauchten Knöchel hatte, vermutlich durch einen Sturz aus geringer Höhe, maximal siebzig Zentimeter. Des Weiteren hatte er einen Streifschuss am linken Ohr erlitten, der ihm vermutlich am Tag seines Todes, in den frühen Morgenstunden beigebracht worden war. Interessant ist die Kopfverletzung. Zuerst war man in der Forensik der Meinung, dass es sich bei der Tatwaffe um ein Messer oder einen Schraubenzieher gehandelt haben muss. Erst ein Haar, das sich in der

Wunde befand, brachte sie zu der tatsächlichen Tatwaffe.«

»Ein Haar?«

»Ja, oder besser gesagt, eine Borste. Er muss sich mit einem Schwarzkittel ein Kräftemessen geliefert haben, und das hat er offenbar verloren. Er hatte großes Glück, dass er das Ganze überlebt hat.«

»Er hatte Glück und ich Pech! Dieser ganze Zirkus kostet mich meinen guten Ruf. Die ersten Anmeldungen für meine *Kochschule für zwei* wurden bereits storniert! Meine ganze Zukunftsplanung geht gerade den Bach runter, Cacahuète!«

»Du bist im Moment gebrandmarkt, das ist wahr. Vielleicht solltest du dich selbst auf die Suche nach dem wirklichen Täter machen. So wie sich der Fall für mich darstellt, ist eines sicher - du kannst auf keinen Fall der Mörder sein, das passt zeitlich überhaupt nicht.«

»Sag das mal unserem lieben Léon!«

»Du könntest unseren Commissaire de Police von deiner Unschuld überzeugen, indem du ihm den Täter auf einem silbernen Tablett servierst, fein garniert mit allen nötigen Beweisen.«

»Wie soll ich das anstellen? Ich bin weder Polizist noch Detektiv.«

»Das sehe ich anders. Du bist extrem neugierig, das ist schon mal eine gute Voraussetzung. Lass uns jetzt deinen Wellblechbomber auslösen und heute Nachmittag treffen wir uns bei dir, um uns eine Strategie zu überlegen. Du wirst sehen, dieser Albtraum geht vorüber. Überleg mal, was du deinen Enkeln später mal erzählen kannst.«

Schweigend fuhren sie über die Rheinbrücke, jeder in seinen eigenen Gedanken versunken.

»Hey Christof, wohin müssen wir, um deinen Haufen Altmetall auszulösen?«

»Sag nichts gegen meinen Bus, der hat uns schon gute Dienste geleistet. Am besten fahren wir zuerst zur Polizei. Um zur Station zu gelangen, müssen wir am Kino vorbei, geradeaus über die Kreuzung und anschließend die erste links. Die können uns bestimmt sagen, wo wir das Auto auslösen können.«

Mathieu wartete im Wagen, während Christof sich auf dem Polizeirevier informierte.

»Wir müssen in Richtung Industriezone. Dort wo die Tankstelle und das Mietzentrum für Baugeräte ist, da steht mein Auto angeblich.«

Mathieu brachte ihn zum Stellplatz der Offenburger Polizei und fragte: »Soll ich mitgehen, oder kommst du allein zurecht?«

»Das schaffe ich ohne Polizeigeleit«, erwiderte Christof lachend, stieg aus und sah Mathieu hinterher, der sich sofort wieder auf den Heimweg machte. Er hatte Christof anvertraut, dass er noch ein wenig recherchieren wollte.

Das Auslösen seines Wagens dauerte beinahe eine Stunde, da er warten musste, bis ein Kollege vom Außendienst zurück war.

»Bonjour, votre Passeport ou votre Card-ID, si'l vous Plait!«

»Hier haben Sie meinen Pass und meine Zulassung.« Der Mann hinter dem Counter sah sich stirnrunzelnd den österreichischen Personalausweis an.

»Sie sprechen Deutsch?«

»Ja, das macht man als Österreicher so.«

»Warum haben Sie das nicht gleich gesagt, dann hätten Sie sich eine Menge Wartezeit erspart.«

»Weil mich keiner gefragt hat. Was muss ich bezahlen?«

»Das macht dreihundert Euro, allerdings ohne das Bußgeld der Polizei!«

»Bitte *was?*«

»Fünfundneunzig Euro Verwahrgebühr für einen Tag, zweihundert Euro für das Abschleppen des überlangen Busses und fünf Euro Verwaltungszuschlag ... macht zusammen dreihundert Euro.«

Nachdem Christof zähneknirschend die Gebühr bezahlt hatte, stieg er in seinen Wagen. Endlich wieder mit seinem Wellblechbus vereint, fuhr Christof entspannt nach Hause. Während der Fahrt überlegte er, was er als Nächstes in seiner Scheune machen musste, damit der Umbau zügig voranging. Vor dem ersten Frost musste auf jeden Fall der Boden fertig und die Wände isoliert sein, ansonsten würde ihm das Wasser in dem ungeheizten Raum gefrieren.

Er passierte gerade die Grenze zwischen Deutschland und Frankreich und fuhr über die Pierre-Pflimlin-Brücke, als sein Telefon klingelte. Bevor er das Gespräch annehmen konnte, war die Verbindung leider abgerissen, da er sich gerade mitten im Nirgendwo der Mobilfunkanbieter befand.

Derjenige wird sich schon wieder melden, wenn er mich sprechen will, dachte er.

Die Nummer war ihm nicht bekannt vorgekommen, es war zwar eine aus dem Bas-Rhin, er würde aber trotzdem nicht zurückrufen.

Er nahm wieder den längeren Weg durch die Dörfer, weil ihm beim letzten Mal ein kleiner Laden aufgefallen war. Er hatte nur den Schriftzug *Fait Maison*, also hausgemacht erhaschen können, doch das hatte ihn neugierig gemacht. Er bremste ab und fuhr ganz langsam durch das Dorf, um möglichst rechtzeitig einen Parkplatz ansteuern zu können, sobald er das Schild entdeckte. Es war nicht so einfach, sein Schlachtschiff sicher zu parken, immerhin hatte er sich ein Modell ausgesucht, das ein fleißiger Schrauber um beinahe achtzig Zentimeter verlängert hatte. Es war äußerst praktisch für seine Einkaufstouren quer durch Grand-Est, aber in engen Dörfern hatte er schon so manchen Liter Schweiß beim Einparken vergossen.

Er hatte tatsächlich richtig gelesen, das Schild bewarb einen kleinen Hofladen, der unter anderem selbst gemachten Ziegenkäse anbot. Interessiert betrachtete Christof das reichhaltige Angebot. Es gab Milch, Joghurt, Quark, Frischkäse und sogar Butter und Hartkäse.

Christof nahm sich eine der Visitenkarten, kaufte ein bisschen Ziegen-Frischkäse und fuhr nach Hause. Daheim kochte er sich zuallererst einen Kaffee und setzte sich danach an seinen Laptop. Gonzo kam zu ihm und legte seine Pfote auf seinen Schoß.

»Musst du raus? Komm, lass uns eine Runde laufen, dabei bekomme ich bestimmt einen klaren Kopf.«

Kapitel 27

Christof beobachtete den nahen Wald und die grellorangen Warnjacken der Jäger, die hier und da aus dem Dickicht aufblitzten. Er wartete, bis Gonzo endlich den passenden Baum ausgesucht hatte, um sein Geschäft zu erledigen, während er dem weidmännischen Treiben zusah.

Plötzlich schlug er sich mit der flachen Hand auf die Stirn. Jetzt wurde ihm bewusst, was er die ganze Zeit über vollkommen vergessen hatte. Am Todestag von Josef Kaack war der Jäger bei ihm gewesen, um ihm einen Überläufer zu bringen. Sie hatten sich kurz über die Vorspeise von Kaack unterhalten und danach war dieser plötzlich verschwunden gewesen. Christof lief es jetzt eiskalt den Rücken hinunter. Was wusste er eigentlich über den Jäger, der ihn die letzten drei Jahre über mit Wild versorgt hatte? Nichts ... bis vor Kurzem nicht einmal seinen Namen! Selbst am Stammtisch nannte man ihn immer nur den Jäger. Jetzt erinnerte er sich auf einmal wieder ganz genau an den seltsamen Besuch des Jägers am Unglücksabend.

»Gonzo, was hat der Jäger damals gesagt? Er hat sich das Aroma der Vorspeise zugefächert und behauptet, ich könne es mit jedem Sternekoch aufnehmen. Erledige endlich dein Geschäft, ich muss dringend nach Hause, um etwas zu überprüfen.«

Gonzo sah sein Herrchen kurz mit großen Augen an, drehte sich um und lief geradewegs nach Hause.

Dort angekommen, begann Christof sofort mit seinen Vorbereitungen. Er versuchte, die Gegebenheiten des damaligen Abends, so gut er sich daran erinnern konnte, nachzustellen. Auf einem alten Fass hatte er mithilfe einer Radkappe und einer leeren Granathülse den Essenstisch nachgebaut. Er begutachtete sein Werk zufrieden. Genauso hatte das Gedeck zum Zeitpunkt des Ablebens von Josef Kaack ausgesehen. Nur das Glas Wein fehlte, aber das war nebensächlich.

Der Jäger kam herein, fragte mich, ob ich den Schwarzkittel will, und nahm eine Prise Schnupftabak. Ich habe ihn ermahnt, nichts davon auf das Essen fallen zu lassen. Danach hat er sich über den Teller gebeugt, sich die Aromen des Leberragouts zugefächert, ist aufgestanden und gegangen, ohne sich zu verabschieden. Stephanie hatte mich in diesem Moment wegen der Karotten, die anfingen anzubrennen, in die Küche gerufen.

Er nahm eine Handvoll Sägemehl als Kräuterersatz, beugte sich über die Radkappe und tat so, als würde er sich das Aroma zufächern, wie es der Jäger getan hatte. Er musste allerdings husten, da das Teil nach altem Staub und Benzin stank.

So wäre die Mischung auf dem ganzen Teller gelandet und nicht nur auf dem Rand. Er säuberte den Aufbau und versuchte mehrmals, die Kräuter unauffällig nur auf dem Rand zu verteilen, aber er schaffte es nicht.

So funktioniert das nicht. Christof stand kopfschüttelnd in der Scheune. *Wie sind die Kräuter auf den Tellerrand gekommen? Cacahuète, ça m'énerve! Diese müssten auch auf den Pilzen gewesen sein. Das muss Mathieu noch einmal kontrollieren lassen.*

Er stapfte frustriert in die Küche, nahm sich ein kühles Bier und setzte sich auf einen der Barhocker, die rund um seine Kochinsel herumstanden.

Ich versteh das einfach nicht, wie kommt dieser Mist auf meinen Vorspeisenteller? Es kann nur jemand außerhalb meiner Küche gewesen sein, aber wer? Stephanie kommt nicht infrage. Warum sollte sie mir einen Mord in die Schuhe schieben wollen? Es bleibt nur Josef Kaack selbst und der Jäger. Aber was für einen Grund hätte Kaack haben sollen, sich selbst so sehr zu gefährden, nur um mir dermaßen schaden zu können?

Er nahm einen Schluck Wasser.

Der Jäger hätte theoretisch die Möglichkeit dazu gehabt, doch warum hätte er das tun sollen?

Christof schüttelte den Kopf. Irgendetwas übersah er hier. Um sich auf andere Gedanken zu bringen, ging er in sein Herrenzimmer, nahm sein Tablet und surfte ein wenig im Internet. Ohne groß darüber nachzudenken, öffnete er eine Suchmaschine und tippte den Namen Josef Kaack ein. Er staunte nicht schlecht, als ihm hundertfünfzig Treffer angezeigt wurden. Er überflog die Ergebnisse, ohne nach etwas Bestimmtem Ausschau zu halten.

Auf einer Seite, auf der es um das Restaurant in München ging, wo dieser damals als Lehrling gearbeitet hatte, blieb er hängen, da dieses ihm gut bekannt war. Eine alte Fotografie weckte ganz besonders seine Neugier. Er zoomte das Bild der beiden Jungköche, die sich auf einer Preisverleihung für begabte Köche befanden, heran. Als er sich selbst auf dem Bild erkannte, wurde ihm plötzlich schlecht.

Jetzt wusste er, warum ihm Josef die ganze Zeit über so bekannt vorgekommen war. Er hatte damals mit ihm zusammen seine Ausbildung zum Koch begonnen, doch Josef hatte kurz nach dieser Auszeichnung einen Zusammenbruch erlitten, weil ihn seine Freundin mit einem anderen betrogen hatte.

»Oh Josef, ich war damals jung, dumm und manipulierbar. Es tut mir so leid. Es war niemals meine Absicht, dich zu hintergehen!«, murmelte er entsetzt.

Christof fühlte sich plötzlich hundeelend.

»Bin ich wegen eines dummen Jungenstreiches vor etlichen Jahren heute zum Opfer einer irrsinnigen Mord-Intrige geworden?« Er spürte, wie sich in seinem Magen ein dicker Klumpen bildete. »Wir hatten ihm später doch erklärt, dass das alles nur ein dummer Scherz gewesen war und seine Freundin ihn in Wirklichkeit gar nicht betrogen hatte. Außerdem, wenn Josef sich tatsächlich an mir hätte rächen wollen, dann doch bestimmt nicht, indem er sich umbringen würde!«, sprach er zu sich selbst.

Er starrte ungläubig auf die geöffnete Homepage.

»Salut Christof, ça va? Das sind ja interessante Erkenntnisse, die du da erzählst.«

Christof riss erschrocken den Kopf hoch, als Mathieu auf einmal neben ihm im Herrenzimmer stand.

»Salut Mathieu, ça ne va pas, mir geht's momentan nicht so gut. Du hast ja gehört, was mir gerade durch den Kopf geht.«

»Du kanntest das Opfer also aus deiner Jugend?«

»Ich glaube, wir müssen uns dringend unterhalten. Ich mach uns eine Brotzeit, dabei redet es sich leichter. Bist du einverstanden?«

»Ja, natürlich, wenn es dir nicht allzu viele Umstände macht.«

»Möchtest du meinen Fromage de Tete versuchen? Ich richte schnell zwei Teller an und danach erzähle ich dir alles.«

Schon wenig später kam Christof aus der Küche zurück.

»Damals hieß Josef noch nicht Kaack, sondern Reiter. Kaack ist der Name seines Stiefvaters, aber soweit ich es seiner Biografie im Internet entnehmen kann, muss es sich um meinen ehemaligen Freund aus meiner Ausbildungszeit handeln.«

»Lass das nicht Commissaire Léon erfahren, der schafft es in seinem Übereifer bestimmt, dir einen handfesten Strick daraus zu drehen.«

»Gott bewahre, das würde mir noch fehlen!«

»Du warst aber ganz schön hart drauf als Jugendlicher. Wie kann man seinem Freund nur vormachen, dass man ihm dessen Flamme ausspannt? So etwas hätte es bei uns nicht gegeben. Wenn, dann haben wir das richtig gemacht, nicht nur als Scherz.«

»Das alles hast du gehört? Wie lange stehst du schon hinter mir?«

»Lange genug, mein Freund, lange genug.«

»Da fällt mir ein, dass ich dich wegen der Kräuter etwas fragen wollte. Waren die wirklich nur auf dem Rand?«

»Nein, der sogenannte Feenstaub befand sich überall auf dem Teller. Trotzdem war die Dosis zu gering, um jemanden damit zu töten, schon gar nicht so schnell.«

Christof sah wieder auf den Bildschirm.

»Wie ging das Ganze mit deinem Kollegen damals weiter?«

»Ungut, kann ich dir sagen. Es konnte ja keiner ahnen, dass der Depp gleich versucht, sich hinter einen Zug zu schmeißen.«

»Du meinst vor ...«

»Nein, ich meinte das im wahrsten Sinne des Wortes. Er hatte sich *hinter* den Zug geworfen.«

»Dann war er also schon immer selbstmordgefährdet?«

»Darum war er mehrere Monate in Behandlung und danach habe ich ihn aus den Augen verloren. Du weißt ja, wie so etwas ist. Glaubst du wirklich, er hat einen dermaßen aufwendigen Selbstmord inszeniert?«

Mathieu öffnete sich ein Bier. »Nicht wirklich, aber so, wie du ihn beschreibst, wäre es durchaus im Bereich des Möglichen. Wer weiß schon, was im Kopf eines gedemütigten Mannes vorgeht.«

»Ob Josef meinen Namen sofort erkannt hat? Wusste er, wessen Manuskript er in den Händen gehalten hatte? Hat er mich deshalb dazu genötigt, für ihn zu kochen, nur um dann diese Show abzuziehen?«

Mathieu sah ihn schweigend an und Christof wartete gespannt auf seine Reaktion. Seine letzten Worte hingen schwer in der Luft. War das Ganze tatsächlich eine späte Rache an ihm gewesen?

»Sag doch was, Mathieu!«

»Warum glaubst du, dass Josef Kaack dir etwas anhängen wollte?«

»Er war schon damals als Lehrling eifersüchtig auf mich. Ich war immer einen Tick besser, eine Spur schneller und hatte das nötige Quäntchen Glück, das ihm immer gefehlt hat.«

Christof öffnete nun auf seinem Laptop mehrere Seiten. »Anfang 2005 hat ein Züchter in München Wildsauen aus ungeklärter Herkunft verkauft, die meist sogar schon von Fliegenlarven befallen oder schmierig und gammelig gewesen waren. Deklariert wurde das Fleisch damals als 1A Wildschwein, gut abgehangen und verzehrfertig.«

»Das ist vierzehn Jahre her, Christof. So alte Kamellen interessieren heute keinen mehr.«

»Es geht ja noch weiter. Hier lies das mal. In den Wäldern an der polnischen Grenze tobt seit einiger Zeit die Maul und Klauenseuche. Findige Jäger kamen auf die Idee, mit den verendeten Tieren Geld zu machen. Sie haben die Kadaver ausgeweidet und zerteilt. Alle Fleischteile, die nicht von Läsionen befallen waren, also nicht sichtbar verseucht waren, sind vakuumiert, etikettiert und per Online-Versand an Wild-Liebhaber in ganz Europa verschachert worden.«

Mathieu wurde ganz blass. Verunsichert starrte er auf die Flasche in seiner Hand. »Wann soll das gewesen sein?«

»Ende 2017, also noch gar nicht so lange her, mein lieber Freund.«

Mathieu schob den fromagé de tête de Sanglier angewidert von sich weg.

»Entschuldige bitte, hast du vielleicht etwas anderes zu essen für mich?«

Christof schnitt sich ein schönes Stück Presskopf ab und verspeiste es genussvoll. »Das hier kannst du ruhig essen, das kommt vom heimischen Jäger, mit allen Zeugnissen und was sonst noch notwendig ist.«

»Ich verstehe nicht, was du mit diesem ganzen Wildschwein-Komplott zu tun hast.«

»Nicht das Geringste. Ich war nur irgendwie immer in die Entdeckung solcher Skandale verwickelt. Selbst der jüngste Fall, bei dem stark radioaktiv belastetes Fleisch ohne Kontrolle verkauft worden ist. Dieses Spielchen läuft bestimmt schon seit fünfzehn Jahren.«

»Wie soll Wild radioaktiv verseucht sein? Wer erzählt so einen Schwachsinn?«

»Du erinnerst dich bestimmt noch an das Jahr 1986, genauer gesagt an den 26. April, oder?«

»Da war dieser Reaktorunfall, der die Ukraine teilweise verseucht hat.«

»Nicht nur die Ukraine, die Auswirkungen sind bis heute noch in ganz Europa spürbar und messbar.«

»Bei euch in Österreich vielleicht, aber nicht hier im Elsass, das ist doch alles über dem Rhein geblieben.«

»Ach ja? Habt ihr damals einen Anti-Strahlungs-Schirm an eurer Grenze zu Deutschland aufgebaut?«

»Und wenn schon, das Ganze ist inzwischen vierunddreißig Jahre her, da strahlt schon lange nichts mehr.«

»Da irrst du dich gewaltig. Es mag sein, das Cäsium 137 eine Halbwertszeit von ungefähr dreißig Jahren hat, aber das bedeutet noch lange nicht, dass es heute nicht mehr strahlt. Die Halbwertszeit mal zehn ergibt die ungefähre Dauer der Nachweisbarkeit eines Elementes. In diesem Fall also rund dreihundert Jahre.«

»Wie kommst du darauf, dass so etwas bei uns auf dem Teller landet?«

»Als ich hierhergezogen bin, habe ich meine Wildschweine anfangs in Baden-Baden gekauft, wegen der Verständigung, das war für mich einfacher. Irgendwann habe ich festgestellt, dass die alte Taschenuhr meines Großvaters immer, wenn ich mit dem Wildfleisch gearbeitet habe, etwas stärker Grün geleuchtet hat. Die alten Leuchtziffern waren ebenfalls radioaktiv und das Cäsium muss die Wirkung verstärkt haben. Bei meinem nächsten Einkauf habe ich nach dem Herkunftsnachweis und den amtlichen Papieren gefragt und der Verkäufer hatte seltsam herumgedruckst, bis er mich schließlich rausgeworfen hat. Daraufhin begann ich zu recherchieren und wirbelte ein bisschen Staub auf. Es waren letzten Endes die entsprechenden Ämter in Stuttgart und Freiburg, die alles andere aufgedeckt haben, ich bin unerkannt im Hintergrund geblieben.«

Mathieu biss von seinem Brot ab, trank sein Bier aus und sah Christof zweifelnd an. »Das alles soll diesen Kaack dazu gebracht haben, dich in den Knast bringen zu wollen?«

Schulterzuckend betrachtete Christof den Laptop. »Ich weiß es nicht, aber anscheinend hat er mir mit allen, ihm zur Verfügung stehenden Mitteln Schaden zufügen wollen.«

»Sei mir nicht böse, Christof, ich glaube, du siehst Gespenster. Wenn du das Léon erzählst, schickt er dich direkt in die Klapse. So viel Hass kann ein Mensch nicht in sich tragen, dass er sich selbst umbringt, nur um sich zu rächen. Wie soll er die Früchte seiner Rache genießen, wenn er zwei Meter tief unter der Erde liegt?«

»Keine Ahnung, Josef war schon immer ein bisschen ... wie soll ich es sagen, ohne dabei überheblich zu erscheinen ... verrückt.«

Mathieu betrachtete seine Unterlagen. »Wir sollten uns lieber überlegen, wie wir unseren übereifrigen Commissaire de Police von deiner Unschuld überzeugen können.«

»Ich glaube, der Jäger aus dem Ort weiß etwas. Er hat sich nach dem Ableben von Josef, auffällig oft bei mir herumgetrieben und wollte immer wissen, was bei mir los war. Ich denke, ich muss mal ein Wörtchen mit ihm reden, der scheint mehr zu wissen, als er uns bisher erzählt hat.«

»Das ist eine gute Idee. Ich muss das alles erst einmal in Ruhe sortieren. Ich gehe jetzt nach Hause, heute Abend sehen wir weiter, okay?«

»In Ordnung mein Lieber, ich werde etwas Leckeres für uns vorbereiten. Alphonse kommt auch und ich denke, der Jäger wird sich das bestimmt ebenfalls nicht nehmen lassen.«

Mathieu stand auf und ließ ihn allein zurück.

Als Mathieu davonfuhr, sah Christof die Kräuterfibel von Susanne Unger. *Cacahuète, die wollte ich Mathieu doch zeigen!*

Kapitel 28

Christof saß in seinem Büro und betrachtete den Plan. Die Markierungen erinnerten ihn unwillkürlich an den Routenplaner auf seinem Smartphone. Genaugenommen war es auch nichts anderes. Es gab eine blaue und rote Route für das Wasser, Gelb für Gasanschluss und Grün für den Strom.

Wenn er nur einen solchen Plan hätte, der ihm aufzeigen würde, aus welchem Grund Josef Kaack zu ihm gekommen oder warum er ausgerechnet bei ihm verstorben war. Er nahm einen Block und etwas zum Schreiben und setzte sich damit auf die staubige Gartenbank, die er bei seiner Aufräumaktion des Schuppens gefunden und hier stehengelassen hatte. In die Mitte des Blattes schrieb er *Josef Kaack* und zeichnete eine Wolke um den Namen. Anschließend schrieb er den Namen des Verlages auf und zog eine Linie zu Josef, da er ja inzwischen wusste, dass dieser dort als Lektor tätig gewesen war und augenscheinlich sein Kochbuch gestohlen hatte. Schließlich gab es noch Fräulein Unger, die Sekretärin ... war da mehr zwischen den beiden gewesen? Er kritzelte weiter, bis er alle Informationen, die er zu Josef hatte, in einer, das Blatt füllenden Gedankenwolke, aufgezeichnet hatte. Zu guter Letzt betrachtete er sein Werk ... der Verlag, der angebliche Blog-Scout ... irgendwie fehlten ihm die entscheidenden Teile von diesem Puzzle. Je mehr er sich den Kopf zerbrach, desto undeutlicher wurden die Bilder aus seiner Vergangenheit.

Was Christof an der ganzen Geschichte noch mehr irritierte, war das Verhalten des Jägers, der sich so unflätig benommen hatte an diesem speziellen Abend. Es zählte schließlich nicht zur guten Kinderstube, sich beinahe auf den Teller eines Wildfremden zu legen und Christof hatte immer noch den Verdacht, dass der Jäger etwas mit dem Feenstaub auf dem Vorspeisenteller zu tun hatte. Aber warum sollte der Jäger eine Spur von Indizien legen, die ihn, Christof Weinkeiler, mit einem Mord in Verbindung bringen würden? Er hatte seine Probleme mit dem Mann gehabt, weil dieser ihm schon des Öfteren eine alte Sau als einjährigen Überläufer hatte verkaufen wollen, im Großen und Ganzen kamen sie allerdings gut miteinander aus.

Die Abende mit dem Jäger waren immer lehrreich gewesen, auch wenn diese Bekanntschaft seinen Weinkeller stark dezimiert hatte. Das hatte er jedoch gern in Kauf genommen, da er im Gegenzug erfahren hatte, wo die besten Pilzplätze waren oder in welchen Wäldern wilde Weißeichen wuchsen, unter deren Krone man den begehrten Trüffel finden konnte. Der Jäger hatte ihn im letzten Jahr davor bewahrt, genau diese Bäume in seinem Garten zu fällen und ihn stattdessen dazu ermutigt, zu versuchen, dort selbst Trüffel zu züchten. Er besaß hier nämlich den idealen, kalkhaltigen Boden und die Bäume waren groß und beinahe fünfzig Jahre alt, die Voraussetzungen waren also ideal. Er konnte sich einfach nicht vorstellen, dass der Jäger ihm so etwas antun würde, und doch sprach einiges dafür, dass dieser die ominöse Kräutermischung auf dem Tellerrand verteilt hatte. Aber was hätte er davon haben sollen? Das Opfer hatte die Vorspeise zu zwei Dritteln verspeist und war verstorben, bevor er an den Tisch zurückgekehrt war.

Oder hatte Stephanie seine Vorspeise eigenmächtig mit einer Kräutermischung veredelt? Nein so etwas würde sie niemals machen, dazu hatte sie viel zu viel Ehrfurcht vor seiner Kochkunst. Oder bildete er sich das vielleicht nur ein? Immerhin hätte sie die Gelegenheit dazu gehabt, als sie den Wein zur Vorspeise serviert hatte. Sie hatte gewusst, wo in der Küche die passenden Kräuter standen, und hatte seine neueste Kreation, eine würzige Mischung aus verschiedensten, heimischen Kräutern, die er mit ihr zusammen den ganzen Sommer über gesammelt hatte, gekannt. Aber das ergab keinen Sinn, warum sollte sie, die so wissbegierig war und unbedingt bei ihm das Kochen lernen wollte, ihre gute Beziehung durch so eine Aktion gefährden? Außerdem bereitete es ihm Probleme, so etwas von Stephanie zu denken, sie war einfach nicht der Typ für solche Spielchen.

Sie wusste außerdem ganz genau, was er von dieser Firlefanz-Kocherei hielt ... sei es molekulare Küche oder diese überkandidelten Kunstwerke auf dem Teller, nach deren Verzehr man sich direkt bei der nächsten Würstelbude anstellte, um seinen Magen mit Currywurst und Pommes rot-weiß zu füllen. Noch schlimmer fand er allerdings die übertrieben großen Portionen der Maxi-Küche. Wer konnte bitte schön ein Schnitzel mit vierzig Zentimeter Durchmesser oder einen Hamburger essen, der anderthalb Kilo wog? Das Ganze am besten noch für unter zehn Euro. Wo blieb da die Qualität und der Genuss?

Auch die, in seiner Lehrzeit übliche Salat-Tomaten-Deko oder die Tellerränder voller Balsamico-Reduktion, verabscheute er und weigerte sich, diesen Trends zu folgen. Essen war, seiner Meinung nach, dazu gedacht, den Magen zu füllen. Natürlich auf die raffinierteste Art und Weise zubereitet, die dem Koch zur Verfügung stand und immer in guter Gesellschaft genossen, aber bodenständig und ohne Feenstaub oder Magic Dust. Magie gehörte in Harry Potter Bücher, nicht auf den Teller.

Christof betrachtete seine Notizen zu Kaack und erinnerte sich wieder an die Zeitungsausschnitte, die noch in der Kunststoffhülle lagen. Er nahm ein neues Blatt und begann mit einem weiteren Gedankenpuzzle. Dieses Mal schrieb er in die Mitte *Wildschwein-Fleischskandal.* Sofort musste er an den großen Skandal in Bayern denken, wo es zwar nicht ausschließlich aber auch um verdorbenes Wildschwein gegangen war. Auch die polnische Praktik mit den, an Maul und Klauenseuche verendeten Schwarzkitteln notierte er, und den jüngst aufgedeckten Fall mit den nicht untersuchten Tieren aus Baden-Baden. Doch all das war aufgeklärt worden und es gab keinen gemeinsamen Drahtzieher, so wie Josef Kaack es vermutet hatte. Er zerknüllte das Blatt, da dieser Weg offensichtlich eine Sackgasse war. War die Recherche vielleicht nur ein Vorwand gewesen? Wenn Ja, wofür? Hatte sich Josef Kaack auf diese Weise an ihm rächen wollen, weil er ihm die Geschichte aus ihrer Lehrzeit immer noch nachgetragen hatte?

Christof schüttelte den Kopf, klappte seinen Laptop zu und stapfte hinunter in die Küche. In dem Moment klingelte es an der Tür. Alphonse stand draußen und sah reichlich verfroren aus.

»Komm rein, ich bereite gerade das Abendessen zu, dabei können wir uns unterhalten. Du bist ein bisschen zu früh, aber das kommt mir gerade gelegen, ich brauche einen Zuhörer, um mir den Kopf klar zu reden.«

Christof betrachtete seinen Mise en Place. In einer Schüssel befanden sich die geschälten und in grobe Macédoine geschnittenen Zwiebeln, die Karottenscheiben, Sellerie und Lauch. Alphonse saß am Tresen der Kochinsel und beobachtete Christof dabei, wie dieser eine seiner Wildspezialitäten zubereitete.

»Warum nimmst du nicht die Schulter für dein Ragout, so wie jeder andere auch?«

»Ich mache das lieber mit der Brust, weil da mehr Fett dran ist. Das gibt später ein kräftigeres Aroma. Was willst du sonst damit machen?«

»Wildsau-Salami oder Bratwürste, zum Beispiel.«

Auf dem Schneidebrett lag das gewürfelte Wildfleisch. Zuerst gab er eine Schicht Zwiebeln und Gemüse in die gusseiserne Kasserolle, danach verteilte er das Fleisch darauf. Zum Abschluss gab er noch einmal Gemüse und das Bouquet garni dazu. Der frische Thymian und der Zweig Rosmarin verströmten ihr kräftiges Aroma. Zu guter Letzt nahm er eine Flasche Burgunder und füllte den Topf damit auf, bis die oberste Schicht Gemüse gut bedeckt war. Jetzt nahm er noch einige Wachholderberen und etwas Piment, das er zerdrückte und streute die Mischung auf das Fleisch.

»Warum zerquetschst du die Gewürze?«

»Das mache ich, damit die Aromen nicht zu kräftig werden. Das mit den Würsten ist eine gute Idee, das versuche ich beim nächsten Mal.«

»Man lernt nie aus! Sag mal, gibt es heute nichts zu trinken bei dir?«

»Möchtest du jetzt schon einen Aperitif?«

»Ja gern, ich verdurste sonst, bis die anderen kommen.«

Christof drehte sich um und ging zum Kühlschrank, um den Pinot Blanc kühl zu stellen, als er aus dem Augenwinkel sah, wie Alphonse das Buch von Frau Unger in die Hand nahm, das Christof bewusst auffällig auf der Kochinsel deponiert hatte.

»Interessante Lektüre?«

Alphonse drehte es um und las neugierig den Text, bevor er stutzte und sich das Buch genauer ansah. Hastig legte er es wieder zur Seite, beinahe so, als hätte ihn etwas daran erschreckt. Christof runzelte nachdenklich die Stirn und bereitete weiter den Aperitif vor. Er schnitt ein wenig Hartwurst auf, toastete etwas Eichelbrot und bestrich dieses anschließend mit hausgemachter Leberwurst.

Heute gab es nicht den üblichen, elsässischen Picon. Er hatte sich etwas ganz Spezielles einfallen lassen, um Alphonse und Mathieu, der mittlerweile ebenfalls da war, auf diesen Abend einzustimmen. Auf dem letzten Flohmarkt hatte er einen besonderen Aperitif entdeckt. Es handelte sich um einen Wein auf Quittenbasis, der eisgekühlt mit etwas Champagner serviert wurde.

»Auf euer Wohl, ihr Lieben. Stoßen wir darauf an, dass dieses Chaos bald vorbei ist. Heute Abend werde ich euch mit einem kulinarischen Herbstgeflüster zum Schwärmen bringen.«

Christof prostete seinen Freunden zu.

»Mir ist übrigens etwas Seltsames in die Hände gefallen, als ich vor Kurzem in Frankfurt war.« Er schlug das Buch auf, das Frau Unger ihm geschenkt hatte. »Was fällt euch bei diesem Bild des Fingerhuts auf?«

Er zeigte ihnen die Abbildung in dem Buch und alle studierten sie gründlich. Keiner entdeckte etwas Außergewöhnliches.

»Was ist so besonders an dem Bild?«

Es dauerte einen Augenblick, bis Christof antwortete.

»Erkennt ihr nicht die Druidenmauer vom Odilienberg?« Er hielt überrascht inne, als er auf einmal noch etwas ganz anderes entdeckte. »Seht ihr den Mann im Halbschatten unter dem Baum? Ich glaube, den kennen wir!«

Mathieu nahm das Buch zur Hand und hielt es sich ganz nahe ans Gesicht.

»Tatsächlich, da steht unser Jäger!«

Christof nickte. »Das glaube ich auch. Ich war mir nicht ganz sicher, aber wenn ihr ihn auch erkennt, ist er tatsächlich in einem Buch über Giftpflanzen verewigt.«

Alphonse nahm das Buch ebenfalls und blätterte interessiert darin. Schließlich drehte er es um und las erneut den Klappentext.

»Wer ist diese Frau?«, fragte er und hielt das Autorenfoto hoch. Christof antwortete, ohne hinzusehen. »Das ist die Autorin. Manche Schriftsteller stehen darauf, ihr Konterfei jedem Leser unter die Nase zu reiben.«

»Ach, die hat das Buch verfasst? Ich glaube nämlich, die kenne ich.«

Nun wurde Christof hellhörig.

»Was soll das heißen, du kennst sie?«

Alphonse betrachtete das Autorenfoto noch einmal eingehend. »Vielleicht auch nicht, ich bin mir nicht sicher. Dieser ganze Gift-Kram soll bei uns wachsen? Da darf man ja kein Kind mehr allein in den Wald gehen lassen, wenn das wahr ist.«

»Das hängt ganz von der Kinderstube ab.«

»Wie meinst du das? Wer weiß denn bitte schön wie Tollkirsche, Wolfswurz oder Schierling aussehen?«

»Ich zum Beispiel.«

»Du interessiert dich auch für diesen ganzen Hexenkram.«

»Das meiste davon weiß ich, seit ich vier oder fünf bin. Mein Vater hat es mir beigebracht.«

»Da hast du aber gescheite Eltern.«

»Du musst diese Pflanzen doch auch kennen, oder bist du in einer Plastikblase aufgewachsen?«

Alphonse schüttelte nachdenklich den Kopf. Schweigend betrachtete er weiterhin das Foto auf der Rückseite des Buches.

»Hallo? Erde an Alphonse, bist du noch anwesend?«

Alphonse legte das Buch zur Seite. »Ja, ich habe nur gerade versucht, mich daran zu erinnern, was meine Eltern mir über den Wald und das Grünzeug darin beigebracht haben, aber ich kann mich an nichts mehr erinnern.«

»Ich dachte, du bist hier aufgewachsen?«

»Das ist richtig, aber ich war nie viel im Wald. Dort ist es gefährlich, wurde mir immer gesagt. Mein Spielplatz war stattdessen der Kanal oder der Obstgarten hinter unserem Haus. Giftpflanzen konnte ich nicht erkennen, aber dafür war keiner schneller in der Baumkrone als ich.«

»Klettern war nie meine Stärke, aber du kannst mir ja mal zeigen, wie ich am besten an die obersten Äpfel komme.«

Alphonses Blick war wieder starr auf den Klappentext der Kräuterfibel gerichtet. »Sag mal, wie heißt die Autorin? Die kommt mir immer noch so bekannt vor. Lebt sie hier irgendwo?«

»Ich kann mir nicht vorstellen, dass du sie kennst. Sie heißt Susanne Unger, lebt in Frankfurt und war ihrer eigenen Aussage nach noch nie im Elsass. Wenn du recht hast, bedeutet das, dass sie gelogen hat.«

Alphonse griff noch einmal nach dem Buch und hielt es sich ganz dicht vor seine Brille. »Ich bin mir sicher, dieses Gesicht schon einmal gesehen zu haben. Ich komm darauf, woher ich sie kenne, du wirst schon sehen.«

Alphonse leerte sein Glas mit einem Zug. »Das Zeug ist gut.« Er stellte sein Glas ab und bedeutete Christof, ihm nachzufüllen. »Jetzt ist mir wieder eingefallen, woher ich die Frau kenne! Die war letztes Jahr in der Gite bei mir Dauergast ... wenn ich mich recht erinnere, hat sie beinahe ein Vierteljahr dort gewohnt.«

»Bist du dir sicher?«

»Aber klar. Wegen der hat meine Celestine mir irgendwann sogar mit Scheidung gedroht. Sie war der Meinung, dass ich diesem Frauenzimmer zu sehr hinterhergeschaut habe.«

»Das kann nicht sein! Susi Unger vom LemonTree Verlag, in dem auch Josef Kaack gearbeitet hat, hat drei Monate bei dir logiert?«

»Die Dame auf dem Foto hat definitiv im letzten Jahr für elf oder zwölf, vielleicht sogar dreizehn Wochen in meiner Gite gelebt, weil sie hier vor Ort auf Fotosafari gehen wollte.«

»Bist du dir wirklich sicher, dass es diese Frau war?«

»Ja, die werde ich bestimmt nie vergessen. Sie hat so oft morgens nackt in unserem Teich gebadet, dass mir Celestine irgendwann verboten hat, vor acht Uhr morgens in den Garten zu gehen.«

»Noch ein Beweis dafür, dass Fräulein Unger die Unwahrheit sagt.«

»Das ist wirklich äußerst seltsam. Sie hat mir gesagt, dass sie noch nie in dieser Gegend war.«

»Ich habe mit ihr sogar einige lange Touren am Champ du feu gemacht. Sie hat immer und überall mit ihrer topmodernen Canon Spiegelreflex-Kamera herumgeknipst.«

»Das kann nicht sein, du musst sie verwechseln. Alle Fotos in diesem Buch stammen aus einem Wettbewerb, den ihr Verlag veranstaltet hatte.« Christof schlug die letzte Seite auf. »Hier stehen die Einsender aller Fotos mit Seitenangabe, wegen des Urheberrechtes, das kann keiner so einfach fälschen.«

Als Christof das Urheberverzeichnis kontrollierte, schüttelte er den Kopf. »Das Bild des Fingerhuts stammt, dieser Info nach, von der Autorin selbst.«

Alphonse blätterte ein wenig darin herum. »Das Buch ist wirklich interessant, das sollte jeder in seiner

Bibliothek stehen haben. Ich wusste zum Beispiel gar nicht, dass Muskatnuss in zu hohen Dosen schädlich ist.«

Mathieu sah irritiert zu Alphonse und dann zu Christof.

Alphonse las daraufhin den entsprechenden Absatz vor. »Die Muskatnuss kann ab einer Menge von etwa fünf Gramm eine berauschende Wirkung verursachen und giftig sein. Dafür müsste man jedoch eine bis zwei ganze Nüsse verzehren. Ab drei ganzen Muskatnüssen kann das Gewürz für Erwachsene lebensgefährlich werden, für Kinder bereits ab zwei Nüssen.

Der Inhaltsstoff Myristicin wandelt sich in der Leber zu Amphetamin um, sodass die Muskatnuss ab den genannten Mengen Halluzinationen hervorrufen kann. Weitere berauschende Substanzen der Muskatnuss sind Elemicin und Safrol. Sie können zu Euphorie, Sprachstörungen und Benommenheit führen, außerdem zeigen sich Vergiftungssymptome wie Kopf- und Magenschmerzen, Mundtrockenheit, Herzrasen, Übelkeit und Erbrechen. Bei zu großen Mengen führt der Verzehr zum Tod.

Muskatnüsse sollten daher zur Sicherheit stets außerhalb der Reichweite von Kindern aufbewahrt werden.«

»Das ist gut zu wissen«, erwiderte Mathieu und erhob sein Glas.

»Zum Wohl, ihr Lieben. So langsam sollten wir uns dem Ragout zuwenden, bevor alles verkocht ist.«

Kapitel 29

»Meine Lieben, zu Tisch bitte!« Christof läutete eine kleine Glocke, um seinen Gästen zu signalisieren, dass die Plat de résistance, wie man in Frankreich so schön zur Hauptspeise sagte, angerichtet war. Mathieu und Alphonse leerten ihre Gläser und nahmen Platz.

»Kommt noch jemand zum Essen?«, erkundigte sich Mathieu.

»Das Gedeck war eigentlich für den Jäger. Ich war mir sicher, dass er heute Abend auch hier auftauchen wird.«

»Kommt deine Flamme Stephanie nicht?«

»Hör auf, Mathieu! Sie ist nicht meine Flamme, nur eine wissbegierige Nachbarin.«

»Lieber Christof, bist du wirklich so blind oder stellst du dich gerade extra blöd? Das ganze Dorf spricht bereits davon, dass unsere Jungfer Stephanie seit Neuestem verliebt ist.«

»Sei es drum. Sie musste mit ihrem Chef wegfahren und kommt erst morgen wieder.«

Christof fischte mit der Fleischgabel den Serviettenknödel aus dem Kochwasser. Alphonse und Mathieu sahen ihn fragend an.

»Was ist das? Sieht irgendwie aus, wie eine hausgemachte Wurst, eingewickelt in einem Küchentuch«, murmelte Alphonse skeptisch, während er Christofs Tun beobachtete.

»Wart`s ab, das schmeckt absolut genial zu dem schönen Wildschwein-Ragout mit Burgunder und frischen Pilzen.« Mathieu runzelte die Stirn. »Mit was willst du uns dieses Mal überraschen? Das sieht äußerst seltsam aus.«

Christof löste die Bindfäden, die das Küchentuch an beiden Enden zusammenhielten. Er rollte das Tuch auf und darin kam eine dicke Wurst aus Brot zum Vorschein.

»Voila, eine typisch österreichische Beilage, ein Serviettenknödel!«

Mit einem scharfen Messer schnitt er die dampfende Rolle in fingerdicke Scheiben, legte jeweils zwei auf einen Teller und gab Rotkohl und das Ragout hinzu. Zum Schluss veredelte er alles noch mit einem Klecks Crème fraîche. Auf dem Tisch stand außerdem frisches, hausgemachtes Preiselbeeren-Kompott.

»Französisch-österreichische Freundschaft nennt sich dieses Gericht. Guten Appetit ihr Lieben.«

Christof beobachtete, wie Mathieu die erste Gabel Ragout probierte. »Vorsicht ...«, doch er hatte ihn zu spät gewarnt. Mathieu hatte bereits auf einen Knochen gebissen.

»Alors, was ist das?«

Alphonse betrachtete misstrauisch seine volle Gabel.

»Hast du was vergessen?«, fragte er irritiert.

Christof schüttelte den Kopf. »Nein, ich wollte euch gerade vorwarnen. Da ich das Ragout immer mit Bauch und Brust zubereite, habe ich die Rippen mitgekocht. Das verleiht dem Ganzen ein besseres Aroma und das Fleisch zerfällt nicht sofort.«

»Warne uns das nächste Mal bitte wirklich vorher. Ich glaube, ich habe mir gerade einen Zahn abgebrochen.« Mathieu kontrollierte kurz seine Zähne. »Du hast Glück gehabt, ich habe den Knochen nicht zerbissen, alles in Ordnung.«

Bald herrschte nur noch genießerisches Schweigen, das lediglich vom Klappern des Bestecks unterbrochen wurde.

Christof genoss es sehr, seine Freunde mit seinen Kochkünsten zu verwöhnen, genauso hatte er es sich immer vorgestellt. Im kleinen Kreis kreative Speisen und harmonische Weine zu genießen, anschließend eine anregende Diskussionsrunde zu veranstalten und zum krönenden Abschluss einen schönen Schnaps.

Nach dem Essen hatte Mathieu seine Notizen zur Hand genommen, aber Alphonse kam ihm zuvor. Redselig wie immer, wenn er ein bisschen zu viel über den Durst getrunken hatte, atmete er hörbar aus und sagte: »Wisst ihr, unser Adoptionsgesetz, ist mir ein Graus. Wir haben bereits zwei Kinder adoptiert, einen Jungen aus Afghanistan und ein Mädchen aus Martinique. Schon damals haben wir uns praktisch nackig machen müssen. Jedes einzelne Dokument wurde geprüft, angezweifelt und doppelt und dreifach kontrolliert. Es wurde nachgeforscht, ob unser Einkommen ausreicht, wie wir wohnen, wo das Adoptivkind sein Zimmer haben wird. Wir mussten sogar ein akribisch genaues Konzept abgeben, wie wir unser Kind erziehen wollen und was wir für die Zukunft unseres Kindes planen. Ich sage es euch, das war wirklich anstrengend.«

Christof räumte derweil den Tisch ab und holte den Elsässer Schnaps aus dem Schrank.

»Da denkst du, du hast es geschafft und willst nach fünf Jahren einem weiteren Kind eine gute, gesicherte Zukunft ermöglichen, da kommen die und sagen, alles wieder auf null, alles von vorne. Es zählt überhaupt nicht, dass wir bereits zwei Kinder gesund und glücklich in unserer Familie integriert haben. Nein, du musst dich wieder ausziehen, jeder Stein wird erneut umgedreht und du wirst durch die Mangel gedreht. Das nervt und ist unfassbar anstrengend.«

»Warum tust du dir das dann an?«, erkundigte sich Mathieu.

»Weil wir Kinder lieben und weil meine Celestine unbedingt ein drittes haben möchte.«

Christof stellte drei Schnapskelche auf den Tisch. »Jetzt trink erst mal einen, danach sieht die Welt sofort besser aus.«

Mathieu sah Christof verwundert an. »Ich dachte, du trinkst keinen Schnaps?«

»Ich muss doch zumindest mal probieren, was der Jäger mir geschenkt hat, oder? Außerdem habe ich gehört, dass Quittenschnaps etwas ganz Besonderes sein soll.«

Alphonse kippte den Schnaps hinunter und schüttelte sich. »Igitt, der ist ja warm! Willst du mich vergiften? So was kannst du doch keinem Elsässer servieren, spinnst du?«

»Das ist ein edler Quittenbrand, der muss temperiert sein, sonst können sich die Aromen nicht richtig entfalten.«

»Bei uns kommt Schnaps immer eiskalt auf den Tisch, sonst schmeckt das Zeug nicht. Ich glaube, ich muss jetzt gehen, du willst mich offenbar vergiften, so wie den Kaack.«

»Alphonse, ich glaube, es ist tatsächlich besser, wenn du gehst, bevor du noch etwas sagst, was ich dir übel nehme.«

Christof sah zu Mathieu hinüber, der einen kleinen Schluck versuchte. »Du magst recht haben, Christof, das Aroma kommt wirklich sehr gut zur Geltung. Die

Einheimischen, trinken ihren Hausbrand allerdings immer eiskalt, so sind sie es gewohnt. Frag mich nicht warum, es ist einfach so. Abgesehen davon gebe ich dir recht. Alphonse, komm, ich fahre dich nach Hause.«

Kaum hatte Mathieu sein Glas geleert, verabschiedeten sich die beiden. »Du solltest heute mal früh ins Bett gehen, Christof, du siehst nicht gut aus.«

Gonzo stand an der Tür, es wurde also Zeit für den letzten Gang nach draußen. Christof war unfassbar müde, deshalb öffnete er nur die Tür und ließ Gonzo in den Hof hinaus. »Geh nach hinten unter die Bäume«, rief er dem Hund hinterher, der in der Dunkelheit einem Geist glich.

Das Vibrieren seines Smartphones irritierte Christof. »Wer ruft mich um diese Zeit an?«

»Weinkeiler, wer spricht da bitte?«

»Hallo Christof, ich bin's, Stephanie. Ich wollte mich nur kurz bei dir melden, bevor du schlafen gehst. Wie war dein Tag?«

»Abgesehen von dreihundert Euro Strafe fürs Falschparken geht es mir ganz gut. Was ist mit dir? Wie läuft dein Seminar?«

»Extrem langweilig. Der Moderator ist Prinz Valium, das Essen schmeckt wie eingeschlafene Füße und mein Chef hängt die ganze Zeit am Telefon.«

»Was verschafft mir die Freude deines nächtlichen Anrufes?«

»Ich wollte einfach deine Stimme hören. Es fehlt mir, mit dir zusammen zu kochen und mit dir zu reden, das ist alles.«

»Stephanie, ich könnte dein Vater sein!«

»Denkst du denn, das weiß ich nicht? Ich unterhalte mich gern mit Leuten, die wissen, wovon sie reden. Hast du schon mal gehört, was das wichtigste Thema bei Leuten meines Alters ist? Facebook und Instagram! Wer macht bei der bescheuertsten Challenge mit ... welcher Influencer ist gerade an Magersucht erkrankt. Das alles ist nur belangloser Schwachsinn. Heutzutage kann man mit keinem mehr reden.«

»So siehst du also deine Generation? Das war mir neu, meine Liebe. Ich freue mich auch immer über deine Besuche, und es macht mir Spaß mit dir Zeit zu verbringen.«

»Hast du dir ein gutes Rezept überlegt, was wir zusammen Kochen können? Morgen Abend bin ich wieder da, dann trinken wir ein Gläschen Wein zusammen, in Ordnung?«

»So machen wir das! Ich wünsche dir eine gute Nacht. Schlaf gut und viel Spaß in deinem Seminar morgen.«

»Gute Nacht, Christof. Lass dich nicht unterkriegen, du wirst sehen, in einem Monat lachen wir über den ganzen Zinnober.«

Er fühlte sich beschwingt. Es hatte ihm wirklich gutgetan, mit Stephanie zu plaudern. Sie war ihm eine gute Freundin, die ihm mehr bedeutete, als er es sich selbst eingestehen wollte.

Christof sah, wie Gonzo sich auf den Weg zur Tür machte. »Bist du fertig? Komm rein, mein Lieber.«

Kurz darauf saß Christof vor seinem Laptop und starrte auf die leere Seite für seinen neuen Blog-Eintrag. Er begann zu schreiben, doch alles, was ihm einfallen wollte, schien ihm einfach nicht genug für diesen Abend zu sein.

Cacahuète! Was soll ich meinen Lesern nur schreiben? Ich fühle mich wie durchgekaut und wieder ausgespuckt! Es kann doch nicht sein, dass mir partout nichts einfällt.

Er stand auf, marschierte unruhig durch sein Büro, umrundete seinen Schreibtisch und blieb schließlich vor dem großen Panoramafenster stehen.

Eine seltsame Nacht. Nicht ein einziger Stern hat es geschafft, sein klares Licht durch den dichten Nebel zu schicken.

Kapitel 30

Regional – der Blog für bewusste Genießer 28.10.19

Das sollten unsere Kinder wissen!

Manches, was in unseren Wäldern und auf unseren Wiesen wächst, verleitet uns dazu, es uns in den Mund stecken zu wollen. Leuchtend schwarze Tollkirsche, verführerisch schillernde Einbeere und erdbeerrote Wollbeeren, all dies wächst um uns herum und verführt uns.

Nicht nur die Früchte des Waldes, auch die schönsten Blüten, die unser Herz erfreuen, sind manchmal tödliche Verführer.

Ich erinnere mich noch gut an die Spaziergänge mit meinem Vater durch den Wald. Zu jedem Kraut und jedem Strauch, konnte er mir etwas erzählen. Ich finde es äußerst schade und sogar gefährlich, dass manche Familien das Erbe ihrer Großeltern nicht mehr in ihrer Erinnerung tragen.

Wenn ich heute lese, dass prominente Persönlichkeiten aus Unwissenheit Eisenhut als Zierpflanze in ihrem Garten haben und sich mit den hochgiftigen Blättern vergiften, frage ich mich, wo das lebensrettende Wissen abgeblieben ist, das uns unsere Ahnen mit auf den Weg gegeben haben.

Doch nun zu einem weitaus köstlicheren Thema. Die Zeit der roten Rüben ist angebrochen. Eine unscheinbare, dunkelrote bis schwarze Knolle, die im Sommer mit ihren grünen Blättern, durchzogen von schillernd roten Blattrippen die Aufmerksamkeit auf sich zieht,

ist nun endlich reif für die Ernte. Doch wie können wir diese Knolle, die reich an Vitaminen, Kalium, Kalzium und Magnesium ist, verarbeiten?
Es ist eines der einfachsten Gemüse, die uns der Garten liefert. Man wäscht die Knolle, kocht sie danach für gute dreißig bis fünfundvierzig Minuten in Salzwasser, bis sich die äußere Schale beinahe von selbst löst. Lasst die Rüben anschließend in ihrem Kochwasser abkühlen, danach könnt ihr die Haut ohne Messer oder sonstiges Werkzeug abziehen, bzw. die Rübe aus der Haut quetschen, aber mit Gefühl, sonst habt ihr den roten Saft überall.
Entweder bereitet ihr einen leckeren Salat mit Balsamico und Schalotten als Beilage zu, oder ihr schneidet daraus Würfel und dünstet diese mit Kümmel und Butter als feine Gemüsebeilage.
Doch Vorsicht, der Verzehr von roten Rüben, oder wie man in Österreich sagt, rote Rahne führt zu dunkelroten Ausscheidungen, also auf dem stillen Örtchen nicht erschrecken.

Hauptgang

Kapitel 31

Als er die Tür öffnete und in die Boulangerie eintrat, schlug Christof der Duft von frisch gebackenem Baguette entgegen. In diesem Moment verstummten die Gespräche und alle sahen ihn an. Erstaunt bemerkte er die vielen Kunden, die um diese frühe Zeit, um kurz nach sechs, bereits in dem kleinen Laden waren.

»Bonjour!«, grüßte er höflich. Sofort flammte das Stimmengewirr wieder auf und keiner schenkte ihm weitere Beachtung, was Christof ganz gelegen kam.

Unbewusst lauschte er den Gesprächsfetzen. Da war die Rede von Kuchenrezepten und Festtagsbraten, eine Mutter erzählte von ihrer Tochter, die mit sechzehn schwanger geworden war, welch ein Skandal! Ein anderer berichtete von seinem Nachbarn, der einen Bekannten vergiftet haben sollte.

Nun wurde Christof hellhörig. Schlagartig war er wach und versuchte, den Rest der Geschichte mitzuhören.

»Ich habe es ja schon immer gesagt, all die Verrückten mit ihrer Bio-Gemüsekiste und den selbstgezüchteten Gewürzen, die sind allesamt gefährlich.«

»Ich habe gesehen, wie er im Wald nach Wolfswurz und Schwulstkraut gesucht hat, oben am Odilienberg, nahe der Druidenmauer.«

Christof räusperte sich vernehmlich, sodass die beiden ihr Gespräch beendeten und ihn ansahen.

»Wenn ich Sie unterbrechen darf, Ihre Behauptung ist nicht wahr und ich wäre lieber vorsichtig, was ich so rumerzähle. Es könnte ja sein, dass Ihnen der Falsche zuhört. Das wiederum könnte, rein theoretisch, dazu führen, dass man Sie wegen Rufmordes anzeigt.«

Die beiden Angesprochenen sahen zuerst Christof und danach den Rest der Kunden an.

»Ich an Ihrer Stelle ...«

Christof unterbrach den Mann sofort. »Die Behauptungen, die Sie da verbreiten, entbehren jedweder Grundlage!« Er drehte sich jetzt zum Bäcker um, der hinter dem Tresen stand.

»Gaston, zwei Croissants aux amandes und drei Baguette, bien cuite s'il vous plaît.«

Gaston reichte ihm das Gewünschte. »Bitte schön. Das macht 5,30 Euro.«

Christof bezahlte, musterte seine Nachbarn noch einmal und ging, ohne einen weiteren Gruß hinaus. Anschließend setzte er sich hinter das Steuer und fuhr los. Er hatte den Tipp bekommen, dass im Wald in der Nähe von Ribeauvillé viele Maroni-Bäume mit großen Früchten wuchsen. Da Stephanie noch auf ihrem Seminar war und Alphonse unterwegs, um die benötigten Rohre und das Installationsmaterial zu besorgen, entschied er sich kurzerhand dafür, nach Ribeauvillé zu fahren. Im Internet hatte Christof erfahren, dass man dort bei einem gemütlichen Rundgang drei Ruinen besichtigen konnte. Heute war der perfekte Herbsttag dafür, da es nicht zu heiß war, kein Regen in Sicht war und der Boden trocken. Er musste dringend einmal raus, weg von seiner Baustelle und den Polizei-Absperrungen, um alles vergessen und in die Zukunft blicken zu können.

Zuvor wollte er jedoch mit dem Jäger reden und ihm ein bisschen auf den Zahn fühlen. Er wurde das Gefühl nicht los, dass dieser mehr wusste, als er bisher erzählt hatte. Er fuhr also durch das Dorf und bog in die Einfahrt ein, die zum Hof des Jägers führte, das große Tor aus alter Eiche war jedoch verschlossen.

Christof stieg auf die niedrige Mauer, um nachzusehen, ob der Porsche oder der Jeep im Hof standen, doch keines der beiden Autos war da.

Der kann doch nicht mit zwei Autos gleichzeitig wegfahren, dachte er verwirrt.

Er stieg wieder in seinen Wagen, hupte mehrmals und wartete. Nach einigen Minuten rief er beim Jäger an, erreichte aber nur die Mailbox.

Das ist wirklich äußerst ungewöhnlich! Ich fahre jetzt erst mal zum Maroni sammeln, und wenn ich zurückkomme, schaue ich noch einmal, ob er daheim ist.

Christof fuhr mit seinem Citroën H durch die Dörfer, vorbei an abgeernteten Apfelbäumen, Birnbäumen sowie Quittenbäumen voller reifer Früchte.

Dabei fiel ihm ein, dass er für Weihnachten noch, in Whiskey eingelegte Quitten und natürlich auch Quittengelee und Quittenbrot machen musste.

Spontan hielt er bei einem der Bauern an, der gerade sein Zuckerrübenfeld pflügte. Auf einem Schild am Straßenrand stand in roten Lettern, dass dort Äpfel, Birnen und Quitten verkauft wurden. Der alte Mann hielt an, als er Christofs Wagen entdeckte. Steif kletterte er von seinem alten, kirschroten Traktor und winkte Christof zu sich.

»Kann ich etwas für Sie tun?«, fragte der Mann seltsamerweise auf Deutsch.

»Sie sprechen ja Deutsch.«

»Meine Generation musste in der Schule noch Deutsch lernen und in meiner Familie wurde sowieso nie Französisch gesprochen. Wie kann ich Ihnen behilflich sein?«

»Ich würde Ihnen gern ein paar Quitten und Äpfel abkaufen. Zuerst möchte ich Sie aber etwas zu Ihrem Oldtimer-Traktor fragen.«

»Nur zu, sehen Sie ihn sich ruhig an. Das Obst finden Sie hinten auf meinem Hof.«

»Ist das tatsächlich ein Porsche?«

»Ja, den hat mein Großvater schon gefahren, ist ein äußerst verlässliches Arbeitstier.«

»Darf ich Sie und Ihren Traktor fotografieren? Ich finde es immer gut, wenn Oldtimer nicht nur zum Bewundern im Hof herumstehen.«

»Gern, Sie fahren auch nicht gerade das neueste Modell, oder? Ich wusste gar nicht, dass es diese Wellblechbusse überhaupt noch gibt.«

Gonzo, der im Wagen geblieben war, machte sich nun bemerkbar.

»Lassen Sie Ihren Hund ruhig raus, der stört mich nicht«, sagte der Bauer. »Ich gehe mit Ihnen zusammen die Quitten holen. Ich habe nämlich noch ein paar Oldtimer herumstehen, die ich Ihnen zeigen kann.«

Mit wachsender Neugier folgte Christof dem Mann auf dessen Hof.

Hinter dem hohen Tor erwartete ihn ein regelrechtes Oldtimer-Museum. Angefangen von einem dunkelgrünen Mini, der aufgebockt auf mehreren Ziegeln vor den ehemaligen Pferdekoppeln stand, bis hin zu einem auf Hochglanz polierten Citroën DS standen tatsächlich unzählige Fahrzeuge auf dem Hof.

»Dort hinten, im Kofferraum des Minis befinden sich mehrere Steigen mit Quitten. Wenn Sie alle kaufen, spendiere ich eine Flasche Hausgebrannten dazu.«

Christof war entsetzt, als er den Zustand des ausgeschlachteten Minis sah. Anstatt der Sitze befanden sich Holzregale, auf denen die verschiedensten Früchte in Steigen lagerten, im Inneren. Es bereitete ihm beinahe physische Schmerzen, diesen Oldtimer so zugerichtet zu sehen. Er musste schnellstens hier weg, sonst würde er am Schluss noch einen der Wagen kaufen.

»Was wollen Sie für die vier Steigen?«

»Wenn du mir fünf Euro pro Steige gibst, sind wir quitt. Die Flasche Schnaps lege ich dir auf den Beifahrersitz.«

Christof bezahlte, verlud alles, rief Gonzo und fuhr weiter in Richtung Ribeauvillé.

Er freute sich über das Schnäppchen, das er gerade gemacht hatte. Der Duft der Quitten erfüllte seinen Bus und in Gedanken genoss er schon das Quittenbrot. Vielleicht sollte er mal versuchen, eine Variante mit ein wenig Chili zuzubereiten.

Das Geräusch quietschender Reifen beförderte ihn abrupt zurück auf die Straße. Erschrocken trat er auf die Bremse, als ihm ein gelber Porsche auf seiner Spur entgegenkam. Nur durch einen beherzten Schlenker in ein, noch nicht abgeerntetes Maisfeld konnte er eine Kollision mit dem anderen Wagen verhindern.

»Spinnt der jetzt total?«, fluchte er so lautstark, dass Gonzo sich erschrocken winselnd auf den Boden kauerte.

Im Rückspiegel sah er kurz die Bremslichter des Wagens aufblitzen. Hatte er gerade richtig gesehen? War das nicht derselbe Wagen, in dem vorgestern der Jäger auf seinen Hof gefahren war? Wo war der überhaupt abgeblieben? Er hatte sich gestern den ganzen Tag nicht blicken lassen und war vorhin auch nicht zu Hause gewesen, was extrem seltsam war.

»Wenn der Idiot weiter wie ein Kamikaze durch die Gegend donnert, wird er nicht mehr lange mit dem Geschoss herumfahren«, fluchte er lautstark.

Christof musste erst einmal einen Augenblick stehen bleiben, da sein Herz raste und seine Hände vor lauter Schreck zitterten. Er sah dem Wagen hinterher. Hatte der Jäger hinter dem Steuer gesessen? Er konnte es nicht mit Sicherheit sagen, weil er zu sehr damit beschäftigt gewesen war, einen Unfall zu vermeiden. Nachdem er sich ein wenig erholt hatte, startete er seinen Wagen, doch dieser bewegte sich keinen Millimeter vor oder zurück.

Als Christof ausstieg und um das Auto herumging, entdeckte er das Malheur. Er war mit der Hinterachse komplett von der Straße abgekommen und steckte jetzt im Schlamm fest.

Cacahuète, wie komm ich da jetzt wieder raus?

Er stemmte sich gegen die Rückseite und versuchte, das Fahrzeug aus dem Schlamm auf die Straße zurückzuschieben, vergeblich. Danach stellte er sich auf die Straße und blickte zuerst zum Dorf, das allerdings in weiter Ferne lag und dann zurück in die Richtung, aus der er gekommen war. Die Straße war wie ausgestorben, und weit und breit war kein anderes Fahrzeug zu sehen.

Was war näher, grübelte er, *der Bauernhof oder das Dorf?* Er legte Gonzo die Leine an, überlegte noch einmal und machte sich auf den Weg zum Bauernhof, da ihn dieser schneller erreichbar zu sein schien als das Dorf.

Nach wenigen Metern hörte er das dumpfe Tuckern eines Motors. *Sollte ihm das Glück hold sein?* Hinter der nächsten Kurve erblickte er tatsächlich den alten Bauern mit seinem Porsche Diesel Traktor, der ihm geradewegs entgegenkam. Erleichtert winkte er dem Bauern zu, um auf sich aufmerksam zu machen.

Wenig später marschierte er neben dem Traktor her zurück zu seinem Auto, während der Bauer erzählte: »Gerade wurde ich von der Straße gedrängt. So ein deutscher Rüpel, ich glaube, es war eine blonde Frau. Die ist mit mehr als hundert Sachen über die Landstraße gebrettert und hat jede Kurve geschnitten. Ich wette, irgendwann fliegt diese Raserin ins Feld, wenn sie nicht vorher in einen entgegenkommenden Wagen knallt.«

»Mir ist es genauso ergangen, deshalb stecke ich ja jetzt im Maisfeld fest. Ich hoffe, Sie schaffen es, meinen Wagen aus dem Morast zu ziehen.«

»Das sollten wir hinkriegen, ein paar Pferde stecken noch unter der Haube.«

Mit vereinten Kräften und viel Muskelkraft schafften sie es schließlich, Christofs Bus wieder auf die Straße zu ziehen. Kaum war die letzte Kette verstaut, hielt ein neuer, großer John Deere neben ihnen an, um ihnen seine Hilfe anzubieten.

»Das ist sehr freundlich, wir haben es gerade selbst geschafft, trotzdem Danke!«

Christof hielt beim ersten Bistro im Dorf an, um sich mit einem heißen Kaffee aufzuwärmen. Als er auf die

Uhr sah, stellte er fest, dass es schon weit nach zehn Uhr war, alle drei Burgen würde er daher heute nicht mehr schaffen.

Sei`s drum, jetzt bin ich schon mal hier, da will ich mir wenigstens den Wald und die Maroni-Bäume ansehen.

Christof fuhr auf den Parkplatz am Fuße der drei Burgen und parkte neben einem uralten, grünen Jeep.

Der sieht ja genauso aus, wie der Wagen vom Jäger. Was macht der hier um diese Zeit?

Christof kümmerte sich nicht weiter um das Auto, sondern betrachtete die große Landkarte und las die Beschreibung zu den drei Burgen, die auf einem Schild am Anfang des Aufstieges angebracht war.

Die drei Schlösser von Ribeauvillé
Leider sind nur noch drei Ruinen von den einstmals stolzen Schlössern oberhalb von Ribeauvillé übrig geblieben. Die Burganlage St. Ulrich ist eine der faszinierendsten des Oberelsass und zeugt von der Macht der Herren von Rappoltstein, deren Hauptwohnsitz sie bis zu ihrer endgültigen Aufgabe im 16. Jh. war. In unmittelbarer Nähe entstand im 13. Jh. die Burg Girsberg. Die dritte Burg Haut-Ribeaupierre (Hohrappoltstein) wurde wahrscheinlich gegen Mitte des 13. Jh. erbaut. Die gesamte Burganlage wird durch einen imposanten kreisförmigen Bergfried beherrscht, von dem aus sich ein herrlicher Blick auf die elsässische Ebene sowie die umliegenden Bergkämme eröffnet.

Voller Tatendrang begann er mit dem Aufstieg zur ersten der drei Burgen. Auf halbem Weg musste er allerdings schnaufend stehen bleiben, da er nicht mit einem so steilen, schmalen Aufstieg gerechnet hatte.

»Gonzo, ich glaube, den Spaß gönnen wir uns lieber ein anderes Mal. Ich gehe jetzt Maroni sammeln und du kannst dich derweil mit den Eichhörnchen amüsieren, in Ordnung?« Er befand sich jetzt an einer Abzweigung. Rechterhand führte ein schmaler Trampelpfad hinunter in einen kleinen Wald und dort unten konnte er die ersten Maroni-Bäume voller reifer Früchte sehen.

Gonzo sprang übermütig durch das trockene Laub, während Christof mit dicken Lederhandschuhen die Esskastanien aufhob. Die äußere, ungenießbare und sehr stachelige Schale der Früchte schützte die drei bis vier Nüsse im Inneren. Sie platzte auf, sobald die Maroni reif waren. Manchmal musste Christof allerdings mit seinem Messer nachhelfen, um an die kostbare Saat zu gelangen.

Er liebte die rot-goldene Färbung der Blätter, die den Boden bedeckten. Das Glück des frühen Vogels war ihm hold, schon bald war seine Stofftasche gefüllt mit frischen, großen Maroni. Er stieg den steilen Pfad wieder empor, bis er den Wald verlassen hatte und die Aussichtsbank am Wegesrand erreicht hatte.

Zu seiner Rechten sah er jetzt die größte Ruine der drei Burgen auf einer Anhöhe. Wie flüssiges Gold schimmerten die steinernen Fragmente in der aufgehenden Sonne. Zu seiner Linken konnte man einen steinigen, schmalen Weg erkennen, der ins Tal führte, doch dieses lag unter einer dichten Nebelwand verborgen.

Gonzo sah ihn auffordernd an, er wartete offenbar darauf, dass Christof einen Stock zum Apportieren warf, doch dieser beobachtete in Gedanken versunken den Weinberg, der gegenüber lag. Langsam wurden die Nebelfetzen von der Herbstsonne vertrieben und gaben den Blick auf die abgeernteten Weinstöcke frei, die sich seit Jahrhunderten an diesen Berghang schmiegten.

Christof beobachtete das Schauspiel eine Weile und wartete darauf, dass die Spitze eines Kirchturms die weiße Schicht durchstieß, während er erneut über die Ereignisse der letzten Tage nachdachte. Die Geschichte wurde mit jedem neuen Puzzleteil undurchsichtiger.

Gonzo legte seinen pelzigen Kopf in Christofs Schoß und sah ihn mit seinen großen, braunen Augen an.

»Willst du nach Hause?«

Gonzo wedelte mit dem Schwanz.

»Du hast recht, ich habe genug gegrübelt für heute. Ich habe mit der ganzen Geschichte nichts mehr am Hut. Sobald der Fall endlich aufgeklärt ist, starte ich mit meiner Kochschule, vorher muss ich jedoch die Scheune leerräumen und das Kochstudio erst einmal bauen.«

Kapitel 32

Christof griff nach seiner Stofftasche mit den Maroni, legte Gonzo an die Leine und marschierte wieder los. Es wurde langsam Zeit, Alphonse hatte ihm eine Nachricht geschickt. Er wartete bestimmt schon auf ihn, da sie die Pläne für die Küche besprechen wollten.

Plötzlich blieb Gonzo stehen, reckte die Schnauze in den Wind und schnupperte. Danach zog der Hund heftig an der Leine und wollte unbedingt durch das Unterholz in den Wald hinein.

»Hey mein Freund, das ist der falsche Weg. Wir haben für heute genug gespielt.«

Der Hund gab nicht nach, aufgeregt mit dem Schwanz wedelnd blieb er am Waldrand stehen und kläffte und zerrte so lange an der Leine, bis Christof schließlich nachgab und ihm folgte.

»Was hast du gewittert? Ein verletztes Wild oder einen verendeten Fuchs?«

Gonzo zog immer stärker, sodass Christof irgendwann das Gleichgewicht verlor und der Länge nach auf den Boden schlug. Dabei ließ er die Leine los.

»Gonzo - bei Fuß!«, schrie er vergeblich. Der Hund lief unbeirrt auf eine Lichtung zu. Christof rappelte sich auf, klopfte sich das Laub von der Hose und wischte sich die Hände ab.

»Es ist zu kalt für ein Schläfchen. Komm Gonzo, mach Sitz.«

Überrascht sah Christof, dass der Hund tatsächlich stehen blieb und sich nicht mehr rührte. Als er endlich bei ihm ankam, ergriff er hastig die Leine. »Komm jetzt, wir haben genug getobt. Morgen gehen wir wieder raus.«

Gonzo antwortete ihm mit einem andauernden Bellen. Das Kläffen irritierte Christof, das war gar nicht Gonzos Art. Er sah sich um, um zu sehen, ob irgendwo ein Wild am Waldrand stand, als er etwas Dunkles auf der Lichtung liegen sah.

»Ist es das, was dich so aufregt?«

Gonzo schien ihm zuzustimmen, indem er kurz mit dem Schwanz wedelte.

»In Ordnung, ich sehe mir das mal an. Scheint ein totes Tier zu sein.«

Christof nahm sein Smartphone in die Hand, um den Jäger informieren zu können, falls das Wild noch lebte. Zu seiner Überraschung hörte er jetzt in der Ferne ein Smartphone läuten. War das nicht ein Jagdhorn-Klingelton? Es hörte sich so an, als stünde der Jäger direkt hinter ihm.

Er trat näher an das unförmige, schwarze Ding heran, und das Klingeln wurde lauter. Als beim Jäger die Mailbox das Gespräch annahm, verstummte es abrupt. Christof betrachtete seinen Fund neugierig. Es sah seltsam aus, eher wie ein zusammengeknüllter Ledermantel oder eine schwarze Plane, als wie ein Stück Wild dachte er, bis er schließlich nahe genug war, um erkennen zu können, um was es sich wirklich handelte. Übelkeit stieg in ihm auf, als er sah, was er da gefunden hatte.

»Cacahuète, merde alors! Nicht schon wieder! Da liegt eine Leiche!«, fluchte er, während er die Notrufnummer wählte. Nachdem er dem Mann am anderen Ende der Leitung die Situation und seinen Standort so gut wie möglich beschrieben hatte, kniete er sich neben den leblosen Körper. Beim genaueren Hinsehen erkannte er, dass es der Jäger war.

»Cacahuète, quelle merde, c'est pas possible! Was ist hier nur passiert?«

Vor sich, am Rande der Lichtung, keine zwei Schritte von dem Toten entfernt, lagen mehrere morsche, zerbrochene Bretter. Über sich entdeckte er die Überreste eines alten Hochstandes.

War der Jäger dort oben gewesen? Wenn er so betrunken gewesen war, wie während der letzten Tage, war es kein Wunder, dass er hinuntergestürzt war.

Christof rappelte sich hoch, klopfte sich das Laub von der Hose und fotografierte vorsorglich den Fundort. Er hatte dem Mann in der Notrufzentrale versprochen, dass er am Wegesrand auf die Einsatzkräfte warten würde, darum marschierte er wieder zurück zum Wanderweg.

Vom Dorf her erklang jetzt das Martinshorn, die Einsatzkräfte waren also auf dem Weg.

Er musste sich beeilen, um zum vereinbarten Treffpunkt zu gelangen. Die ganze Sache wurde immer unheimlicher. Das war schon der zweite Tote innerhalb einer Woche, direkt vor seinen Füßen. Das ging doch nicht mit rechten Dingen zu! Gonzo, der sich inzwischen wieder beruhigt hatte, stand am Wegesrand und wartete unruhig. Christof hatte das Gefühl, dass auch er diesen Ort so schnell wie möglich wieder verlassen wollte.

Als er aus dem Unterholz hervortrat, sah er zwei junge Polizisten, die außer Atem den steilen Pfad hinaufmarschierten.

»Bonjour, Sie sind Herr Weinkeiler?«

»Ja, der bin ich. Ich habe den Notruf gewählt, weil ich im Wald einen Toten gefunden habe.«

Atemlos blieben die Männer bei Christof stehen und sahen in den dunklen Wald hinein.

»Ich kann gar nichts erkennen, wie konnten Sie da drinnen jemanden finden?«

»Mein Hund Gonzo hatte etwas gewittert und mich daraufhin in den Wald gezerrt.«

»Dann haben nicht Sie die Entdeckung gemacht, sondern Ihr Hund?«

»Oui, das sagte ich doch gerade.«

»Herr Weinkeiler, Sie haben behauptet, Sie hätten die Leiche gefunden.«

»Wollen Sie jetzt weiter mit mir diskutieren, oder soll ich Sie zum Fundort führen? Ich habe nämlich Besseres zu tun, als mir hier die Beine in den Bauch zu stehen.«

»Sie werden hier auf uns warten und uns erst einmal einige Fragen beantworten, sobald wir die Stelle abgesichert haben. Es scheint nämlich so zu sein, als ob Sie in letzter Zeit häufiger über Tote stolpern.«

»Was wollen Sie damit andeuten? Wenn Sie meine Meinung wissen wollen, ist der Kerl stockbesoffen vom Hochstand gestürzt. Schon die Schnapsfahne, die den Toten umgibt, erweckt selbige wieder zum Leben.«

»Wollen Sie gerade etwa witzig sein? Das Lachen wird Ihnen noch vergehen. Ich soll Ihnen einen schönen Gruß von Commissaire Léon ausrichten. Er erwartet

Sie in seinem Büro, den Weg dorthin kennen Sie ja inzwischen schon.«

»Ich zeige Ihnen den Fundort, danach überlasse ich diesen Fall ganz Ihnen.«

Schweigend ging Christof in den Wald hinein, bis er merkte, dass ihm niemand folgte.

»Wollen Sie nicht wissen, wo es zur Lichtung geht?«

Die beiden Polizisten diskutierten noch darüber, wer von ihnen sich durch das Unterholz quälen sollte, als plötzlich mehrere Feuerwehr-Sanitäter mit einem Notarzt auf die Polizisten zueilten. Christof winkte die Männer zu sich.

»Ich bin hier, es sind keine achthundert Meter bis zu der Lichtung. Kommen Sie?«

Endlich setzten sich einer der Polizisten und die Sanitäter in Bewegung, allerdings hatten sie mit ihrer Trage ordentlich zu kämpfen, da das Unterholz sehr dicht war.

»Nur noch wenige Schritte. Sie können die Lichtung bereits sehen. Ich muss mir das allerdings nicht noch einmal antun. Darf ich jetzt gehen?«

Der Polizist schüttelte den Kopf. »Bitte gehen Sie mit uns bis zum Fundort. Dort beschreiben Sie mir bitte, wie Sie den Mann vorfanden und ob Sie etwas verändert haben. Danach können Sie gehen, aber nicht vergessen, Commissaire de Police Léon Moreau wartet auf Sie. Wenn Sie nicht freiwillig dort erscheinen, wird er Sie abholen lassen, soll ich Ihnen ausrichten.«

Im grellen Schein der Taschenlampe des Polizisten konnte Christof jetzt etwas Braunes in der kalten, steifen Hand des Jägers erkennen. Wenn er sich nicht täuschte, war das die Schnupftabakdose aus Ebenholz, die dieser seit wenigen Tagen immer bei sich trug, ohne sie zu verwenden.

»Monsieur, können Sie mir mal leuchten? Ich glaube, ich weiß, woran er gestorben ist. Das war wohl eine Gletscherprise zu viel. Sehen Sie die Tabakdose in seiner Hand? Meiner Meinung nach ist er einem Herzinfarkt erlegen, so wie er sich die Hand mit der Schnupftabakdose gegen die Brust presst. Dabei hat er wahrscheinlich das Gleichgewicht verloren, ist vom Hochstand gestürzt und hat sich sein Genick gebrochen. Zumindest wirkt es für mich so, wenn ich mir den seltsamen Winkel ansehe, in dem sein Kopf auf seinen Schultern ruht«, erläuterte Christof.

Der Polizist blickte ihn irritiert an. »Sind Sie neuerdings auch noch Leichenbeschauer? Commissaire Léon hat mich vorgewarnt. Sie sollten Ihre skurrilen Theorien lieber für sich behalten, bevor Sie sich hier vor Zeugen um Kopf und Kragen reden.«

»Sie glauben, dass meine Fantasie mit mir durchgeht? Sie werden schon sehen, ich behalte recht!«

Christof machte sich nun auf den Rückweg. Während der Fahrt dachte er noch einmal über den Beinahe-Unfall von heute Morgen nach. Der Bauer war der Meinung gewesen, dass es eine Frau gewesen war, die ihn von der Straße gedrängt hatte.

War es wirklich der Porsche gewesen, den der Jäger gewonnen hatte? Er konnte sich nicht daran erinnern, dass an der Tür das Logo des Verlages geprangt hatte.

So, wie er es vermutet hatte, stand der Lieferwagen von Alphonse auf seinem Hof, doch von ihm selbst war nichts zu sehen.

»Alphonse, wo steckst du?«

»Ich bin hinten im Garten, ich komme in zwei Minuten zu dir.«

Alphonse schlich jetzt durch das Tor, wie ein geprügelter Hund.

»Ich habe ein megaschlechtes Gewissen.«

»Wegen gestern Abend? Vergiss das ganz schnell wieder.«

»Das auch, ja, aber ... wie soll ich es dir nur sagen? Ich habe momentan ein ganz anderes Problem. Meine Celestine ...«

Christof unterbrach ihn und fragte: »Was sagt dein Hausdrache? Hat sie etwas dagegen, dass du für mich arbeitest?«

»Pass auf, was du sagst, du redest da immerhin gerade von meiner Frau! Aber ja, du hast recht. Sie will nicht, dass ich für einen Mörder arbeite.«

Jetzt war es um Christofs Beherrschung endgültig geschehen.

»Sag mal, spinnst du? Wie kommen auf einmal alle auf die Idee, dass ich ein Mörder bin? Wenn du das tatsächlich glaubst, verschwinde tout de suite von meinem Hof! Den Auftrag kannst du vergessen. Da hole ich mir lieber einen anderen Elektro-Pfuscher aus Straßburg. Auf Freunde, die so etwas von mir denken, kann ich getrost verzichten!«

Alphonse sah ihn verdattert an. »Christof, das hat nichts mit unserer Freundschaft zu tun. Ich weiß natürlich, dass du mit dem Unglück nichts zu tun hast, aber Celestine, war beim Boulanger und hat dort so einiges gehört. Sie will nicht, dass ich für dich arbeite, weil sie der Meinung ist, dass das meinem Ruf schadet.

Du kennst sie ja. Es geht dabei auch um die laufende Untersuchung wegen der Adoption.«

Christof drehte sich um und sah Alphonse aufgebracht an. »Wer ist eigentlich der Chef von deinem Laden? Du oder deine Celestine?«

Kapitel 33

Zwei Stunden später saß Christof erneut bei Léon im Büro.

»Salut, ça va? Ist das Ihr neues Hobby, sammeln Sie neuerdings Leichen?«

»Sehr witzig, Léon. Ich lache später. Mir ist das Lachen ehrlich gesagt vergangen. Zwei Tote in einer Woche, das ist starker Tobak.«

»Das sollte kein Witz sein, das meinte ich todernst. Soweit wir bisher wissen, war der Jäger, den Sie gefunden haben, sturzbesoffen. Der Pathologe sagte, dass er noch gut und gern sieben Promille Alkohol im Blut hatte, daher ist es wahrscheinlich genauso abgelaufen, wie Sie es vermutet haben. Er starb an einem gebrochenen Genick in Folge eines Sturzes.«

»Das dachte ich mir schon, so wie der Hochstand aussah, ist das die einzig logische Erklärung.«

»Ich weise Sie darauf hin, dass unser Gespräch ab sofort dienstlich ist.«

»Ach so, bis jetzt war das also nur ein freundlicher Kaffeeklatsch?«

Commissaire Léon griff nach einigen vorbereiteten Unterlagen.

»Was mache ich dann hier?«

»Sie beantworten einige Fragen.«

»Die da wären?«

»Wann haben Sie den Jäger zuletzt gesehen?«

»Ich glaube, am Nachmittag des 25.«

»Was haben Sie im Wald von Ribeauvillé gewollt?«

»Ich habe dort Kastanien gesammelt. Man hatte mir den Wald diesbezüglich empfohlen.«

»Wann denken Sie, ist das Unglück passiert, bei dem der Jäger ums Leben kam?«

»Das muss bereits in der Nacht geschehen sein, als keine Wanderer mehr unterwegs waren. Irgendjemand hätte es doch sonst gehört, dass das Holzgerüst zusammengebrochen ist.«

»Soweit wir feststellen konnten, verstarb der Jäger bereits vor mehr als vierundzwanzig Stunden. Seine Schnupftabakdose war leer, doch seine Nebenhöhlen waren sauber. Laut dem Pathologen hatte er seit mindestens zwölf Stunden keine Prise mehr geschnupft.«

»Das bedeutet, er ging von mir weg, um die Wildfütterung zu kontrollieren und verstarb?«

»Der Jäger war vor seinem Ableben also als Letztes bei Ihnen? Verstehen Sie jetzt, warum Sie mir immer als Verdächtiger ins Auge stechen?«

Christof verstand ehrlich gesagt gar nichts mehr. »Werde ich von dir jetzt etwa auch noch verdächtigt, den Jäger ermordet zu haben? Sagtest du nicht gerade eben, der Jäger starb an den Folgen einer Verkettung unglücklicher Umstände?«

»Der marode Hochstand war seinem Gewicht und seinem Promille-Spiegel nicht gewachsen, das Ganze war offenbar ein tragischer Unfall. Eigentlich habe ich Sie anrufen und Ihnen sagen wollen, dass Ihr Besuch nicht nötig ist ... bis mir der Pathologe mitgeteilt hat, dass das Opfer zum Zeitpunkt seines Todes etwas in der Hand gehalten haben musste. Wir haben die gesamte Lichtung abgesucht, aber nichts gefunden. Können Sie mir dazu vielleicht etwas sagen?«

Christofs Herz machte unwillkürlich einen Satz und sein Puls beschleunigte sich.

»Ich habe nichts gesehen, außer seiner Schnupftabakdose, die er in seiner kalten Hand gehalten hat. Nachdem mir klar geworden ist, dass es sich nicht um ein verendetes Wild handelte, sondern um einen Menschen, habe ich sofort den Notruf angerufen. Als Nächstes habe ich mich auf den Weg zum Waldrand gemacht, um dort auf die Einsatzkräfte zu warten, wie es mir angeordnet wurde.«

»Das will ich Ihnen mal glauben. Möchten Sie einen Kaffee? Wir haben gerade frischen aufgebrüht.«

»Nein, ich möchte jetzt nur nach Hause und mir überlegen, ob ich hier weiter wohnen bleibe. Mir ist das alles eindeutig zu morbide.«

»Das kann ich verstehen. Der Jäger hatte übrigens auch seltsame, getrocknete Kräuter bei sich. Wir haben Rückstände davon in seinem Bart gefunden. Sein Schnupftabak und auch die Kräuter befinden sich zur toxikologischen Untersuchung in Straßburg. Bleiben Sie in nächster Zeit erreichbar, falls wir noch Fragen an Sie haben. Es wäre außerdem besser, wenn Sie dieses Mal nicht direkt wieder zu Mathieu rennen, der kann Ihnen auch nicht mehr weiterhelfen.«

»Schon wieder? Vielleicht könntest du zur Abwechslung ja mal einen anderen verdächtigen?«

»Es ist leider keiner so verdächtig wie Sie!«

»Léon, hast du eigentlich mal den Stall des Jägers untersucht?«

»Sie meinen die kleine Kaninchenfarm, die er im Verborgenen betrieben hat?«

»Genau die. Er züchtete nicht nur Kaninchen, sondern auch Feldhasen. Diese Hasen solltest du dir genauer ansehen.«

»Ich kenne sie sehr gut, da ich mir jedes Jahr am 3.November so einen schönen, fetten Hasen für meinen Geburtstag hole.«

»Ach, du bist ein Hubertus?«

»Was ist ein Hubertus?«

»Der 03.November ist der Tag des Schutzheiligen der Jagd, der Hubertus heißt. Zurück zum Hasenbraten. Hast du die Spurensicherung schon mal dort hingeschickt?«

»Was sollten die dort finden, außer Hasenköttel und Heu?«

»Mir ist gerade eine alte Geschichte eingefallen, die mir mein Großvater erzählt hat.«

»Märchenstunde ist erst nach Mitternacht, ich habe heute noch was zu tun. Wenn Sie mir unbedingt etwas erzählen wollen, dann bitte nur über diesen Fall. Ansonsten sehen wir uns bald wieder.«

»Adi!«

Christof fuhr nach Hause und kochte sich zuallererst einen Kaffee. Er ging in sein Wohnzimmer, sah aus dem Fenster, und stellte fest, dass es inzwischen in Strömen regnete. Selbst Gonzo hatte, nachdem er die Schnauze kurz durch die Tür gesteckt hatte, beleidigt den Schwanz eingezogen und sich auf seinen Platz unter der Eckbank in der Küche verzogen.

Bei diesem Wetter jagt man keinen Hund vor die Tür, höchstens dreißig Reporter.

Es war unglaublich ... in der schmalen Straße, die zu Christofs Haus führte, standen sieben große Ü-Wagen

... vom Lokalsender angefangen bis hin zu France 3, einem der großen, frankeichweiten Sender. Kaum hatte er die Gardine ein Stück zur Seite gezogen, brach draußen ein Blitzlicht-Gewitter los, das jedem B-Promi zur Ehre gereicht hätte. Kopfschüttelnd wandte er sich vom Fenster ab und betrachtete noch einmal die Schlagzeile in der DNA, der lokalen Zeitung mit dem wohlklingenden Namen Dernier nouvelles d'Alsace.

Giftmord in Nordhouse!
Unbekannter bei Probeessen vergiftet.
Am vergangenen Freitagabend wurde in der Gemeinde Nordhouse, Department Bas-Rhin, ein Durchreisender Opfer einer Gewalttat. Er verstarb noch am Ort des Geschehens, unweit der Caserne de Pompiers.
Wie unser Reporter aus sicherer Quelle erfahren hat, hat es sich bei der Tat um einen hintertückischen Giftmord gehandelt, ausgeführt mithilfe einer, hier wild wachsenden Pflanze namens Digitalis Purpurea, besser bekannt als der purpurne Fingerhut oder im Volksmund auch Schwulstkraut genannt.
Das Gift dieser Pflanze, das in der Medizin bei akuten Herzproblemen Verwendung findet, ist bei einer Überdosierung tödlich und sehr schwer bis gar nicht nachweisbar, da die Symptome dem eines Myokardinfarktes gleichen. Nur anhand von Überresten der Blätter und Blüten im Magen des Opfers kann man diese Vergiftung nachweisen, wobei diese allerdings meist Stunden vor dem Eintreten des Todes erbrochen werden.
Wir berichten weiter für Sie. Immer aktuell in unserer Online-Ausgabe.
En. Te.

So ein Schmierfink. Das ist einfach unglaublich. Er zerknüllte die Zeitung und versuchte, seinen Ärger zu zügeln.

Er nahm seinen Kaffee und ging damit in sein Büro. Dort war es angenehm ruhig, da der Tumult der Straße nicht bis in den hintersten Winkel des Hauses drang. Grau und trüb war der Ausblick auf seinen Garten. Die kahlen Bäume ragten trist in den Himmel hinauf und der Wind peitschte die nassen Blätter durch die Luft. Er würde jetzt ein Statement in seinem Blog veröffentlichen, da die Zeitung ja schon kräftig Werbung für ihn machte. Er musste unbedingt etwas zu seiner Ablenkung tun. Das leise Surren des Rechners half ihm, sich zu entspannen, seine Gedanken zu sammeln und sich auf den Blog zu fokussieren. Vielleicht sollte er, in dieser Zeit kurz vor Halloween, ein Rezept für eine herzhafte Kürbissuppe posten. Nachdem sich dieser Brauch mit den geschnitzten Monsterköpfen auch hier mehr und mehr etablierte, könnte man vielleicht ein paar kulinarische Tipps veröffentlichen, was man mit den Resten Leckeres kochen konnte. Er begann gerade damit, die Zutaten zu notieren, als er plötzlich bemerkte, dass sich das Geräusch des Lüfters an seinem Laptop verändert hatte. Aus dem gleichmäßigen Summen war ein penetrantes, hochfrequentes Surren geworden. Er griff hinter den Computer, um die Temperatur der Abluft zu kontrollieren, und seufzte erleichtert, als sich diese normal anfühlte. Das Geräusch wurde allerdings immer lauter, aufdringlicher und nervenzerfetzender.

Aus dem Augenwinkel sah er auf einmal etwas Schwarzes vor seinem Fenster. Im ersten Augenblick dachte er, dass ein Rabe durch seinen Garten flog, bis er die rote LED an der Kamera entdeckte. Nun wusste er, was der Urheber des Lärms war ... er wurde mithilfe einer Drohne ausspioniert! Im ersten Augenblick wollte er das Teil mit seinem Luftgewehr abschießen, aber er besann sich eines Besseren. Er stellte sein Smartphone in die Ladehalterung und startete ebenfalls die Kamera. Er kontrollierte kurz das Display und stellte zufrieden fest, dass die Drohne gut erkennbar war. Er konnte sogar das Logo des Lokalsenders darauf erkennen, das sollte genügen. Das Exemplar von Frau Ungers Kräuterbuch lag auf seinem Schreibtisch. Er nahm es zur Hand, ging damit ans Fenster und schlug die Seite über den Fingerhut auf. Bewusst provokativ tat er so, als würde er diese ausführlich studieren. Anschließend drehte er das Buch um und präsentierte ihnen das Foto, auf dem auch der Jäger zu sehen war. Es dauerte nur wenige Sekunden, bis der Beobachter begriff, dass er entdeckt worden war und kurz darauf drehte die Drohne ab. Diesen Schnappschuss konnte sich allerdings kein Reporter entgehen lassen. Christof hingegen hatte erreicht, was er wollte. Er besaß nun selbst einen Beweis und konnte ein Video präsentieren, auf dem er den Spion bloßstellte. Dieses Material war für einen Reporter bestimmt ebenfalls Gold wert.

Je weiter der Nachmittag voranschritt, umso mehr lichtete sich das Chaos vor Christofs Tür. Die Reporter waren es anscheinend leid, im Regen zu stehen und auf ihn zu warten.

Kapitel 34

Christof wartete, bis die Reporter verschwunden waren und der Regen nachließ. Er sah auf die Uhr, nur noch wenige Minuten, bis der Boulanger seinen Laden schloss. Er ging schnell zu Fuß zu ihm, trat ein und wartete, bis der Mann aus der Backstube kam.

»Gaston, hast du heute Abend Zeit? Ich möchte ein anderes Rezept für mein Eichelbrot ausprobieren. Das, was ich bisher zubereitet habe, ist ein sehr schweres Brot.« Gaston überlegte kurz. »Welche Zutaten benutzt du?«

»Eichelmehl, Hefe, Wasser, Salz und eine Prise Zucker.«

»Sobald ich den Laden zugemacht habe, komm einfach vorbei, und bring deine Eicheln mit. Wir versuchen mal was anderes, in Ordnung? Dein Rezept ist nicht schlecht, da es absolut Weizen- und somit Glutenfrei ist, man müsste aber auch ein Mischbrot mit Sauerteig backen können. Ich überlege mir was. Komm in ungefähr einer Stunde wieder, dann habe ich geschlossen und für morgen alles vorbereitet.«

Christof ging und machte sich eine Stunde später zu Fuß auf den kurzen Weg zu Gastons Backstube. Er genoss den Geruch der frischen Hefe, das säuerliche Aroma des Roggenteiges und den Duft nach frisch gebackenem Brot. Schon damals als Koch hatte er es geliebt, für spezielle Anlässe Kräuterbaguettes und kleines Laugengebäck zu backen. Als er jetzt in der alten Backstube stand, staunte er nicht schlecht. Er hatte eine moderne, mit Edelstahl und weißen Fliesen ausgestattete Küche erwartet und keinen antiken Ausstellungsraum.

Auf hölzernen Regalen lag überall Mehlstaub, der gelb geflieste Boden war uralt und abgetreten, und nur die Bottiche der Knetmaschine stachen silbern schimmernd und poliert aus dem Ganzen hervor. »Ist das ein Museum?«

»Hallo Christof, nein, das ist meine Versuchs-Backstube, für den privaten Gebrauch. Hier entwickele ich meine verschiedenen Brotrezepte. Ich habe eine Idee für dein Eichelbrot. Wir nehmen zusätzlich Roggenmehl, Sauerteig und Brotgewürze, lassen den Teig vierundzwanzig Stunden reifen und schauen, was daraus wird. Du hast Glück, dass ich sowieso gerade herumexperimentiere, dadurch habe ich vor zwei Wochen einen Sauerteig angesetzt, der müsste nun reif sein. Glaubst du, dass die Einheimischen dieses deutsche Brot auch mögen werden?«

Christof fragte sich verwundert, warum sie das Brot nicht mögen sollten. Doch da fiel ihm ein, dass es in Frankreich so gut wie kein Roggenbrot gab. Wenn er sich recht erinnerte, hatte er bei keinem Bäcker hier Grau- oder Schwarzbrot entdeckt.

Christof gab die Eicheln in die Mühle, während Gaston das Roggenmehl und den Sauerteig abwog und in einer Rührschüssel vermengte. Der Versuchsteig war schnell vorbereitet, mehr konnten sie heute nicht machen. Gaston räumte seine Backsachen weg, wusch sich die Hände und deutete auf einen Tisch mit einer Eckbank. »Nimm Platz, ich habe was zum Probieren für dich.«

Gaston kam kurz darauf mit einem großen Holzbrett zurück, auf dem mehrere Halbpfünder in verschiedenen Formen und ein großes Stück Butter lagen. »Da ich weiß, dass du ursprünglich aus Tirol kommst und ihr dort immer dunkles Brot esst, hoffe ich, dass du mir sagen kannst, welches dieser Brote geschmacklich ähnlich ist.«

Christof betrachtete die knusprig gebackenen Laibe vor sich, griff nach dem Brotmesser und schnitt das dunkelste von ihnen an. Er nahm das typische Aroma von Sauerteig, eine Mischung aus Kümmel, Anis, Fenchel und Koriander wahr und betrachtete die Scheibe, bevor er sie mit Butter bestrich und herzhaft zubiss. »Das Brot ist hervorragend. Der Teig ist gleichmäßig feinporig aufgegangen und die Gewürze sind sehr harmonisch, für meinen Geschmack hast du nur zu viel Salz verwendet.«

Gaston machte sich nun Notizen zu den einzelnen Broten, die Christof verkostete.

Nachdem er die sieben verschiedenen Sorten probiert hatte, griff er noch einmal zu dem ersten Laib. »Dieses hier ist dir am besten gelungen. Die anderen sind noch nicht ganz rund, da fehlt irgendetwas.«

»Vielleicht Purpurner Fingerhut? Das ist doch die Zutat, die deiner Vorspeise den besonderen Pfiff verliehen hat, oder?«

»Cacahuète, musst du damit anfangen? Hat es dir nicht genügt, dass ich heute Morgen in deiner Bäckerei beinahe gelyncht wurde?«

Gaston grinste und klopfte ihm auf die Schulter.

»Entschuldige, aber du wirst ja wohl noch ein bisschen Spaß verstehen, oder nicht?«

»Das ist kein Spaß. Ich muss jetzt gehen.«

»Bevor du verschwindest, noch ein freundschaftlicher Rat. Mich geht es ja eigentlich nichts an, aber wenn du meiner Großcousine Stephanie wehtust, musst du dich anschließend gut verstecken. Ich wünsche dir viel Spaß heute Abend.«

Christof schnitt den Laib Brot in der Mitte durch. »Die Hälfte nehme ich mit, das passt ideal zu meiner Pastete heute Abend. Adi!«

Gaston sah ihm hinterher, überprüfte noch einmal den Teig und verschwand anschließend in seiner Wohnung.

Christof ging zurück und versuchte dabei, den seltsamen Blicken seiner Nachbarn auszuweichen. Immer wieder musterten ihn die Leute argwöhnisch und tuschelten hinter vorgehaltener Hand.

Am liebsten hätte er ihnen allen zugeschrien, dass er mit dem Tod von Josef Kaack nichts zu tun hatte, doch das würde seine Lage wahrscheinlich nur verschlimmern.

So langsam habe ich echt genug von diesen andauernden Verdächtigungen. Vor allem mein angeblicher Freund Léon, macht mich vollkommen krank! Kann der sich nicht mal auf seine Ermittlungen konzentrieren? Es kann doch nicht sein, dass ich der einzige Verdächtige bin.

Wütend stapfte er weiter. *Ich glaube, ich sage für heute Abend ab. So langsam geht mir das alles an die Substanz.*

Als er in seine Straße einbog, sah er Léons Wagen vor seiner Tür stehen. *Nicht schon wieder.*

Léon hatte ihn bereits gesehen und kam ihm entgegen.

»Hallo Christof, da sind Sie ja. Ich wollte gerade wieder fahren. Schön, dass ich Sie erwische, haben Sie Zeit?«

»Was, wenn ich Nein sage?«

»Dann muss ich meinen Roten wohl woanders trinken.«

Wenig später saßen sie in Christofs Küche und unterhielten sich bei einem kleinen Imbiss über die Wildschweinplage im Elsas. Léons Smartphone lag auf dem Tresen, und das Vibrieren unterbrach sie.

»Diese dauernde Erreichbarkeit! Man sollte den Erfinder des Mobiltelefons mit seiner eigenen Erfindung steinigen«, murmelte Commissaire Léon, der noch immer an seinem Stück Brot kaute. »Ihr neues Brotrezept ist ganz nach meinem Geschmack, schön würzig, passt gut zum Käse.«

Inzwischen hatte Léon nachgesehen, wer ihn hatte erreichen wollen. Es war eine E-Mail aus Paris, von der Forensik. Abteilung für digitale Beweise.

»Möchtest du noch ein Glas vom Roten?«

Doch Christof erhielt keine Antwort. Léon war sichtlich in das Lesen der E-Mail vertieft. Plötzlich erklang eine, ihm wohlbekannte Stimme.

»Zusammenfassung der Recherchen bezüglich des Wildschwein-Komplotts. Treffen mit Jacques Barth am 24.10. um fünf Uhr morgens. Wir trafen uns, um Schwarzkittel zu beobachten und bei der Jagd zuzusehen.«

Christof stand plötzlich der kalte Schweiß auf der Stirn. Hatte er sich nur verhört, oder war das tatsächlich die Stimme des verstorbenen Josef Kaack gewesen? Er lauschte weiter der Aufnahme, die Léon gerade abspielte.

»Das, mir angebotene Frühstückssandwich, eine ungenießbare Mischung aus vergammeltem Käse und schmierigem Schinken könnte man schon beinahe als Mordversuch bezeichnen. Angeblich hatte der Jäger die falsche Kühltruhe mit hochgenommen, darum musste ich, wenn ich nicht das Futter für die Schwarzkittel essen wollte, noch einmal hinuntersteigen. Dabei wurde ich von einer Rotte Wildschweinen überrascht und eine verirrte Kugel streifte mich am Ohr.

Angeblich hat mich der Jäger danach in seinen Jeep verfrachtet, mich zu sich nach Hause gebracht und mich dort verarztet. Er konnte ja schlecht einen Arzt rufen, da er, soweit ich bislang herausgefunden habe, nur noch als Aufseher und Beobachter an der Jagd teilnehmen durfte, da ihm vor zwei Jahren der Waffenbesitz untersagt worden war.«

Léon stoppte die Wiedergabe und sah Christof aufmerksam an. »Wussten Sie, dass Josef sich mit dem heimischen Jäger getroffen hatte?«

»Ich bin ebenso überrascht, wie du es bist.«

»Mal schauen, was noch so alles in der Aufnahme steckt, das könnte endlich Licht in die Geschichte bringen.«

Christof goss Léon noch einen Schluck Wein ein.

»Teil zwei, Mitschnitt im Haus des Jägers. Nachdem ich wieder zu mir kam, gab es einen Aperitif. Dieses Gespräch folgte, als der Jäger mir das Mittagessen servierte:

»Ich wünsche einen guten Appetit.«

»Essen Sie nicht mit?«

»Ich esse mittags nie etwas. Ein Gläschen Wein genügt mir vollkommen.«

Ich betrachtete den Teller. »Das sieht mir gar nicht nach Leber aus. Ich habe gedacht, wir wollten den frischen Aufbruch genießen?«

»Ich dachte mir, dass Ihnen mein hausgemachter Elsässer Hasenpfeffer besser bekommen würde. Nach der unerfreulichen Begegnung mit unseren munteren Schwarzkitteln ist das bestimmt leichter zu verdauen.«

»Sie haben für mich extra Hasenpfeffer gekocht?«

»Nein, der ist eigentlich für heute Abend. Ich bekomme Besuch, darum habe ich gestern einen Topf voll gekocht.«

»Sie kochen im Voraus?«

»Aufgewärmt schmeckt dieses Gericht am besten, darum bereite ich es immer mindestens einen Tag vorher zu.«

»Dies ist das Ende des Interviews mit Jacques Barth. Das gesamte Gespräch nach dem Essen ist auf meinem Smartphone gespeichert. Ich werde mich zunächst mit dem Wildschwein-Komplott befassen und danach wird Christof endlich seine Abreibung bekommen. Die wird er sein Lebtag lang nicht vergessen.«

Léon machte sich eifrig Notizen und leerte dabei seinen Wein. Gonzo war aufgewacht, tapste zu Christof hinüber und legte ihm seinen Kopf auf den Schoß. Auch er hatte die Stimme offenbar erkannt, was er mit einem missmutigen Knurren kundtat.

Léon stellte sein Glas ab, wischte sich theatralisch den Mund an der Serviette sauber und legte sein Smartphone anschließend auf den Tresen. »Bevor ich jetzt die

Aufnahme-Funktion aktiviere, Herr Weinkeiler, überlegen Sie sich bitte, was Sie sagen möchten.«

Bevor Christof etwas erwidern konnte, startete Léon die App für Gesprächsmemos. »30.10.2019, 20:30 Uhr, Befragung von Christof Weinkeiler, in seiner Küche. Herr Weinkeiler, Sie haben bereits mehrfach ausgesagt, dass Sie den verstorbenen Josef Kaack am 24.10. zum ersten Mal gesehen haben. Wie können Sie sich erklären, dass selbiger Sie nicht nur kannte, sondern Ihnen sogar gedroht hat, wenn ich die Aufnahme auf seinem Diktiergerät richtig interpretiere?«

Christof schüttelte den Kopf. »Ich kann es nur immer wieder betonen, dass mir Josef Kaack damals vollkommen unbekannt war. Inzwischen weiß ich allerdings, dass wir zusammen unsere Ausbildung in München begonnen haben. Wieso er mir eine Abreibung verpassen wollte, entzieht sich meiner Kenntnis. Darf ich Sie nun bitten, mein Haus zu verlassen? Sollten Sie noch weitere Fragen an mich haben, schicken Sie mir bitte eine amtliche Vorladung. Ich komme dieser gern im Beisein meines Rechtsbeistandes nach. Auf Wiedersehen!«

Christof stand auf und begleitete Léon zur Haustür. »Wenn du irgendwann wieder normal bist, darfst du gern auf ein Gläschen vorbeischauen. Solange du mich allerdings des Mordes an einem Unbekannten verdächtigst und mich wie einen Fremden behandelst, ist hier ab sofort Sperrgebiet für dich. Kein Zutritt mehr ohne Durchsuchungsbefehl!«

»Christof, Sie haben es doch selbst gehört. Was soll ich Ihrer Meinung nach tun?«

»Den wahren Täter finden! Ich bin es nämlich nicht!«

Christof sah Léon hinterher und dachte über das soeben Gehörte nach.

Der Jäger schied als Täter aus, ein Jagdunfall wäre für ihn wesentlich leichter zu organisieren gewesen. Oder war es beabsichtigt gewesen, Christof in den ganzen Schlamassel hineinzuziehen? Wer hatte gewusst, dass Josef nach seiner Pirsch zu Christof gewollt hatte? Hatte er seine Route mit dem Jäger abgesprochen? Wohl eher nicht. Es wurde Zeit, dass Christof etwas unternahm, um seine Unschuld zu beweisen. Er rief Mathieu an, um gemeinsam mit ihm einen Plan zu entwickeln. Er musste dringend herausfinden, was sich am 24.10. tatsächlich im Wald abgespielt hatte.

Kapitel 35

Mathieu prostete Christof zu, nachdem dieser ihm von seiner Begegnung mit Léon erzählt hatte. »Ich verstehe gut, dass du auf Léon sauer bist, das wäre ich auch. Trotzdem versuche, seine Seite zu betrachten. Er findet eine Sprachnotiz, in der das Opfer sagt, dass es dir eine Abreibung verpassen will. Was würdest du an seiner Stelle denken?«

»Dasselbe, was er gedacht hat ... du hast ja recht. Mir geht das Ganze langsam trotzdem auf den Sack. Wir waren Freunde, und jetzt behandelt er mich wie irgendeinen Kriminellen. Ich habe mit dem Opfer nichts zu tun gehabt, außer dass ich ihn aufs Köstlichste bekochen wollte.«

»Vergisst du da nicht eine Kleinigkeit?«

»Léon wusste nichts von unserer gemeinsamen Vergangenheit. Hast du ihm davon erzählt, Mathieu?«

»Nein, von mir hat er nichts erfahren. Aber du musst zugeben, dass es schon ein seltsamer Zufall ist, dass dieser Mann auf deinem WC gestorben ist.«

Christof starrte in sein Glas. »Bis zu dieser ominösen Sprachnachricht war Léon äußerst nachlässig, was die Beweisaufnahme angeht. Keines unserer Gespräche wurde bislang aufgezeichnet, ich musste noch nicht einmal eine Aussage unterschreiben. Irgendetwas ist definitiv anders, die Spielregeln scheinen sich verändert zu haben.«

»Was hast du jetzt vor?«

»Ich muss den wahren Täter oder wenigstens den Beweis dafür finden, dass beide Opfer nicht wegen mir verstorben sind.«

Alphonse war mittlerweile zu ihnen gestoßen. »Habt ihr das von dem Jäger gehört?«

Christof stellte sich hinter seine Kücheninsel.

»Nein, was ist passiert?«, erkundigte er sich gespielt nichts ahnend.

»Der arme Hund ist vom Hochstand gestürzt und hat sich den Hals gebrochen. Sag bloß, du hast noch nichts davon gehört.«

Christof stellte ihm einen Picon hin.

Alphonse prostete den beiden zu. »Es hat so kommen müssen, so wie der in letzter Zeit drauf war. Ich habe ihm mehrmals gesagt, er soll die Finger von dieser Frankfurterin lassen, die war absolut nicht gut für ihn. Ich hatte immer das Gefühl, sie nutzt ihn nur aus.«

Christof sah überrascht zu Mathieu hinüber. »Alphonse, was für eine Frankfurterin?«

»Na die, die das komische Kräuterbuch geschrieben hat. Ich bin mir sicher, dass sie es war, die sich bei mir einquartiert hatte. Das war alles schon sehr seltsam. Ich hatte immer ein gutes Verhältnis mit Jacques. Wir waren schon als Jugendliche befreundet. Irgendwann im letzten Frühjahr wurde er auf einmal sehr verschlossen und abweisend, als er eines Abends überraschend zu Besuch kam und eine Fotografie von Susanne Unger bei mir gefunden hat. Ihr wisst ja, dass ich ein kleines Fotolabor im Keller habe. Er kam gerade zu Besuch, als ich einen Film für sie entwickelt habe. Der Jäger war sichtbar überrascht und nervös, als er das Foto von Frau Unger gesehen hat. Als ich ihn darauf angesprochen habe, wurde er beinahe schon aggressiv. Er behauptete, die Frau noch nie im Leben gesehen zu haben, aber auf dem Film, den ich gerade entwickelt hatte, befand sich ein Foto, auf dem er eindeutig hinter einem sehr schönen, purpurnen Fingerhut, im Schatten der Bäume posierte.«

Christof griff nach der Kräuterfibel. »Meinst du dieses Bild?«

»Ja, genau dieses. Lass mich weitererzählen. Der Jäger verließ mich damals fast fluchtartig, er hatte noch nicht einmal mehr Zeit für einen Aperitif, was sehr ungewöhnlich war.«

Langsam kristallisierte sich in Christof ein Bild und entwickelte sich zu einer ganzen Szenerie.

Alphonse hatte ihm erzählt, dass diese Susanne Unger sich für mehrere Wochen in seiner Gite einquartiert hatte, um hier auf Fotosafari zu gehen. Alphonse hatte beobachtet, wie der Jäger frühmorgens mehrmals heimlich mit ihr losgezogen und erst weit nach dem Dunkelwerden wieder zurückgekehrt war. Trotzdem hatte der Jäger weiterhin behauptet, die Frau nicht zu kennen, was äußerst ungewöhnlich war. Es war schließlich nichts dabei, wenn er sich in sie verliebt hatte ... außer er hätte etwas zu verbergen gehabt.

Mathieu rüttelte Christof an der Schulter. »Erde an Weinkeiler, ist jemand zu Hause?«

Christof streifte die Hand ab. »Lass mir fünf Minuten Zeit zum Nachdenken, in Ordnung?«

Er grübelte weiter. Im Flachmann von Josef waren Spuren von Valium entdeckt worden, was dafürsprach, dass ihn jemand hatte vergiften wollen. Außer Josefs Fingerabdrücken hatte die Polizei zwar noch andere

Abdrücke gefunden, diese waren aber leider zu stark verwischt gewesen. Es war also eine Person an dem Flachmann gewesen, um Valium hineinzugeben.

»Ihr habt den Jäger auf dem Foto im Wald an der Druidenmauer doch auch erkannt, oder?«

»Ja, aber was tut das zur Sache?«

»Er kannte Frau Unger also?«

Alphonse nickte. »Laut seiner Aussage kannten sie sich flüchtig. Sie hatte ihn angeblich im letzten Frühjahr engagiert, damit er Wildkräuter und Pflanzen im Elsass für sie fotografiert, zumindest hat er das einige Wochen später nach einem Gläschen zu viel ausgeplaudert.«

Christof betrachtete seine Notizen. »Ich denke, es war mehr als nur eine flüchtige Bekanntschaft.«

Mathieu schüttelte den Kopf. »Bist der Meinung, dass der Jäger und diese ominöse Frau Unger ein Tete a Tete hatten?«

»Für mich sieht es ganz danach aus. Warum sonst hätte Jacques vor Alphonse abstreiten sollen, dass er Susanne Unger kannte und mit ihr in den Wald ging. Außerdem ist der Jäger eines Tages mit einem gelben Porsche bei mir vorgefahren, den er angeblich bei einem Wettbewerb von Frau Ungers Verlag gewonnen hatte. Das alles klingt für mich reichlich komisch.«

Ein lautes Klopfen an der Tür unterbrach die Diskussion. Gaston war angekommen. »Mathieu, Alphonse – wir lassen das Thema für heute Abend lieber, ok?«

Die beiden nickten zustimmend.

»Hallo Gaston. Schön, dass du da bist, jetzt sind wir komplett und unser Pokerabend kann beginnen. Geht ihr schon mal hoch ins Herrenzimmer, ich hole uns noch was für Leib und Seele.«

Mathieu hatte die Karten gemischt und Gaston die Bank eröffnet, als er hochkam. »Small blind zehn Cent, Big blind ein Euro, wie immer?«

Alle nickten zustimmend und Mathieu teilte die Karten aus. »Diese Abende tun mir wirklich gut. In Paris war ich immer im Fitnessstudio, um auf andere Gedanken kommen zu können. Jetzt ist es unsere Poker-Runde einmal die Woche.«

Alphonse nickte zustimmend. »Heute ist der perfekte Abend, um einen guten Whiskey zu trinken und eine edle Zigarre zu paffen.«

»Ist deine Holde nicht da?«, erkundigte sich Gaston schmunzelnd.

»Du hast es erfasst. Heute früh ist ihr Flieger von Enzheim losgeflogen und in knapp vier Stunden wird sie bei ihren Eltern in Kanada landen, was zwei Wochen Ferien für mich bedeutet, auch wenn wir uns das nicht wirklich leisten können im Moment.«

Christof rieb sich die Hände. »Hast du dann Zeit für meine Kochschule? Ich schwöre, ich verrate dich auch nicht bei ihr.«

»Das lässt sich bestimmt einrichten. Lasst uns jetzt Karten spielen, ich muss erst mal runterkommen.«

Gaston klopfte mit der flachen Hand auf den Tisch. »Du hast mir aber zugesagt, dass du in meiner Backstube den Anschluss überprüfst. Ich kann es mir nicht leisten, dass mir genau in der Zeit, wo so viel Weihnachtskekse und Festtagsgebäck gekauft werden, der Ofen ausfällt.«

Christof legte die Karten auf den Tisch. »Sagt mal, sind wir hier zum Pokern oder zum Kaffeeklatsch? Seit wann diskutieren wir bei Whiskey und Zigarren unsere Alltagsprobleme?«

»Wir können auch über Mord und Totschlag reden, wenn dir das lieber ist.«

»Nein Mathieu, dieses Thema ist im Moment ein wenig überstrapaziert, findest du nicht?«

Mathieu nickte zustimmend. »Ich starte dann mal mit dem Small blind.«

Gaston betrachtete seine Karten. »Ich bin raus!«

Auch Alphonse legte sein Blatt nieder.

»Dann sind nur wir beide im Spiel, sehe ich das richtig?«

»Ich erhöhe um einen Euro.«

Christof schüttelte den Kopf. »Ich bin auch raus, das Blatt ist Mist.«

Nach wenigen Runden legten alle ihre Karten auf den Tisch. »Irgendwie ist heute doch kein guter Tag zum Kartenspielen. Keiner von uns ist wirklich bei der Sache, jeder hängt seinen eigenen Gedanken nach. Lasst uns für heute aufhören.«

Christofs Gäste nickten zustimmend und verabschiedeten sich der Reihe nach.

Er wartete, bis alle verschwunden waren und goss sich ein Glas Wein ein, da fiel ihm ein, dass er noch etwas zu erledigen hatte. Aber was sollte er seinen Lesern schreiben?

Er öffnete die Fenster, um zu lüften. Er paffte gern ab und zu eine Zigarre, den kalten Rauch am nächsten Tag, konnte er jedoch nicht ausstehen.

Durch das weit geöffnete Fenster betrachtete er den klaren Sternenhimmel. Das Unwetter hatte sich verzogen. Er genoss die kalte Herbstnacht und dachte an Stephanie.

Nach kurzer Zeit schweiften seine Gedanken ab und trugen ihn zurück in seine Jugend ... damals als er mit Josef zum ersten Mal in einer Restaurantküche gestanden hatte. Sie waren kurz in die grundlegenden Hygieneregeln eingewiesen worden und nach einer halbstündigen Führung durch die einzelnen Lager und Kühlhäuser hatten sie ihre ersten Messer ausgehändigt bekommen, ein Werbegeschenk eines großen Convenience-Food-Herstellers.

»Passt auf, die Messer sind extrem scharf!«

Nach dieser Ermahnung waren sie in die kalte Küche geschickt worden. Dort hatte für jeden von ihnen ein großer Sack Zwiebeln bereitgestanden.

»Schälen und in feine Julienne schneiden. Ihr habt vier Stunden Zeit dafür. Passt aber auf eure Finger auf, ich will später kein Blut auf den Zwiebeln sehen.«

Christof hatte plötzlich Tränen in den Augen.

Warum muss ich jetzt weinen? Wegen der Erinnerung an die zehn Kilo Zwiebeln oder an meine Jugend?

Er wischte sich das Gesicht ab und schloss das Fenster. Gonzo stand schwanzwedelnd neben ihm. »Musst du wirklich noch mal raus? Es ist eiskalt und ich bin müde.«

Gonzo legte den Kopf schief.

»Na gut, ich lass dich raus, aber du gehst allein!«

Kapitel 36

Christof saß vor seinem Computer und starrte auf den Bildschirm. Erneut war er in einen seltsamen Todesfall verwickelt. Würde er sich in diesem idyllischen Dorf je wieder richtig zu Hause fühlen?

Er nahm die Bibel zur Hand, die er auf dem Flohmarkt erstanden hatte, und schlug eine beliebige Seite auf. Zwischen den Blättern befand sich ein Zeitungsausschnitt mit zwei Artikeln. Christof überflog das alte Papier und musste unwillkürlich lächeln.

Regional – der Blog für bewusste Genießer 29.10.19
Das Volk knallt!
So lautet die Schlagzeile eines kurzen Zeitungsartikels, der mir heute in die Hände fiel. Es geht dabei um die Jagd im Elsass im Jahre 1965. Genauer gesagt, handelte es sich um einen kurzen Bericht im Spiegel, Ausgabe 46 / 1965. Darin stand Folgendes:
Getroffen wurden in dieser Jagdsaison 180.000 Fasane, 170.000 Hasen und 15.000 Menschen. Diese sind die Opfer eines französischen Nationalsports. Im Lande Charles de Gaulles gibt es mehr Jagdfreunde als Fußballfans. Während zu den Spielen der Ligue 1 an jedem Wochenende kaum 150.000 Zuschauer kommen, ziehen rund zwei Millionen Franzosen aus, um dem edlen Weidwerk nachzugehen.
Man beachte, dass beinahe fünf Prozent der Opfer Menschen sind, davon ungefähr siebzig Prozent

Kinder, die Pilze und Beeren suchen, während ihre Väter auf der Pirsch sind.
Die Jagd war stets ein gefährlicher Sport, aber man bekam seinen Jagdschein damals für einen Appel und ein Ei. Die Jagdscheine sind mit einem Preis von zweiunddreißig Mark je Saison extrem billig, verkündete der Artikel. Der Bewerber brauchte lediglich die Deckungskarte einer Haftpflichtversicherung vorzuweisen, bevor ihm die Behörden die Pirsch erlaubten.
Halali und Waidmannsheil

Er räumte auf und ging früh zu Bett.
Unruhig wälzte er sich hin und her. Immer wieder sah er Stephanies unergründlich tiefe Augen, die ihn sehnsüchtig ansahen, sobald er seine schloss.

Käse

Kapitel 37

Christof hatte schlecht geschlafen. Wirre Träume von Verhörzimmern, Gefängnisgittern und Anwaltsrechnungen hatten ihn in einem permanenten Dämmerzustand gehalten, bis sein Hund ihn schließlich ganz aufweckte. Verschlafen starrte er auf den Wecker. »8:30 Uhr? Es wird dringend Zeit aufzustehen.« Erschrocken fuhr er hoch. »Cacahuète! Ich habe tatsächlich verschlafen. Stephanie will heute doch zum Frühstück kommen«, fluchte er leise vor sich hin.

Er eilte ins Badezimmer, spritzte sich Wasser ins Gesicht, wusch sich schnell mit einem Waschlappen und zog sich hastig an.

Er schrieb ein paar Worte für Stephanie und heftete den Zettel draußen an die Tür. Danach lief er mit Gonzo los.

Dieser war heute zum Glück schnell fertig, sodass Christof wieder zu Hause war, bevor Stephanie erschien. Er hatte den Schlüssel noch gar nicht ins Schloss gesteckt, als sie plötzlich neben ihm stand.

»Salut Christof, ça va? Konntest du heute Nacht ein wenig besser schlafen?«

Er verneinte. »Mir geht die ganze Sache einfach nicht mehr aus dem Kopf und dazu kommt noch das Gerede im Dorf. Ich wurde gestern beim Bäcker hinter vorgehaltener Hand sogar als Giftmörder bezeichnet!«

Stephanie strich Christof über die unrasierte Wange. »Ich mag deinen Stoppelbart. Ich könnte dein Gesicht den ganzen Tag lang streicheln.«

Christof wurde verlegen. »Kannst du bitte ... ähm, was wollte ich jetzt machen?«

Sie lächelte ihn an. »Mir zeigen, was du unter einem schönen Frühstück für zwei verstehst.«

Er nickte zustimmend. »Ja, das war es. Ich werde mich sofort an den Herd stellen.«

Sie deckte den Tisch, während Christof Kaffee kochte und Eier Benedikt für sie zubereitete.

»Was willst du dagegen unternehmen, Christof? Denk immer daran, der Dorftratsch vergeht so schnell, wie Schnee im Mai.«

»Ich kann nichts dagegen machen, das ist mir klar. Hast du was dagegen, wenn wir uns heute mal mit etwas anderem beschäftigen? Zum Beispiel mit der Planung des Kochstudios?«

»Das ist eine gute Idee. Erzähl mir davon, das bringt dich bestimmt auf andere Gedanken.«

»Ich habe eher daran gedacht, dass wir gemeinsam die Scheune ausräumen könnten, damit Alphonse sich endlich um den Strom kümmern kann.«

»Ja klar, das können wir gern machen. Ich bin gespannt, was wir in dem alten Gerümpel alles finden.«

Nach einem ausgiebigen Frühstück standen sie inmitten der vollgestellten Scheune. Dieses Mal wählte er den einfacheren Weg direkt durch das alte Hoftor.

»Letztes Mal bin ich durch die Luke vom Haus eingestiegen, sodass ich direkt oben auf dem Heuboden rausgekommen bin. Das hat mir einen ganz guten Überblick verschafft. Dort, wo

jetzt die Leiter steht, kommen eine Treppe und ein Speiselift hin, da oben gekocht wird.«

Stephanie stieg die Leiter hoch und sah sich neugierig um. »Hier würde ich lieber das Degustationszimmer, einen Zigarrenraum und das Büro einrichten, die Kochinseln wären meiner Meinung nach unten viel praktischer. Wenn du im Sommer mal ein BBQ für Pärchen veranstalten möchtest, ist es ebenfalls einfacher und du ersparst dir außerdem, dass alle Leute ständig durch dein Büro oder das Studio latschen.«

Er dachte kurz darüber nach und ging in Gedanken noch einmal seinen Plan durch. Schließlich nickte er zustimmend.

»Das ist tatsächlich eine fabelhafte Idee. Zum Glück hat unser Elektro-Pfuscher noch nicht mit der Arbeit begonnen.«

Im Hof erklang jetzt das Dröhnen eines Diesels, unverkennbar ein alter Renault. »Wenn man vom Pfuscher spricht!«

»Wer lässt sich denn da beim Kräuterhexer blicken?«

»Guten Morgen, Christof. Wie geht es mit deiner Baustelle voran? Celestine hat mich gestern Nacht noch angerufen. Sie sagt, wenn ich noch ein Kabel bei einem Mörder verlege, dann lässt sie sich von mir scheiden. Du verstehst hoffentlich, dass ...«

»Das sind mir die richtigen Freunde! Was interessiert es dich, wie ich vorankomme? Du hast ja nicht die Courage, hier alles fertigzumachen.«

»Du weißt genau, wie schwer es gerade bei mir zu Hause ist. Außerdem ist es verständlich, dass meine Celestine sich Sorgen macht. Immerhin stolperst du andauernd über Leichen.«

»Weißt du, was mich wundert? Gestern Abend beim Pokern hattest du kein Problem damit.«

Stephanie stellte sich schnell zwischen die beiden. »Ihr zwei hört jetzt sofort auf. Kühlt eure Gemüter ab, bevor noch einer was sagt, was sich nicht mit einem Gläschen Wein entschuldigen lässt. So eilig ist der Umbau ja nicht. Lasst uns ein paar Tage abwarten, bis Christofs Unschuld geklärt ist und alles wieder seinen gewohnten Lauf genommen hat. Jetzt geht am besten jeder erst mal seiner Wege, d'accord?«

Alphonse blieb kurz verunsichert auf dem Hof stehen, bis er sagte: »Ich gehe lieber. Bis die Tage!«

Christof sah ihm hinterher, bis er mit seinem Transporter hinter der Bibliothek verschwunden war.

»Steph, kannst du mir sagen, was los ist? Warum spinnen die plötzlich alle rum?«

Zögerlich reichte sie ihm die Zeitung, die sie soeben aus dem Briefkasten geholt hatte, und deutete auf die Schlagzeile. »Vielleicht deshalb?«

Der Kräuterhexer hat wieder zugeschlagen!
Es gibt ein weiteres Opfer: Unseren einheimischen Jäger. Wurde er ebenfalls mit Kräutern vergiftet?
Nachdem am letzten Freitag ein Journalist unter mysteriösen Umständen ums Leben kam, vermutlich mit dem purpurnen Fingerhut (Digitalis Purpurea) vergiftet und bei einem unserer Mitbürger im Wohnzimmer verstarb, fand dieser gestern ein weiteres Opfer. Der hier ansässige Jäger Jacques B. wurde gestern in den frühen Morgenstunden im Wald am Fuße der drei Burgen von Christof W. tot aufgefunden. Ebenso, wie bei dem ersten Opfer wurden auch bei dem Jäger Überreste von getrockneten Wildkräutern gefunden, wie uns aus einer sicheren Quelle versichert wurde.

Christof W., ein gescheiterter Sternekoch, der sich bei uns niedergelassen hat, um in der Abgeschiedenheit die Vorzüge der regionalen Küche wiederzuentdecken, war bisher nicht für eine Stellungnahme bereit. Während sich das Elsass fragt, wann der Kräuterhexer das nächste Mal zuschlägt, hüllt sich die hiesige Polizei in Schweigen. Wenn Sie mehr über Christof W. erfahren wollen, besuchen Sie seinen Blog Regional, dort erzählt er Ihnen, was er der Polizei verheimlicht.
En.Te.

»Wenn ich diesen Schreiberling erwische! So was kann einem das ganze Leben versauen. Was in der Zeitung steht, wird man nie wieder los.«

Wütend zerknüllte er das Blatt und warf es in den Altpapierkarton. Stephanie fühlte sich hilflos, sie wollte Christof so gern zur Seite stehen und ihn in dieser schweren Zeit unterstützen, wusste aber nicht wie. Sie fasste sich schließlich ein Herz, legte ihren Arm um seine Schulter und küsste ihn vorsichtig auf die stachelige, unrasierte Wange.

»Lass uns reingehen, einen Kaffee trinken. Du hast dir nichts zu Schulden kommen lassen. Warum Commissaire Léon so erpicht darauf ist, dich als Mörder zu verdächtigen, kann ich dir nicht erklären. Aber du wirst sehen, in wenigen Tagen hat sich alles geklärt und dein Hemd ist wieder blütenweiß.«

Er sah an sich herunter und musste unwillkürlich lachen.

»Dieses Hemd sicher nicht mehr. Hast du die Ölflecken und den ganzen Taubenkot gesehen, der da draufklebt? Da hilft nur eine Schere, am besten werfe ich es gleich weg.«

Er sah sich noch einmal um, und sein Entschluss stand fest. »Jetzt erst recht! Wir räumen die Scheune frei, ich betoniere die Bodenplatte, und in drei Wochen sollen die Trockenbauwände stehen. Für April habe ich die ersten Termine angesetzt. Dieser Josef Kaack versaut mir nicht meine Zukunft, und wenn er noch hundert Tage für Diskussionen sorgt.«

Durch die ganze Wut, die sich in ihm angestaut hatte, schaffte er es sogar, die verrostete 2CV Diane aus der Scheune in die Gartengarage zu schieben. Stephanie half ihm dabei, indem sie sich hinter das Steuer setzte und das erbärmlich quietschende Gefährt steuerte.

Kurz bevor die Kirchenglocken zwölf schlugen, hatten sie bereits die Hälfte des Gerümpels sortiert. Hinter dem Haus, wo sich in Zukunft die Terrasse mit dem Grill befinden sollte, stapelte sich auf einem Haufen Altmetall, Brennholz und Sperrmüll, fein säuberlich sortiert. Sie hatten außerdem tatsächlich die eine oder andere Rarität entdeckt.

Ein hölzernes Wagenrad, ein Kummet von 1899, wenn man der Schnitzerei trauen durfte und einen Wassertrog aus Sandstein befanden sich unter den Schätzen. Erschöpft, aber glücklich setzten sie sich mit einer Tourte au Riesling, einer Flasche des selbigen und einer Karaffe Wasser in den Hof und genossen die Herbstsonne. In trauter Zweisamkeit aßen sie die saftige Fleischpastete, die Christof für ihre Brotzeit vorbereitet hatte.

»So kann es von mir aus immer sein, was meinst du Stephanie?«

Sie sah ihm tief in die Augen.

»So muss es sich anfühlen, wenn man gemeinsam alt wird und die Früchte der Arbeit zusammen genießt.«

Er betrachtete Stephanie aufmerksam. Ihr brünettes Haar schimmerte trotz des ganzen Staubes und der Spinnweben, die sie aufgewirbelt hatten, bronzerot in der Mittagssonne.

»Weißt du, was mich wundert?«

»Nein, aber du wirst es mir bestimmt gleich sagen.« Sie lächelte ihn an.

»Unser Commissaire de Police Léon hat sich heute gar nicht gemeldet.«

»Verschrei es nicht, noch ist der Tag nicht vorbei.« Sie deutete mit dem Kinn in Richtung Hofeinfahrt. »Ich glaube, er fährt gerade auf den Hof. Soll ich dableiben, oder lieber gehen?«

Christof verschluckte sich beinahe an seinem letzten Bissen. »Mach keine solchen Scherze, das ist nicht witzig.«

»Was ist nicht witzig?«

Christof glaubte zu träumen, als er plötzlich die Stimme von Commissaire Léon vernahm. Stephanie erlaubte sich also keinen Scherz mit ihm.

»Was heute für Lügen in der Zeitung stehen, ist nicht witzig!«

Commissaire Léon setzte sich ungefragt zu ihnen.

»Hast du einen Teller für mich, Christof?«

»Ach, jetzt auf einmal wieder Christof, nicht Monsieur Weinkeiler? Bist du nicht dienstlich hier, oder wie darf ich das verstehen?«

»Leider, aber für dich Gott sei Dank, bin ich dienstlich hier. Die Spurensicherung hat mir mitgeteilt, dass die

Kräuter auf dem Vorspeisenteller eindeutig getrockneter Fingerhut waren. Das sieht nicht gut für dich aus, Christof. Kannst du mir erklären, wie diese Substanz auf das Essen des Opfers kam? Ich weiß, du streust normalerweise nichts auf die fertig angerichteten Speisen, irgendwer hat es dieses Mal aber gemacht. Hast du eine Ahnung, wer? Das Foto des Tellers, das Josef aufgenommen hat, beweist, dass du es nicht warst.«

Christof überlegte fieberhaft. *Sollte er seine Vermutung über den Jäger mit Léon teilen?* Er entschied sich nach kurzem Zögern dazu, Léon einzuweihen.

»Außer mir war nur Stephanie dort, und die hat den Wein serviert, bevor ich mit der Vorspeise aus der Küche kam. Somit bleibe wohl nur ich übrig, oder der Jäger, der aber nur für zwei Minuten vorbeigekommen ist.«

Léon nahm wie selbstverständlich das noch unbenutzte Wasserglas von Stephanie und schenkte sich selbst Wein ein. Er sog den ersten Schluck in den Mund, ließ den Aromen Zeit, sich zu entfalten, schnalzte anerkennend mit der Zunge und schluckte.

»Ich sage es dir, ich bin wirklich froh, dass du nicht als Mörder infrage kommst. Was täte ich nur ohne deinen vorzüglichen Weinkeller.«

»Das verstehe ich gerade nicht so ganz.«

»Es ist eigentlich ganz einfach. Auf dem Teller waren zwar Spuren der Giftpflanze vorhanden, jedoch wurden keinerlei Rückstände davon im Mageninhalt des Opfers gefunden. Nur Champignons, Wildschweinleber, Apfel, grüne Pfefferkörner und Majoran. Somit ist klar, das, was auch immer zu seinem Tod geführt hat, nicht bei dir passiert ist. Wie sagte Mathieu so schön:

Du musstest nur die Konsequenzen erleiden. Deine Küche ist hiermit wieder freigegeben und deine Weste blütenrein, was man von deinen Klamotten allerdings nicht gerade behaupten kann. Wir warten momentan noch auf die toxikologische Untersuchung des Erbrochenen, das wir zum Glück im Gully bei dir im Hof sicherstellen konnten. Das wird uns in den Ermittlungen einen großen Schritt voranbringen.«

Léon trank sein Glas leer, stand auf und verschwand ebenso plötzlich wieder, wie er aufgetaucht war.

Stephanie räumte das Geschirr zusammen. »Christof, es wird Zeit. Wir haben heute schließlich noch was vor. Ich komme in einer Stunde wieder und hole dich ab.«

Kapitel 38

Christof genoss den Anblick seines Hauses, ein in den Anfängen des zwanzigsten Jahrhunderts gebautes Fachwerkhaus. Er betrachtete die ersten Sonnenstrahlen, die über die frisch restaurierte Fassade strichen. Ja, das war sein Zuhause.

Das heisere Quäken einer Hupe riss ihn aus seinem Tagtraum. Er drehte sich um, und sah Stephanie, die mit einem Twingo hinter ihm stand.

»Komm Christof, lass uns ins Blaue fahren, du musst mal was anderes sehen, sonst drehst du noch durch. Steig ein, heute fahre ich, das Ziel ist eine Überraschung!«

»Wo hast du deinen Zoe gelassen? Ich dachte, du fährst nur Stromer?«

»Für diese Fahrt habe ich meinen alten Twingo aus der Garage geholt. Mein Zoe ist nicht geladen, ich habe vor dem Seminar in Paris nicht daran gedacht.«

»Aber der Tank hier ist voll?«

»Scherzkeks, wer vergisst schon, zu tanken?«

»Derjenige, der nicht daran denkt, seinen Akku aufzuladen?«

»Was ist jetzt? Steigst du ein, oder soll ich allein fahren?«

Kaum saß er auf dem, für seinen Geschmack winzigen Beifahrersitz, trat Stephanie das Gaspedal voll durch. Die Reifen fanden auf dem feuchten Kopfsteinpflaster keinen Halt, deshalb schlitterten sie quietschend gefährlich nahe an der Gartenmauer vorbei.

»Immer langsam mit den jungen Pferden, liebe Steph. Uns läuft ja nichts davon.«

»Sorry, du machst mich ein bisschen nervös. Wenn ich mit dir zusammen in der Küche stehe, ist alles so easy, aber jetzt sitzt du plötzlich in meinem Auto, das fühlt sich ungewohnt intim an. Ich bekomme, ehrlich gesagt, Herzklopfen, wenn du so nah neben mir sitzt.«

Christof fragte sich verwundert, ob Stephanie tatsächlich in ihn verliebt war. Sollte er sie darauf ansprechen?

»Ich werde durch die Dörfer fahren, damit du ein bisschen was von unserer schönen Landschaft siehst.«

»Mach das, ich freue mich schon auf die Tour de Alsace mit dir.«

In gemächlichem Tempo ging die Fahrt durch malerische Dörfer und vorbei an weitläufigen Wiesen, an deren Ende Weinberge und manchmal auch kleine Wälder standen.

»Wohin fahren wir eigentlich?«

»In die kleine, romantische Stadt Riquewihr, die sich zwischen die Weinberge und die Vogesen schmiegt. Eines der schönsten Städtchen im Elsass, mit vielen pittoresken Fachwerkhäusern und verwinkelten Gassen.«

Sie sah ihn von der Seite an. »Du siehst müde aus, möchtest du einen Kaffee?«

»Ja, aber noch lieber einen Espresso.«

»Damit kann ich dir leider nicht dienen, sorry. Aber hinter dir auf der Rückbank steht eine Thermoskanne mit Kaffee. Machst du uns zwei Becher? Für mich bitte mit einem Tropfen Sahne.«

Er goss ihnen zwei Kaffee ein. Genüsslich tranken sie das dampfende Getränk, während sie an Sélestat vorbei in Richtung Colmar fuhren.

»Riquewihr ist ein Juwel im Elsass - berühmt für ihren Riesling und andere großartige Weine - und sieht heute noch genauso aus, wie im 16. Jahrhundert. Riquewihr ist eine wunderbare kleine romantische mittelalterliche Stadt, versteckt zwischen Berg- und Weingärten. Riquewihr liegt an der Weinstraße, nur sieben Kilometer von Colmar und Minuten von anderen berühmten elsässischen Dörfern wie Ribeauvillé, Hunawihr, Eguisheim oder Moreausberg entfernt«, schwärmte Stephanie, während sie über die Elsässer Weinstraße fuhren. »Du wirst sehen, das bringt dich auf andere Gedanken.«

»Du meinst, eine alte Stadt kann mich von all dem Erlebten ablenken?«

»Es ist nicht nur eine alte Stadt, es ist *die* alte Stadt. Wir parken am Anfang des Dorfes, schlendern die Stadtmauer entlang zu einer kleinen Boulangerie und dort werden wir uns ein Sandwich holen.«

Bevor Christof etwas erwidern konnte, fuhr Stephanie auf einen großen, bewachten Parkplatz.

»Kannst du mir bitte fünf Euro geben? Ich habe gerade kein Kleingeld.«

Christof reichte ihr einen Fünf-Euro-Schein und betrachtete die gut erhaltene Sandsteinwand der alten Stadtmauer. Das imposante Tor aus Eiche stand weit offen und lud ein, die Stadt zu erkunden.

Sie gingen an kleinen Läden vorbei, deren Schaufenster überquollen vor lauter Plüschstörchen, Tischsets und anderem Firlefanz für die Flut von Touristen.

»Das sieht nicht wirklich nach einer sehenswerten Altstadt aus, sondern eher nach einer Touristenfalle.«

»Warte, wir biegen gleich da vorne rechts ab. Ich kenne mich hier aus, wir erkunden Riquewihr abseits der ausgetretenen Pfade.«

Christof blieb jetzt vor dem alten Stadttor mit dem Wachturm stehen.

»Ich sehe es richtig vor mir, wie die Tore bei Gefahr von kräftigen Wachen verteidigt wurden, wenn sich feindliche Truppen näherten. In dem kleinen Turm stand die einsame Nachtwache, die Reisende fragte, woher sie kamen und den Grund ihrer Einreise erfahren wollte.«

»Komm, du Träumer, lass uns die rue des Remparts hinauf bis zum Dolder, dem alten Stadtturm gehen. Nach einem kleinen Imbiss besteigen wir den Turm. Der Ausblick von dort oben ist einfach fantastisch.«

Wenig später saßen sie an einem gemütlichen Tisch hinter der Glasfront einer Boulangerie mit einem Sandwich und einem Kaffee.

»Du hast recht, das ist ein sehr guter Bäcker mit einer tollen Aussicht. Ist dir eigentlich aufgefallen, dass die meisten Torbogen mit alten keltischen, christlichen oder heidnischen Symbolen verziert sind?«

»Nicht nur das, du musst dir auch die Eckbalken der Häuser ansehen, meistens findest du in Höhe des ersten Stockwerks die Namen der Erbauer sowie das Jahr. In diesem Dorf ist die Zeit praktisch stehen geblieben. Du kannst hier noch altes Elsässer Handwerk bewundern.«

Christof begann, die einzelnen Fassaden zu betrachten.

»Bunt ist es auf jeden Fall.«

»So war es Brauch. Keiner durfte sein Haus weiß tünchen. Je wohlhabender die Familie war, umso leuchtender und bunter waren die Farben.«

Mit einem Espresso in der Hand spazieren sie durch den verträumten Ort. An einem großen Brunnen machten sie eine kurze Pause.

»Das ist schon der fünfte Brunnen, an dem wir vorbeikommen.«

»Jeder Ortsteil hatte früher seinen eigenen Brunnen, um die Wasserversorgung sicherzustellen.«

Wie selbstverständlich gingen sie Händchen haltend durch das idyllische Dorf, genossen den unbeschwerten, sonnendurchfluteten Herbsttag und unterhielten sich. Sie standen gerade unter einer alten Linde, als sich Stephanie zu ihm umdrehte und ihm tief in die Augen sah.

»Christof, du bedeutest mir sehr viel.«

Er erwiderte ihren Blick, sah ihr tief in die haselnussbraunen Augen und näherte sich langsam ihren weichen Lippen. Sie stellte sich auf die Zehenspitzen, um ihm entgegenzukommen.

Doch das aufdringliche Klingeln von Christofs Handy drängte sich zwischen sie.

Er sah ihr noch immer in die Augen, und ignorierte das Läuten geflissentlich. Aber dann dachte er daran, dass es vielleicht Commissaire Léon war, der ihn über den Stand der Ermittlungen informieren wollte.

Also nahm er das Gespräch an, während er das enttäuschte Aufblitzen in Stephanies Augen sah.

»Weinkeiler. Sie wünschen?« Christof lauschte dem Anrufer zwei Sekunden. »Nein, ich habe kein Interesse an einer Isolation meines Dachbodens, auch nicht für einen Euro. Ich habe mein Haus gerade erst frisch saniert. Nein danke!«

Sie sah ihn an, doch der besondere Augenblick war verflogen. Beschämt lächelte sie, nahm seine Hand und zog ihn weiter.

»Komm, wir besuchen das hiesige Museum, da kannst du noch ein bisschen mehr über die Stadt erfahren.«

»Du Stephanie, was sollte das gerade eben?«

»Was meinst du?«

Er sah ihr in die Augen. Täuschte er sich, oder war da eine kleine Träne, die sich in ihrem Augenwinkel versteckte?

»Nichts, ich dachte, da war etwas zwischen uns, bevor uns dieser blöde Anruf unterbrochen hat.«

Der Nachmittag verlief schweigend, abgesehen von erklärenden Worten. Die Heimfahrt war ebenfalls unspektakulär, da Stephanie sich dafür entschieden hatte, die Schnellstraße zu nehmen. Kaum waren sie bei Christof angekommen, brach er das Schweigen.

»Kommst du heute Abend zum Essen vorbei? Gaston will uns das neue Brot kosten lassen. Er hat ein Eichelbrot auf Basis eines Sauerteiges hergestellt, das ist aromatischer und bleibt länger frisch.«

»Ich weiß noch nicht. Sei mir nicht böse, wenn ich nicht komme. Ich bin noch etwas erschöpft von dem langen Seminar in Paris, das war sehr anstrengend.«

Sie drückte ihm zwei schnelle Küsschen auf die Wange, drehte sich um und verschwand.

Christof sah ihr beklommen hinterher, er hatte das Gefühl, als würde plötzlich irgendetwas zwischen ihnen stehen. Warum war Stephanie auf einmal so unterkühlt und so distanziert zu ihm?

Er fühlte sich lustlos und leer, beinahe so, wie damals, als er mit seiner Bekannten auf dem Christkindlmarkt gestanden und sie ihn ein wenig zur Seite geschoben hatte. »Stell dich ein bisschen weiter rechts, ja so ist es gut.« Sie hatte ihre Arme um seinen Hals geschlungen und ihn auf den Mund geküsst. Er war so überrascht gewesen, dass er ihren Kuss nicht erwidert hatte. »Warum gehst du seit drei Wochen jeden Tag mit mir einen Kaffee trinken, wenn du anscheinend nichts von mir wissen willst? Bist du schwul oder stimmt mit dir was nicht?«, hatte sie ihn wütend angefahren.

Damals war Christof genauso perplex gewesen wie heute Mittag. Seine damalige Begleiterin hatte danach nichts mehr von ihm wissen wollen, nicht einmal mehr einen Glühwein hatte sie von ihm angenommen. Hatte er Stephanie etwa wegen eines blöden Werbeanrufs verloren?

Ohne es zu merken, hatte er Stephanies Nummer angerufen. Erst, als er ihre Stimme auf der Mailbox vernahm, wurde ihm bewusst, was er getan hatte.

»Hallo Stephanie, ich weiß nicht, was ich sagen soll, außer, dass es mir leidtut.«

Enttäuscht legte er auf. Er hätte wirklich gern mit Stephanie gesprochen, aber vielleicht war es besser so. Es wäre nicht das erste Mal, dass er durch ein Gespräch mehr kaputt machte, als er wieder ins Lot brachte.

Er zog seine Arbeitsklamotten an und nahm den Besen zur Hand, um die letzten Reste des Gemisches aus altem Staub, Taubenfedern und Rattenkot zu beseitigen. Vorsichtig fegte er alles zu kleinen Häufchen zusammen, um diese anschließend mit der Schaufel in die Tonne zu befördern.

Er sah die vier gut ausgestatteten Küchenmodule und die Videoleinwand, auf der er und seine Küche in Echtzeit übertragen wurde, schon vor seinem geistigen Auge. So konnte er die nächsten Schritte erklären und seinen Schülern über die Schulter schauen.

Er würde nämlich vier Bildschirme installieren, über die er den Schülern in den Topf schauen konnte, ohne sie zu stören.

Diese Kochschule würde ein Erfolg werden, seine lokalen Köstlichkeiten bekannt machen und zahlende Studenten einbringen.

Christof betrachtete den leeren Raum, der beinahe fünfzig Quadratmeter groß war. Das sollte genügen!

Kapitel 39

Christof markierte mit roter Sprühfarbe den Standort der fünf Kochinseln auf dem Boden. Bevor er die Bodenplatte gießen lassen konnte, musste ein Elektriker allerdings die Leerverrohrung für die Anschlüsse vorbereiten. Er hatte mittlerweile bei fünf Handwerkern angerufen, aber keiner hatte Zeit für so eine Kleinigkeit, wie sie es nannten. Wasseranschlüsse waren ebenfalls notwendig, da jeder ein eigenes Spülbecken bekommen sollte, doch ohne Handwerker würde das schwierig werden. Zu allem Überfluss waren alle Pläne Makulatur, seit er sich dafür entschieden hatte, die Küche im Erdgeschoss zu installieren.

Christof hatte bei *La belle Cuisine* fünf komplette Kochinseln für einen Spottpreis erworben. Jetzt lagerten sie in zwei Möbelboxen, die er kurzerhand für mehrere Monate gemietet hatte. Er betrachtete noch einmal seine Skizze und markierte darauf die Anschlussstellen. Ein lautes Räuspern ließ ihn erschrocken zusammenfahren.

»Hallo Christof, was machst du gerade?«

Er drehte sich um, und erkannte, dass tatsächlich Blitzableiter Alphonse vor ihm stand.

»Willst du jetzt etwa doch für einen Giftmörder arbeiten?«

»Lass den Scheiß, du kennst doch Celestine. Ich habe ihr gesagt, dass sie damit klarkommen muss.«

Christof zuckte mit den Schultern. »Na gut, es ist deine Entscheidung. Wie läuft es sonst so bei dir?«

»Frag nicht! Sie wünscht sich ja ein drittes Kind und es sieht momentan gar nicht gut aus wegen der Adoption.«

»Ich dachte, sie hat mit den beiden Kindern und dir schon genug am Hals.«

Alphonse nahm die Skizze zur Hand und betrachtete das rote Chaos auf dem Boden, ohne weiter auf das Gespräch einzugehen.

»So stellst du dir das also vor? Das ist sogar noch schlimmer, als ich befürchtet hatte.«

Er stapfte zu seinem alten Renault, um eine grüne und eine blaue Farbbombe zu holen.

»Zuerst machen wir die Wasserleitungen und danach die Elektrik, in Ordnung?«

Christof trat drei Schritte zurück, damit Alphonse sich frei bewegen konnte.

Dieser begann von der Außenwand, wo bereits ein Schaltschrank installiert war, die verschiedenen Anschlüsse zu markieren. Danach begann er, die Position der Kochinseln auf den Boden zu malen.

Christof fühlte sich auf einmal überflüssig. »Mach du mal, ich kümmere mich derweil um eine Brotzeit.«

Alphonse hörte ihn gar nicht mehr, da er schon angefangen hatte, mit dem Bohrhammer, die Fugen für Wasser und Strom in die Bodenplatte zu schrämen. Gonzo schreckte hoch, ergriff die Flucht und verkroch sich im hintersten Winkel des Gartens, um dem Staub und Lärm zu entkommen.

Zwei Stunden später sah Christof nach Alphonse, weil es so still geworden war. Erschrocken betrachtete er den Boden der Scheune, oder besser gesagt, das, was davon übrig geblieben war. Tiefe Furchen zierten jetzt die

Fläche, wo heute Vormittag noch eine, zwar unebene und uralte, aber massive Betonplatte gewesen war.

»Hey Blitzableiter, kommst du zurecht?«

»Mehr oder weniger. Ich mach jetzt noch zwei Löcher, danach komme ich rein. Es ist Zeit für ein Casse-Croûte! Hast du Platz für den ganzen Bauschutt?«

»Noch mehr Beton, Staub und Mörtelreste? Hört das nie auf?«, fragte Christof stöhnend.

»Nicht, wenn du mit deinen Ideen so weitermachst.«

Christof zeigte Alphonse, wo er den Bauschutt deponieren konnte.

Während dieser schon wieder mit seinem Bohrhammer beschäftigt war, ging Christof in die Sommerküche. So staubig wie Alphonse war, würde er ihn bestimmt nicht in das Haus lassen.

Wenig später verstummte der Bohrhammer und Alphonse kam zu ihm.

»Das wäre geschafft.«

»Lieber ein Kaffee oder ein Bier zur Brotzeit?«

»Ein heißer Tee wäre toll, danach werde ich die Leerverrohrung legen und alles vergipsen.«

»Tee? Bist du krank?«

»Oui, ich glaube, ich habe mir eine Grippe eingefangen.«

»Ich schaue mal nach, was ich dahabe. Da wirst du dich einen Augenblick gedulden müssen.«

Kurz darauf stellte Christof Alphonse eine Holzschatulle mit gläsernem Deckel hin. »Such dir deinen Tee aus, damit du mir nicht erfrierst.«

»Gibst du mir bitte zuerst ein Wasser?«

Christof stellte ihm eine Flasche und ein Glas hin, aber Alphonse hielt sich nicht lange damit auf. Er setzte die Flasche an und kippte sich das Wasser in den Schlund.

Anschließend wischte er sich das Kinn am Ärmel ab.

»Bleibst du zum Abendessen?«

»Nein, ich bekomme heute Besuch von der Adoptionsbehörde. Da hat man bereits zwei Kinder adoptiert und sich als fähige Familie bewiesen, und dann so etwas. Dein Finanzstatus wird bewertet und dein familiäres Umfeld genauestens unter die Lupe genommen. Eine ganz schön stressige Prozedur, dafür das man einem Kind ein sicheres Zuhause bieten möchte.«

Nun verstand Christof plötzlich, warum Alphonse so erpicht darauf war, die Elektro-Installationen bei ihm zum Ende zu bringen und ihm eine saftige Rechnung zu stellen. »Ich denke, ich weiß, was los ist, möchte es aber doch noch einmal von dir hören. Du brauchst einen besseren Finanzscore, habe ich recht?«

Alphonse nickte zustimmend. »Ich komme morgen früh wieder und verlege die Leerrohre, ich bin heute nicht wirklich konzentriert bei der Arbeit, außerdem habe ich den ganzen Staub überall im Gesucht und in der Nase.«

Christof wartete nun gespannt auf Gaston, der mit dem Test-Brot vorbeikommen wollte. Er hatte eine Kaninchen-Terrine vorbereitet sowie die übliche Pastete, dieses Mal mit grob gehackten Maroni. Er entschied sich für einen, im Barrique gereiften Gewürztraminer, der auf jeden Fall zum Essen passte. Stephanie war doch gekommen und gerade in der Küche damit beschäftigt, ein paar chinesische Radieschen aus dem Garten zu putzen, als ihm plötzlich Gastons Warnung einfiel. Er hatte sie ja fragen wollen, ob sie wirklich mit dem Boulanger verwandt war.

Als er zu ihr gehen wollte, läutete es und Gaston stand vor der Tür.

»Hier ist dein Eichelbrot, nach einem ganz neuen Rezept!« Gaston überreichte Christof die Stofftüte und das noch warme Brot verbreitete ein würziges Aroma im ganzen Haus.

Als sie gerade Platz genommen hatten, schellte es erneut. Christof stand verärgert auf, um nachzusehen, wer das schon wieder war. Als er die Tür öffnete, stand Commissaire Léon vor ihm.

»Salut Christof, ich hoffe, ich störe nicht. Ich wollte nur kurz vorbeikommen, um dir das beschlagnahmte Besteck und Geschirr zurückbringen. Was duftet denn hier so köstlich? Da bin ich ja offenbar genau zur richtigen Zeit gekommen.«

Bevor Christof etwas erwidern konnte, hatte sich Léon bereits neben Stephanie an den Tisch gesetzt, sich ein Glas Wein eingeschenkt und eine Scheibe Brot abgeschnitten. Genussvoll kauend sah er Christof an. »Du kannst nicht nur kochen, an dir ist auch ein Bäcker verloren gegangen. Chapeau, das Brot ist Spitzenklasse.«

»Das hat Gaston gebacken, auf meine Anregung hin zwar, aber es ist sein Rezept. Schön, dass es dir schmeckt, ich habe es noch gar nicht gekostet.«

»Warum? Hast du keinen Hunger?«

»Doch, aber bevor wir anfangen konnten zu essen, hat es geklingelt und wir wurden unterbrochen.«

»Du musst nicht immer zur Tür springen, tu einfach mal so, als wärst du nicht zu Hause.«

»Hättest du dich dadurch so einfach abwimmeln lasen?«

Léon schüttelte grinsend den Kopf, leerte sein Glas und stand auf. »Nein, aber ich muss sowieso wieder los, ich habe noch einen Haufen zu tun, du kennst das ja. Aber ich komme gern später noch mal vorbei, auf ein Gläschen Roten und Käse.«

So schnell, wie Léon am Tisch gesessen hatte, so schnell war er wieder verschwunden. Nur die Tasche mit Christofs Geschirr zeugte von seinem überraschenden Besuch.

Endlich kam auch Christof dazu, das Eichelbrot zu versuchen. Er musste Léon zustimmen, es war wirklich hervorragend. Es war würzig und aromatisch, aber nicht aufdringlich, und somit wie gemacht für die Pastete und die Kaninchen-Terrine.

»Ich habe noch etwas für euch zum Kosten.« Christof ging hinaus in die Scheune und kam kurz darauf mit einem abgedeckten Holzbrett zurück.

»Das hier ist eine Spezialität aus meiner Kindheit. Ein hausgemachter Käse aus Topfen, gewürzt mit Kümmel und Salz. Meine Oma hat immer gesagt, der muss vom Teller laufen, erst dann ist er richtig reif.«

Christof stellte das Brett in die Mitte des Tisches und entfernte das Tuch. Darunter kamen sechs weiße kegelförmige Häufchen zum Vorschein, die mit ihrem Geruch jedem Münsterkäse Konkurrenz machten.

»Ja, wir können auch Stinkerkäse! Bei uns nennt sich der übrigens Nuanzn. Lasst es euch schmecken.« Christof schnitt einen der Kegel entzwei, strich sich eine große Portion auf sein Butterbrot und biss genussvoll zu. Genauso hatte er den Geschmack in Erinnerung. Er fühlte sich sofort in seine Kindheit zurückversetzt, als er draußen im Heu getobt hatte und in eiskaltem Wasser geschwommen war und es anschließend zum Abendbrot diesen Käse gegeben hatte.

Christof sah Stephanie an, dass sie der Geruch abschreckte. Irgendwann fasste sich Gaston ein Herz und tat es Christof gleich. Zögernd nahm nun auch Stephanie das Stück entgegen, das Christof ihr von seinem Brot abgeschnitten hatte. Sie schnupperte skeptisch daran, bevor sie abbiss. Zögerlich kaute sie, dann huschte plötzlich ein Lächeln über ihre Lippen.

»Der ist wirklich gut! Das Zeug hat zwar die Konsistenz von Kaugummi und sieht aus wie altes Silikon, aber der Geschmack ist einwandfrei.«

»Christof, was war da neulich bei dir los? Im Dorf erzählt man sich, dass du einen Journalisten kaltgemacht hast, und zwar, indem du ihn mit Wildkräutern vergiftet hättest.« Gaston sah ihn fragend an.

Stephanie trat unter dem Tisch gegen sein Schienbein. »Autsch, was soll das?«

»Du bist echt bescheuert! Endlich gab es mal einen Abend ohne Verhöre und Mörder-Storys und dann musst du alles kaputt machen. Kannst du dir nicht vorstellen, dass Christof diese Beschuldigungen auf die Nerven gehen? Ich war dabei, als dieser Mensch hier gestorben ist, nachdem er die Vorspeise gegessen hat. Christof ist unschuldig!«

»Also ist wirklich jemand bei dir im Haus verstorben? Wenn du willst, komme ich morgen vorbei und treibe den Geist des Mannes aus. Der spukt hier bestimmt irgendwo herum und sinnt auf Rache.«

Kapitel 40

Christof saß mit Commissaire Léon in seinem Herrenzimmer, beinahe wie alte Freunde, die sie bis zu diesem Vorfall vor wenigen Tagen ja gewesen waren.

»Lieber Léon, du solltest mir mal besser zuhören, ich glaube, ich kann dir weiterhelfen.«

Léon trank einen Schluck Wein und biss vom Käse ab. »Leg los mit deiner Geschichte.«

»Du kommst nicht vom Land, habe ich das richtig verstanden? Du stammst aus Paris und hast dich hierher versetzen lassen, weil du Erholung brauchtest, da dir der ganze Trubel in der Großstadt zu viel war, stimmt`s?«

»Stimmt genau. Ich bin kein Landei, ich bin ein gebildetes Stadtkind.«

Christof verkniff sich einen bissigen Kommentar. »Dann lass dir mal von mir, einem Landei erster Güte, erzählen, was unsere Großeltern uns beigebracht haben.

In den Jahren während und nach den Weltkriegen war es üblich, die karge Kost durch frei zugängliches Fleisch aufzubessern. Was denkst du, um welches Fleisch es sich gehandelt hat?«

»Keine Ahnung ... Wildkaninchen?«

»Unter anderem, hauptsächlich waren es aber Feldhasen und Eichhörnchen, da diese leichte Beute waren. Das Problem dabei war allerdings, dass ein köstlicher Hasenbraten zugleich die Henkersmahlzeit der ganzen Familie sein konnte.«

Léon musste unweigerlich lachen. »Seit wann isst irgendjemand Écureuil? Da ist doch nichts dran, außer Haut und Knochen.«

»Es geht hier nicht um Eichhörnchen. Würdest du mich bitte nicht immer unterbrechen?«

»Sei mir nicht böse, aber von tödlichen Hasen habe ich noch nie etwas gehört.«

»Frag mal einen Jäger, der wird es dir bestätigen.«

Léon griff theatralisch nach seinem Smartphone und wählte eine Nummer. Er stellte auf Lautsprecher und lauschte der Ansage: *Kein Anschluss unter dieser Nummer.*

»Kann ich schlecht. Mein Handy-Vertrag mit dem Jenseits ist offenbar abgelaufen. Wie du ja weißt, ist unser lieber Jäger selbst in die ewigen Jagdgründe eingegangen. Bis wir einen neuen haben, bleibt deine Geschichte eine unbewiesene Aussage.«

»Dann frag eben deinen Pathologen, der kann dir das genauso gut bestätigen.«

»Du willst mir ernsthaft weismachen, das Kaninchen Gift fressen und es überleben?«

»Nein, das habe ich nicht gesagt. Ich sprach von Hasen und Eichhörnchen. Die können die toxische Substanz unserer heimischen Giftpflanzen, wie Fingerhut, Eisenhut, Schierling, Fliegenpilz und Tollkirsche im Fettgewebe auslagern, ohne sich selbst damit zu vergiften.«

»Das klingt für mich nach wie vor unglaubwürdig. Wenn du mir noch ein Gläschen einschenkst, wird die Story vielleicht glaubhafter.«

»Jetzt überleg mal ... wenn du ein Tier über mehrere Monate mit kleinen Dosen der Kräuter fütterst, was hast du dann?«

»Theoretisch einen mörderischen Braten. Aber da müsste der Täter schon im Juni vor einem Jahr damit angefangen haben, da das Zeug nur zwischen Juni und Ende August blüht.«

»Falsch! Alle Teile der Pflanzen sind giftig, von der Wurzel bis hin zur Blüte. Ob getrocknet oder frisch, roh oder gekocht. Man beginnt im März oder April mit den jungen Trieben und Blättern, dann bleiben einem bis Oktober sechs Monate für einen mörderischen Braten.«

Léon stellte sein Glas ab, legte den Käse weg und überlegte kurz, doch dann schüttelte er den Kopf.

»Das hört sich zu verrückt an. Ich glaube, deine Großeltern haben dir einen Bären, oder besser gesagt ein Wildkaninchen, aufgebunden. Nie im Leben würde so etwas klappen.« Léon sah auf die Uhr. »Es wird langsam Zeit für mich. Ich wünsche dir eine gute Nacht. Wir sehen uns die Tage.«

Christof begleitete Léon vor die Tür und setzte sich danach in sein Büro.

Hatte er die Geschichte seines Großvaters tatsächlich falsch verstanden? Oder war es nur ein Märchen gewesen, mit dem man kleine Kinder erschreckte?

Christof wollte den Mörder unbedingt überführen. Er betrachtete die verschiedenen Gegenstände auf seinem Schreibtisch ... Die Kopie der Unterlagen von Josef Kaack mit der Druckfahne und den Zeitungsausschnitten ... das Foto des Flachmanns ... die Schnupftabakdose ... das Lexikon über psychoaktive Pflanzen in

Mitteleuropa ... zwei Fotos aus seiner Lehrzeit und sein Schriftverkehr mit dem seltsamen Verlag.

»Wenn Commissaire Léon das alles sieht, bin ich geliefert«, murmelte er.

Der Albtraum würde vorübergehen, die Frage war nur, wie er danach dastand. Er griff gerade zum Telefon, als er draußen das Knirschen von Reifen hörte. Nachdem Gonzo sich nicht einmal die Mühe machte, Laut zu geben, konnte es sich dabei nur um Stephanie handeln. Erleichtert lächelte er. Nur sie strahlte so eine innere Ruhe aus, dass nicht einmal ein Hund sich für sie interessierte.

Das ist perfekt, so kann ich mir den Anruf sparen.

Beschwingt und gut gelaunt schwebte er beinahe die Treppe hinunter und öffnete ihr die Tür.

»Hallo liebe Stephanie. Ich freue mich riesig, dass du heute Abend vorbeigekommen bist.«

Sie sah ihn zweifelnd an. »Weißt du, ich denke, wir sollten den gestrigen Nachmittag für den Augenblick zur Seite legen, immerhin hast gerade sehr viel um die Ohren. Sei mir nicht böse, es war blöd von mir.«

Sie gab ihm einen zärtlichen Kuss auf die Lippen und schlüpfte an ihm vorbei in die warme Stube.

»Kommst du, oder willst du an der Tür Wurzeln schlagen?«

Er stand noch immer verdattert am Eingang. Er hatte wirklich mit allem gerechnet, nur nicht damit.

»Du arbeitest doch bei einem Notar oder Anwalt, darum wollte ich dich etwas fragen.«

»Was willst du wissen? Ich arbeite zwar für einen Anwalt, wir haben aber auch einen Notar im Haus. Er hat das Büro direkt gegenüber.«

»Tonbandaufnahmen, ohne einen deutlichen Hinweis und der nachweisbaren Zustimmung der darauf zu hörenden Personen sind nicht zulässig, aber wie sieht es aus, wenn ein Polizist direkt via Livestream, an Informationen über ein Verbrechen gelangt?«

»Das ist nicht unbedingt unser Fachgebiet. Videoaufnahmen wurden allerdings schon des Öfteren als Beweis zugelassen, da immer mehr Haushalte private Videoüberwachungssysteme besitzen.«

»Das ist gut. Hättest du Lust, mir helfen, diese leidige Leiche aus meinem Haus und meinem Leben zu entfernen?«

»Hast du etwa schon wieder einen Toten im Haus?«

Christof musste lachen. »Nein, Gott bewahre! Es geht immer noch um diesen Idioten Kaack. Ich denke, ich habe den Fall endlich geknackt, aber ich muss etwas arrangieren, um meine Theorie bestätigen zu können.«

Sie sah ihn verständnislos an. »Was hast du vor?«

»Komm, wir trinken ein Gläschen Muscat, dabei erzähle ich dir alles.«

Zwei Stunden später hatte Christof Stephanie seinen gesamten Plan erläutert.

»Glaubst du wirklich, dass das funktioniert? Wie willst du alle dazu bringen, zu uns zu kommen?«

»Ich lade sie einfach zum Essen ein, vielleicht genügt das ja.«

»Das wage ich zu bezweifeln. Immerhin behauptet Frau Unger, dass sie noch nie zuvor im Elsass war.«

»Ich denke, ich werde Alphonse um seine Hilfe bitten. Sie war schließlich lange bei ihm zu Gast, da ist es durchaus plausibel, dass er sie für ein besonderes

Wochenende, zum Beispiel zu Halloween, zum Kürbisfest und Schauer-Dinner, einlädt.«

»Glaubst du, er macht das?«

»Da bin ich mir sicher.«

»Das wäre aber sehr kurzfristig, der 31. Oktober ist schon morgen.«

»Umso schneller, desto besser. Ich fahre zu Alphonse, und du kümmerst dich bitte um die Deko in meinem Haus, in Ordnung? Kürbisse bekommst du vom Bauern, der soll mir später die Rechnung schicken.«

Am Abend setzten sie sich zusammen und betrachteten die großen Zierkürbisse.

»Frisch ans Werk! Wir brauchen vier bis sechs hässliche Fratzen für den Hof. Jeder, der hier vorbeikommt, soll sehen, dass wir es verstehen, zu feiern.«

Christof ließ Stephanie allein schnitzen, während er sich Gedanken über das Menü für morgen Abend machte. Alphonse war einverstanden gewesen und die Deko war in Arbeit, es konnte praktisch nichts mehr schief gehen, doch da sah er Commissaire Léon auf den Hof fahren.

»Cacahuète, was will der schon wieder hier?«

Er nahm Gonzos Leine und marschierte hastig durch das hintere Tor zum nahe gelegenen Wald.

Wenn ich Glück habe, hat Léon mich gar nicht gesehen.

Der Anruf auf Christofs Smartphone belehrte ihn eines Besseren.

»Hallo Léon, was gibt es?«

»Ich habe gesehen, dass du gerade mit deinem Hund losgegangen bist. Ich bin hier auf deinem Hof und werde auf dich warten. Wir müssen uns zusammen etwas ansehen.«

»Habe ich eine Wahl?«

»Kommt ganz darauf an, wie lange du auf Antworten warten willst.«

»Ich bin in zwanzig Minuten wieder zurück.«

Aus dem gemächlichen Traben der letzten Tage wurde bei Gonzo nun wieder ein übermütiges Spiel aus Vorauslaufen und Zurückspringen, Stöckchen werfen und Apportieren.

»Ich glaube, Stephanie tut mir gut. Ihre unbeschwerte und lockere Art, wie sie die Welt sieht und dass sie immer einen guten Spruch auf Lager hat, mag ich sehr«, sagte er zu Gonzo.

In der Ferne hörte er das Kläffen mehrerer Hunde. Waren die Jäger noch unterwegs? Wenn Ja, musste er Gonzo schnell an die Leine legen, um ihn nicht zu gefährden. Hier galt der gleiche Grundsatz wie in Österreich: Frei laufende Hunde wurden ohne Vorwarnung erschossen.

Kapitel 41

Commissaire Léon wartete wie angekündigt auf dem Hof, als Christof von Gonzos Runde nach Hause kam.

»Was verschafft mir erneut das Vergnügen deines Besuches?«

»Ich habe mir die anderen Unterlagen von Josef Kaack ein weiteres Mal angesehen. Hat er dir erzählt, dass er vor dem Besuch bei dir bereits einen Termin hier im Elsass hatte?«

»Nein, mir hat er gesagt, dass er sich über die Autobahn gequält hätte, da dort viel Verkehr und Stau gewesen sei. Soll das heißen, du hast eine neue Spur?«

»Es sieht so aus, als wäre er mit dem Jäger unterwegs gewesen. Zuerst waren sie auf dem Hochstand und danach bei ihm zum Mittagessen.«

»Stimmt, wenn ich mich an die Aufnahme erinnere, die du mir in der Küche vorgespielt hast, muss es so gewesen sein. Du solltest vielleicht mal den Hof des Jägers genauer unter die Lupe nehmen. Hast du sein neues Auto gesehen? Ein ganz toller Schlitten, den er angeblich gewonnen hatte.«

»Nein, davon wusste ich bis jetzt noch nichts.«

»Ein zitronengelber Porsche, mit einen ...«

»... Frankfurter Kennzeichen?«

»Du kennst das Auto also doch?«

»Nein, nicht wirklich, aber gestern gingen etliche Beschwerden bei uns ein. Irgend so ein Rowdy ist quer durch Bas-Rhin gefahren und hat offenbar alles von der Straße gedrängt, was nicht freiwillig zur Seite gefahren ist. Dann muss ich diesen Stapel Strafzettel als erledigt ablegen. Die Staatskasse wird sich freuen.«

Das aufdringliche Klingeln von Léons Smartphone unterbrach ihre Unterhaltung. Er nahm das Gespräch an, lauschte dem Anrufer und legte kurz danach wieder auf. »Nun wird die Sache richtig interessant.«

»Was ist passiert? Du hast so ein seltsames Blitzen in den Augen.«

»Wo warst du, bevor du den Jäger gefunden hast?«

»Mit meinem Wagen in einem Maisfeld gefangen, warum?«

»Von wo kommst du jetzt gerade?«

»Vom Gassi gehen mit Gonzo, das weißt du doch. Spuck es aus, was hast du schon wieder für Indizien gegen mich ausgegraben?«

»Komm mit und sieh es dir selbst an. Der Hof des Jägers steht gerade in Flammen!«

Mit Blaulicht rasten sie durch das Dorf. Schon von Weitem hörten sie das Martinshorn der anrückenden Feuerwehrbrigade. In der Ferne war eine dunkle Rauchsäule zu sehen, genau dort, wo der Jäger zu Hause gewesen war. Kurz nach dem Eintreffen der Löschkräfte erreichten sie ebenfalls ihr Ziel. Ungebremst raste Léon durch die Hofeinfahrt und schaffte es gerade noch so eben, mit quietschenden Reifen vor dem Löschzug zum Stehen zu kommen. Christof war leichenblass, so eine Fahrt hatte er noch nie in seinem Leben mitgemacht.

Als er aus dem Wagen stieg, musste er sofort husten. Die Luft war erfüllt von Rauch und dem süßlichen Aroma von brennendem Heu.

»Léon, meinst du nicht, wir stehen hier nur im Weg?«

Bevor Léon antworten konnte, stiegen die ersten Feuerwehrmänner in ihre Wagen und der erste Löschzug fuhr wieder ab.

»Lasst ihr den Hof etwa brennen?«

»Es war nur ein Misthaufen. Irgendein Jugendlicher wird sich einen Spaß erlaubt haben. Zeitungspapier, Heu und nasses Laub, das raucht wie ein Großfeuer, ist aber mit einem Kübel Wasser schnell gelöscht.«

»Léon, ich würde an deiner Stelle das Heu untersuchen, ich bin mir ziemlich sicher, dass hier Spuren vernichtet wurden.«

»Du und deine Ideen immer. Lass dir eines gesagt sein, wenn du dich noch länger in diese Ermittlungen einmischt ...«

»Du ermittelst ja immerhin gegen mich, also werde ich das auch weiterhin tun. Jetzt zeig mir, warum wir unbedingt hierherfahren sollten.«

Christof sah sich noch einmal auf dem Hof um, alle Tore standen offen und die Feuerwehr war sehr gründlich bei ihrer Untersuchung. Es wurden keine weiteren Brandherde gefunden, also rückte auch der letzte Wagen ab. Christof hielt sich ein Taschentuch vor die Nase, da ihm die Mischung aus Rauch und vergammelnden Kadavern auf den Magen schlug. Irgendetwas an dem Bild, das er vor sich sah, passte nicht zusammen. Er ging vom Kaninchenstall zum Haus, vorbei an dem abgebrannten Misthaufen, einem trockenen Brunnenschacht und einer leeren Blechgarage. Er stieg gerade auf die erste, ausgetretene Sandsteinstufe, als ihm bewusstwurde, was hier fehlte.

»Léon, der Porsche!«

Commissaire Léon sah zu Christof hinüber. »Was ist damit?«

»Er ist nicht hier. Stand er auf dem Parkplatz in Ribouville?«

»Nein, dort befanden sich nur der Jeep des Jägers und deine Rostschleuder«, sagte Commissaire Léon.

»Bist du dir sicher?«

»Ich habe alle Garagen kontrolliert, nirgendwo auch nur eine Spur von Zitronengelb. Bist du dir sicher, dass der Wagen wirklich dem Jäger gehörte?«

»Ja, verdammt. Er ist extra bei mir vorgefahren, damit ihn auch jeder Nachbar sieht. Er wollte mir den Wagen sogar verkaufen, weil man damit nicht auf die Jagd fahren kann.«

Commissaire Léon überlegte kurz, nahm sein Smartphone und führte ein kurzes Telefonat. »In drei bis fünf Stunden wissen wir, wem der Porsche gehört. Wir werden sehen, ob das alles nur ein geschicktes Ablenkungsmanöver von dir war, oder ob du die Wahrheit gesagt hast. Deine Gute-Nacht-Geschichte gestern hat mir übrigens keine Ruhe gelassen, aber mehr werde ich dir jetzt nicht verraten.«

»Ach ja? Du hast doch gesagt, das sei alles Humbug. Du musst mich jetzt wieder nach Hause bringen, oder glaubst du, ich gehe bei diesen Temperaturen zu Fuß?«

»Wie du siehst, habe ich hier einen Haufen Arbeit. Wenn du heimwillst, geh. So ein kurzer Fußmarsch wird dich schon nicht umbringen.«

Christof sah sich noch einmal aufmerksam um. »Irgendetwas ist hier faul. Hast du alles untersucht?«

Commissaire Léon Moreau sah sich ebenfalls im Hof um, dabei deutete er auf das Dutzend Polizisten, die gerade alles durchsuchten.

»Meinst du, die übersehen etwas?«

»Nein, aber es stinkt hier, als ob die Kaninchen schon vor Tagen in ihren Ställen verreckt wären. Ich war vor drei Tagen hier, da sind sie noch putzmunter herumgehoppelt.«

»Die Nachbarn haben sich beschwert. Sie haben bei uns angerufen, um eine Geruchsbelästigung anzuzeigen. Da der Jäger gerade in Straßburg auf dem Obduktionstisch liegt und hier das Feuer ausgebrochen ist, sind einige meiner Kollegen sofort hergefahren, um die Zustände zu kontrollieren. Du wirst staunen, was wir vorgefunden haben. Du musst dich aber beeilen, in zehn Minuten kommt der Tierkadaver-Beseitiger. Ich nehme an, du weißt, wo die Kaninchenställe sind?«

Christof nickte und ging voraus. »Hinter der Tür standen die ausrangierten Schuhschränke, die zu Kaninchenboxen umfunktioniert worden waren.« Er öffnete die Tür und der Gestank des Todes raubte ihm augenblicklich den Atem.

»Hier ist eine Taschenlampe. Sag mir bitte, was du in den Käfigen siehst.«

Christof ging hinein und leuchtete die Ställe aus. »Da liegen lauter tote Kaninchen. Die armen Viecher sind wahrscheinlich verhungert.«

»Schau genauer hin. Fällt dir nichts auf?«

»Da liegt doch Futter. Cacahuète! Das ist ja Fingerhut, Eisenhut und ...«

»Komisch, nicht wahr Christof? Irgendwer hat mir vor Kurzem erzählt, das Kaninchen das Gift einfach in ihrem Fett speichern und nicht daran verrecken. Sind das also besonders empfindliche Tiere gewesen?«

»Das sind, wie du gerade schon treffend gesagt hast, Kaninchen! Ich sprach deutlich von Hasen, und natürlich auch nicht von solchen Mengen Giftfutter auf einmal.«

Léon schüttelte den Kopf. »Ob Hase oder Kaninchen ist mir einerlei! Du bist nun erneut mein Hauptverdächtiger, somit müssen wir wieder ein dienstliches Verhältnis wahren! Sie, Herr Weinkeiler, haben den Lektor mit Fingerhut vergiftet. Das werde ich noch heute Abend beweisen.«

»Warum hätte ich das tun sollen? Außerdem bleibt da immer noch der plötzliche Tod des Jägers. Den habe ich vergiftet, weil er mich mit den Schwarzkitteln immer übers Ohr hauen wollte?«

»Ganz genau! Einer meiner Kollegen wird Sie jetzt zum Revier fahren und Ihre Aussage aufnehmen. Anschließend dürfen Sie eine Nacht auf Staatskosten genießen.«

»Léon, kannst du mir erklären, warum dort hinten auf der angeblichen Zucht-Box ein Schild mit einem Totenkopf und der Aufschrift J.K. hängt?«

Léon war jedoch schon wieder nach draußen gegangen und rief nach ihm: »Beeilen Sie sich, ich möchte heute endlich mal zu normaler Zeit Feierabend machen.«

Christof ging auf den Hof hinaus, und sah einen Beamten, der wild gestikulierend aus dem Haus des Jägers kam.

»Monsieur le Commissaire, viens! Kommen Sie, schnell! Wir haben etwas gefunden.«

Léon schüttelte den Kopf. »Non, jetzt nicht! Ich muss zuerst Herrn Weinkeiler in meinen Wagen verfrachten. Was auch immer Sie gefunden haben, eintüten, etikettieren und zu den Beweismitteln legen.«

Christof stand neben einer Mülltonne, aus der es bestialisch stank. Er nahm einen Stock und versuchte, sich einen Überblick über den Inhalt zu schaffen. Was er sah, ließ ihn stutzen. »Léon, warte einen Augenblick, das solltest du dir ansehen! Hier liegt ein verkohlter, verkrusteter Topf sowie die Überreste eines Hasen in der Tonne.«

Léon drehte sich zu Christof um. »Was soll daran außergewöhnlich sein? Ich glaube, jeder von uns hat schon einmal einen angebrannten Topf in die Tonne geschmissen.«

Er drehte sich wieder zu dem Beamten um, der noch immer wild gestikulierend auf der Treppe stand.

»Sie sollten sich das unbedingt ansehen, Commissaire Léon. Wir haben in der Tiefkühltruhe mehrere Plastikbehälter mit Ragout gefunden.«

»Na und? Ich friere Reste auch immer ein, daran ist nichts Besonderes.«

»Oui Monsieur le Commissaire. Aber die Aufschrift hat uns stutzig gemacht. *Hasenpfeffer Spezial* steht darauf.«

»Das wird eben eine besondere Rezeptur sein.«

»Vielleicht, aber malen Sie auch einen Totenkopf auf die Dosen mit den Resten?«

Léon blieb wie angewurzelt stehen. Im selben Moment klingelte sein Telefon. Er nahm das Gespräch an, lauschte kurz, sah zuerst zu Christof und dann zu seinem Kollegen, bevor er auflegte.

Er drehte sich um und schrie den Beamten zu: »Alles, was Sie hier finden, was auch nur im Entferntesten nach Wildkräutern oder Hase aussieht, eintüten und mitnehmen! Aber Vorsicht, es handelt sich dabei um hochgiftiges Material. Nichts ohne Handschuhe oder Mundschutz anfassen!«

Er öffnete Christof die Beifahrertür.

»Steig ein, ich fahre dich jetzt nach Hause. Josef Kaack ist tatsächlich am Hasenpfeffer gestorben. Der Pathologe hat deine Geschichte bestätigen können. In den Resten des Erbrochenen, das wir auf deinem Hof sichergestellt haben, haben wir Hasenfleisch, Digitalis und Aconitum gefunden. Somit ist erwiesen, dass Jacques Barth Josef Kaack ermordet hat. Ich hätte nicht gedacht, dass ein Haustier so etwas überleben und später als Mordwaffe verwendet werden kann.«

»Der Feldhase ist kein Haustier, und das Ganze funktioniert eben nur mit Feldhasen oder Eichkätzchen.«

»Ein Stallhase würde dafür nicht funktionieren?«

»Wahrscheinlich nicht. Das, was wir als Stallhase kennen, sind überwiegend für die Fleischproduktion gezüchtete Kaninchen.«

»Hase ... Kaninchen ... das ist doch alles dasselbe.«

»Nein, es sind zwei unterschiedliche Tierarten. Die können sich auch nicht verpaaren, das klappt nicht.«

»Das musst du mir später genauer erklären, für heute mache ich erst mal Feierabend.«

»Léon, ich weiß, ich mache mich unbeliebt, aber ich bin der Meinung, dass Jacques nur der Handlanger war. Er hätte weitaus einfachere Möglichkeiten gehabt, den Mann direkt im Wald zu töten, denkst du nicht?«

»Christof, was führst du im Schilde? Deine Unschuld ist jetzt bewiesen und der Rest hat dich nicht mehr zu interessieren.«

»Ich bin erst endgültig vor dir sicher, wenn der wahre Täter hinter Gittern sitzt. Gestern hast du gesagt, dass ich unschuldig bin, nur um mich heute erneut zu beschuldigen. Dieses ständige Hin und Her geht mir gehörig auf die Nerven, ich glaub, ich geh lieber zu Fuß. Adi.«

Kapitel 42

Regional – der Blog für bewusste Genießer 30.10.19
Halloween und das fliegende Auge.
Kurz vor der Nacht der Toten wurde mir schmerzlich bewusst, dass George Orwells Horrorvision vom Big Brother von der Realität überholt worden ist. Selbst hier, in unserem verschlafenen Dorf mit kaum dreitausend Einwohnern ist man vor fliegenden Spionen nicht sicher. Ein übereifriger Reporter hat mich in meinem eigenen Büro ausspioniert. Das Video dazu findet ihr am Ende meines Blogbeitrages. Doch zurück zum eigentlichen Thema. Was machen wir mit dem, was wir aus den Kürbissen herausholen, die zu Halloween unsere Terrassen verzieren?
Kompost? Das wäre eine Möglichkeit, vor allem, wenn wir uns nicht sicher sind, ob es sich dabei um einen Zierkürbis oder um einen Speisekürbis handelt. Wie kann man feststellen, ob ein Kürbis (Zucchini oder Gurke, das sind ebenfalls beides Kürbisse) gesundheitsschädlich oder zum Verzehr geeignet sind?
Um ganz sicher zu sein, ob ein Kürbis essbar ist oder nicht, musst du ihn aufschneiden. Zierkürbisse haben für gewöhnlich eine sehr dicke, harte Schale und nur wenig Fruchtfleisch. Bist du danach immer noch am Zweifeln?
Gewissheit gibt der Kau-und Ausspuck-Test: Schneide ein winziges (!) Stück Fruchtfleisch heraus und kaue einen kurzen (!) Moment darauf herum. Schmeckt

es bitter, handelt es sich höchstwahrscheinlich um einen Zierkürbis – also bitte wieder ausspucken.
Grund für den Geschmack ist der giftige Bitterstoff Cucurbitacin, der in Zierkürbissen enthalten ist und der zu heftigen Bauchschmerzen und Übelkeit führen kann. Wenn du dir also nicht ganz sicher bist, ob dein Kürbis genießbar ist, solltest du unbedingt den Kau-Test mit einem rohen Stückchen Kürbis machen. Wird das Fruchtfleisch gekocht oder gegart, verschwindet der bittere Geschmack nämlich, das giftige Cucurbitacin bleibt aber weiterhin im Kürbisfleisch, was äußerst gefährlich ist!
Bittere Kürbisse sind nicht zum Essen gedacht!
Was können wir Leckeres aus einem Gemüsekürbis zubereiten?
Zum Beispiel eine Suppe. Eine frische Kürbissuppe mit gerösteten Kürbiskernen und Kernöl ist altbekannt und lecker. Ich bevorzuge eine Variante mit Chili, Honig und Kurkuma, oder auch mit Ingwer und in Butter geschwenkten Shrimps.
Auch Kuchen oder Brot kann daraus zubereitet werden. Kürbiskuchen oder Kürbis-Süßkartoffel-Brot sind typisch amerikanische Spezialitäten. Eine beliebte Beilage zum Geflügel oder Kalbfleisch, mit fruchtiger Soße Chamberlain oder Preiselbeer-Kompott.
Ich wünsche euch ein frohes, schauriges Wochenende ohne Fledermäuse, die sich als fliegendes Auge entpuppen.

Dessert

Kapitel 43

Christof stand in seiner Küche, schmeckte die Kürbissuppe ab und begutachtete die Wildschweinkeule, die seit gestern Nacht im Sous-Vide Dampfbad bei fünfundsechzig Grad vor sich hin garte. Der frische Rotkohl, den er mit Apfelstückchen und Kastanie verfeinert hatte, war ebenfalls vorbereitet, das hieß, seine Gäste konnten kommen.

Jetzt bereitete er das Dressing für den Salat vor.

Stephanie stand hinter ihm, schlang plötzlich die Arme um seinen Bauch und schmiegte sich fest an ihn.

»Du bist wenigstens noch ein Mann, an den man sich richtig kuscheln kann, nicht nur Haut und Knochen oder reine Muskeln.«

»Autsch!«

Er war so überrascht von dieser zärtlichen Attacke, dass er sich beim Zerkleinern der Zwiebel in den Finger geschnitten hatte. Sie nahm seine Hand und küsste die Verletzung zärtlich.

»Jetzt wird es schnell wieder gut!«

Das Ganze war ihm irgendwie unangenehm, immerhin war er mindestens doppelt so alt wie sie, außerdem war er sich noch immer nicht im Klaren darüber, was der Beinahe-Kuss bei ihrem Ausflug zu bedeuten hatte.

»Stephanie, du musst aufpassen. Was, wenn ich gerade mit dem Auslöser am Knochen entlanggefahren und abgerutscht wäre? Dann würde das Messer jetzt bis zum Schaft in meinem Bauch stecken.«

In diesem Moment klingelte es an der Tür. Das war bestimmt Mathieu, der den Wein brachte. Christof öffnete die Tür und staunte nicht schlecht, als er Alphonse, mit einer Reisetasche unter dem einen Arm und einer, dick eingepackten Blondine unter dem anderen, davorstehen sah.

»Hallo Christof, ich hoffe, es macht dir nichts aus, ich habe noch einen Überraschungsgast mitgebracht.«

»Wo genug für vier ist, wird auch noch ein fünftes Maul satt, hat meine Großmutter immer gesagt. Kommt erst mal rein und dann stell mir doch deine Begleitung vor.«

Er nahm die Reisetasche und ließ die beiden eintreten.

»Mit wem habe ich denn die Ehre?«

Alphonse ging einen Schritt zur Seite und deutete auf die Frau im Halbdunkel hinter sich. »Das hier ist ein Feriengast, der eigentlich bei mir in der Gite übernachten sollte, aber das Dach ist leider kaputtgegangen. Darum habe ich gehofft, dass die junge Dame bei dir schlafen könnte, da ihr euch ja eh schon kennt.«

Christof tat so, als würde er das Ganze nicht verstehen.

»Du kennst Fräulein Susi Unger, die Sekretärin vom LemonTree-Verlag doch, soweit ich weiß.«

Sie setzte jetzt die Kapuze ab, die sie tief in ihr Gesicht gezogen hatte.

»Hallo Herr Weinkeiler, nett Sie wiederzusehen. Ich hoffe, es macht Ihnen keine Umstände, wenn Ihr Nachbar mich einfach so bei Ihnen einquartiert.«

Christof hatte das Gästezimmer mit eigenem Bad längst für sie vorbereitet, spielte aber den Überrannten.

»Ich zeige Ihnen Ihr Zimmer, und Sie bleiben erst mal zum Abendessen, danach sehen wir weiter. Im Nachbardorf gibt es ein kleines Hotel, das ich sehr empfehlen kann. Aber fürs Erste finden Sie rechter Hand das Gästezimmer und das Badezimmer ist direkt gegenüber. Sie können sich gern frisch machen, bis alle anderen eingetroffen sind.«

Susanne Unger sah ihn dankbar an und verschwand im Gästezimmer.

Christof zerrte Alphonse währenddessen in Richtung Scheune.

»Ist sie gar nicht misstrauisch geworden?«

»Nein, das Zimmer, in dem ich sie angeblich einquartieren wollte, ist schon seit Jahren unbewohnbar, eben weil das Dach dort kaputt ist. Aber sie ist schon seit drei Tagen hier. Sie hat vorher in dem Hotel gewohnt, in dem sich auch Josef Kaack einquartiert hatte.«

»Woher weißt du das schon wieder?«

»Sie hat ihre Hotelrechnung bei mir in die Mülltonne geworfen.«

»In Ordnung, dann verschwinde jetzt. Um fünf Uhr holst du sie wieder ab und um halb sieben kommt ihr verkleidet zum Abendessen.«

Bevor Alphonse noch etwas erwidern konnte, stand Mathieu vor der Tür.

»Hallo Christof, hier ist der Wein, ich habe ihn sogar schon eingekühlt. Ach ja, mit Léon ist alles geklärt. Zum Dessert habe ich noch eine Spezialität meiner Oma mitgebracht, der muss aber in den Tiefkühler.« Er reichte Christof eine Flasche mit einem schwarzen, dickflüssigen Inhalt.

»Hausgemachter Walnuss-Likör, nach einem uralten Hausrezept angesetzt.«

Stephanie folgte Mathieu, nun waren sie komplett. Dieser sah das extra Gedeck und fragte: »Wer kommt noch? Ich dachte, wir wollten heute in kleiner Runde essen?«

Christof deutete grinsend mit dem Kopf zu Alphonse. »Bedank dich bei unserem Blitzableiter. Er hat seinen Feriengast einfach bei mir einquartiert, ohne mich vorzuwarnen oder auch nur zu fragen.«

In diesem Augenblick öffnete sich die Tür des Gästezimmers und allen verschlug es die Sprache.

Aus dem unscheinbaren mausgrauen Fräulein, das Christof in Frankfurt im Verlag kennengelernt hatte, war ein farbenfrohes Model geworden. Sie stand jetzt leicht lasziv und bewusst provokativ vor ihnen. Unter ihrer roten Seidenbluse konnte man deutlich die feine Spitze ihres dunklen Bodys erkennen, die sich zärtlich an ihre weiße Haut anschmiegte. Der kurze, schwarze Lederrock lag eng auf ihren Hüften und schwarze Strapse hielten die, ebenfalls schwarzen Spitzenstrümpfe an Ort und Stelle. Silberne Stilettos vollendeten das Outfit. Stephanie musterte kopfschüttelnd die drei Männer, die Susi beinahe geifernd anstarrten.

»Würde mir mal jemand sagen, wer euch gerade die Sicherungen aus dem Hirn geschraubt hat?«

Christof sah Stephanie schuldbewusst an.

»Das ist Fräulein Susi Unger, die Sekretärin des LemonTree Verlages. Sie war eine Kollegin von Josef Kaack.«

»Das ist das mausgraue Mauerblümchen?«, fragte sie anklagend.

»Du brauchst mich nicht so böse anzufunkeln. Ich bin genauso überrascht wie du.«

Er wandte sich jetzt an Susanne Unger. »Was machen Sie eigentlich hier? Warum sind Sie ins Elsass gekommen?«

»Ich wurde vom Verlag hierhergeschickt, um die persönlichen Sachen von Herrn Kaack abzuholen, da keine nächsten Verwandten bekannt sind und ich als Notfallkontakt in seiner Personalakte stehe. Die Polizei hat mir gesagt, dass es noch ein paar Tage dauern wird, bis sie alles freigeben kann. Darum habe ich meinen Aufenthalt hier kurzerhand verlängert.«

»Sie sagten, Sie waren zuvor noch nie hier, wenn ich mich recht erinnere.«

Mathieu unterbrach das Gespräch. »Der Crémant wird warm. Lasst uns einen Aperitif trinken, später beim Essen lässt es sich viel leichter reden.«

Er nahm Christof zur Seite. »Überleg dir genau, was du sagst. Leg ihr keine Antworten in den Mund. Wir werden heute Abend bestimmt einiges in Erfahrung bringen, lass dich nicht dazu hinreißen, ihr etwas zu erzählen.«

»Ich soll also einfach nur die Klappe halten und zuhören?«

»Ich sehe, wir verstehen uns.«

Er zwinkerte Christof zu und schob ihn in die Küche.

»Christof, mach du schon einmal den Crémant auf, ich bringe derweil die Kanapees ins Wohnzimmer. Endlich können wir uns in deinem Haus wieder frei bewegen.«

Susanne Unger sah sich um und starrte die Toilettentür an. »Hier ist es also geschehen?« Ein leichtes Beben lag in ihrer Stimme und ein Hauch von Trauer huschte über ihr aufreizend geschminktes Gesicht. Die roten, prallen Lippen pressten sich zu einem schmalen Strich zusammen. Es dauerte nur Sekunden, doch es war Christof nicht entgangen.

Dann ist meine Vermutung also richtig. Die beiden hat mehr verbunden als nur ein gemeinsames Büro.

Das Klirren der Sektflöten riss ihn aus seinen Gedanken.

»Auf einen genussvollen Tag voller guter Laune!«

»Ich würde die Zeit hier gern dazu nutzen, um nach Straßburg zu fahren. Könnte mich einer der Herren vielleicht fahren?«

Das läuft ja besser als geplant, dachte Christof und sah Alphonse vielsagend an.

»Aber gern, Fräulein Unger. Ich werde Ihnen auch helfen, für heute Abend ein passendes Kostüm in der Stadt auszusuchen«, bot Alphonse an.

Pünktlich um halb sieben stand Fräulein Susi Unger wieder auf Christofs Hof. Alphonse begleitete sie, da er ja ihr offizieller Gastgeber war. Sie war passenderweise als Hexe mit großem Schlapphut, dunkelgrauem Umhang und schwarzen Stiefeln kostümiert. Alphonse hatte sich einen Stoppelbart aufgemalt, einen zerfledderten Hut und eine speckige Arbeits-Jeans angezogen. Christof, der sich bis jetzt noch nicht kostümiert hatte, sah ihn fragend an.

»Ich bin der Hufschmied des Dorfes«, beantwortete Alphonse die unausgesprochene Frage.

»Kommt rein und macht es euch gemütlich. Heute gibt es keine typisch Elsässer Küche, sondern einfach quer durch meine Vorratskammer. Im Laufe des

Abends wird meine liebe Stephanie euch bedienen, während ich in der Küche stehe.«

Wenig später standen sie dicht gedrängt um die Feuerschale in Christofs Garten herum. Er hatte eine Pfanne Maroni im Feuer und servierte dazu den rosa Crémant vom Winzer aus Epfig. Es war ein sehr süffiger, trockener Schaumwein mit einer angenehmen Restsüße, jedoch nicht zu aufdringlich, eher subtil und versteckt.

Mathieu hatte recht gehabt, der Crémant konnte sich mit jedem guten Champagner messen.

»Meine Lieben, heute ist eine Nacht, in der alles möglich ist. Schon die alten Kelten haben geglaubt, dass in dieser Zeit die Membrane zwischen unserer Welt und der Welt der Toten durchlässig ist. Selbst wir Christen gehen zu dieser Jahreszeit zu den Gräbern, da wir uns unseren Verstorbenen näher fühlen.«

»Hört, hört!«, rief Mathieu. »Du bist ja ein richtiger Philosoph. Was kannst du uns noch über diese spezielle Zeit erzählen?«

Christof sah ihn beinahe böse an. »Der Grund für unser Beisammensein heute Abend ist ein anderer. Vor wenigen Tagen verstarb in meinem Haus Josef Kaack.«

Die Gläser erzeugten einen hohen klirrenden Ton, als sie anstießen.

»Es dauerte eine ganze Weile, bis ich herausfand, dass dieser Mann ein ehemaliger Arbeitskollege und Freund von mir war. Er war leider schon damals in unserer Lehrzeit schwer depressiv und immer dem Suizid nahe. Nun hat er es schließlich getan. Ich möchte auf ihn anstoßen, auch wenn er mir unglaubliche Scherereien beschert hat.«

Christof beobachtete Susanne Unger unauffällig bei seinen Worten. Sie stand stocksteif am Feuer und sah sich verstohlen um.

»Ich hatte leider schon vor Jahren jeglichen Kontakt zu ihm verloren, fragt mich nicht, ob er oder ich daran schuld war. Ich weiß nur, so sollte ein Freund nicht von einem gehen. Ruhe sanft und in Frieden, Josef.«

Alphonse erhob sein Glas. »Meinen Freund, den Jäger Jacques Barth sollten wir auch nicht vergessen. Er hat uns ebenfalls viel zu früh und unverhofft verlassen.«

Christof nickte Alphonse zu. »Du hast recht. Auf Freunde, die zu früh von uns gegangen sind.«

Kapitel 44

»Auf einen verstorbenen Kollegen«, erwiderte Susanne seinen Toast. »Möge er in Frieden ruhen.« Nun war es ganz deutlich zu sehen, dass ihre Augen feucht waren und sich eine Träne ihren Weg über das erstarrte Gesicht bahnte.

Mathieu stellte sein Glas ab.

»Fräulein Unger, ich will Ihnen nicht zu nahetreten, aber möchten Sie uns nicht vielleicht ein bisschen über die Arbeit von Herrn Kaack erzählen? Sie waren nur Kollegen, oder gab es mehr, das Sie verband?«

»Er hat im selben Büro wie ich gesessen, das war alles, was uns verbunden hat. Ich musste seine Korrespondenz führen und er gab mir ab und zu Manuskripte, die zu beurteilen waren, wenn ihn diese nicht interessierten.«

»Sie waren also seine rechte Hand?«

»Wenn Sie es so ausdrücken wollen. Ich hatte mehrmals versucht, in eine andere Abteilung zu wechseln, doch das wurde mir nicht gestattet.«

»Hatten Sie ein Problem mit Herrn Kaack?«

»Nein, nichts Erwähnenswertes. Entschuldigen Sie bitte, wird das hier ein Verhör?«

»Ich bin einfach nur neugierig, wie es im deutschen Verlagswesen so zugeht. Sie müssen entschuldigen, falls meine Fragen zu persönlich waren.«

Susanne nahm einen kräftigen Schluck. »Schon gut, Sie können mich fragen, was Sie wollen, solange es nicht zu privat ist.«

»Sie waren also für Termine, Reiserouten bei Recherchen und Hotelbuchungen verantwortlich, sehe ich das richtig?«

»Ja, ich habe für Josef alles Organisatorische erledigt.«

»Dann würde es mich interessieren, warum Sie die Ankündigung von Josef Kaacks Besuch bei Herrn Weinkeiler unter einem falschen Namen verschickt haben.«

»Das geschah auf Josefs Anweisung hin. Er wollte unerkannt und ohne, dass er mit dem LemonTree Verlag in Verbindung gebracht wird, recherchieren.« Sie sah erschrocken in die Runde, doch anscheinend hatte keiner ihren Fauxpas bemerkt.

»Ich muss jetzt in die Küche, der Schwarzkittel ruft nach mir. Bedient euch, in fünfzehn Minuten kommt das Essen auf dem Tisch«, erklärte Christof.

Während er in der Küche den Braten aus der Folie schnitt und in der Pfanne scharf anbriet, erinnerte er sich wieder an den Zeitungsausschnitt über das Wildschwein-Komplott, den er in Josefs Unterlagen gefunden hatte. Das Thema wollte er unbedingt noch ansprechen. Er ging zurück zu den anderen in den Garten.

»Sagt mal, wusstet ihr, dass es in den letzten fünfzehn Jahren drei große Wildschwein-Fleischskandale in Deutschland gegeben hat?«

Wie erwartet, war es Susanne Unger, die ihm antwortete. »Ja, das stimmt. Josef hatte an einer großen Reportage diesbezüglich gearbeitet. Es fing mit einem Münchner Chefkoch und seinem Komplizen an und endete hier an der Grenze in Baden-Baden mit einem Bürgermeister, der unter der Hand Wildschweine ohne Fleischbeschau verschachert hat.«

Mathieu sah irritiert zu Christof und ergriff nun das Wort.

»Das ist starker Tobak, ich hoffe, er hatte gute Beweise. Einfach so einen Bürgermeister zu denunzieren, zählt nicht gerade als Kavaliersdelikt. Da wird ordentlich Strafgeld fällig, sollte die Story nicht absolut hieb- und stichfest sein.«

Nun war Christof an der Reihe, ein wenig Licht in diese Story zu bringen.

»Wenn ich etwas zur Klärung beitragen darf: Ich war damals in München mit dabei, es ist tatsächlich wahr. Ein Wildzüchter hatte vergammeltes Wildfleisch neu etikettiert und verkauft. Mein damaliger Küchenchef war unwissentlich einer der Hauptabnehmer. Ich war zu dieser Zeit, ebenso wie Josef, Lehrling im zweiten Jahr und habe Stress mit meinem Chefkoch bekommen, weil ich mich geweigert hatte, das stinkende Fleisch zu verarbeiten. Der Skandal ist also wahr, doch der Küchenchef war genauso ein Opfer wie alle anderen, die das Gammelfleisch gekauft hatten.

Die nächsten Vorfälle mit Fleisch, das nicht ganz koscher war, geschahen an der polnischen Grenze. Dieser Skandal war sogar noch schlimmer. Da wurden, an Maul- und Klauenseuche verendete Schwarzkittel einfach falsch deklariert. Das Fleisch wurde anschließend von Läsionen und Geschwüren befreit, zu Steaks, Ragout und Hack verarbeitet und als verzehrfertiges Wildschwein nach Deutschland und sogar bis nach Frankreich und weiter, verhökert.«

Susanne sah von Mathieu zu Christof.

»Josef hatte also tatsächlich recht! Ich muss sofort seine Unterlagen zusammensuchen und posthum eine

Reportage erstellen. Das bin ich ihm schuldig, bei allem was ...«

Sie verstummte abrupt und sah die Männer nervös an, als plötzlich ein Gong erklang.

Der zweite Akt konnte beginnen! Christof hatte extra einen neuen Türspion installiert, der alles aufzeichnete und direkt auf sein Handy übertrug. Er sah also darauf, um zu kontrollieren, wer vor seiner Tür stand. Ein Lächeln huschte über sein Gesicht.

»Ihr werdet es nicht glauben, Commissaire de Police Léon Moreau beehrt uns mit seinem Besuch, und er hat sogar einen Kollegen mitgebracht.«

Christof öffnete die Tür und bat ihn herein.

»Bonsoir Léon, ca va? Es freut mich, dass du es doch zum Aperitif geschafft hast. Darf ich vorstellen, das ist ...«

»Nein, Herr Christof Weinkeiler, das dürfen Sie nicht. Wie Sie sehen, sind wir zu zweit, damit alles seine Richtigkeit hat. Ich verhafte Sie hiermit wegen des Mordes an Josef Kaack und Jacques Barth. Da in beiden Fällen heimische Giftpflanzen für die Tat verwendet wurden, und beide Männer kurz vor ihrem Dahinscheiden mit Ihnen Kontakt hatten, sind Sie für mich der Tatverdächtige Nummer eins. Sie werden mich jetzt auf das Revier begleiten. Ich bitte Sie, ohne viel Aufhebens in meinen Wagen zu steigen.«

Mathieu sah sich das Schauspiel amüsiert an, während Alphonse und Susanne ihn sprachlos anstarrten.

Christof zwinkerte Stephanie unauffällig zu. »Ihr Lieben, so wie es aussieht, werde ich gerade verhaftet. Es kann eventuell etwas länger dauern, genießt also schon mal euer Abendessen. Ich stoße später wieder zu euch.«

Mathieu stellte sich Léon demonstrativ in den Weg.

»Lieber Commissaire de Police Léon Moreau, wie ich Ihnen bereits mehrmals versichert habe, vertraue ich Herrn Weinkeiler voll und ganz. Ich bürge daher für seine Unschuld und bitte Sie, von diesem Vorhaben abzusehen, wenn Sie sich nicht wenige Jahre vor Ihrer Pensionierung komplett blamieren möchten. Er wird bestimmt kooperieren, wenn Sie ihm Ihre Theorie ausführlich darlegen. Wie schon gesagt, verbürge ich mich für ihn.«

»Ich werde nichts dergleichen vor einem Haufen Zivilisten tun. Sie sind nebenbei bemerkt ebenso ein Zivilist, wie der Rest der Anwesenden hier. Sollte sich noch jemand einmischen, werde ich ihn ebenfalls verhaften und als Mittäter oder wegen Behinderung einer Amtsperson anklagen.«

Susanne Unger stand hastig auf. »Ich bin hier nur zu Gast, deshalb werde ich nun gehen. Außerdem können Sie mir sowieso nichts anhaben, da ich keine Französin bin.«

»Ich kann alles machen, was ich will, da Sie sich zurzeit in meinem Land befinden. Nun setzen Sie sich wieder, bis ich Herrn Weinkeiler abgeführt habe. Was Sie danach machen, ist mir einerlei.«

»Commissaire Léon, Sie machen einen großen Fehler. Ich kann Ihnen sagen, wer der wahre Mörder ist, Sie müssen mir nur zuhören.«

»Ich höre Ihnen in meinem Verhörzimmer zu, dort werden Videobeweise und Tonbandaufnahmen erstellt, damit es später nicht zu Missverständnissen kommt. Alors, ony va.«

Mathieu nickte Christof verstohlen zu.

Christof ließ sich widerstandslos abführen.

»Stephanie wird euch jetzt das Menü servieren, lasst es euch schmecken. Ich bin vor dem Dessert wieder bei euch.«

Commissaire Léon sah ihn irritiert an. »Das wird aber ein langes Abendmahl werden müssen. Kommen Sie, Herr Weinkeiler, ich habe nicht die ganze Nacht Zeit.«

Christof sah aus dem Fenster des Peugeots, mit dem er zur Polizeistation gefahren wurde. All seine Gäste sahen ihm hinterher.

Plötzlich wurde er von einem grellen Blitzlicht geblendet. Genau darauf hatte er gehofft, einige der Journalisten hatten tatsächlich durchgehalten. Dieses Foto würde er sich später über den Kaminsims hängen. Er sah schon die morgige Schlagzeile: *Der Kräuterhexer von Nordhouse endlich festgenommen!*

Léon sagte: »Es tut mir leid, dass ich Sie genau während Ihres kulinarischen Abends verhaften musste, aber Sie verstehen das bestimmt. Die Beweise haben mir keine andere Wahl gelassen.«

Léon saß vorne auf dem Beifahrersitz, Christof auf der, mit einem Gitter abgegrenzten Rückbank.

»Darf ich fragen, um welche Beweise es sich handelt?«

Léon nickte unauffällig nach links zu dem Fahrer.

»Nein, nicht hier im Wagen, das alles werden wir in meinem Büro besprechen.«

»Léon, wenn du dir den doppelten Fahrweg sparen willst, hör mich endlich an. Ich habe herausgefunden, was vorgefallen sein muss.«

Léon blickte in den Rückspiegel. »Das ist wohl eher mein Metier, Sie sind, wenn ich mich recht erinnere Koch und kein Polizist, stimmt's?«

Dem konnte Christof nicht widersprechen.

Wenig später saß er mit Léon in einem düsteren Büro, einen Becher grauen Kaffee und ein labberiges Automatensandwich vor sich.

»Es wäre mir sehr angenehm, wenn du mir jetzt erklären würdest, warum ich dich so theatralisch während deines Abendessens verhaften sollte. Mathieu hat mich gebeten, dir zu vertrauen, also, da sind wir. Selbst meinem Kollegen musste ich etwas vorspielen.«

Christof sah sich kurz in Léons Büro um.

»Zuerst einmal danke, dass du keine Fragen gestellt hast. Ich denke, wir werden in der ganzen Geschichte bald klarer sehen.«

»Ich lasse mich gern überraschen, wie ein Kind vor dem Weihnachtsbaum. Das zumindest hat Mathieu mir versprochen.«

»Das wirst du in wenigen Augenblicken erleben, mein lieber Freund.«

Christof hängte seinen Mantel über einen der Bürostühle, klappte einen kleinen Ständer für Smartphones auf, positionierte sein Handy darauf und kontrollierte das Bild.

»Zwar etwas klein, aber es wird schon gehen.«

»Ich habe meine Brille zu Hause vergessen, Christof. Das ist eindeutig zu klein für mich.«

Kapitel 45

Christof griff nach dem Smartphone. »Hast du hier einen Beamer, Léon?«

»Wir sind kein Privatkino, das hier ist ein Polizeirevier.«

»Schade, macht aber nichts. Ich zeichne das Ganze auf. Ich schicke dir das Video im Anschluss einfach per Mail, dann kannst du es an einem Fernseher ansehen.«

Commissaire Léon schüttelte den Kopf. »Ich weiß nicht, ob das legal ist.«

Christof zuckte mit den Schultern. »Wer will mich denn anzeigen?«

»Du vergisst, dass ich Commissaire de Police bin und eigentlich immer im Dienst. Genaugenommen müsste ich dich selbst anzeigen, wenn du weiter machst.«

»Ich habe wirklich genug von deinen Sperenzchen. Du siehst dir an, was ich dir zeigen will und danach reden wir weiter, wer wen vor den Kadi zerrt. Du spielst hier ein gefährliches Spiel, lieber Léon.«

»Ich spiele nicht, ich mache nur meine Arbeit. Du vergreifst dich gerade im Ton mir gegenüber.«

Christof sah Léon zornig an.

»Wundert dich das etwa? Du stellst mich seit einer Woche als Mörder hin und hast dich ebenfalls mehrere Male mir gegenüber im Ton vergriffen, lieber Léon.«

Dieser sah Christof stirnrunzelnd an. »Ich mache nur meinen Job!«

»Dann mach ihn ordentlich!«

Im ersten Moment war Léon sprachlos. Er starrte Christof an, schüttelte den Kopf und schlug danach mit der flachen Hand auf den Tisch. »Ich habe mich immer, der Situation entsprechend, korrekt verhalten. Du warst es, der Beweismittel zurückgehalten hat und mir nicht die ganze Wahrheit erzählt hat.«

Christof musste sich zusammenreißen, um nicht zu explodieren.

»Das Denken ist zwar allen Menschen erlaubt, vielen bleibt es aber erspart, lieber Léon. Jetzt schau dir endlich an, was ich dir zeigen will.«

Christof legte sein Smartphone zurück auf den vorbereiteten Ständer und öffnete eine App.

»Ich denke, es wird dir gefallen, was ich dir zeigen werde. Sei bitte so höflich und schau es dir wenigstens an.«

Léon kam auf Christofs Seite. »Was willst du mir denn zeigen?«

»Weinkeiler Productions presents: Einen kurzen Film des Lebens, oder besser gesagt, eine Stand-up-Comedyshow.«

»Findest du das witzig?«

»Nein, aber ich denke, du solltest alle Informationen haben, bevor du jemanden festnimmst.«

Léon betrachtete den kleinen Bildschirm. »Das ist dein Wohnzimmer. Ich sehe Alphonse, Mathieu, Stephanie und diese fremde Frau.«

»Das ist Fräulein Susi Unger, die Sekretärin von Josef Kaack.«

»Ich habe mit Fräulein Unger bereits telefoniert. Sie hätte Herrn Kaack eigentlich hierher begleiten müssen, musste aus terminlichen Gründen jedoch absagen. Sie hat mir glaubhaft versichert, dass sie noch nie zuvor im Elsass oder auch nur in Frankreich war. Meine Nachforschungen haben das bestätigt. Ich verstehe nicht, was diese Frau mit dem ganzen Fall zu tun haben soll. Christof, würdest du mich bitte aufklären?«

»Als ich vor einiger Zeit den Verlag besucht habe, habe ich durch Fräulein Unger einiges in Erfahrung gebracht. Zum Beispiel hat sie wörtlich zu mir gesagt: *Ich hoffe, Josef ist elendig verreckt.* Sie behauptete außerdem, dass sie mein Buch bereits gelesen hätte. Am verdächtigsten ist mir aber das Foto des Jägers an der Druidenmauer erschienen, das in ihrem eigenen Buch abgedruckt war. Glaub mir, Fräulein Unger ist deine Mörderin.«

»Du fantasierst dir da was zusammen, das sind alles nur Zufälle.«

»Angeblich ist Fräulein Unger seit drei Tagen hier im Elsass, um die Sachen von Josef abzuholen.«

»Laut Auskunft des LemonTree Verlages ist sie seit drei Tagen krank und nicht erreichbar«, erwiderte Léon überrascht.

Christof gab ihm die Kräuterfibel. »Schau dir das Autoren-Foto auf der Rückseite an, du wirst sehen, es ist Fräulein Unger.«

Léon betrachtete zuerst die Fotografie und dann die Frau, die auf dem Bildschirm zu sehen war.

»Eine gewisse Ähnlichkeit ist vorhanden, aber die Dame in deinem Haus hat nichts mit den Vorfällen zu tun, schließlich war sie noch nie zuvor im Elsass.«

»Das will sie uns zumindest glauben machen. Schau hin und höre zu.«

Léon zog sich einen Stuhl heran und setzte sich neben Christof. Die Szene in Christofs Wohnzimmer hatte sich verändert. Der Aperitif war beendet und alle standen nun etwas betreten im Raum.

Mathieu übernahm das Zepter.

»Nachdem Christof in den nächsten Stunden nicht anwesend sein kann, werde ich den heutigen Abend ein wenig für euch moderieren.«

Er bat die anderen, am Tisch Platz zu nehmen, und wartete, bis jeder sich hingesetzt hatte.

»Zu unserem Glück ist das Menü schon gekocht gewesen. Stephanie, würdest du jetzt bitte die Vorspeise servieren?«

Diese ging in die Küche, wo vier Teller mit Feldsalat standen. Daneben lag ein Zettel. Sie las die Instruktionen, die Christof ihr hinterlassen hatte.

Im Ofen stehen Champignonköpfe, gefüllt mit Ragout. Platziere jeweils einen Pilz auf jedem Teller, und streue etwas getrocknete Wildkräuter auf den Rand, aber erst, wenn die Teller auf dem Tisch stehen und alle dich dabei beobachten können. Nimm dafür die kleine Holz-Dose und den silbernen Löffel, das ist sehr wichtig!

Stephanie bereitete alles vor und stellte jedem Gast seinen Teller hin. Anschließend öffnete sie die kleine Schnupftabakdose.

»Das ist ein besonderer Gruß von Christof, eine selbst gesammelte Kräutermischung aus unseren heimischen Wäldern. Ich streue ein bisschen davon auf den Tellerrand, damit ihr sie selbst dosieren könnt.«

Stephanie wollte bei Susanne Unger beginnen, doch diese riss erschrocken die Augen auf und zog ihren Teller zu sich. »Danke, aber nicht für mich. Ich bin gegen vieles, was hier wächst, allergisch.«

»Nun gut, aber du Mathieu, magst so etwas doch, oder?«

Mathieu nickte begeistert. »Ja gern.«

Léon beobachtete das Schauspiel auf Christofs Handy verwirrt.

»Was soll mir das jetzt bitte schön sagen? Bis jetzt sehe ich nur eine illustre Gruppe bei einem gemeinsamen Abendessen.«

Christof hielt das Video an, sprang einige Sekunden zurück und deutete auf das Standbild von Susanne Unger.

»Hast du das gerade nicht bemerkt? Als Stephanie mit der Tabakdose zu ihr kam, wurde Fräulein Unger sofort unruhig. Gerade so, als wüsste sie etwas über die unscheinbare Dose, das wir nicht wissen.«

Christof ließ den Stream weiterlaufen.

Mathieu schien Susis Reaktion hingegen aufgefallen zu sein.

»Stephanie, von wem hast du die Dose? Das ist ein wunderschönes Stück.«

Sie reichte sie ihm.

»Die hat Christof vorbereitet. Ich glaube, er hat sie irgendwann auf einem Flohmarkt entdeckt.«

Susanne wirkte jetzt sichtlich nervös. »Die sieht genauso aus, wie die von meinem Großvater. Ich bin mir sicher, dass er genauso eine hatte.«

Mathieu reichte ihr das Schmuckstück. »Vielleicht handelt es sich ja sogar um diese hier.«

Stephanie hatte inzwischen den Wein eingeschenkt. »Bitte esst, solange es noch warm ist.«

Susi betrachtete das polierte Ebenholz, fuhr mit dem Finger über die silbernen Intarsien und legte die Dose danach neben ihren Teller. Sie beobachtete nervös die anderen, die allesamt ihre Vorspeise genossen.

»Ich muss mich für einen Augenblick entschuldigen.« Susanne Unger stand hastig auf. »Wo war noch mal die Toilette?«

Stephanie wies ihr den Weg. »Den Gang entlang, die letzte Tür links, dort wo Herr Kaack seinen letzten Atemzug getan hat.«

Mathieu schnitt den Champignon entzwei und kostete.

»Sehr aromatisch und mit viel Liebe angerichtet. Man sieht, dass du mit Leidenschaft dabei warst. Sag mal, dieser Feenstaub auf dem Tellerrand, war das Christofs Idee oder deine?«

»Ich werde mich hüten, Christofs Vorgaben und Wünsche zu verändern. Er hat alles vorbereitet und sogar extra ein Post-it hinterlassen, auf dem stand: *Erst am Tisch, wenn es alle sehen können, mit dem kleinen Silberlöffel eine Prise Kräuter auf dem Tellerrand verteilen.*«

»Das ist seltsam. Er hat mir mehrmals erzählt, dass er von diesem Getue und der Effekthascherei nichts hält.«

»Mich hat es auch gewundert. Ich glaube, die Ereignisse der letzten Zeit haben ihn sehr mitgenommen.«

Alphonse saß vor seinem Teller, hatte aber noch keinen Bissen angerührt.

»Was ist los, Blitzableiter? Hast du keinen Hunger?«

»Doch schon, aber ich steh nicht so auf Pilze, noch dazu gefüllt mit Leber. Außerdem bin ich heute nicht so gut drauf. Meine bessere Hälfte hat mich heute Nachmittag am Telefon zur Schnecke gemacht. Sie ist beleidigt. Sie meint, ich hätte Fräulein Susanne Unger unser Zimmer nicht wieder vermieten dürfen, schon gar nicht jetzt, wo wir gerade wieder eine Adoption planen.«

»Na ihr habt vielleicht Probleme. Wo ist unser Gast eigentlich abgeblieben?«

Stephanie stand auf. »Ich geh mal nachschauen, nicht, dass sie von der Schüssel geplumpst ist. Soll hier ja schon mal vorgekommen sein.«

Mathieu schüttelte den Kopf. »Du bist manchmal ganz schön geschmacklos, liebe Stephanie.«

Kapitel 46

»Das wollte ich auch gerade fragen. Fräulein Unger ist schon ganz schön lange weg. Sie ist bereits zehn Minuten auf dem Thron, so lange braucht kein normaler Mensch.«

»Sonst ist dir nichts aufgefallen, lieber Léon?«

Léon schüttelte den Kopf. »Was meinst du?«

»Das erkläre ich dir später. Jetzt geht es weiter.«

Stephanie kam ins Wohnzimmer zurück. »Habt ihr die Haustür gehört?«

Mathieu und Alphonse sahen sich verwundert an. »Nein, warum?«

»Fräulein Unger ist verschwunden. Entweder hat sie sich wie Houdini in Luft aufgelöst, oder sie ist einfach abgehauen.«

Mathieu stand auf, um sich selbst davon zu überzeugen. Die Toilette war leer und ihr Mantel hing nicht mehr an der Garderobe. Auch ihre Reisetasche war verschwunden. »Das ist wirklich seltsam. Hat die Tabaksdose sie so aus dem Konzept gebracht?«

Stephanie blickte auf den Tisch und bückte sich danach, um darunter sehen zu können.

»Wo hast du das Ding hingetan? Da war immerhin Christofs spezielle Kräutermischung drin, ein gut gehütetes Geheimnis. Diese besondere Mischung soll noch vor Weihnachten über seine Homepage zu kaufen sein. Er reißt mir den Kopf ab, wenn die verschwunden ist.«

Léon sah Christof fragend an.

»Das wolltest du mir zeigen?«

»Ja.«

»Du hast das alles inszeniert, um mir einen anderen Verdächtigen präsentieren zu können?«

»Zumindest wollte ich dich zum Nachdenken anregen. Warum sollte ich zwei Menschen, mit denen ich gar nichts oder nur sehr wenig zu tun hatte, mit heimischen Giftpflanzen ermorden?«

»Der eine hat dein Buch abgelehnt, und der andere war vielleicht ein Zeuge?«

»Na klar.«

»Ist auf jeden Fall immer noch plausibler als das, was du mir hier auftischen willst. Warum hätte dieses Fräulein Unger unseren Jäger eliminieren sollen?«

»Warum klaut sie bei mir eine Tabaksdose voller Wildkräuter?«

»Woher hast du dieses Ding eigentlich? Ist das wieder ein Beweismittel, das du uns nicht übergeben hast?«

»Mir war wieder eingefallen, dass der Jäger seine silberne Schnupftabakdose vor einigen Wochen verloren hatte. Als er an Josef Kaacks Todestag bei mir war, hat er es sich natürlich nicht nehmen lassen, sich eine kräftige Prise Schnupftabak durch die Nase zu ziehen. Dabei habe ich gesehen, dass er zwei Dosen dabeihatte. Ich hätte es beinahe nicht bemerkt, aber ich habe beobachtet, wie er zuerst nach der dunklen Holzdose gegriffen, sie kurz angesehen und danach schnell wieder in seiner Tasche verschwinden hatte lassen.«

»Wann hast du diese an dich genommen?«

»Das habe ich nicht. Die Dose, die du vorhin gesehen hast, habe ich mir vor Kurzem auf dem Flohmarkt besorgt.«

»Du hast gerade gesagt, dass wir beim Jäger ...«

»... eine Dose Schnupftabak finden werden, voll mit getrockneten Blättern des Digitalis Purpurea. Diesen Punkt haben wir bereits abgehakt, wenn ich mich recht erinnere.«

»Du bist der Meinung, diese stammt von Susanne Unger?«

»Das weiß ich nicht, aber irgendetwas hat Fräulein Unger mit der ganzen Sache zu tun. Ich bin sogar der Meinung, dass sie Jacques das Rezept für den tödlichen Hasenpfeffer gegeben hat, um ihren lästigen Lover zu beseitigen.«

»Dann bleibt aber immer noch der Jäger übrig. Warum musste dieser sterben?«

»Das, mein lieber Léon, wird sich schon bald zeigen. Wie wäre es ... ich habe eine schöne Wildschweinkeule im Rohr ... wenn wir jetzt losfahren, kommen wir gerade rechtzeitig bei mir an.«

Léon überlegte kurz. So wie sich die ganze Sache entwickelte, musste er wirklich nach einem neuen Verdächtigen suchen. Das wusste er, seit sie den Hof von Jacques durchsucht hatten. Christof war unschuldig, so schwer es ihm auch fiel, sich das einzugestehen.

»Gut, fahren wir zu dir, Christof. Vorher werde ich diese Frau Unger jedoch zur Fahndung ausschreiben.«

»Ich vermute, dass du sie in der Nähe von Alphonses Haus findest, dort stand zuletzt ihr Auto.«

Christof ließ Léon den Vortritt.

Als sie in Christofs Haus angekommen waren, sagte dieser: »Ich möchte mich noch kurz umziehen. Nimm schon mal Platz und sag Stephanie, dass sie noch ein Gedeck auflegen soll.«

Bevor Léon sich hinsetzen konnte, klingelte es an der Haustür. Als Christof mit Fräulein Susanne Unger ins Wohnzimmer trat, verstummte die lebhafte Diskussion über ihr Verschwinden abrupt und alle starrten sie sprachlos an. Keiner konnte so recht glauben, was er da sah.

Susi sah betreten in die Runde, alle starrten sie fragend an. »Entschuldigt bitte, aber ich hatte etwas sehr Wichtiges in Alphonse Haus vergessen.«

»Nachdem wir nun alle vollzählig sind, können wir ja endlich essen. Ich bin am Verhungern. Stephanie, hilfst du mir mit dem Braten?«

Christof verschwand mit Stephanie in der Küche, während Mathieu den Rotwein öffnete.

»Was will denn Léon hier? Ist er nicht immer noch davon überzeugt, dass du ein Kräuterhexer bist?«

»Liebe Stephanie, du musst abwarten und Tee trinken. Schon bald werden wir alle schlauer sein.«

Verschmitzt grinsend tranchierte er die rosa gebratene Wildschweinkeule.

»Bringst du schon mal den Rotkohl rein? Ich komme gleich mit dem Fleisch nach.«

Christof platzierte die Keule und die Kartoffelknödel auf dem Tisch. »Ich wünsche euch einen guten Appetit. Ihr wisst ja schon, wie das bei mir läuft. Jeder ist groß und nimmt sich selbst.«

Genießerische Ruhe dominierte kurz darauf das Wohnzimmer, bis Christof nach dem Flachmann griff, der hinter ihm auf einem Regal stand.

»Einen kleinen Cognac?«, fragte er in die Runde. Susanne Unger ließ ihre Gabel fallen und schrie panisch auf.

»Nein, der ist ver...« Alle starrten sie an.
»Was wollten Sie sagen?«
»Dass es eine Verschwendung wäre, den Cognac während des Essens zu trinken.«
Christof platzierte den auffällig mit Jagdmotiven verzierten Flachmann neben sich.
»Liebe Frau Unger, ich denke, Ihre Scharade ist zu Ende. Wollen Sie uns nicht etwas über sich und Herrn Kaack erzählen?«
Sie sah verunsichert in die Runde. »Wie kommen Sie auf diese Idee?«
»Als ich bei Ihnen im Büro war, habe ich einiges in Erfahrung bringen können. Sie sagten: *Ich hoffe, Josef ist elendig verreckt*, außerdem haben Sie behauptetet, dass Sie mein Buch bereits gelesen hätten. Am verdächtigsten ist mir aber das Foto unseres einheimischen Jägers an der Druidenmauer erschienen«, zählte Christof all die Punkte auf, die er bereits Léon mitgeteilt hatte.
Frau Unger wurde blass und begann, zu zittern.
»Auffällig war auch, wie unruhig Sie geworden sind, als Sie die Tabaksdose gesehen haben, die Sie irrtümlicherweise für Jacques gehalten haben. Der altmodische Flachmann, ebenso eine Errungenschaft von einem der unzähligen Flohmärkte in der Gegend, machte Sie ebenfalls extrem nervös.«
Christof sah, wie die Frau unter seinen Worten zerbrach. Sie kramte nach einem Taschentuch, um sich die Tränen, die sich unaufhaltsam ihren Weg bahnten, wegzuwischen. Christof griff hinter sich, um ihr ein Tempo zu reichen. Gerade als er ihr die Packung hinhalten wollte, erstarrte er, da sie ihn nun mit einer silbernen kleinkalibrigen Waffe bedrohte.

»Sie blöder Schnüffler! Hätten Sie nicht einfach im Knast verrotten können, so wie es für Sie vorgesehen war?« Sie deutete mit der freien Hand auf die Anwesenden. »Ich schieße sehr gut ... nicht, dass einer von Ihnen noch auf dumme Gedanken kommt.«

Sie zielte immer noch auf Christof. »Sie sind wirklich ein schlaues Kerlchen, das hätte ich Ihnen gar nicht zugetraut, nach allem, was Josef über Sie erzählt hat. Dass Sie ihn nicht sofort erkannt haben, hat mich allerdings extrem gewundert. Er hat Ihnen während der Lehrzeit doch angeblich so viel bedeutet.«

Christof sah sie an. »Wollen Sie damit etwa sagen, dass ...«

»Er war der arme Junge, der wegen einer dämlichen Fischgräte rausgeflogen ist, und Sie haben ihn auch noch mobben müssen! Als damals das erste Manuskript von Ihnen bei ihm auf dem Tisch landete, hätten Sie ihn mal sehen sollen. Er hat sich schlagartig verändert. Aus dem liebevollen, stets bemühten Kollegen und Liebhaber ist ein absolut unberechenbarer Mann geworden. Aber ich habe ihn verstanden und ihn deshalb bei seinem Vorhaben unterstützt, Sie zu zerstören. Doch dann ist er eines Morgens plötzlich durchgedreht.«

»Was ist passiert, und warum haben Sie ihn ermordet?«

»Ihnen kann ich es ja sagen, Sie haben sowieso keine Gelegenheit mehr, es weiter zu erzählen. Er war schon immer kränklich, doch als er die Diagnose MS bekam, zerbrach er vollends. Kurz danach schmiedete er seinen perfiden Plan. Er wollte dich zerstören, bevor er im Rollstuhl landete. Um das zu erreichen, hat er dich ausspioniert. Ich war zu dieser Zeit gerade mit meinen Recherchen für mein Kräuterlexikon beschäftigt. Durch Zufall bin ich hier im Elsass gelandet, wo ich Jacques kennen und lieben gelernt habe. Er ging mit mir auf Foto-Tour, zeigte mir die ganze Wiese voller Fingerhut und erzählte mir eine Geschichte von Feldhasen und Eichhörnchen, die an dem Gift nicht sterben. Das brachte mich auf die Idee, Josef noch ein letztes gutes Essen zu spendieren. Alphonse war ebenfalls sehr hilfreich, er konnte mir sagen, wo ich Aconitum, besser bekannt als Eisenkraut finden konnte. Ich fuhr wieder nach Hause. Mir war klar, dass es keine Zukunft mit Josef für mich gab.«

Sie zitterte nun leicht, trank einen Schluck Wein, holte tief Luft und erzählte weiter.

»In dieser Nacht habe ich meinen Plan geschmiedet. Er sollte seine Rache an dir haben, doch das Ende war von mir geschrieben worden. Josef, das Schwein hatte es nicht anders verdient. Er hat mich geschlagen, vergewaltigt und wollte mich von allen anderen fernhalten, wie eine Gefangene. Er hat mir sogar den Umgang mit meinen Freundinnen verboten und meine Mails und mein Telefon kontrolliert. Besonders schlimm ist es geworden, nachdem ich aus dem Elsass wieder nach Hause kam. Ich hatte an diesem Abend eigentlich Schluss mit ihm machen und dieses Verhältnis beenden wollen.

Denn ich war schwanger! Mein Kind sollte nicht in einer dermaßen vergifteten Beziehung aufwachsen, darum wollte ich Josef verlassen. Ich hatte allerdings nicht mit seinem Jähzorn gerechnet. Er verprügelte mich, trat mir in den Bauch und schlug mich so lange, bis ich mein Kind verlor. Da wusste ich, ich muss mich seiner entledigen. Er sollte dafür bezahlen, egal auf welche Art und Weise!«

Susanne Unger standen die Tränen in den Augen, während sie zärtlich über ihren Bauch strich.

»Aber warum musste der Jäger sterben?«

Sie lächelte sanft. »Mein lieber Jacques. Er hatte sich in mich verliebt und war mir schon nach unserem ersten Date hörig. Ich wusste, er würde alles für mich tun ... selbst einen Mord begehen. Es war so einfach, ihn dazu zu überreden, Josef Kaack zu eliminieren. Ich wollte ihn einfach nur mit dem vergifteten Cognac, am besten mitten auf der Autobahn, einschlafen lassen. Sechs Valium in einem Flachmann haut selbst das stärkste Pferd um. Da ich wusste, dass Josef seinen Flachmann bereits auf dem Hochstand leeren würde, musste ich Jacques nur dazu überreden, ihn mit auf die Pirsch zu nehmen. Ein Küsschen genügte und er erfüllte mir diesen Wunsch. Jacques, der blind vor Liebe war, unterstützte mich nach Leibeskräften. Zuerst sorgte er dafür, dass Josef das verdorbene Sandwich bekam. Das sollte ihn dazu bringen, einen kräftigen Schluck aus der Flasche zu nehmen. Danach musste er nur noch abwarten, bis Josef ohnmächtig wurde.«

Stephanie griff nach Christofs Hand.

»Um sicherzugehen, dass Josef erst bei Ihnen abkratzt, mussten wir ein bisschen jonglieren. Jacques zögerte das Mittagessen hinaus, damit das Zeitfenster passte. Alles hat perfekt funktioniert. Erinnern Sie sich daran, dass Jacques mit einem Überläufer zu Ihnen kam, während Josef Ihre Vorspeise verköstigt hat?«

»Das kam mir damals sehr seltsam vor, da der Jäger sich zuvor noch nie über einen Teller gebeugt hatte, um sich die Aromen zuzufächeln.«

Commissaire Léon hatte jetzt auf seinem Smartphone unauffällig die Aufnahmefunktion gestartet.

»Irgendwie mussten wir das Zeug ja auf den Tellerrand kriegen. Ich hatte ihm die Schnupftabakdose mit dem getrockneten Fingerhut geschickt, um den Verdacht auf Sie zu lenken. Ich habe ihm ganz genaue Anweisungen gegeben. Nun musste ich nur noch abwarten, bis Sie wegen Giftmordes im Knast vergammeln, danach hätte ich Ihr Buch in aller Ruhe unter meinem eigenen Namen veröffentlichen können. Was ich allerdings nicht wusste, war, dass Josef das Manuskript bereits in Druck gegeben hatte. Dieses elende Schwein hat mich selbst aus dem Grab heraus noch betrogen. Aber nicht nur Josef, sondern auch Jacques hat mich hintergangen. Nachdem er Josef mit seinem Hasenpfeffer vergiftet hatte, begann er, mich zu erpressen. Er hat von mir verlangt, dass ich hierher in dieses verschlafene Kuhdorf, links hinterm Mond ziehe.« Sie legte ein Blatt Papier auf den Tisch. »Hier, lesen Sie selbst, das hat er mir zuletzt geschrieben.«

Léon nahm das Blatt zur Hand und überflog den Text kurz. »Das ist auf Elsässisch verfasst, damit kann ich nicht viel anfangen. Christof, kannst du mir das bitte übersetzen?«

Dieser studierte die Zeilen. »Grob gesagt, steht dort, dass Jacques von Susi verlangt hat, dass sie ihm ein neues Auto bezahlt, und dass sie innerhalb von drei Monaten bei ihm einziehen muss, ansonsten würde er zur Polizei gehen.«

Léon stand auf. »Ich habe genug gehört. Susanne Unger, ich verhafte Sie wegen Mordes an Josef Kaack, des gemeinschaftlichen Diebstahls geistigen Eigentumes von Herrn Weinkeiler und ...«

Ein Knall unterbrach Léon. »Sie werden nichts dergleichen tun! Stephanie wird mich bis zur Grenze begleiten. Sollte mir jemand in die Quere kommen, war es das mit eurer kleinen Freundin.«

Christof sah Susanne Unger aufmerksam an. »Deshalb musste Jacques sterben?«

Sie kämpfte erneut mit den Tränen. »Anstatt sich mit mir abzusetzen, bekam der Idiot kalte Füße. Er hat mich angerufen und versucht, mich zu erpressen. Sein Verhängnis war es, dass er all seine Beweise zu unserem kleinen Aussöhnungsgespräch mitbrachte. Ein paar Blätter Eisenhut in seinem Tee sollten den Rest erledigen, unauffällig und ohne Zeugen. Wenn er den Tee trank, war ich schon lange wieder in meiner Unterkunft oder saß am gedeckten Tisch in einem Restaurant mit etlichen Zeugen.«

Mathieu war unbemerkt an den Rand der Eckbank gerutscht. Blitzschnell griff er jetzt zu und entwaffnete Susanne Unger, als diese sich gerade die Nase putzen wollte. Léon zog sofort seine eigene Waffe und zielte damit auf Frau Unger.

»Wie ich vorhin schon sagte: Sie sind verhaftet!«

In diesem Augenblick klingelte sein Telefon. Unwirsch hob er ab, lauschte dem Gespräch und legte kurze Zeit später auf.

»Folgendes dürfte vor allem dich interessieren, Christof. Die Spurensicherung hat festgestellt, dass überall auf dem Hochstand fein zerstoßener Blauer Eisenhut oder Aconitum verstreut war. Im Körper von Jacques waren keine Spuren des Giftes zu entdecken, also hat er den Tee von Fräulein Unger gar nicht getrunken. Jacques Barth starb, laut der Autopsie an einem Genickbruch, den er sich infolge seines Sturzes vom Hochstand zugezogen hat. Wahrscheinlich hatte er zuvor einen Myokardinfarkt erlitten, der jedoch nicht tödlich gewesen war. Jacques Barth ist eindeutig das Opfer eines tragischen Unfalles. Die Überreste des Aconitum stammen vermutlich aus der Schnupftabakdose von Fräulein Unger. Der Jäger hat wahrscheinlich versucht, die letzten Spuren zu beseitigen, und wo sollte das leichter sein als auf einer Lichtung, die im Sommer vor lauter Purpur förmlich überquillt.«

Christof musste unwillkürlich grinsen.

»Jetzt muss ich unbedingt Karl Kraus zitieren: *Wenn die Sonne der Kultur tief steht, werfen auch kleine Gestalten lange Schatten.*«

Kapitel 47

Nachdem Fräulein Unger von mehreren Polizei-Beamten abgeholt worden war, saßen Mathieu, Stephanie, Alphonse und Léon noch bei Christof zusammen. Sie verkosteten den Walnussschnaps und Mathieu begann, ihnen seine Notizen zu erklären.

»Nachdem unsere Täterin nun verhaftet ist, werde ich den ganzen Fall mal genauer erläutern. Das erste Opfer, Josef Kaack, war am 23.10. in Baden-Baden, um mit dem Bürgermeister über den dortigen Wildschwein-Skandal zu sprechen. Diese Auskunft habe ich vom dortigen Büro erhalten. Josef hat sich zwei Stunden mit dem Mann unterhalten, aber nichts Neues herausgefunden. Es war dort offenbar gang und gäbe, die Wildsauen unter der Hand, ohne veterinärmedizinische Untersuchung, zu verschachern.

Josef Kaack hat in einer kleinen Privatpension übernachtet, um sein Spesenkonto nicht allzu sehr zu belasten. Er hat Susanne Unger gegen halb fünf morgens eine Mail mit der Reportage und seiner weiteren Route zugeschickt. Sein nächster Termin war der, auf dem Hochstand, um mit Jacques ein bisschen Waldluft zu schnuppern. Der Jäger war, seinen Recherchen nach, in den Fall mit den verseuchten Wildsauen aus Polen verwickelt gewesen. Wenn ich daran denke, wird mir ehrlich gesagt, schlecht. Wie kann man ein, an Maul- und Klauenseuche verendetes Tier als Zuchtfleisch höchster Qualität verkaufen?«

Christof griff nach einem Ordner. »Ich habe eure Blicke gesehen und kann euch beruhigen. Ich habe hier alle Unterlagen über die Schwarzkittel, die ich verarbeitet habe.«

Mathieu nickte zustimmend. »Das ist wahr ... aber zurück zu deinem Privatkrimi. Das alles begann schon damals während Josefs Lehre und Christof wusste über all das Bescheid. Josef wollte beweisen, dass, ich zitiere: *Der feine Herr Weinkeiler kein harmloser Koch im Ruhestand ist, sondern, dass er es faustdick hinter den Ohren hat. Es gehört immerhin eine Menge Chuzpe dazu, über sechzehn Jahre seinen Lebensunterhalt mit vergammeltem Wildschwein zu verdienen.* Josef war sich nämlich sicher, dass Christof der Boss und die treibende Kraft hinter dem Wildschwein-Komplott war.«

Christof saß fassungslos auf seinem Stuhl und konnte einfach nicht glauben, was er da soeben vernommen hatte. Er spürte, dass alle Anwesenden ihn sprachlos anstarrten.

Commissaire Léon räusperte sich jetzt.

»Das klingt mir ganz nach dem Motiv, das ich die ganze Zeit gesucht habe. Ich habe doch gesagt, dass ich herausfinden werde, warum du Herrn Kaack eliminiert hast. Und der arme Jacques war wohl auch im Weg, was?« Er lachte über seinen Witz. »Genauso würde die ganze Geschichte ohne Susanne Ungers Geständnis aussehen. Ich verabschiede mich jetzt von euch. Wie ihr euch denken könnt, habe ich eine Menge Papierkram zu erledigen. Wir suchen außerdem immer noch nach dem Gegenstand, den Jacques Barth zum Zeitpunkt seines Todes in den Händen hielt. Es hat ungefähr die Größe eines ...«

Christof hielt die Kräuterfibel von Fräulein Unger in die Höhe.

»Die Größe dieses Buches? Ich habe gerade in dem Zimmer, das ich für Frau Unger vorbereitet habe, diese Ausgabe mit einer persönlichen Widmung gefunden.«

Christof reichte Léon das Buch.

»*Mein lieber Jacques, dir verdanke ich meine Freiheit! Ich liebe dich, deine Waldfee.*«

»Das ist das letzte Puzzleteil. Ich danke dir Christof. Nun haben wir alle Beweise, um diesen Fall abschließen zu können. Ich verabschiede mich, bis zum nächsten Pokerabend. Salut!«, sagte Léon.

Alphonse war inzwischen auf der Couch eingeschlafen und Mathieu gähnte herzhaft. Er rüttelte Alphonse wach und half diesem von der Couch. »Der Nusslikör war anscheinend etwas zu stark für dich. Komm, ich bringe dich nach Hause, es wird Zeit für uns.«

Stephanie stand ebenfalls auf. »Ich helfe dir noch beim Aufräumen, Christof.«

Dieser war bereits zur Tür gegangen, um seine Gäste zu verabschieden, und hatte sie daher nicht gehört. Als er wieder in die Küche kam, stand Stephanie bereits am Waschbecken und weichte das Kochgeschirr ein. »Wo hast du deine Scheuerpads versteckt?«

»Lass den Topf einfach einweichen, morgen geht das wie von selbst ab. Komm, wir trinken noch ein Gläschen, ich schreibe etwas in meinen Blog und danach bringe ich dich nach Hause. Einverstanden?«

Sie lächelte ihn an, trocknete sich die Hände ab und kam aus der Küche zu ihm.

»Das ist eine gute Idee, so machen wir das.«

Stephanie ging in den Keller, während Christof im Herrenzimmer den Kamin anfeuerte, eine große Kerze anzündete und das Licht dimmte.

Er betrachtete nachdenklich den Raum. Irgendetwas fehlte noch. *Ein bisschen sanfte Musik.*

Stephanie kam gerade die Treppe hinauf, als Christof die CD einlegte. Bei den sanften Klängen von Beethovens Mondscheinsonate setzten sie sich auf die Couch und stießen an. Stephanie sah ihm tief in die Augen und er spürte, wie sein Herz wild klopfte.

»Christof, du weißt, dass ich viel für dich empfinde. Ich akzeptiere es aber, dass du Zeit brauchst, um dir über deine Gefühle klar zu werden. Du sollst wissen, dass ich immer auf dich warten werde, mein lieber Freund.«

Christof konnte zuerst nichts erwidern.

»Stephanie, ich weiß nicht, was ich sagen soll. Du hast recht, ich brauche ein bisschen Zeit. Danke, dass du dafür Verständnis hast.«

Er stand auf, gab ihr einen flüchtigen Kuss und ging zu seinem Schreibtisch hinüber.

Kapitel 48

Mit Herzklopfen bis zum Hals und einem Glas gut gekühltem Gewürztraminer bewaffnet, setzte sich Christof an seinen Laptop. Stephanie stellte sich neben ihn und streichelte seine aschgraue Stoppelfrisur.

»Das ist gerade noch mal gut gegangen.«

»Ja, jetzt muss ich nur dafür sorgen, dass auch meine Leser endlich die Wahrheit über diese hässliche Story erfahren.«

»Dafür sorgt sicher die örtliche Zeitung. Die Reporter standen vorhin schon bei Commissaire Léon Schlange. Das Blitzlichtgewitter war unübersehbar und er hat glücklich bekannt gegeben, dass er die Mörderin fassen konnte.«

»Das habe ich gesehen. Genau genommen habe aber eigentlich *ich* den Fall aufgeklärt.«

»Das ist wahr. Was willst du jetzt machen?«

»Nichts, ich gönne ihm seinen Triumph. Wer weiß, wie viele solche Augenblicke ihm noch vergönnt sind, bevor er in Pension geht.«

Sie lächelte ihn an, küsste ihn auf die Stirn und verabschiedete sich anschließend von ihm.

»Ich freue mich schon auf deinen neuen Blog-Beitrag. Gute Nacht und bis morgen.«

»Adi Steph. Schlaf gut!«

Regional – der Blog für bewusste Genießer, 31.10.19

Achtung beim Wildhasen!

Liebe Liebhaber von Biologischem und von freilaufend aufgewachsenem Wildbret! Ihr solltet immer darauf achten, dass euer Feldhase beim Veterinär war. Warum? Nun, lest folgende Geschichte, die mir meine Großmutter vor Jahren erzählt hat:

In den mageren Jahren während und nach dem Krieg, war es üblich, Fallen für Feldhasen und Eichhörnchen zu stellen, um die karge Kost aus Topinambur, Kraut und Mehlsuppe mit ein wenig Fleisch und Fett anreichern zu können. Sauen, Rinder und alles, was sonst an Nutztier auf einem Bauernhof zu finden war, wurde regelmäßig von Soldaten beschlagnahmt, wenn überhaupt noch etwas vorhanden war. So manche Familie hatte nichts, darum war frei laufendes Kleinwild eine willkommene Abwechslung, das allerdings bei so manchem für ein jähes Ende des Stammbaumes sorgte.

Denn die Feldhasen, oder die gerne verspeisten Eichhörnchen konnten das Gift von Fliegenpilz, Knollenblätterpilz, Eisenhut und purpurnem Fingerhut zwar nicht verdauen, aber absorbieren und in ihrem Körperfett einlagern. Ein fetter Hase konnte somit für eine ganze Familie das Todesurteil bedeuten, da diese Gifte auch nach dem Kochen noch vorhanden sind.

Darum seid vorsichtig und holt euch lieber ein Kaninchen vom Bauernhof.

Absacker

Epilog

Am nächsten Morgen konnte Christof es kaum erwarten, die Zeitung zu lesen. Da stand es, groß und fett in schwarzen Lettern!

Doppelmord im Bas-Rhin aufgeklärt!
Die Giftmorde wurden aufgeklärt, wir können erleichtert aufatmen!
Der Kräuterhexer entpuppte sich zu guter Letzt doch als Kräuterhexe. Gestern gegen 23:30 Uhr wurde Susanne U. wegen des Mordes an Josef K. und Jacques B. von der Polizei in Gewahrsam genommen. Wie uns aus sicherer Quelle zugetragen wurde, konnte der Fall dank der aktiven Unterstützung von Christof W., wohnhaft in Nordhouse, aufgeklärt werden. Christof W. stand uns leider bisher noch nicht für ein Interview zur Verfügung, dies werden wir aber nachreichen. Er war es, der die Giftmörderin zu einem vollumfänglichen Geständnis gebracht hat. Wie uns Commissaire de Police Léon Moreau anvertraut hat, war er von Anfang an davon überzeugt, dass Christof W. fälschlicherweise verdächtigt wurde. Er und Christof haben bei der Überführung der Täterin eng zusammengearbeitet, wurde uns mitgeteilt. Lesen Sie mehr, sobald wir mit Christof W. gesprochen haben.
En.Te.

Christof saß mit Stephanie bei einem Kaffee und frischen Brioche in seinem Wohnzimmer. Stephanie betrachtete die Bilder vom Finger- und Eisenhut.

»Wer kann denn ahnen, dass dieses giftige Zeug bei uns wild wächst.«

»Darauf fällt mir nur eines ein: *Alle Ding sind Gift und nichts ohne Gift, allein die Dosis macht, dass ein Ding kein Gift ist.* Das hat bereits der gute alte Paracelsus vor Jahrhunderten festgestellt, und er hatte bis heute damit recht. Immerhin können einem lieb gewordene Genussmittel, oft genauso giftig im Magen liegen wie die allgemein bekannten Todesblümchen Fingerhut, Schierling, Eisenhut und Maiglöckchen. Letzteres ist übrigens gar nicht so böse, wie stets behauptet wird, aber darüber erzähle ich dir ein anderes Mal mehr. Heute will ich von Petersilien-Kartoffeln sprechen. Wenn du meinst, daran wäre nichts Gefährliches, außer, man lässt die Erdäpfel anbrennen, irrst du dich. Auch ein derart banales Gericht ist vorzüglich als letztes Mahl geeignet. Immerhin sind Kartoffeln ein Nachtschattengewächs, zählen also bereits zu einer übel beleumundeten Familie. Von Pizarro ungefähr 1555 nach Europa gebracht, werden heutzutage weltweit an die dreihundert Millionen Tonnen Kartoffeln verzehrt. Was gut und geschmackvoll ist, solange man sich an Matthias Claudius hält, der in seinem Kartoffellied den richtigen Umgang mit diesen Knollen besungen hat.«

Er sah zu Stephanie hinüber, die ihm gespannt zuhörte.

»*Schön rötlich die Kartoffel sind und weiß wie Alabaster! Sie däun sich lieblich und geschwind und sind für Mann und Frau ein echtes Magenpflaster.* So weit, so gut. Aber wehe, die Erdäpfel beginnen zu grünen, dann ist höchste Gefahr in Verzug, vor allem im Fall von Brat-Erdäpfeln. Das in den grünen Stellen, wie auch in den Beeren und dem Kartoffelkraut, enthaltene Solanin führt zu schweren Krämpfen, Verwirrtheitszuständen und letzten Endes zum Tod. Offensichtliche kulinarische Farbenblindheit wurde erst unlängst einer Herrenrunde zum Verhängnis. Sie haben sich den Bauch mit grünen Erdäpfeln vollgeschlagen, was zwei Tischgenossen nicht nur einen Verdauungsschlaf, sondern gleich die ewige Ruhe beschert hat. In der allgemeinen Toxikologie von Ofila und Kühn wird 1839 bereits vermerkt, dass schon geringe Mengen des Extraktes von Beeren, Stängeln und Blattwerk schlimmer seien als Bilsenkraut, Fingerhut oder Schierling.

Selbst die aromatische Petersilie hat durchaus Schattenseiten, die der Gesundheit ziemlich abträglich sein können. Nicht nur, dass glatte Petersilie rasch mal mit der tödlich giftigen Hundspetersilie verwechselt werden kann, - daher sollte man besser die krause Pflanze nehmen - das Küchenkraut ist seit dem Mittelalter weniger als Gewürzpflanze als als botanisches Viagra für Männer und Abortivum für Frauen bekannt. Vor allem die Samen und das Öl wurden einst in großen Mengen zu sich genommen, um unerwünschte Schwangerschaften zu beenden, was allerdings oft auch die Mutter mit dem Leben bezahlen musste. Weitaus glücklicher die Männer, die diese Substanzen zur Luststeigerung in geringerer Menge konsumiert hatten. Daher stammt auch die Redensart: *Petersilie hilft dem Mann aufs Pferd und der Frau unter die Erd.*«

Stephanie griff jetzt nach Gonzos Leine. »Komm, Christof, ab an die frische Luft! In zwei Stunden geht es auf deiner Baustelle weiter, da müssen wir wieder zurück sein. Alphonse kommt und selbst Mathieu hat gesagt, er will dir helfen. Er kann aber erst vorbeikommen, nachdem er mit Commissaire de Police Léon alle Einzelheiten des Falles abgeklärt hat, damit dieser die Akten schließen kann.«

»Weißt du was? Heute wird nicht gearbeitet! Wir machen uns einen schönen Tag in Selestat. Ich benötige einige Dinge für die Küche und du brauchst endlich eine Tasche mit Messern.

Danke!

Zu einem guten Buch gehört nicht nur ein Autor mit Fantasie und der Begabung, mit Worten Bilder zu malen, nein, es gehört eine ganze Menge mehr dazu.
Eine geduldige Partnerin, die einem zur Seite steht und den Rücken freihält. Familie, die einen motiviert und Freunde, die endlose Diskussionen ohne Murren durchstehen. Danke an meine liebe Frau und meine Brüder, die mich immer wieder aufs neue motiviert haben. Sie waren es, die mit Begeisterung und gutem Appetit einen großen Teil zum Gelingen dieses Buches beigetragen haben, ich danke euch dafür!
Danke an meine lieben Freunde, die so manches Gläschen mit mir geleert und dabei aufs Köstlichste mit mir diskutierten.
Das Schreiben ist nur ein Teil, in meinen Augen der schönste! Ich möchte mich an dieser Stelle ganz herzlich bei Alex, meiner Projektverantwortlichen und Ansprechpartnerin beim dp-Verlag, und Astrid, meiner klugen Lektorin, bedanken für ihre Geduld und tatkräftige Unterstützung! Danke!
Dir, lieber Leser, möchte ich auf diesem Wege ebenfalls und vor allem danken! Was nützt die schönste Geschichte, wenn keiner sich die Zeit nimmt, sie zu lesen! Danke für deine Zeit!